Leur plus belle nuit

*

Une bonne étoile

*

La fiancée d'Enrico Ranieri

JULES BENNETT

Leur plus belle nuit

SECONDE CHANCE POUR L'AMOUR

Traduction française de
AURE BOUCHARD

HARLEQUIN

Titre original :
CARRYING THE LOST HEIR'S CHILD

Ce roman a déjà été publié en 2020

HARPERCOLLINS FRANCE
83-85, boulevard Vincent-Auriol, 75646 PARIS CEDEX 13
Service Clients — https://www.harlequin.fr/contenu/contactez-nous
ISBN 978-2-2805-2079-9

Édité par HarperCollins France.
Composition et mise en pages Nord Compo.
Imprimé en juin 2025 par CPI Black Print (Barcelone)
en utilisant 100% d'électricité renouvelable.
Dépôt légal : juillet 2025.

MIXTE
Papier
FSC FSC® C159065

Pour limiter l'empreinte environnementale de ses livres, HarperCollins France s'engage à n'utiliser que du papier fabriqué à partir de bois provenant de forêts gérées durablement et de manière responsable.

1

Ce parfum viril. Ces bras puissants. Ce torse musclé qui l'attirait contre lui… Elle les aurait reconnus entre mille. Combien de fois les avait-elle contemplés à travers les prairies verdoyantes du ranch ? Combien de fois en avait-elle rêvé ? Combien de fois leur avait-elle fait l'amour ?

Lily Beaumont revint péniblement à elle en se demandant comment elle s'était retrouvée là.

Mais où était-elle, au juste ?

Elle remua les jambes et la paille vint s'accumuler sous ses chaussures. Ouvrant les yeux, elle reconnut le visage de Nash James, qui la tenait serrée entre ses bras musclés.

Que diable s'était-il passé ?

— Détends-toi, tu t'es évanouie.

La voix suave l'enveloppa tout entière. Nash la scrutait de son regard bleu lagon, à peine ombragé par d'épais cils bruns. Comme chaque fois, elle se sentit fondre. Jamais aucun de ses partenaires à l'écran ne l'avait autant troublée, ni autant intriguée.

Evanouie ? Comment ça, évanouie ?

Ah oui, elle était venue à l'écurie pour parler à Nash et…

— Oh ! non ! marmonna-t-elle en se prenant la tête entre les mains alors que le motif de cette visite lui revenait à l'esprit. Ce n'est pas vrai !

Il repoussa une mèche de cheveux qui lui tombait sur le visage et le contact rèche de ses doigts la fit frémir.

— Reste tranquille, murmura-t-il. Rien ne presse, tout le monde a fini sa journée.

Autrement dit, les techniciens du tournage avaient regagné leur loge sur le site ou leur hôtel. Dieu merci ! Lily n'aurait donc pas à s'expliquer sur ce nouveau malaise.

Car, depuis quelques mois, elle participait au tournage d'un film relatant le parcours de Damon Barrington, champion de courses hippiques devenu éleveur, incontournable dans son domaine. Le ranch de Barrington était ainsi devenu la deuxième maison de Lily et le responsable des écuries, qui venait d'assister à sa chute, lui avait très vite tapé dans l'œil.

Elle s'était alors retrouvée à entretenir une liaison aussi secrète que passionnée avec lui, avec pour principal décor les bottes de paille de l'écurie... Voilà comment elle en était arrivée à ce moment crucial, à ce point où sa vie allait basculer. Car la nouvelle qu'elle apportait s'apparentait à une bombe que, de toute façon, elle n'aurait pas pu cacher très longtemps à Nash.

— Nash, murmura-t-elle en caressant sa barbe épaisse. Je suis désolée.

Le visage masculin se rembrunit et Nash secoua la tête.

— Ce n'est pas ta faute si tu t'es évanouie. Mais tu m'as fichu une sacrée frousse !

Lily se sentit parcourue d'un frisson, captivée par cet homme capable de lui faire tout oublier. Sauf le fait qu'elle portait son enfant...

— Est-ce que ça va ? demanda-t-il en l'observant de près. Tu veux manger quelque chose ?

Cette seule idée lui déclencha une nausée — ne parlait-on pas pourtant de « nausées matinales » ? Il fallait donc qu'elle les endure tout au long de la journée ?

Elle chercha à se redresser.

— Attends, dit Nash, laisse-moi t'aider.

Avec beaucoup de douceur, il la fit asseoir, puis la releva en l'incitant à prendre appui contre son corps robuste. Il s'agissait là du premier geste de tendresse qu'il lui manifestait, vu que chaque fois qu'elle le rejoignait, à la nuit tombée, ils avaient plutôt l'habitude de se précipiter au grenier pour laisser libre cours à la passion qui les consumait l'un et l'autre.

Comment allait-il réagir à la nouvelle ? Elle-même était encore sous le choc, mais pas question d'en faire un secret. Nash avait le droit de savoir, même si elle redoutait sa réaction. Il était clair qu'un bébé ne devrait pas venir compromettre sa carrière de responsable des écuries. Quant à sa carrière à elle...

Lily en avait tellement bavé pour passer outre le scandale dont elle avait fait l'objet jadis... Comment Nash saurait-il gérer cette soudaine exposition médiatique dont il allait nécessairement faire l'objet ?

Car, dès que la nouvelle serait officielle, les médias leur tomberaient dessus tels des vautours et tous deux n'auraient plus aucune intimité. Comme s'il n'y avait pas de sujets graves, avec l'augmentation incessante du nombre de sans-abri, la faim dans le monde et toutes ces guerres qui sévissaient partout à travers le globe.

Lily adorait son métier d'actrice. Elle prenait un plaisir infini à se glisser dans la peau de ses personnages. En revanche, l'impossibilité d'avoir une vie privée la mettait hors d'elle. Tout en se sachant épiée dans ses moindres gestes de la vie quotidienne, elle s'efforçait d'être très professionnelle et de ne donner aucune prise à la presse à scandale... Une mission qui allait devenir impossible.

— Tu vas mieux ? chuchota Nash contre son visage.

Elle hocha la tête et fit un pas en arrière afin de se détacher du corps chaud et puissant. Ouf, le vertige se dissipait...

Voilà deux mois qu'elle ne pouvait plus se passer de ses caresses et de sa présence... Deux mois qu'elle s'était laissé entraîner malgré elle dans un monde de volupté et de passion. D'autant que jamais encore elle n'avait rencontré d'homme capable de voir en elle autre chose qu'un joli minois. Nash avait su la toucher au plus profond de son âme, de sorte que l'alchimie entre eux n'était pas seulement charnelle.

A présent, après toutes ces nuits passées à se retrouver clandestinement pour se donner du plaisir, ils allaient devoir évoquer l'avenir. Un avenir encore inimaginable quelques jours plus tôt…

Elle lui tourna le dos, cherchant des paroles justes susceptibles d'atténuer le choc. Mais existait-il mille et une façons d'annoncer à un homme qu'il allait devenir père ? Quels que soient les mots employés, la réalité restait là.

— Nash…

Il lui prit le visage entre les mains, la fixa de ce regard bleu hypnotique et captura ses lèvres sans qu'elle puisse résister… Voilà exactement à quoi se résumait leur relation : le désir. Instantané. Irrépressible.

Bien sûr, entretenir une liaison clandestine sur un tournage et dans des écuries n'avait rien de très prestigieux, mais Lily s'en moquait. Pour une fois dans sa vie, elle n'était pas la gentille fille sage. Et le fait de retrouver son amant en cachette ajoutait du piment à la situation.

Qui aurait imaginé que la « petite fiancée de Hollywood », comme les médias l'avaient surnommée, pouvait aussi avoir un tempérament de feu ? Certes, il y avait eu ce scandale, autrefois, mais Lily avait su reconstruire son image de jeune femme raisonnable. Et il était vrai que jamais aucun homme ne lui avait inspiré une telle attirance. Certainement pas ce minable qui avait profité d'elle au tout début de sa carrière…

Car, avant de connaître la notoriété, Lily avait eu la malencontreuse idée de s'enticher d'un acteur de seconde zone, qui l'avait filmée à son insu jusque dans leurs moments les plus intimes. Toute une relation basée sur le mensonge. Après le scandale qui avait suivi leur rupture, Lily avait eu toutes les peines du monde à rétablir son honneur.

Nash la serra contre lui. Sans défense, Lily répondit à son baiser sans plus réfléchir. Remontant les paumes le long de sa chemise, elle sentit les muscles fermes sous le tissu. Il plaqua alors son front contre le sien.

— Tu es sûre que ça va mieux ? Tu n'as plus le vertige ?

— Ça va, assura-t-elle.

— Tu m'as manqué aujourd'hui, poursuivit-il en lui mordillant la bouche. Je n'arrêtais pas de te voir avec Max... Dans ses bras... Ses lèvres sur les tiennes...

La pointe de jalousie dans sa voix la fit frissonner de plaisir. Plus qu'elle ne l'aurait dû. Après tout, leur aventure était censée n'être que physique.

— Tu sais très bien que nous ne sommes un couple qu'à l'écran. Nous interprétons Damon et Rose quand ils étaient jeunes, murmura-t-elle contre ses lèvres.

Max Ford était son ami depuis des années, une sorte de grand frère pour elle. Avoir décroché ce rôle avec lui comme partenaire était pour elle un rêve devenu réalité.

Nash abaissa la bretelle de sa robe.

— Si Max n'était pas déjà marié et papa d'un bébé, j'aurais l'impression qu'il essaie de nous séparer, toi et moi.

Un *bébé*. Ce simple mot suffit à ramener Lily à la réalité. Elle s'écarta de lui et releva sa bretelle.

— Nash, il faut que je te parle, dit-elle.

Il lui décocha un clin d'œil.

— Allons, je plaisantais au sujet de Max ! s'exclama-t-il. Je sais bien qu'on ne s'est jamais rien promis, toi et moi...

— Bien sûr, je sais que tu n'es pas jaloux, l'interrompit-elle en secouant la tête. Je sais à quoi m'en tenir avec toi.

Du moins, elle croyait le savoir au début de leur idylle...

— Tu te trompes, je suis fou de jalousie ! affirma-t-il en l'enlaçant de nouveau. Je déteste voir d'autres hommes te tourner autour, même si c'est du cinéma...

— Ecoute, je n'arrive plus à penser dès que tu poses les mains sur moi... soupira-t-elle en reculant d'un pas.

La bouche sensuelle de Nash esquissa un sourire en coin.

— Ah bon ? Moi, je pense à plein de choses, au contraire, dès que je pose les mains sur toi.

Lily se passa une main dans les cheveux tout en cherchant ses mots. Depuis qu'elle avait vu apparaître les deux bandelettes bleues qui étaient venues confirmer ce matin ses pires soupçons, elle avait joué maintes et maintes fois la conversation dans sa tête. A présent, le moment de tout avouer était venu et elle demeurait sans voix.

— Nash…

Il reprit son air sérieux et s'avança vers elle.

— Qu'y a-t-il ? Si tu t'inquiètes pour ce qui se passera à la fin du tournage, sache que je n'attends rien de toi.

— Si seulement c'était aussi simple ! chuchota-t-elle en contemplant les bottes de cow-boy qui faisaient face à ses petits escarpins roses vernis.

Nash était un travailleur acharné, à mille lieues des hommes qui cherchaient à la séduire à Hollywood. Quant à elle, l'argent et la célébrité la laissaient de marbre — elle possédait les deux, de toute façon. Elle préférait les hommes proches de la nature et qui se souciaient des êtres qui les entouraient… Les hommes comme Nash.

Oh ! tout cela n'aurait jamais dû arriver. Cela aurait dû rester une aventure purement charnelle, un amour de tournage. Or voilà qu'un bébé allait les lier l'un à l'autre pour toujours…

— Lily, tu as quelque chose à me dire, alors parle-moi… Ce n'est quand même pas si grave !

Elle croisa son regard interrogateur et se lança.

— Je suis enceinte.

Bon, en fait, si. C'était grave.

Enceinte ? Bon sang… Il aurait pu s'évanouir à son tour !

Il scruta Lily, certain qu'elle disait la vérité puisqu'elle avait l'air aussi affolée que lui. De plus, il ne voyait pas l'intérêt qu'aurait eu ce genre de mensonge. Lily ignorait sa véritable identité, elle ne pouvait certainement pas chercher à le faire chanter…

A ses yeux, comme pour tout le monde sur le ranch, Nash n'était que le simple et discret responsable des écuries. Nul ne se doutait de la raison qui l'avait poussé à se présenter chez les Barrington.

Et voilà qu'un bébé venait compliquer cette équation déjà complexe ! Comme quoi la vie était pleine d'ironie…

sa testostérone. Pour l'instant, du moins. Il trouverait toujours un moyen de garder Lily près de lui, que cela lui plaise ou non. En tout cas, il ne voulait rien rater des étapes de la grossesse, puis de la vie de leur enfant.

— Comme tu veux... Dans ce cas, c'est moi qui m'installe chez toi.

Lily haussa un sourcil dubitatif.

— Nash, franchement... Je vais bien. Je ne vais rien faire de plus qu'aller sur le plateau le matin et me coucher le soir.

— C'est bien ce qui m'inquiète, répliqua-t-il. Tu es fatiguée et tu forces trop à l'approche de la fin du tournage. Bon sang, Lily, tu viens de t'évanouir !

— Je ne peux tout de même pas arrêter de travailler !

Quelques instants plus tôt, il était sur le point de l'emmener au grenier, et maintenant il se demandait combien de nouveaux mensonges il allait devoir inventer à son intention...

Derrière lui, les chevaux s'agitaient dans leur box. Le soleil couchant envoyait ses rayons rougeoyants qui entraient par la porte de l'écurie. Un décor qui aurait dû lui inspirer calme et sérénité, alors qu'une tempête intérieure sévissait en lui.

— Et après le tournage ? Que comptes-tu faire ?

Voilà. Il avait posé la question ultime. Il devait connaître ses intentions. Certes, il était prêt à fonder une famille, mais, considérant que Lily et lui vivaient chacun à un bout du pays, ils allaient devoir trouver une solution qui leur permettrait d'organiser leur vie autour du bébé.

Lily détourna les yeux avec un soupir.

— Je n'en sais rien, Nash. Je n'en sais vraiment rien.

Ils auraient le temps d'y réfléchir, en fait. Pour l'heure, Nash maintiendrait le projet pour lequel il était venu. Rien ni personne ne pourrait l'empêcher de le mener à bien. D'autant qu'il en savait désormais assez sur les Barrington pour planifier la prochaine étape.

Il avait eu de bonnes raisons — professionnelles et personnelles — de se faire engager sous une fausse identité, la première d'entre elles demeurant les incroyables étalons et poulinières de Damon. Voilà des années qu'il lorgnait dessus et il était prêt à tout pour les acquérir.

En dévisageant Lily, qui paraissait inquiète malgré son ventre encore plat, Nash comprit que la vérité qu'il était venu chercher au ranch ne la concernerait nullement. Pourtant, à cause d'un secret vieux de trente ans, le bébé et elle risquaient de payer le prix fort.

Il ne restait qu'à trouver un moyen de convaincre Damon de lui vendre ses meilleurs chevaux. Ensuite, Nash rentrerait chez lui et pourrait se consacrer à son enfant.

Chaque chose en son temps.

2

Bon, elle avait partiellement obtenu gain de cause. Elle ne s'installerait pas chez Nash, mais celui-ci la raccompagnait à sa loge-caravane. Sans doute avec l'intention d'y passer la nuit.

Un frisson d'excitation la traversa. Leur secret ne risquait-il pas d'être découvert ? Nash avait promis de se lever avant l'aube pour regagner les écuries sans être vu. Elle ne voulait pas qu'il s'imagine qu'elle avait honte de lui, mais hélas, avec le passé sulfureux qui lui collait à la peau, la presse guettait la première occasion de raconter que Lily Beaumont avait repris ses habits de fille de mauvaise vie. Or il n'était pas question de prêter ainsi le flanc aux critiques.

Nash savait à quel point Lily tenait au respect de sa vie privée et il n'ignorait rien de la *sextape* qui avait autrefois circulé dans la presse. Quant à lui, il affirmait préférer vivre dans l'ombre et n'avait vu aucun inconvénient à tenir leur relation secrète.

Par chance, les vigiles présents sur le ranch parvenaient à garder la presse à l'écart. N'empêche que Lily n'était pas sereine. Et si un membre de l'équipe de tournage les surprenait et vendait ensuite l'histoire au plus offrant ? Elle n'aurait pas la force d'affronter un nouveau scandale ni d'infliger cela une seconde fois à sa mère.

— Détends-toi ! souffla Nash en lui prenant la main. Personne ne peut nous voir. Il fait nuit.

Il avait raison. Ils semblaient vraiment seuls, mais elle avait l'habitude de ne le rencontrer que dans le grenier de l'écurie, là où ils se retrouvaient d'ordinaire, loin des regards. Pour l'heure, en traversant la vaste propriété des Barrington pour rejoindre sa loge, Lily avait l'impression que d'innombrables regards les épiaient. Nash et elle marchaient à pas de loup et seuls quelques coassements de grenouilles troublaient le silence de la nuit, accompagnés du chant des grillons et de quelques hennissements sporadiques venus des écuries.

Avant même de découvrir sa grossesse, Lily avait prévu d'avouer ses sentiments à Nash… Des sentiments qui la prenaient au dépourvu. Car tous deux s'étaient bien mis d'accord au départ sur le fait que leur aventure ne serait que passagère et purement physique. A un moment donné, toutefois, le cœur de Lily avait chaviré et la situation s'était transformée. Le risque, si elle s'en ouvrait à Nash aujourd'hui, serait de lui donner l'impression qu'elle cherchait à se marier pour se mettre à l'abri du scandale.

Tous deux marchaient du même pas, les doigts entremêlés. A bien y repenser, elle avait adoré la façon très instinctive dont Nash l'avait soutenue quand elle s'était évanouie. Dès le premier jour, elle avait apprécié sa force et ce pouvoir rassurant qu'il avait sur elle.

Elle s'était pourtant immunisée contre les hommes qui se croyaient tout-puissants, ayant eu un beau-père qui se servait de son argent pour obtenir ce qu'il voulait des gens. Toutefois, Nash n'était pas comme ça, il menait une vie modeste. A présent, ils allaient devoir affronter ensemble un véritable basculement alors qu'ils se connaissaient à peine.

Certes, leur entente charnelle était idyllique, mais cela ne signifiait pas pour autant qu'ils étaient prêts à lier leurs deux destins de façon irrévocable. Mais, par ailleurs, comment allait-elle supporter de voir les médias s'emparer de cette histoire et s'interroger sur l'identité du père de son enfant ?

Une fois dans la loge, Nash verrouilla la porte derrière lui. L'air était climatisé et une petite lampe dans la kitchenette baignait la caravane d'une lueur tamisée.

Elle se retourna et s'aperçut que Nash la dévorait des yeux. Elle connaissait ce regard, elle le découvrait presque tous les soirs depuis deux mois… Un regard capable de vous faire perdre le sens des réalités… et des responsabilités.

C'était la première fois qu'il venait dans sa loge et elle réalisait soudain à quel point sa silhouette était immense, imposante.

— Il faut absolument qu'on parle, déclara-t-elle en luttant contre le désir qui montait en elle. D'abord, je tiens à ce que tu saches que je n'ai pas cherché à te piéger.

— Je le sais bien, affirma-t-il en venant se poster près d'elle. Et je sais aussi que j'ai envie de toi. J'avais envie de toi avant que tu ne m'apprennes la nouvelle… Et ce bébé ne change rien à ce que tu provoques en moi, Lily.

Oh ! Seigneur, quand il lui parlait, quand il la regardait ainsi, comment était-elle censée garder son sang-froid ? Il lui suffisait de croiser son regard assombri par le désir pour sentir ses jambes vaciller. Voilà pourquoi ils devaient continuer à se cacher. En aucun cas elle ne pouvait se montrer en public avec cet homme : leur attirance sauterait aux yeux de n'importe qui.

Il avait une odeur virile, presque sauvage… Celle d'un travailleur acharné, attentif aux chevaux qui lui étaient confiés… Celle d'un amant exigeant, capable de vous mettre dans tous vos états rien qu'avec un regard.

— On ne devrait peut-être pas faire ça maintenant, murmura-t-elle alors qu'il remontait les mains le long de sa robe, avant de faire glisser les bretelles de ses épaules. Nash, on ne peut pas faire l'économie de cette conversation, n'est-ce pas ?

Nash hocha la tête, mais demeura concentré sur sa tâche.

— Non, bien sûr, souffla-t-il. Mais, pour l'heure, tu remarqueras que je te caresse… A moins que tu n'aies honte d'avoir invité le responsable des écuries dans ta loge ?

A ces mots, elle posa les mains sur les siennes.

— Jamais de la vie ! Ce qui se passe entre nous ne regarde personne.

Une ombre traversa furtivement le visage de Nash, qui se pencha aussitôt vers elle pour promener les lèvres dans le creux de son cou.

— Oh ! Nash, je suis incapable de te résister, soupira-t-elle.

Elle adorait sentir sa barbe lui chatouiller la peau. Elle était devenue accro et n'avait aucune envie de se désintoxiquer.

— C'est parce que la passion est une des émotions les plus fortes qui soient, chuchota-t-il sans cesser de l'embrasser. Et ce que nous partageons est trop intense pour qu'on puisse l'exprimer avec des mots.

L'instant d'après, la robe tombait aux pieds de Lily, qui, ivre de désir, aida alors Nash à lui ôter sa culotte et son soutien-gorge. Sans perdre une seconde, il fit ensuite passer son propre T-shirt par-dessus ses épaules et le jeta à terre. Elle admira le duvet qui couvrait son torse bronzé, dont les muscles avaient été sculptés par le travail au grand air, et non dans une salle de gym.

— J'aime quand tu me regardes, dit-il en la portant jusqu'au lit, à l'extrémité de la loge.

Il l'allongea alors et défit sa ceinture. Lily n'avait plus trop conscience de ce qu'ils faisaient. Ou plutôt si, et elle savait fort bien que c'était une erreur... Ne devaient-ils pas parler du bébé ? De la façon dont ils allaient organiser l'avenir ?

Un instant plus tard, le corps viril de Nash s'allongeait sur elle et elle cessa de penser. C'était exactement la sensation qu'elle adorait retrouver : Nash, sa peau, son poids sur elle... Et cette impression d'être à la fois protégée et transportée par une passion dévorante.

Nash avait raison. Le mot « passion » était bien faible pour décrire l'intensité de ce qu'ils partageaient. La rapidité avec laquelle ils s'étaient tous deux lancés dans cette aventure les avait d'abord surpris. Et jusque-là ils n'avaient envisagé leur relation que sous l'angle purement sexuel.

Sauf qu'en réalité elle éprouvait des sentiments pour Nash. Des sentiments qui étaient nouveaux pour elle. Mais était-ce assez fort pour assumer de vivre leur relation au grand jour ? Pouvait-elle se fier à ce qu'elle ressentait, alors que Nash semblait si bien s'accommoder d'une liaison secrète ?

Renonçant à toute forme de pensée rationnelle, elle remonta les mains le long du dos, puis des épaules de Nash, qui s'installa entre ses cuisses. Cet homme avait l'art de lui faire oublier tout ce qu'il y avait autour d'eux, de suspendre le temps pendant ces moments volés.

Conquise, elle l'accueillit en elle en s'émerveillant de la facilité avec laquelle elle lui cédait. Pourtant, avec lui, chaque fois était un peu comme une première fois.

Nash promena les paumes sur ses seins alors qu'elle se cambrait pour mieux venir à sa rencontre. Elle sentit le plaisir monter en elle et fut bientôt submergée par un vibrant orgasme. L'instant suivant, Nash la rejoignait dans le plaisir.

Après les derniers soubresauts de volupté, il la prit dans ses bras et l'installa sous les draps, avant de s'allonger à côté d'elle.

— Repose-toi, ma Lily... murmura-t-il en éteignant la lampe de chevet. Demain, nous trouverons une solution.

Que voulait-il dire ? Souhaitait-il toujours la convaincre d'emménager chez lui ? Certes, elle aimait son côté dominateur, mais pas au point de le laisser prendre sa vie en mains sous prétexte qu'elle attendait un enfant de lui. Et puis avoir un amant était une chose, s'installer avec un homme et partager sa vie au jour le jour en était une autre.

Même si Nash allait désormais occuper une place à part dans son existence, elle devait regarder les choses en face : le tournage du film s'achevait dans une semaine, et ensuite, elle était censée retrouver sa vie à L.A.

Autrement dit, quel était leur avenir à tous les deux ?

Ce n'était qu'une demi-surprise. Une fois encore, ils se retrouvaient nus et enlacés, sans avoir discuté de rien.

Au moins, elle ne se sentait pas — encore — nauséeuse ce matin. Alors que Lily se dirigeait vers la caravane de la maquilleuse, son agent, Ian Schaffer, sortit d'un cottage du ranch. A l'origine, il était venu sur le tournage pour lui faire signer un contrat avec son agence — ce qu'elle avait fait. Il n'en était pas encore reparti car, contre toute attente, il était tombé amoureux fou de l'une des sœurs Barrington...

La douce Cassie, entraîneur équestre aux méthodes

alternatives, et sa toute petite fille Emily faisaient désormais partie de l'existence de Ian. Tous trois formaient une ravissante famille recomposée. En apercevant Lily, Ian lui adressa un signe de la main et se dirigea vers elle. Bientôt, elle devrait évoquer avec lui sa nouvelle situation et les répercussions que celle-ci ne manquerait pas d'avoir sur sa carrière. D'autant que Ian lui avait déjà soumis plusieurs scripts en vue de futurs rôles.

Hélas, aucun de ces projets ne mettait en scène une femme enceinte au ventre rebondi.

— Tu as une seconde ? demanda Ian.

— Oui, dit-elle en se décalant pour ne pas être éblouie par le soleil matinal. Nous allons en ville aujourd'hui filmer une scène devant chez le fleuriste, mais on ne m'attend pas avant un petit moment à l'habillage. Que se passe-t-il ?

— J'ai reçu un très bon scénario hier et j'aimerais que tu y jettes un œil, expliqua-t-il en souriant. Je sais que nous ne travaillons ensemble que depuis peu de temps, mais j'ai bien compris que tu aspires à sortir de ces rôles un peu trop « film familial » que l'on t'attribue en général. Tu te sens prête pour quelque chose d'un peu plus audacieux ?

Elle haussa les épaules.

— Ça dépend du rôle. Et du producteur. De quoi s'agit-il ?

— Que dirais-tu de jouer une danseuse de cabaret qui se retrouve mère célibataire ?

Lily sentit son sang se figer.

— Hum... En effet, c'est très éloigné de ce que l'on m'a proposé jusqu'ici.

Oh ! quelle ironie du sort... Le temps que le tournage soit lancé, elle aurait perdu sa taille de guêpe. Quant à l'aspect mère courage... Nash lui avait assuré qu'il ne la laisserait pas tomber, mais, pour l'instant, cette histoire de bébé n'était pas concrète. Garderait-il le même discours une fois que le bébé serait là ?

— Lily ? insista Ian en cherchant son regard. Si tu ne te sens pas à l'aise avec ce genre de script, dis-le-moi tout de suite, ce n'est pas grave. Mais sache que les producteurs sont des gens très pro et qu'Aidan O'Neill vient d'accepter le rôle principal masculin.

Lily soupira. Aiden était un chic type et un grand acteur, elle aurait adoré travailler de nouveau avec lui. Mais comment accepter un tel rôle sachant que, dans quelques mois, son état physique lui interdirait d'incarner une danseuse ?

Elle aperçut soudain Nash au loin derrière Ian. Il avait réussi à quitter la loge sans qu'elle le remarque. Avant l'aube, comme il le lui avait promis. Elle en avait été soulagée, même si elle aurait bien aimé se réveiller près de lui. Oh, Seigneur, elle avait de plus en plus de mal à lutter contre l'attirance que lui inspirait cet homme...

Suivant son regard, Ian se retourna et sourit en voyant Nash.

— Je ne suis pas sûr de bien comprendre pourquoi vous vous cachez, tous les deux.

Lily tressaillit à ces mots.

— Quoi ? Excuse-moi, tu disais ?

— Ne t'inquiète pas, de mon côté, ce sera motus et bouche cousue, assura-t-il d'un ton neutre.

Lily se demanda si elle était soulagée ou inquiète de savoir que sa liaison avec Nash n'était pas passée inaperçue, au moins pour une personne. Les vieilles images d'une vidéo prise à son insu dans un moment intime lui revinrent à l'esprit. Mais c'était une autre époque et un autre homme. Car Nash était digne de confiance, non ?

— Et que crois-tu savoir que tu ne répéteras pas ? demanda-t-elle en croisant les bras.

— Figure-toi que je vous ai aperçus tous les deux, il y a un mois, dans une position, disons... compromettante. Je cherchais Cassie et je suis allé voir à l'écurie. Evidemment, je n'ai rien dit à personne. Je sais à quel point tu tiens à ta vie privée !

Lily s'était pourtant crue à l'abri des regards, de nuit, dans le grenier où Nash la retrouvait chaque soir... Par chance, Ian étant désormais son agent, il n'avait aucun intérêt à la voir occuper les mauvaises pages de la presse à scandale.

Elle hocha la tête.

— Pour être honnête, je ne sais pas exactement ce qu'il y a entre Nash et moi, soupira-t-elle. Mais il faut vraiment que tout ça reste entre nous, d'accord ?

— Tu es ma cliente et, je l'espère, mon amie, répondit-il avec un sourire. Nous avons tous nos secrets, Lily. Je ne dirai rien, c'est juré.

En parlant de secrets… Mais non, pour l'instant, elle préférait garder sa grossesse pour elle. Avant de partager la nouvelle avec son entourage, elle devait mettre les choses au point avec Nash. Pour l'instant, leur relation en était encore à une phase très charnelle et elle n'avait pas la moindre idée de la façon d'aborder son évolution. Car ni l'un ni l'autre ne s'était préparé à devoir réfléchir à l'avenir ensemble.

— Tu vas bien ? s'enquit Ian.

Affichant un sourire radieux, Lily hocha la tête et se tourna vers la caravane des costumes.

— Oui, ça va ! Il me tarde juste d'en finir avec les prises de vue d'aujourd'hui, pour pouvoir me reposer.

— Eh bien, quand tu auras un instant, passe me voir. Je te montrerai ce fameux script. Je t'imagine très bien en mère célibataire, mais il faut que tu sois à l'aise avec l'idée d'interpréter une danseuse. J'ai aussi un autre rôle, qui se jouerait dans un film fantastique, mais il te faudra accepter les nombreuses scènes en bikini ou autres peaux de bêtes.

Lily réprima un soupir de désespoir : à peine se découvrait-elle enceinte qu'elle devait déjà faire un choix entre carrière et vie personnelle…

Comment arriverait-elle à concilier les deux ? Très vite, sa grossesse se verrait et elle devrait parler de Nash. Et tirer au clair les sentiments qu'elle éprouvait réellement pour lui.

Comment allait-elle gérer tout cela ? Comment allaient-ils s'en sortir ? Formeraient-ils un couple ? Ou resteraient-ils deux personnes séparées s'occupant à tour de rôle d'un enfant qu'ils avaient en commun ? En tout cas, vu la nature des sentiments qui l'assaillaient, Lily pressentait déjà ce qui l'attendait : un chagrin d'amour en bonne et due forme.

3

Il était plus de minuit et Lily n'était pas venue le rejoindre. Il avait pourtant passé la nuit dernière dans sa loge, dans son lit. Alors pourquoi n'était-elle pas venue ce soir ?

Eteignant les lumières dans l'écurie, Nash se dirigea vers l'arrière de la propriété, où se trouvait la caravane de Lily. Il voulait s'assurer qu'elle n'était pas malade, mais refusait d'admettre qu'il commençait à s'attacher à elle. Il ne pouvait se permettre de s'égarer de son objectif. Pas maintenant. Pas tant que son plan n'avait pas été mis à exécution.

Il se retourna pour vérifier que personne ne le voyait, gravit les deux marches et frappa quelques coups discrets à la porte. Comme Lily ne répondait pas, il appuya sur le loquet, qui, à sa grande surprise, n'était pas enclenché. Malgré tous les vigiles postés sur le ranch, ce n'était pas prudent. Car il existait des fans déséquilibrés prêts à tout pour déjouer la sécurité et obtenir un autographe de leur idole.

— Tu dois absolument verrouiller ta porte, déclara-t-il en pénétrant dans la roulotte. N'importe qui peut entrer.

Lily était assise à la petite table de la cuisine, des feuilles de papier étalées devant elle. Quand elle leva les yeux vers lui, des larmes roulaient sur ses joues au teint de porcelaine.

Paniqué, il se précipita vers elle.

— Lily, que se passe-t-il ? C'est le bébé ?

Elle secoua la tête.

— Non, non, le bébé va bien.

Il ressentit un vif soulagement, et pourtant il était évident que quelque chose n'allait pas. Il n'avait jamais vu Lily aussi bouleversée, elle qui donnait toujours l'impression d'une grande maîtrise... Enfin, sauf quand elle s'abandonnait corps et âme entre ses bras, après avoir laissé libre cours à la passion...

— Alors que se passe-t-il ? demanda-t-il en s'asseyant à côté d'elle sur l'étroite banquette.

Elle désigna les documents devant elle.

— C'est tout ça... ma carrière... Je n'ai pas la moindre idée de la direction à prendre. Je suis à un tournant de ma vie, Nash. Et j'ai peur. Il n'y a pas de bon ou de mauvais choix.

Nash la serra contre lui. Il avait pris l'habitude de sentir son corps frêle contre le sien. Ce à quoi il n'était pas habitué, en revanche, c'était consoler une femme. Il se sentit maladroit et il s'en voulut. Il avait l'impression de devenir lui-même vulnérable face à Lily.

Mais, plus que tout, il détestait lui mentir. Elle ne méritait pas d'être entraînée dans sa spirale de mensonges et de tromperies, mais à présent qu'elle était enceinte il n'avait pas le choix. Il avait déjà mis une partie de son plan à exécution et il ne quitterait pas le ranch tant que Damon Barrington ne lui aurait pas cédé ses chevaux. Ni tant que lui-même n'aurait pas révélé sa véritable identité au maître des lieux. Car Nash avait hâte de voir la tête du vieil homme une fois qu'il lui aurait dit la vérité.

Mais pour l'heure il devait s'inquiéter de Lily et du bébé, car il ne voulait surtout pas entraîner deux innocents dans ce chaos. Les choses étaient pourtant simples au début : une aventure torride avec Lily le temps du tournage, point final. Or voilà que cet enfant venait tout bouleverser ! Et que Nash se devait d'aider Lily... Toutefois, il n'avait pas la moindre idée de la façon dont il devait s'y prendre.

Il tressaillit en songeant que sa propre mère avait dû traverser des moments comme celui que vivait Lily à présent. Sauf que sa mère avait été seule. En aucun cas il ne laisserait Lily penser qu'elle n'avait personne sur qui s'appuyer.

Pendant des années, il avait vécu seul avec sa mère. Celle-ci faisait passer les besoins de son fils avant les siens, ne s'accordant aucun loisir, cumulant par périodes deux emplois pour pouvoir payer toutes les factures et faire en sorte que son fils ne manque de rien. Ce n'était qu'à l'adolescence de Nash qu'elle avait pour la première fois amené un homme à la maison et qu'elle s'était enfin remariée.

Dès lors, Nash refusait de voir Lily subir les affres des mères célibataires et jongler constamment entre sa carrière et son enfant.

Son enfant à lui. Oui, Lily allait être la mère de son enfant. Etait-il amoureux d'elle ? Non. L'amour, le mariage, ce n'était pas pour lui. Ce qui ne signifiait pas pour autant qu'il n'aimerait pas cet enfant qu'ils avaient conçu ensemble. Il allait devoir faire en sorte qu'une fois Lily consciente de la vérité à son sujet elle ne le chasse pas de son existence.

Or il savait à quel point elle haïssait le mensonge depuis qu'un homme avait abusé de sa confiance, autrefois. Cependant, elle comprendrait à l'évidence que la situation était différente.

— De quoi s'agit-il, pour que tu sois contrariée à ce point ?

Lily lui posa une main sur la cuisse.

— Ce sont des scénarios que me propose Ian. Il est enthousiaste, parce que mon prochain film sera notre premier projet ensemble... Sauf que tous ces rôles me sont impossibles à interpréter tant que je n'aurai pas accouché et retrouvé ma silhouette de jeune fille. Hollywood est impitoyable en matière de kilos en trop.

Il ne jugea pas utile de lui livrer son opinion quant aux critères de beauté de Hollywood. Une femme n'avait pas nécessairement besoin d'être une liane pour être belle. Lily, par exemple, n'était pas très grande, mais elle avait des courbes très féminines aux endroits stratégiques.

— Pourquoi ne pas simplement expliquer à Ian qu'aucun de ces scénarios ne te convient ?

D'un geste machinal, elle traça des cercles invisibles sur la surface du jean qu'il portait.

— Je dois lui parler du bébé, je n'ai pas le choix. Ma carrière passera quelque temps au second plan. J'espère juste que je ne vais pas me suicider professionnellement.

Nash sourit et repoussa une mèche de cheveux qui était tombée devant les yeux de la jeune femme.

— Cela m'étonnerait. Ian comprendra, j'en suis sûr.

Lily se frotta le visage.

— Etre actrice, c'est toute ma vie ! Je ne sais rien faire d'autre. Et je n'y connais rien en bébés...

Pas plus que moi, songea Nash.

Elle se leva et alla chercher une bouteille d'eau dans le réfrigérateur. Nash la regarda boire et un irrépressible instinct de possession s'empara de lui. Cette femme extrêmement sensuelle allait bientôt afficher des signes tangibles de leur liaison secrète...

— Tu sais, tu ne devrais pas trop te mettre la pression en ce moment, Lily. Il est important que tu te détendes.

— Je n'ai pas besoin que tu me dictes ma conduite, lâcha-t-elle en le fusillant du regard. D'accord, tu es le père de cet enfant, mais je reste seule à gérer ma vie. Même si je fais une pause dans ma carrière, je resterai sous le feu des projecteurs, tu comprends. Et je refuse de...

Elle se mordit la lèvre et détourna le regard. Dans la lumière tamisée de la petite caravane, Nash devina les larmes qui envahissaient soudain ses yeux. Bon sang...

— Tu n'as pas envie que les médias s'en mêlent.

Après une brève hésitation, elle hocha la tête, toujours en fuyant son regard. Il se leva pour venir la prendre dans ses bras.

— Tu ne pourras pas leur cacher ta grossesse, Lily. L'essentiel, c'est que tu restes maîtresse de la façon dont tu communiqueras, murmura-t-il en glissant une main sur son ventre, au creux duquel se développait une minuscule vie... Ne laisse pas courir des rumeurs. Je suis sûr que tu as des interviews prévues. Profites-en pour annoncer toi-même que tu es enceinte, pour couper l'herbe sous le pied des médias mal intentionnés.

A ces mots, Lily leva enfin les yeux vers lui et quelques larmes roulèrent sur ses joues.

— Tu as raison, c'est la meilleure solution, murmura-t-elle. Mais je dois avant tout prévenir ma mère.

Sa mère... Ils n'avaient encore jamais parlé de leurs parents respectifs — ce genre de discussion était le signe d'une relation déjà sérieuse — et s'étaient contentés de profiter simplement des instants passés ensemble.

Or le destin, qui les avait pris de court tous les deux, les confrontait désormais à une réalité à laquelle ils ne pouvaient pas échapper. Désormais, ils seraient unis par un lien indéfectible. Et cela donnait le vertige...

Si Lily souhaitait lui parler de sa mère, tant mieux, songea-t-il. Lui, de son côté, n'avait aucune envie d'évoquer la sienne.

— Ta maman vit aussi à L.A. ?

— Non, elle habite en Arizona, dans une maison de retraite médicalisée. Elle a son propre logement et vit de façon indépendante, mais si sa santé se dégrade elle disposera à demeure de tous les services et les soins nécessaires, expliqua Lily en croisant les bras. Je ne révèle jamais l'endroit où elle vit, parce que je tiens à la préserver de la pression médiatique.

Malgré lui, il éprouva une certaine admiration devant la façon dont Lily protégeait sa mère. Lui-même était prêt à tous les sacrifices pour la sienne et c'était bien pour cette raison qu'il avait choisi de garder son secret, plutôt que d'enfoncer la porte de Damon et de tout lui lancer à la figure. Bien sûr, Nash aurait préféré ne pas avoir à garder ce secret. Il aurait aimé pouvoir affronter directement le passé, puis tourner la page. Mais il avait choisi de protéger sa mère et se devait d'avancer pas à pas, sans précipitation.

Pour Lily, les choses étaient différentes : il l'avait désirée dès le premier regard. Et voilà qu'elle se retrouvait là, face à lui, enceinte, en train de lui parler de sa mère...

L'ironie de la situation ne lui échappait pas. Lui-même avait été un enfant incognito. Et Lily attendait un bébé qui devrait pour l'heure rester secret. La meilleure chose à faire, pour Nash, c'était de ne rien modifier à ses projets initiaux tant qu'il n'aurait pas affronté Damon.

— Tu comptes rendre visite à ta mère dès la fin du tournage ? demanda-t-il.

A vrai dire, il avait besoin qu'elle quitte le ranch, le temps pour lui d'avoir ce face-à-face avec Damon. Mieux valait qu'elle n'y assiste pas et ne découvre pas d'un coup tous les mensonges qu'il lui avait dits depuis leur rencontre. Certes, elle finirait par tout savoir, il n'y échapperait pas. Mais si, au moins, il pouvait adoucir les coups...

Nash attendait tellement de Damon ! Et de Lily... Et de lui-même, aussi. Mais, quoi qu'il arrive, il parviendrait à ses fins. Il n'était pas du genre à laisser passivement filer les opportunités, à regarder la vie défiler devant lui. Tout ce qu'il avait accompli jusqu'à présent, il l'avait obtenu en prenant des risques...

— Je vais y réfléchir, soupira-t-elle. Je dois aussi trouver un gynécologue. Je ne sais pas du tout à qui m'adresser. Je ne vais quand même pas attendre mon retour à L.A.

— Je vais te trouver un médecin, assura-t-il. Je connais pas mal de monde dans le coin. L'essentiel est que tu puisses te faire examiner rapidement. Ensuite, tu te feras suivre à L.A.

Il s'aperçut soudain qu'il ne savait même pas si elle envisageait de rentrer chez elle après le tournage. En fait, il n'avait pas la moindre idée des projets qu'elle avait. Pour l'instant, sa seule certitude la concernant, c'était qu'il partageait avec elle une merveilleuse entente charnelle.

— Je ne vois pas comment je vais pouvoir entrer dans un cabinet médical sans que tout le monde s'interroge sur mon état de santé.

Nash ne pouvait pas trop lui en dire sans éveiller ses soupçons quant à sa véritable identité. Pour l'heure, elle le prenait pour un simple responsable d'écurie et c'était très bien comme ça. Quoi qu'il en soit, s'il le fallait, il n'hésiterait pas à faire jouer ses relations pour permettre à Lily d'accéder aux soins dont elle aurait besoin pendant le reste de son séjour à Stony Ridge. Elle devait être suivie par les meilleurs spécialistes.

— On doit pouvoir faire venir un médecin ici en toute discrétion, assura-t-il. Quitte à acheter son silence...

Lily écarquilla les yeux.

— On ne va quand même pas payer quelqu'un pour qu'il se taise ! protesta-t-elle. Il suffit de trouver quelqu'un de discret, c'est tout.

Vu le ton qu'elle employait et la lueur d'inquiétude au fond de ses yeux, il comprit qu'elle n'appréciait guère l'idée qu'il dépense de l'argent pour elle. Sans doute parce qu'elle n'imaginait pas la fortune dont il disposait en réalité. De toute façon, même s'il n'avait eu que le maigre salaire d'un responsable d'écurie, il aurait dépensé jusqu'à son dernier dollar pour s'assurer de la bonne santé de son enfant.

— Je m'occupe de tout, Lily. Tu n'as pas à t'en inquiéter.

Elle recula d'un pas et le dévisagea.

— Tu es plein de surprises, Nash. Sous tes airs décontractés, voilà que tu te révèles un véritable chef d'entreprise... A se demander qui est le vrai Nash !

Oh ! Seigneur, elle ne tarderait pas à découvrir la vérité ! Une vérité qui bouleverserait leurs vies à tout jamais.

Il respira un grand coup, glissa les mains dans ses poches et s'efforça de reprendre le rôle du modeste garçon d'écurie.

— Mais qui est le vrai Nash, à ton avis ?

Elle continua de le scruter d'un air désinvolte.

— Je ne sais pas... Disons que je te trouve plus solide et serein que je ne l'imaginais, par rapport au bébé.

A ces mots, il s'avança vers elle, la prit par la taille et la plaqua contre un placard de la kitchenette.

— Tu veux dire que tu ne me trouvais pas assez solide, toutes ces nuits que nous avons passées au grenier ?

Les mains de Lily remontèrent le long de son torse.

— Oh ! que si ! répondit-elle en riant. Mais jamais tu n'as eu l'air aussi sérieux que tu l'es en ce moment.

Nash posa les yeux sur ses lèvres.

— Fais-moi confiance, quand il s'agit des gens auxquels je tiens, je suis très, très sérieux.

Il la sentit frémir contre lui. S'il ne pouvait rien lui révéler, il devrait néanmoins user de son influence pour la garder près de lui afin de s'assurer qu'elle et le bébé allaient bien. Pas un instant il n'avait envisagé qu'une surprise de ce genre pourrait venir contrecarrer ses projets. Toutefois, il devait faire avec, en s'efforçant de ne briser aucun cœur au passage. Car les deux terribles secrets qu'il portait en lui risquaient d'anéantir les relations de confiance qu'il avait nouées avec les gens du ranch depuis deux mois.

Même si le destin donnait l'impression de s'acharner sur lui, Nash avait la ferme intention de réussir ce qu'il avait entrepris. Et, en fin de compte, il obtiendrait tout ce qu'il voulait : les chevaux. Une famille. Le bébé.

4

— Comment ça, il n'accepte toujours pas notre proposition ?

Nash jeta un coup d'œil par-dessus son épaule pour s'assurer qu'il était toujours seul. Il était sorti de l'écurie afin de pouvoir répondre en toute discrétion à l'appel de son assistant.

Car Damon Barrington avait beau être techniquement son patron, ici, au ranch, Nash lui préparait une surprise.

— Je sais ce qu'ils manigancent, reprit-il à voix basse. Je sais exactement ce qu'il est prêt à lâcher et ce qui lui tient à cœur. Bon sang, que lui faut-il pour accepter de vendre ?

— Je crois que le problème est là, répondit son assistant. Tu sais ce qu'il pense de toi... Il est capable de vendre moins cher à quelqu'un d'autre rien que pour t'embêter.

Nash se passa une main dans les cheveux. Oui, il savait ce que Damon pensait de lui. Voilà quelques années qu'ils étaient rivaux dans l'industrie de l'élevage équestre, mais généralement les transactions se négociaient entre assistants. Dès lors, Nash n'avait eu qu'à se laisser pousser la barbe et les cheveux et à enfiler de vieux vêtements de travail : parfois, la meilleure façon de se cacher n'était-elle pas de se planter juste sous le nez des gens ?

Voilà un moment que Nash souhaitait acheter plusieurs chevaux de courses à Damon, sachant que le magnat du monde hippique prendrait sa retraite au terme de la saison en cours. Or Damon refusait obstinément de les lui vendre. Nash avait besoin de ces chevaux d'exception dans son propre élevage, car jusqu'à présent ses résultats aux courses n'étaient pas à la hauteur de ses exigences.

La dernière proposition qu'il venait de soumettre était exorbitante, mais rien à faire : Damon campait sur ses positions.

Tel père, tel fils...

— Bon, laisse-moi réfléchir, conclut Nash en contournant la façade pour revenir vers l'écurie. Je te rappelle.

Il glissa le téléphone dans son pantalon et abaissa son chapeau de cow-boy pour se protéger du soleil. Il trouverait le moyen de convaincre Damon, il n'était pas du genre à baisser les bras. Ce n'était qu'une question de temps.

Il s'empara de la fourche accrochée à l'entrée de l'écurie et entreprit de nettoyer les box du bout de l'allée. Tessa et Cassie venaient d'emmener deux des chevaux qu'il convoitait en balade, ce qui lui laissait le temps de réfléchir et de travailler sans être distrait.

Damon était-il disposé à vendre ses chevaux, du moment que c'était à un autre éleveur que lui ? Souhaitait-il avant tout qu'ils ne se retrouvent pas dans l'écurie de son plus grand rival ?

Il planta la fourche dans le tas de paille et plaça quelques bottes dans la brouette. Sa villa lui manquait. De même que ses propres écuries et ses chevaux, dont il aimait prendre soin. En son absence, il en avait confié la charge à son responsable d'écurie, en qui il avait entière confiance.

Seul son assistant savait que Nash s'était infiltré chez les Barrington dans la perspective de favoriser la transaction espérée. Le jeune homme ignorait en revanche l'autre secret que Nash était venu dévoiler à Stony Ridge. Personne n'était au courant. Et cela devait rester ainsi.

Si Damon méprisait déjà Nash, que penserait-il de lui une fois qu'il lui aurait révélé son secret ?

Le premier box était propre à présent et Nash était en sueur. Il ôta alors son chapeau, puis son T-shirt. Il travaillait rarement torse nu, mais la journée s'achevait bientôt et la chaleur, ce jour-là, était étouffante.

Lorsque les deux box furent impeccables, Nash rangea tout

s'avançant vers elles, répandant autour de lui son parfum aux accents de lilas. Je profite d'une pause entre deux scènes pour vous faire une petite visite. Comme je viens rarement aux écuries...

Nash se remit au travail en réprimant un sourire. La conversation alla bon train entre les trois femmes, qui éclataient de rire par moments. Les trois femmes de sa vie... songea-t-il. Même si deux d'entre elles ne se doutaient pas des liens qu'elles avaient avec lui.

Bon sang, il s'était tout de même fourré dans un sacré pétrin ! Et il ne tenait qu'à lui de faire en sorte que ses manigances ne lui explosent pas à la figure. Car, même s'il peinait à l'admettre, il commençait à s'attacher à cette famille. Ses sœurs, qu'il n'avait certes fréquentées que dans le cadre de son travail, il les connaissait bien à présent. Et il avait pu mesurer l'amour que leur portait leur père.

Ces gens-là formaient une vraie famille, une famille soudée. Et Nash n'avait pas la moindre idée de la place qu'ils lui réserveraient dans l'arbre généalogique une fois qu'il aurait dévoilé ses batteries.

Lily se força à avaler le toast qui lui servirait de petit déjeuner. En ce dernier jour de tournage, elle mourait d'envie de se remettre au lit et de suggérer à l'équipe de tourner les dernières scènes sans elle... Avec de telles nausées, elle souhaitait seulement qu'on la laisse mourir en paix. Car elle était à l'agonie.

Elle avait déjà quinze minutes de retard pour la maquilleuse. D'ordinaire, elle était ponctuelle. Elle n'avait rien de commun avec ces actrices réputées pour leurs caprices de divas. Elle avait toujours mis un point d'honneur à se comporter en véritable pro, à ne pas faire attendre les équipes de tournage.

Elle posa ses lunettes noires sur son nez pour dissimuler ses cernes jusqu'à ce que la maquilleuse opère ses miracles. C'était à peine si elle avait trouvé l'énergie d'enfiler sa longue robe dos nu et ses sandales. Pour l'heure, le film était le cadet de ses soucis. Car, outre le bébé, Lily s'inquiétait sérieusement pour sa relation avec Nash.

Sa relation avec Nash ? Elle considérait donc à présent qu'ils formaient un couple ?

Comment pouvait-il en être autrement, quand cet homme transpirait une telle force, une telle confiance en lui ? Et pas seulement dans son travail : dans tout ce qu'il entreprenait. Depuis qu'elle lui avait annoncé sa grossesse, il s'intéressait à ce qu'elle ressentait et tâchait d'anticiper le moindre de ses besoins. Et, qu'elle le veuille ou non, cela ne faisait qu'attiser l'attirance qu'il lui inspirait.

Cet homme possédait de multiples facettes, qu'elle avait soudain envie de toutes découvrir. Après s'être abandonnée à lui charnellement, elle était disposée à lui confier le reste de sa personne.

Qu'attendait-il d'elle, au juste ? Etait-il prêt à aller plus loin ? Et, si tel était le cas, accepterait-il de vivre comme elle sous le feu des projecteurs ? Plus elle réfléchissait, plus les questions et les appréhensions envahissaient son esprit.

Les nuages noirs qui s'amoncelaient dans le ciel reflétaient bien son humeur. Vivement la fin de ce premier trimestre de grossesse ! Car, si elle était impatiente de sentir la petite vie s'épanouir en elle, elle n'en pouvait plus de ces nausées qui lui empoisonnaient la vie.

Sans parler de toutes les incertitudes au sujet de Nash...

— Bonjour, Lily ! Je viens prendre des nouvelles ! lança Ian, qu'elle découvrit soudain devant elle. Tout va bien ?

Les larmes lui montèrent aux yeux. Non, tout n'allait pas bien. Elle était enceinte d'un homme dont elle ne savait rien et elle était en train de tomber amoureuse de lui. Sa vie ressemblait à un chaos et elle n'avait aucune idée de la façon de remettre les choses en ordre.

Ian la dévisagea et elle se réjouit de pouvoir camoufler son chagrin derrière ses lunettes aux verres fumés.

— En fait, je ne suis pas très en forme ce matin, répondit-elle.

Il posa la main sur son épaule et la força à s'arrêter.

— Tu m'as l'air pâle. Tu es sûre que ça va aller ?

— Non, souffla-t-elle en reniflant. Mais je vais tenir le coup, ne t'en fais pas.

Il fronça les sourcils en regardant autour d'eux.

— Tu pleures, Lily. Je vois bien que ça ne va pas. Est-ce qu'il est arrivé quelque chose à ta mère ?

— Non, ma mère va très bien.

Elle ôta ses lunettes pour sécher ses larmes. Pourquoi diable n'arrivait-elle pas à contenir ses émotions ? Tout ce qu'elle voulait, c'était boucler cette dernière journée de tournage et rentrer dans sa loge, où elle avouerait enfin à Nash qu'elle commençait à nourrir des sentiments pour lui.

— Si tu es malade, je vais m'arranger pour qu'on ne tourne pas ta scène maintenant. Nous ne sommes pas à quelques heures près.

Quelques heures ? Ce dont elle avait besoin, c'était plusieurs semaines, voire plusieurs mois. Le temps que ces épouvantables nausées s'estompent, puis disparaissent. Sauf que, quand ce serait le cas, elle ressemblerait à une baleine et ne pourrait évidemment plus interpréter Rose Barrington.

— Non, non, je te remercie, cela ne changera rien.

Elle renifla encore et songea qu'elle avait désespérément besoin d'un mouchoir. Diable, si un paparazzi la surprenait dans cet état, elle imaginait déjà les prochaines unes des journaux à scandale : *Une star ravagée par la drogue*. Ou encore *La petite fiancée de Hollywood replonge dans ses travers de mauvaise fille.*

— C'est à cause de Nash ? chuchota Ian. Tu m'as l'air vraiment très contrariée. Est-ce qu'il t'a fait du mal ?

Un rire hystérique lui échappa alors que de nouvelles larmes affluaient. Oh, Seigneur, elle était en train de craquer devant son nouvel agent ! Le malheureux devait déjà regretter d'avoir traversé tout le pays pour venir la convaincre de signer un contrat avec lui. Même si, depuis le peu de temps qu'ils se connaissaient, ils entretenaient des relations tout à fait amicales.

— En fait, je suis enceinte, lâcha-t-elle soudain.

Ian ouvrit d'abord de grands yeux, puis la prit dans ses bras en une affectueuse accolade.

— Félicitations ! C'est formidable ! Et je suppose que Nash est le père ?

Lily hocha la tête en le serrant à son tour dans ses bras.

— Personne n'est au courant. S'il te plaît, ne dis rien à personne tant que je n'ai pas officialisé la nouvelle.

— Bien sûr, acquiesça-t-il en reculant d'un pas. Alors c'est pour cela que tu n'as pas donné suite aux scénarios que je t'ai soumis ?

Le chaleureux sourire qu'il affichait la rassura et elle hocha la tête.

— Je suis fichue, ajouta-t-elle. Je ne sais pas quel genre de rôle tu vas pouvoir me trouver maintenant. Je ne sais même pas comment je vais gérer cette grossesse... Sans parler du bébé.

Ian lui posa une main sur l'épaule et la regarda droit dans les yeux.

— Ecoute, cette nouvelle est un choc pour toi, je l'imagine bien, mais tu es quelqu'un de fort, Lily. La plupart des actrices deviennent mamans un jour ou l'autre. Tu vas t'en sortir et je ne doute pas que je te trouverai du travail. Ne t'en fais pas pour ça, c'est mon boulot, d'accord ?

Elle approuva d'un vague signe de tête.

— Bon, dit-elle, il faut que je rejoigne la maquilleuse. Je suis très en retard, mais merci de me comprendre, Ian. Et je compte sur ta discrétion.

— Pas de problème. Quant à moi, je vais aller rendre une petite visite à Nash, qui est là-bas, devant les écuries, et qui me fusille du regard depuis qu'il nous a vus parler ensemble.

— Il a un côté très protecteur, commenta-t-elle avec un sourire.

— Disons qu'il se comporte comme un homme amoureux...

Amoureux ? Impossible. Aveuglé par le désir ? Probablement. De toute façon, l'amour n'avait pas de place dans l'équation qui s'offrait à Nash et Lily.

— Dis-lui que je le retrouverai plus tard et que je vais bien, glissa-t-elle à Ian. Il s'inquiète comme ma propre mère !

— Tu peux compter sur moi ! s'exclama Ian en riant.

Tandis qu'il se dirigeait vers les écuries, Lily se tourna pour contempler un instant Nash. Ils avaient beau être séparés par une allée bétonnée et un carré de jardin, elle lisait sur ses traits l'expression la plus déterminée qui soit. Ce n'était pas de la jalousie — de quoi au juste pourrait-il être jaloux ? Certes, ils allaient avoir un bébé ensemble, mais cela ne les engageait à rien.

Quoique... Qu'est-ce qui les empêchait d'aller plus loin, en fait ? Pourquoi n'avouerait-elle pas à Nash ce qu'elle désirait au plus profond d'elle-même ? Elle ne lui réclamerait pas le mariage, il n'avait pas à s'inquiéter. Pas question de se déchirer ensuite devant un enfant innocent. Lily voulait que ce bébé reçoive de l'amour et de la sécurité de la part de ses deux parents. Qu'ils soient en couple ou non, peu importait. Mais pour cela elle devait connaître les sentiments de Nash à son égard — en dehors de toute considération sexuelle.

Elle le pressentait, un homme comme lui n'était pas d'un tempérament à renoncer à son enfant... et, par extension, à elle. Ainsi, peut-être tenait-elle là une occasion de voir si elle était capable de s'engager sur le long terme avec l'homme qui avait littéralement bouleversé sa vie.

5

Nash ne s'aperçut à quel point ce rendez-vous l'avait angoissé qu'au moment où il referma la porte derrière le médecin, une fois la consultation terminée. Lily et lui se retrouvèrent alors seuls dans la maison qu'il louait, à quelques kilomètres du ranch des Barrington.

Le bébé se portait bien, avait assuré la gynécologue, et son cœur battait régulièrement. En revanche, la pression artérielle de la future maman était élevée et elle lui avait recommandé du repos. Lily devait éviter tout stress inutile d'ici la prochaine consultation, qui aurait lieu dans quelques semaines. Nash comptait bien l'aider à se détendre et veiller à ce qu'elle ne manque de rien tant qu'elle logerait chez lui. Car il avait pris sa décision : le bébé demeurerait sous son toit jusqu'à nouvel ordre.

Le tournage venait enfin de s'achever et Lily était libérée de ses obligations. Ce qui signifiait que le moment de prendre des décisions était venu. Un enfant innocent allait venir au monde : il aurait besoin d'un foyer stable où il trouverait toute l'affection qu'il méritait.

Quand Nash revint dans le salon, Lily, installée sur la méridienne en cuir, pointait la télécommande vers le large écran plat accroché au mur en pierre de taille. Avant d'emménager dans cette maison de location, il l'avait fait décorer à son goût par son architecte d'intérieur. En tant que célibataire, Nash avait en effet peu d'exigences, si ce n'est celles de disposer d'une belle télé et d'un intérieur de caractère.

Quand Lily l'avait félicité à ce sujet, il avait affirmé avoir loué le logement déjà meublé. Un petit mensonge de plus, qui s'ajoutait à la liste sans fin de dissimulations et de tromperies à laquelle il exposait la jeune femme depuis le début. De toute façon, au point où il en était, cette petite modification de la vérité concernant son intérieur paraissait bien futile...

Le regard pétillant de Lily accrocha le sien alors qu'il approchait. Elle affichait un sourire radieux.

— Je sais que nous avons beaucoup de choses à régler, dit-elle, mais je suis heureuse que le bébé soit en bonne santé !

Il vint s'asseoir près d'elle et lui caressa les pieds.

— Tant mieux. Ce n'est pas parce que tu es enceinte que tu dois t'angoisser...

Lily cala la tête contre le dossier et ses cheveux retombèrent sur ses épaules. Qu'elle était belle ! songea-t-il. Aujourd'hui, elle n'avait ni maquillage ni brushing puisque le tournage était terminé. Elle avait le teint frais, les cheveux lâchés et portait une robe toute simple. Elle était restée naturelle et ne semblait guère se soucier de son apparence, qui comptait pourtant tellement dans le milieu du cinéma.

En fait, la vie au grand air semblait bien lui convenir. Nash appréciait de la voir s'épanouir dans son monde à lui. Ou plutôt, se reprit-il, dans le monde de mensonges qu'il avait fabriqué de toutes pièces.

Se plairait-elle dans sa vraie villa ? Dans son immense chambre dont la terrasse surplombait les champs en contrebas ? Oh ! comme il s'imaginait lui faire l'amour sous le ciel étoilé... Comme il avait envie de l'installer chez lui, dans sa véritable propriété, et non dans cette location qui ne servait qu'à accréditer le personnage qu'il avait créé.

— Je me sens très détendue, déclara-t-elle en posant une main sur sa cuisse, et lui caressant le visage de l'autre. Le film est bouclé, le bébé va bien. Mais pourquoi as-tu cet air inquiet ?

Par où commencer ? Devait-il avouer dès à présent qu'il lui mentait depuis le premier jour sur son identité ? Devait-il lui révéler qu'il était en fait richissime et que cette modeste demeure n'était qu'un leurre destiné à servir son plan ?

Avait-il vraiment envie d'affronter son regard quand il lui dévoilerait le pot aux roses ?

Bon sang, comme il méprisait l'homme qu'il était devenu... Car il allait inévitablement faire souffrir Lily. Tôt ou tard, qu'il le veuille ou non, le moment de lui avouer la vérité arriverait. Pour l'heure, tout ce qu'il pouvait faire, c'était gagner du temps, et sa confiance. En complément de leur complicité charnelle.

Car, qu'il l'admette ou non, ses sentiments pour elle devenaient de plus en plus profonds. Ce qui ne faisait que compliquer la donne.

Et dire qu'il avait d'abord cru à une simple aventure de tournage ! A une liaison qui s'achèverait dès le clap final... Dans ce cas, il n'aurait pas eu à révéler son secret à Lily et aurait attendu le départ de celle-ci pour tout révéler à Damon.

Or voilà qu'il se retrouvait pris à son propre piège, un piège de mensonges qui se refermait un peu plus sur lui chaque jour. Et ce, alors qu'il était en train de succomber aux charmes d'une femme dont il ne savait rien, sinon qu'elle était une maîtresse fougueuse et passionnée.

— Disons que je m'inquiète pour toi, finit-il par répondre, cherchant à être honnête. Ta tension est élevée et je tiens à m'assurer que tu restes le plus détendue possible.

Elle glissa les mains autour de son cou.

— Je suis très détendue pour l'instant, rassure-toi.

Brûlant d'envie de l'embrasser, il passa la main sous le bas de la petite robe en coton et remonta le long de sa cuisse.

— Alors, je compte bien t'aider à le rester d'ici ta prochaine consultation.

Lily se figea à ces mots.

— Nash, je ne peux pas habiter chez toi. J'ai une vie, un travail à L.A. Ma mère, qui vit en Arizona... Je ne peux pas m'installer ici et négliger mes obligations.

— Tu peux t'accorder un peu de vacances. Tu as entendu le

médecin : il te faut un bon mois de repos. Et puis tu n'as pas d'autre tournage prévu dans l'immédiat, si ?

Elle haussa les épaules et tripota l'ourlet de sa robe.

— Je ne peux pas rester chez toi, Nash. Ce bébé, c'est pour de vrai : on ne va pas jouer à la famille idéale.

— Ecoute, tu peux au moins rester aujourd'hui, susurra-t-il en lui mordillant les lèvres. Et demain...

Certes, ils ne pouvaient faire comme s'ils formaient une famille classique, mais il n'était pas question pour lui de laisser Lily disparaître de sa vie.

— C'est tellement difficile pour moi d'affronter la réalité quand tu poses tes mains sur moi ! murmura-t-elle contre ses lèvres. Je ne sais pas du tout ce que je vais faire.

Il se redressa et fit la moue.

— J'ai une bonne idée.

— Est-ce une idée liée à la cuisine ? demanda-t-elle avec un sourire mutin.

— Je croyais que tu avais des nausées, s'amusa-t-il en lui pinçant la cuisse.

— Pour l'instant, j'ai plutôt une fringale.

Nash se releva et la contempla : allongée en une pose lascive sur cette méridienne, la robe relevée jusqu'en haut des cuisses, Lily n'avait sans doute aucune idée du pouvoir de séduction qu'elle exerçait sur lui. Et, en plus, elle portait son enfant ! Jamais il n'aurait imaginé que cela puisse exciter à ce point son désir.

— Très bien, de quoi as-tu envie ? demanda-t-il en s'efforçant de se maîtriser.

— De fromage fondu.

— Du fromage fondu ? Tu veux dire que tu veux des tartines dégoulinant de beurre et de fromage bien gras ?

— Tu insinues que ce n'est pas bon pour moi ? rétorqua-t-elle en le défiant du regard.

— Pas du tout ! s'exclama-t-il. Je m'étonne juste que tu puisses avoir envie de tout ce gras !

— J'avoue avoir toujours eu un faible pour le fromage fondu, répondit-elle d'un air espiègle.

Il avait encore tant de choses à apprendre d'elle ! Lily, la mère de son enfant... Certes, il savait exactement comment l'exciter, comment lui donner du plaisir, comment la faire trembler entre ses bras, comment faire reculer l'orgasme... Mais, quant au reste, il ignorait tout d'elle.

— Et un fromage fondu, un ! lança-t-il en se précipitant vers la cuisine pour lutter contre le désir qui montait.

Ce qui était sûr, c'était qu'il avait très sérieusement envie de l'héberger, le temps qu'ils prennent une décision quant à leur avenir et celui du bébé. Même si l'idée que Lily puisse en profiter pour tenter d'en apprendre davantage sur lui l'effrayait un peu.

Bref, il en revenait toujours à la même question : lui avouerait-il la vérité, ou bien continuerait-il à entretenir cette farce le plus longtemps possible ?

En parfait gentleman, Nash était allé chercher ses bagages dans sa loge pour les emporter chez lui et il les avait déposés dans la chambre d'amis. Au moins, songea Lily, il lui laissait le choix : elle pourrait avoir sa propre chambre ou partager celle de Nash.

En fait, ce bébé les obligeait à passer d'une aventure torride à... à quelque chose de beaucoup plus calme et posé.

Promenant la main sur son ventre encore plat, Lily contempla la ravissante chambre aux murs gris pâle, laissant errer son regard sur les meubles foncés et sur le couvre-lit bleu marine. N'était-il pas absurde de se demander dans quelle chambre on devait dormir quand on portait l'enfant de son hôte ?

Elle pivota sur ses talons et se heurta au large torse musclé de Nash. Oh, Seigneur, se lasserait-elle un jour de contempler cet homme ? Continuerait-il toute sa vie à réagir aussi vivement à son contact ? Dès qu'elle se retrouvait près de lui, elle ne pouvait plus raisonner normalement. Quant à prendre de lourdes décisions pour l'avenir... Décidément, cet homme lui faisait perdre tous ses moyens.

— Vu la façon dont tu me déshabilles du regard, j'ai

l'impression que tu ne comptes pas dormir dans la chambre d'amis, susurra-t-il en posant sur elle ses mains robustes.

Elle releva les yeux vers lui.

— Tu es venu parader à demi nu devant moi pour influencer ma décision ?

Fixant ouvertement ses lèvres, il l'attira et la serra contre lui.

— Je suis sûr que je n'aurais aucun mal à t'inviter dans mon lit, murmura-t-il. Mais c'est à toi de voir.

Jamais elle ne serait rassasiée de sentir contre elle ce corps viril, songea-t-elle en posant les paumes à plat contre son torse.

— J'adorerais partager ton lit, répondit-elle, mais tu dois savoir que je n'ai pas la moindre idée de ce qui se passe entre nous. Bon, je sais que mes sentiments pour toi dépassent la simple alchimie sexuelle. Mais à présent, avec le bébé, je ne sais plus où j'en suis et je n'ai aucune idée de ce que, toi, tu ressens pour moi.

Génial, voilà qu'elle se mettait à parler sans réfléchir et donnait l'impression de chercher à se faire rassurer. Elle venait là de se dévoiler bien plus qu'elle ne le souhaitait au départ.

— Bref, ne te sens pas obligé de me faire de grandes déclarations, ajouta-t-elle à la hâte en nouant les mains derrière son cou. Je crois que je suis toujours échaudée d'avoir accordé un jour ma confiance à la mauvaise personne. C'était il y a longtemps, mais cela m'a traumatisée.

Bien sûr, l'eau avait coulé sous les ponts et elle avait su rétablir son honneur. Mais elle ne doutait pas un instant que les médias se feraient un plaisir d'exhumer la vieille vidéo que son « amoureux » de l'époque avait tournée à son insu.

— Tu peux me faire confiance, chuchota Nash en lui caressant le dos. Je sais que tu appréhendes l'avenir, mais sache que je prendrai toujours soin de toi et de notre bébé.

Il parlait avec une telle conviction qu'on ne pouvait mettre sa parole en doute.

— Tu as dû avoir des parents remarquables pour faire preuve d'une telle loyauté et d'une telle détermination ! lança-t-elle.

Une lueur triste traversa son regard bleu lagon.

— Ma mère était la femme la plus forte que j'aie jamais connue. Elle m'a insufflé beaucoup d'énergie dans la vie...

— Et ton père ?

Nash ne répondit pas et elle comprit qu'elle avait touché un point sensible. Toutefois, elle devait en savoir plus à son sujet. Ne s'agissait-il pas du père de son enfant ? N'allaient-ils pas partager un lien indéfectible ? Petit à petit, ils finiraient par apprendre à se connaître.

— Je n'ai jamais connu mon père, déclara-t-il enfin.

Son cœur se serra alors qu'elle tentait de remettre de l'ordre dans la chevelure ébouriffée de Nash.

— Je suis désolée. Moi, mon père est mort quand j'étais toute petite. Je sais ce que c'est de grandir sans son papa.

Seigneur, encore une chose qui les rapprochait ! Un peu plus et elle craquerait pour de bon pour cet homme !

— Alors, toi aussi, tu as grandi seule avec ta mère ?

Cela aurait été le scénario idéal, à vrai dire.

— Non, répondit-elle en fouillant dans son sac de voyage pour en extirper sa chemise de nuit. Ma mère avait beau avoir sa fierté, nous étions très pauvres. Elle a fini par se remarier pour nous assurer une stabilité matérielle.

Elle détestait parler de son beau-père. Un sale type qui l'avait vaccinée à vie contre les hommes riches et influents. Jamais elle ne s'installerait avec un individu aussi puissant. Plutôt vivre seule que de devoir subir des diktats !

Tournant le dos à Nash, elle laissa glisser à terre sa petite robe pour enfiler sa nuisette de soie et se réjouit : pour l'instant, elle rentrait encore dans ses vêtements sexy.

— Sans moi, ma mère n'aurait sans doute jamais épousé Dan, expliqua-t-elle en se tournant vers Nash. Mais au début elle était obligée de cumuler deux emplois parce qu'elle voulait que je ne manque de rien.

Elle ramassa sa robe et la posa sur le lit, avant de revenir vers Nash.

— L'homme qu'elle a choisi la traitait comme sa domestique, et non comme sa femme. Quant à moi, il m'ignorait royalement.

Ce qui me convenait d'ailleurs tout à fait. N'empêche que je le hais encore aujourd'hui pour ce qu'il a fait subir à ma mère.

Nash la prit dans ses bras et l'entoura d'une chaleur et d'une affection qu'elle ne lui connaissait pas. Oh ! comme elle pourrait prendre goût aux élans de ce genre… Bah, sans doute n'était-elle pas dans son état normal. Car vivre une passion amoureuse était une chose, mais pouvoir compter sur quelqu'un nuit et jour et lui ouvrir son cœur en était une autre.

— Il doit regretter de t'avoir négligée ainsi, maintenant que tu es célèbre.

Elle pouffa de rire et chercha son regard.

— Je n'en sais rien. Il a quitté ma mère au début de ma carrière. Figure-toi qu'il lui a vidé son compte en banque avant de partir, elle qui avait travaillé si dur ! Voilà pourquoi je n'aime pas l'argent : j'ai eu tout le loisir de constater les dégâts qu'il fait sur les gens.

Il la serra un peu plus fort contre lui.

— Ce n'est pas l'argent qui est mauvais, Lily. C'est l'usage qu'en font les gens.

— Eh bien, moi, j'ai choisi d'utiliser le mien pour loger maman dans une résidence sécurisée où son anonymat est préservé. Pour le reste, je n'ai besoin de rien.

— Donc, si j'étais riche, tu ne m'aurais jamais regardé ?

— Oh ! tu aurais sans doute attiré mon attention, dit-elle en riant. Mais je me suis juste promis de ne jamais choisir un homme aussi riche que mon beau-père.

— Tous les hommes riches ne sont pas comme ton beau-père.

— Tu ne vas pas prendre sa défense, tout de même ! protesta-t-elle vivement.

— Je prends la défense des quelques hommes riches mais honnêtes qui peuplent l'humanité, murmura-t-il en souriant.

Elle se blottit contre lui en se demandant où cette relation les mènerait. La dernière fois qu'elle avait écouté son cœur, elle s'était retrouvée en première page des journaux. Sa seule consolation était que le responsable de ses déboires, l'homme qu'elle avait cru aimer, n'avait pas fait long feu dans le milieu du cinéma.

Cette fois, cependant, sa passion ne risquait pas seulement de lui brûler les ailes à elle. Cette fois, elle allait être responsable d'un petit être tout neuf. Combien de temps Nash accepterait-il de s'impliquer dans la vie de ce bébé ? Allait-il vraiment y jouer un rôle, comme il l'assurait ? Lui qui avait grandi sans père, souhaitait-il vraiment donner toutes les chances à son enfant ? Peut-être... mais il n'y avait aucune certitude.

Lily détestait toutes les inconnues de cette équation. Toutefois, la gynécologue lui avait ordonné de se détendre et elle ferait de son mieux, pour la santé du bébé. Certes, elle n'avait pas prévu cet enfant, mais maintenant qu'il était là et qu'il grandissait en elle chaque jour, elle éprouvait pour lui un amour inconditionnel. Alors si cela impliquait la nécessité de se détendre auprès de Nash durant les prochaines semaines, pourquoi pas ?

Elle qui s'était demandé comment pourrait évoluer leur relation en dehors de leurs brèves entrevues charnelles dans le foin, elle aurait là une opportunité rêvée de répondre à cette question.

6

Dans quel pétrin s'était-il fourré ? Nash ne souhaitait rien de plus que de s'ouvrir à Lily, de construire avec elle une relation basée sur la franchise. Enfin, le plus possible. Après tout, elle portait son enfant. Et il éprouvait de plus en plus d'affection pour elle.

Sauf qu'il était bien incapable de définir la nature de leur relation : jusqu'à présent, celle-ci s'était limitée à des rencontres aussi brèves que torrides, mais l'arrivée-surprise du bébé allait changer la donne. Quelle était censée être la suite logique de tout cela ? Depuis deux mois, rien de ce qui se passait dans la vie de Nash n'était logique.

Lily méritait la vérité. Or il était trop lâche pour la lui révéler. Il en avait eu l'occasion la veille au soir, lorsqu'ils étaient encore habillés et qu'ils avaient un peu discuté. Mais très vite ils s'étaient de nouveau laissé emporter par la passion et elle avait ôté sa nuisette en satin.

Il était tellement plus facile d'affronter ce désir que les écrasantes réalités qui les attendaient tous les deux…

Ensuite, Lily avait passé la nuit entière dans son lit. N'aurait-il pas pu saisir cette occasion pour tout lui dire ? Au lieu de cela, il se retrouvait à préparer le petit déjeuner en ce samedi matin, et ce, alors que tous ses secrets planaient telle une épée de Damoclès au-dessus de Lily et de lui.

Bientôt, il s'ouvrirait à elle. Du mieux qu'il pourrait.

Bon sang ! Voilà qu'il attendait plus de cette femme qu'une

simple aventure sexuelle. A aucun moment, pourtant, il n'avait prévu que les choses prennent une telle tournure. Or une multitude de mensonges les séparaient désormais et menaçaient toute tentative d'avancer sur la voie de l'honnêteté.

Comment aurait-il pu se douter qu'il s'attacherait à Lily ? Comment aurait-il pu prévoir ce bébé, s'imaginer qu'il se retrouverait ainsi lié à elle ? Dorénavant, elle ferait partie intégrante de sa vie, mais il s'apercevait que cela ne lui suffirait pas. Qu'il voulait beaucoup plus.

Nash fit glisser l'omelette aux légumes et fromage frais dans une assiette. Après avoir rempli un verre de jus de fruits, il gagna la chambre, où Lily dormait encore.

En arrivant à la porte, il se figea en découvrant la peau laiteuse des épaules de la jeune femme, qui dépassaient des draps sombres. Jamais il ne s'était senti ému à ce point. En cet instant, tout, dans sa vie, même sa carrière, lui paraissait secondaire, voire futile.

Lily avait une véritable emprise sur lui et cela l'effrayait. Car une fois qu'elle aurait découvert tous ses secrets, elle ne voudrait plus avoir affaire à lui. Plus il s'ouvrirait à elle et plus il la blesserait...

Et il ne pourrait s'en prendre qu'à lui-même.

Or il n'était pas question d'être rayé de la vie de Lily. D'être rayé de la vie de son enfant. Elle avait beau détester les hommes qui se servaient de leur argent et de leur influence pour parvenir à leurs fins, Nash n'avait pas l'intention de baisser les bras. Car cet enfant était aussi le sien.

Il alla poser le plateau sur la table de chevet, puis s'allongea contre Lily, qui n'avait jamais été aussi belle : les draps épousaient ses courbes féminines, lui donnant des airs de pin-up.

Comme il avait envie d'arracher ce drap pour la révéler dans sa beauté naturelle ! Déjà, il avait réussi à lui faire quitter sa loge pour s'installer chez lui. Peu à peu, elle entrait dans sa vie. Oh ! comme il avait envie de poser les mains sur elle, de sentir sa peau lisse et soyeuse glisser sous sa paume...

Du bout des doigts, il se promena le long de son avant-bras

et la sentit frémir. Et il s'émerveilla de constater que, même dans son sommeil, elle réagissait au quart de tour à son contact.

Lily remua doucement, puis se tourna vers lui. De longues mèches brunes lui tombaient sur les épaules. Elle ouvrit soudain les yeux, esquissa un demi-sourire, puis se leva d'un bond et se rua dans la salle de bains.

Les nausées du matin ! Et il ne pouvait rien faire pour la soulager...

Il se leva à son tour et la rejoignit pieds nus. Attrapant une serviette-éponge dans le placard, il la mouilla avec de l'eau froide et s'approcha de Lily, lui releva les cheveux et tenta de placer le linge sur son front, pour l'aider à mieux supporter ce mauvais moment.

— Laisse-moi, Nash, marmonna-t-elle en s'écartant.

Non, il n'était pas question de la laisser seule.

Il resta donc près d'elle, silencieux. Au bout de quelques minutes, elle se redressa et il l'aida à se relever. Titubante, elle s'appuya contre lui et cala la tête sur son épaule. Il l'enlaça, fasciné par la façon si naturelle dont ce corps féminin épousait le sien. Comment diable pourrait-il se résigner à laisser cette femme lui échapper ?

— Désolée, murmura-t-elle. J'aurais préféré que tu ne me voies pas dans cet état...

Nash l'embrassa sur la tempe.

— Tu n'as pas à te cacher, Lily, dit-il en posant la main sur son ventre.

Elle recouvrit sa main de la sienne.

— Si seulement je savais où tout cela va nous mener...

Il se posait la même question. Ils devaient songer au bébé, mais la passion entre eux occultait toutes les autres questions. Même si cela n'avait rien d'idéal, au moins, ils avaient cela.

— Pensons déjà à l'instant présent, chuchota-t-il. Tu vas commencer par retourner te coucher. Tu dois reprendre des forces. Je t'ai préparé le petit déjeuner.

— Je ne peux rien avaler, grommela-t-elle. Rien que l'idée de manger me soulève l'estomac.

— Tu vas être encore plus malade si tu ne prends rien.

Et, sans prévenir, il la prit dans ses bras et la porta jusqu'au lit.

— Tu prends ton rôle de garde-malade très au sérieux, dit-elle en lui passant les bras autour du cou. Mais je suis trop fatiguée pour me disputer avec toi. Quand j'irai mieux, il faudra que l'on discute de ton attitude d'homme de Cro-Magnon.

Le sourire aux lèvres, il la déposa sur le lit.

— Je vais rapporter l'omelette : si les œufs t'écœurent, il faudra au moins que tu avales un jus de fruits.

Nash ramena l'assiette dans la cuisine et en vida le contenu dans la poubelle. Quand il revint dans la chambre, Lily s'était adossée à la tête de lit, le drap remonté sur elle. Le niveau du verre de jus de fruits avait légèrement baissé.

Et elle tenait sa montre en or massif entre ses mains !

— Jolie montre ! déclara-t-elle en l'apercevant, avant de reposer le bijou sur la table de chevet.

Zut ! Il avait oublié de la cacher.

— Merci. C'est un cadeau.

Ce qui était vrai. L'un de ses jockeys lui avait offert ce modèle de créateur plusieurs années auparavant, après avoir remporté une course majeure.

— Pour un simple responsable d'écurie, elle n'est pas mal ! Tout comme cette maison, d'ailleurs ! ajouta-t-elle en s'enfonçant un peu plus dans les oreillers. On dirait que tu sais gérer ton argent.

Cette fois, il comprit qu'il marchait sur un fil. S'il ne lui avouait pas au moins certaines choses dès maintenant, Lily allait finir par avoir des soupçons.

— Je ne suis pas très dépensier, répondit-il en s'avançant dans la pièce. Je ne suis pas marié, je ne voyage pas, j'ai des goûts simples. Je pars au travail le matin et je rentre le soir.

Bon, cette dernière phrase était archifausse. Mais il était bel et bien un bon gestionnaire : parce qu'il s'était fait tout seul, il ne dépensait que le strict nécessaire et ne gaspillait jamais le moindre dollar.

— Comment te sens-tu maintenant ? demanda-t-il pour détourner la conversation.

— Bien. Figure-toi que je projette même de me lever, de prendre une douche et de faire quelque chose de ma journée, répondit-elle en buvant une gorgée de jus de fruits alors qu'il s'asseyait à côté d'elle sur le lit. Sache en tout cas que je n'ai pas l'intention de rester au lit durant les sept mois à venir.

— Je te conduirai où tu voudras.

— J'aimerais bien aller en ville, soupira-t-elle. J'y ai repéré des boutiques pendant le tournage, mais si j'y reviens tout le monde va me reconnaître.

Nash posa la main sur sa cuisse à travers le drap.

— Si tu as envie d'aller quelque part, je t'y accompagne et je ferai en sorte que personne ne t'importune.

Haussant un sourcil, elle reposa son verre quasiment vide sur la table de chevet.

— Et comment comptes-tu t'y prendre ? Parce que j'adorerais pouvoir m'accorder une petite heure de shopping.

Se gardant bien de lui dévoiler son idée, il lui sourit.

— Considère que c'est dans la poche !

— Toi, tu mijotes quelque chose, murmura-t-elle en plissant les yeux.

Il lui caressa le visage, puis descendit dans le creux de son cou, et jusqu'à la naissance de ses seins.

— En effet... Mais ton boulot à toi, c'est de te détendre, de prendre le temps de te préparer et de me faire signe quand tu seras prête. Je n'ai rien d'autre à faire aujourd'hui, je suis à ton service.

Elle lorgna son torse nu et un sourire erra sur ses lèvres.

— On dirait que cette journée s'annonce pleine d'action !

Contenant difficilement le désir qui envahissait chaque cellule de son corps, il se leva brusquement du lit.

— Je vais faire la vaisselle, marmonna-t-il. Appelle-moi si tu as besoin de quoi que ce soit.

Bon sang, pourquoi cette ardeur sexuelle ne s'apaisait-elle pas ? Certes, le fait de la savoir enceinte de lui ne faisait qu'attiser son désir, mais il avait des choses plus urgentes à régler que de se demander quand il pourrait lui refaire l'amour. Il devait trouver un moyen de tempérer cette sauvage attirance entre eux. Car l'enjeu les dépassait tous les deux désormais.

En attendant, il devait recontacter son assistant et adresser une ultime offre à Damon Barrington. Car il refusait de s'avouer vaincu. Il suivait un plan depuis le début et il s'y tiendrait, coûte que coûte.

Lily n'avait pas la moindre idée de la façon dont il s'y était pris, mais peu importait. Elle sortit de la dernière boutique avec plusieurs sacs sous les bras et fonça vers le 4x4 de Nash garé dans la ruelle adjacente. Il l'avait accompagnée lors de cette séance de shopping, allant même jusqu'à lui donner son avis quand elle essayait des vêtements...

Mais qui était-il donc ? Jamais elle n'avait rencontré d'homme susceptible de s'intéresser aux essayages d'une femme. Nash ne l'avait pas attendu dans son 4x4, il ne lui avait pas demandé si elle en avait encore pour longtemps, et pas une seule fois il n'avait eu l'air de s'ennuyer. En fait, il avait même repéré une petite robe bleue qu'il était venu lui suggérer en cabine d'essayage, en lui assurant qu'elle lui irait à merveille.

Et devinez quoi : il avait eu raison ! En plus, la robe en question était en stretch, de sorte qu'elle pourrait la porter tout au long de sa grossesse...

En tout cas, Lily avait encore du mal à cerner cet homme aux multiples facettes. Il avait dû hériter son sens aigu de la mode, de même que son côté généreux et attentif, de la mère célibataire qui l'avait élevé.

Et cette manie de tout prendre à sa charge, de s'imposer, devait lui venir de son habitude de protéger sa mère. Comment lui reprocher cela ? Comment osait-elle même comparer cette tendance avec celle de son ex-beau-père ? Car vouloir tout contrôler était une chose, mais vouloir protéger ceux que l'on aime en était une autre.

Nash lui ouvrit la portière côté passager, la débarrassa de ses sacs et l'aida à s'installer sur la banquette.

— Quel gentleman ! dit-elle.

— Ma maman m'a bien élevé, rétorqua-t-il en riant, tout en lui bouclant sa ceinture. Il faut bien te protéger.

Lily remarqua soudain que sa main s'attardait sur ses seins.

— Bon, je retire mon compliment, si tu ne retires pas tes pattes de ma poitrine !

— Tu t'ennuierais avec un vrai gentleman, susurra-t-il avec un sourire provocant. Ce que tu préfères, c'est quand je te fais perdre la tête, non ?

A ces mots, il glissa carrément la main sous la robe de coton.

Et dire qu'elle avait toujours cru vouloir un homme terre à terre, et surtout plus digne de confiance que le crétin qui avait abusé de son innocence au début de sa vie d'adulte ! Jamais elle n'aurait imaginé rencontrer quelqu'un d'aussi arrangeant, loyal et capable d'embraser chaque pore de sa peau d'un simple regard... Jamais elle n'aurait imaginé qu'un homme comme Nash puisse exister.

Quand ils étaient devenus amants, elle lui avait certes trouvé toutes les qualités d'un séducteur. Mais elle découvrait à présent une tout autre facette de cet homme.

Sa respiration s'accéléra alors que les doigts experts de Nash dansaient vers le centre de son désir. Instinctivement, elle ouvrit les jambes. Les lèvres de Nash n'étaient qu'à quelques millimètres des siennes, mais semblaient attendre qu'elle le supplie de l'embrasser. Jamais elle n'avait à ce point désiré un homme. Jamais.

— Cette séance de shopping t'a plu ? demanda-t-il en insinuant sa main sous l'ourlet de la culotte.

— Oui, souffla-t-elle. Mais que fais-tu ?

— Je te prépare, chuchota-t-il sans la quitter des yeux.

— Tu me prépares à quoi ?

Il lui mordilla les lèvres, avant de lui murmurer à l'oreille :

— A ce dont j'ai toujours rêvé.

Ces paroles la firent frissonner. Fermant les yeux, elle rejeta la tête en arrière contre l'appui-tête. Cet homme était tout-puissant, sexy comme jamais… Il était en train de devenir pour elle une drogue dont elle ne pouvait plus se passer.

Quelques secondes plus tard, il retira sa main, lui remit sa robe en place, puis captura sa bouche.

— Tu es en train de me dire que je suis tout ce dont tu as toujours rêvé ? s'entendit-elle demander malgré elle lorsqu'il se détacha.

— Je pense que tu représentes tout ce dont j'ignorais avoir envie. Et je ne suis pas sûr de te mériter, Lily.

Lentement, il se redressa, fit un pas en arrière, ferma la portière et contourna le capot du 4x4.

Diable ! Pour être intense, c'était intense !

Et voilà qu'en plus de son désir inassouvi une multitude de questions lui venaient maintenant à l'esprit. Elle savait déjà que Nash était capable de lui faire perdre la tête en un seul regard, une seule caresse, ou un seul mot murmuré à son oreille. Mais elle attendait davantage de lui à présent. Cet homme tenait manifestement à elle. Sinon, il ne se serait pas donné autant de mal pour l'installer chez lui, rester à ses côtés pendant ses nausées ou lui organiser une séance de shopping incognito. Et tout cela, sans rien demander en retour.

Et puis ne venait-il pas, à mots couverts, de lui avouer qu'il éprouvait quelque chose pour elle ?

A présent, elle tenait à en apprendre le plus possible sur lui, puisqu'ils seraient liés jusqu'à la fin de leurs jours, d'une façon ou d'une autre.

Tandis qu'il reprenait la route, elle ajusta la ventilation dans l'habitacle. Le soleil estival frappait le pare-brise de sa chaleur étouffante, ce qui n'aidait pas Lily à tempérer ses ardeurs. Il le fallait pourtant. Car autant son corps réclamait d'assouvir cet irrépressible désir, autant elle avait besoin d'en savoir plus sur Nash. Sur l'irrésistible Nash.

— Où as-tu grandi ? demanda-t-elle, décidée à profiter du trajet pour aborder les sujets qu'ils n'évoquaient pas le reste du temps.

Elle vit ses mains se crisper sur le volant.

— Pas très loin d'ici.

— Tu as toujours travaillé avec les chevaux ?

— Oui.

Il n'était pas aussi bavard qu'elle l'avait espéré, mais n'était-ce pas là un trait typiquement masculin ? Cela dit, Nash semblait très réticent à évoquer son passé... Ce qui ne la rendait que plus curieuse encore.

— Tu as donc grandi auprès de chevaux ?

Il se tourna un bref instant vers elle, puis se concentra de nouveau sur la route.

— Non. Nous n'en avions pas les moyens.

Elle regarda par la fenêtre et vit qu'il s'engageait déjà sur la petite route qui menait jusqu'à sa maison.

— Désolée si je suis indiscrète. J'ai envie d'en savoir un peu plus sur toi, c'est normal...

— Ne sois pas désolée. Sache que ma mère travaillait sur un ranch, voilà pourquoi j'ai toujours été entouré de chevaux. Nous n'étions pas propriétaires, mais je me suis toujours juré de le devenir un jour.

Nash avait de l'ambition, des rêves. Il travaillait dur, sans jamais se plaindre.

Comment ne pas être intriguée par un homme aussi différent de ceux qui avaient toujours capté son attention ? Tout en Nash était différent. Et elle ne doutait pas qu'il était quelque peu embarrassé par son passé. Il était garçon d'écurie, et elle, star hollywoodienne. Elle espérait qu'il avait conscience qu'elle le considérait comme son égal. Elle-même n'avait-elle pas commencé en bas de l'échelle ?

Voilà pourquoi elle se fichait pas mal de l'argent. Tout ce qu'elle désirait, c'était vivre avec un homme fiable, sur lequel elle pourrait compter. Et le fait que Nash la rende folle de désir n'était qu'une sorte de cerise sur le gâteau.

Quand il se gara devant la maison, Lily sortit avec quelques sacs tandis qu'il s'emparait des autres. Il déverrouilla la porte d'entrée et, une fois à l'intérieur, ils posèrent les paquets à terre et elle se tourna vers Nash.

— Ça t'ennuie si on bavarde ?

Posant ses clés sur la table basse, il croisa son regard.

— J'espérais que nous nous adonnerions à d'autres plaisirs... Mais de quoi veux-tu parler ?

Lily enroula les bras autour de son cou et il l'enlaça aussitôt. Dès lors, elle se sentit en sécurité, protégée... aimée. Se pouvait-il que cet homme soit amoureux d'elle ? Etait-il seulement dans un tel état d'esprit ?

— De tout et de rien, répondit-elle. J'ai l'impression que nous passons notre temps à faire l'amour, mais je suis sûre que nous avons beaucoup de choses à nous dire. On peut réfléchir à notre avenir, à nos aspirations, au bébé. Je te connais encore si peu, Nash...

Il fit un pas en arrière et poussa un soupir.

— Tu sais tout ce qu'il y a à savoir.

Elle lui emboîta le pas vers le salon, refusant de cautionner cette tactique évasive.

— Je sais que tu as grandi auprès des chevaux et que tu es proche de ta mère, Nash. C'est tout.

De l'autre côté de la pièce, Nash posa ses mains sur le manteau de la cheminée et un lourd silence s'abattit entre eux. Soudain, il semblait porter tout le poids du monde sur ses épaules. Et Lily pressentait qu'il lui cachait quelque chose.

Craignait-il qu'elle ne porte un regard condescendant sur lui ? Redoutait-il de tout lui raconter, de peur de faire éclater leurs trop nombreuses différences au grand jour ?

Une angoisse sourde lui enserra soudain la poitrine. Lui cachait-il quelque chose de grave ? Soudain, une multitude d'hypothèses afflua à son esprit.

— Nash, je sais que tu ne me dis pas tout, déclara-t-elle en contournant le canapé pour le rejoindre. Ton silence me fait peur. Ce n'est quand même pas quelque chose de grave ?

Seigneur, faites qu'elle n'ait pas encore commis une grossière erreur de jugement ! Pitié, non !

— Tu mérites la vérité, marmonna-t-il en s'agrippant au rebord de la cheminée. C'est plus dur que je ne le croyais.

Saisie d'un mauvais pressentiment, Lily porta une main à son ventre et recula d'un pas jusqu'à heurter un bras du canapé. Quel genre de bombe Nash s'apprêtait-il à lancer ?

Il se tourna vers elle, le regard embué d'appréhension.

— Damon Barrington est mon père.

7

Et voilà. Elle s'était laissé berner. Une fois encore.

Les jambes en coton, Lily se demanda comment elle avait pu être aussi naïve. Elle était donc crédule au point de craquer pour le premier venu, à condition qu'il soit un peu séduisant et beau parleur ?

Damon Barrington, milliardaire et ancienne légende du monde hippique, était donc le père de Nash ?

Elle chercha le regard de ce dernier. Il semblait attendre anxieusement sa réaction. Et elle nageait en pleine confusion.

— Tu m'as menti.

Ça, c'était sa seule certitude.

Oh ! non... Le père de Nash était un magnat de l'élevage équestre, une légende... Les médias ne manqueraient pas d'en faire des gorges chaudes dès qu'ils apprendraient qui était le père de son enfant.

— C'est vrai, reconnut-il en croisant les bras. Je t'ai menti.

Il ne se défendait même pas ?

Lily se massa le front, sentant pointer une migraine. Elle n'allait quand même pas le supplier de lui en dire plus... Soit il vidait son sac, soit il choisissait d'en rester là.

— Très sincèrement, ce n'était pas mon intention, Lily, assura-t-il, brisant le lourd silence qui s'était installé.

— Pourtant, c'est ce que tu as fait, nota-t-elle avec un rire désabusé.

— En fait, Damon ignore qui je suis, reprit-il en la rejoignant, la fixant d'un regard implorant. A ma connaissance, il n'a jamais su que ma mère était enceinte. Je n'ai moi-même appris qu'il était mon père biologique qu'il y a quelques mois. A la suite de quoi je me suis fait engager sur son ranch. J'avais besoin de découvrir quel genre d'homme il était avant de décider de nouer ou non des liens avec lui.

Bien sûr, elle fut touchée par son récit, mais cela ne changeait rien au fait qu'il lui avait menti, qu'il s'était fait passer pour une personne qu'il n'était pas.

— Tu es le fils d'une des plus importantes figures de cette industrie et tu n'as pas jugé utile de me le dire ?

Nash lui prit les mains et les cala contre sa poitrine.

— Au début, notre relation n'était que physique, Lily. Tu le sais bien. Et puis nous nous sommes rapprochés et j'ai eu peur de te révéler la vérité. Mais je pensais que nous nous séparerions à la fin du tournage. Je ne comptais rien révéler à Damon avant ton départ : ainsi, je n'aurais pas eu à te mêler à toute cette histoire. Mais à présent...

Cette fois, elle comprit. Il lui avait tout avoué parce qu'il n'avait pas eu d'autre choix. Et c'était sans doute cela qui la blessait le plus.

— A cause du bébé...

Il hocha la tête, lui pressant les mains comme s'il redoutait qu'elle prenne ses jambes à son cou.

— Je n'ai jamais voulu te mêler à cette sinistre histoire, Lily, à mes mensonges. Mais j'ai perdu le contrôle de la situation.

— Perdu le contrôle de la situation ? répéta-t-elle en haussant un sourcil.

Il esquissa un demi-sourire, ô combien irrésistible.

— Oui, auprès de toi, je ne maîtrise plus rien. Je n'avais pas prévu de te laisser entrer ainsi dans ma vie.

— Pourquoi m'avouer cela maintenant ? s'enquit-elle en décelant une réelle vulnérabilité sous sa façade robuste. Tu aurais pu le garder pour toi tant que tu n'as rien dit à Damon.

D'une main, il lui tint les paumes serrées contre son cœur.

— Eh bien, non, je n'ai pas pu, soupira-t-il en lui caressant le visage. Tu as fini par prendre une telle place dans ma vie... Je n'étais pas prêt pour cela, Lily. J'avais ce secret en moi et je n'étais pas prêt à le partager.

Lily sentait le cœur de Nash battre à tout rompre contre ses paumes, consciente qu'il se mettait à nu et que cela nécessitait un immense courage. Il aurait pu continuer à lui mentir jusqu'à sa confrontation avec Damon, mais il avait choisi de s'ouvrir à elle.

— Et puis, reprit-il en l'entraînant contre lui, j'ai besoin de toi, Lily. Plus que je ne suis prêt à l'admettre, et cela me terrifie. Malgré tous les soucis que je dois régler, j'ai besoin de cette passion qui nous consume tous les deux. J'ai besoin de toi, Lily.

Ces seules paroles déclenchèrent en elle un délicieux frisson... Cette fois, il ne mentait plus. Aucun homme ne l'avait jamais regardée de cette façon. Et elle lisait la vérité au fond de ses yeux. Elle sentait l'effort qu'il avait dû consentir pour lui révéler la vérité.

— J'ai besoin que tu sois de mon côté, murmura-t-il en lui mordillant les lèvres. J'ai besoin de ta force.

Cet homme mesurait deux têtes de plus qu'elle, il affichait une silhouette massive et musclée, et il lui réclamait sa force ? Un tel aveu lui donna l'impression d'être toute petite.

— Tu comptes parler à Damon bientôt ? demanda-t-elle en s'agrippant à sa chemise.

— Je n'en sais rien. Une partie de moi en a très envie, surtout maintenant que le tournage est terminé, que la saison hippique s'est achevée et que les filles ont pu enfin relâcher un peu la pression.

Lily sourit à l'idée que Nash faisait partie d'une aussi brillante famille.

— Nash, tu as deux sœurs, c'est énorme ! Tu dois aller les voir. Elles méritent de savoir. Si tu veux, je viendrai avec toi. Je resterai à l'écart, mais je te soutiendrai dans ta démarche.

Il la serra un peu plus fort contre lui.

— Je vais le faire bientôt. Mais pour l'heure j'aimerais profiter du fait que la mère de mon enfant se trouve sous mon toit, que personne ne risque de nous déranger et qu'il n'y a aucun planning de tournage à respecter ! Tu es censée te détendre et je sais exactement comment t'y aider...

Elle le regarda dans les yeux.

— Ne me mens plus jamais, Nash. Je suis de ton côté. Mais je dois pouvoir te faire confiance. D'accord ?

Il soutint son regard, mais sa mâchoire se crispa, comme s'il s'apprêtait à ajouter quelque chose. Au lieu de cela, il se contenta d'un hochement de tête.

— On ne viendrait pas d'avoir notre première dispute ?

Il enfouit le visage au creux de son cou, la chatouillant de sa barbe naissante.

— On dirait bien... Et maintenant embrasse-moi et réconcilions-nous !

Lily ne put réprimer un petit rire en se sentant irrésistiblement happée dans le monde de Nash. Certes, il lui avait dissimulé une information cruciale, mais, pour sa défense, lui-même devait être encore sous le choc de la nouvelle et ne pas trop savoir comment la gérer. Difficile de lui reprocher la confusion dans laquelle il était plongé ! Tout cela était encore nouveau pour lui et ils allaient traverser cette épreuve à deux.

Nash l'entraîna vers le couloir, puis vers la chambre.

— Voici ta chambre, lui susurra-t-il en lui empoignant les fesses. Et le port des vêtements y est tout à fait optionnel !

Un frisson d'excitation la parcourut tout entière. Plus Nash devenait possessif et entreprenant et plus elle le désirait. Voilà pourquoi elle n'opposa aucune résistance quand il referma la porte derrière eux d'un bref coup de pied.

Nash souleva une nouvelle botte de paille qu'il lança dans l'écurie. A chaque mouvement, il était assailli d'une nouvelle salve de frustration et de culpabilité. Il avait menti à Lily et continuait à lui mentir. C'était comme s'il ne pouvait plus sortir de cette spirale infernale.

Jamais il n'oublierait son expression à l'instant où il lui

avait avoué être le fils de Damon. Or elle ne connaissait qu'une partie de la vérité. Le reste de son secret était nettement moins défendable et cela le rendait malade d'imaginer à quel point elle serait blessée le jour où elle l'apprendrait.

Son plan était de se révéler au grand jour à Damon, de trouver un moyen d'acquérir ces maudits chevaux et de rentrer enfin chez lui. Car Nash en avait assez de tous ces mensonges, il n'en pouvait plus de devoir tromper tous ces gens qui l'entouraient depuis des mois.

Or, malgré toute cette culpabilité, il ne quitterait pas le ranch tant qu'il ne serait pas parvenu à ses fins. Sinon, tous ces mensonges n'auraient servi à rien.

Une goutte de sueur coula dans son dos alors qu'il calait la dernière botte de paille dans un recoin. Il avait téléphoné à Lily plusieurs fois dans la journée et elle lui avait assuré aller bien, promettant de l'appeler si elle avait besoin de quoi que ce soit. Malgré cela, il s'inquiétait. Allait-il être aussi anxieux tout au long de la grossesse ?

Bien sûr, il avait d'autres motifs d'inquiétude. Tout, autour de lui, menaçait de s'effondrer. A présent que la saison hippique était close, il allait pouvoir parler à Cassie et Tessa, qui se concentraient maintenant sur l'ouverture de la nouvelle école de Cassie. En tout cas, il ne pouvait se permettre de risquer que Damon cède les chevaux à quelqu'un d'autre.

Son assistant avait dû émettre sa contre-proposition. Il n'y avait plus qu'à attendre. Inutile de se presser, au contraire : il valait mieux laisser le temps au temps.

Et le temps jouerait sans doute un rôle clé dans l'évolution de sa relation avec Lily. Car il avançait en terrain miné. Un seul faux pas et tout pouvait lui exploser à la figure.

Ce matin-là, Nash avait eu sa mère au téléphone et elle lui avait fait part de son inquiétude. Il l'avait rassurée en lui indiquant qu'il ne révélerait, dans un premier temps, que le fait que Damon était son père. Quant au reste... Eh bien, il n'avait pas la moindre idée du moment où il lâcherait cette deuxième bombe. Est-ce que Damon allait se douter que derrière Nash se cachait son éternel rival ? Voilà plusieurs années qu'ils ne s'étaient pas retrouvés face à face. Et Nash s'était laissé pousser les cheveux et la barbe, en plus d'adopter les tenues et les manières d'un simple responsable d'écurie.

— Vous êtes sans aucun doute le responsable d'écurie le plus travailleur que j'aie jamais embauché !

Nash sursauta et se retourna : Damon entrait d'un pas décidé dans l'écurie. Le destin semblait lui présenter une occasion rêvée. Etait-il seulement prêt à la saisir ?

Bon sang, tout ça était bien plus difficile que prévu. Face à lui se tenait son père biologique. Comment allait-il réagir ? Allait-il inviter Nash à intégrer sa famille ?

Depuis qu'il avait appris la vérité, Nash avait imaginé cette scène des millions de fois. Or, à présent que l'occasion se présentait enfin à lui, il ne savait pas du tout comment engager cette conversation décisive.

— Voilà un bout de temps que vous n'étiez pas passé aux écuries, finit-il par répondre en ôtant ses gants de travail.

— Les filles ont fini leur entraînement intensif : cela me laisse du temps libre, expliqua le vieil homme en s'accoudant à la grille d'un box. Je viens en soirée, maintenant, car je réserve mes journées à la délicieuse petite Emily.

Nash sourit. Emily était la petite-fille de Damon. Autrement dit, Nash avait une nièce… Et, étant donné le mariage prochain de Ian et de Cassie, l'agent de Lily ne tarderait pas à devenir le beau-frère de Nash.

Il en avait le vertige. Toutes les relations familiales seraient chamboulées dès l'instant où il révélerait la vérité à Damon. Ou, du moins, une partie de la vérité.

Si Nash n'avait aucune idée de la façon dont Damon réagirait en apprenant qu'il avait un fils naturel, il était certain qu'il accueillerait la nouvelle de sa véritable identité par l'une de ses illustres colères. Ce qui serait compréhensible.

Mais chaque chose en son temps…

— Vous serez chez vous, dans la soirée ? demanda-t-il en posant les mains sur ses hanches.

Des chevaux hennissaient derrière eux, comme pour prendre part à la conversation. Nash commençait à aimer ces bêtes comme si c'étaient les siennes. Bon sang, jamais il n'avait prévu de s'attacher ainsi à ce ranch. A cette famille. A Lily.

— Normalement, oui.

— Vous permettez que je passe vous voir vers 19 heures ? J'ai besoin de vous parler en privé.

— Vous n'allez pas démissionner, j'espère, fiston ? demanda aussitôt Damon en fronçant les sourcils.

Fiston. Un terme supposé générique et bienveillant, mais Damon ne se doutait pas à quel point celui-ci était à propos.

— Non, monsieur.

— Vous m'intriguez ! s'exclama Damon. Mais vous serez le bienvenu, à 19 heures sonnantes.

— Cassie et Tessa seront présentes ? Il serait bon qu'elles puissent être là.

En fait, Nash n'était pas certain que l'idée d'inclure ses demi-sœurs dans cette conversation soit la bonne. Damon ne les aurait peut-être pas spontanément mises au courant de la nouvelle. Mais il avait besoin d'elles, de leur soutien. Car plus il passait de temps sur ce ranch, plus il avait envie de faire partie de cette famille.

— Je peux leur demander, répondit Damon. Vous avez piqué ma curiosité et je pense qu'elles seront elles aussi intriguées.

Nash épongea la sueur sur son front.

— Parfait. Je vous rejoins chez vous à 19 heures.

Si Lily tenait à l'accompagner, il ne refuserait pas son soutien. Celui-ci serait le bienvenu.

Et puis, s'il partageait dorénavant tout avec elle, l'inéluctable choc qu'il lui infligerait plus tard en serait peut-être amorti... La seule autre femme qu'il avait laissée pénétrer dans son intimité était sa mère. Car, au cours de sa vie, les femmes étaient allées et venues, mais sans qu'il connaisse jamais un véritable déclic. Avec Lily, c'était différent... Il avait vraiment envie de la faire entrer dans sa vie, aussi compliquée et incertaine celle-ci soit-elle.

Sauf qu'il s'était mis dans le pétrin jusqu'au cou. Et qu'il ne savait plus comment s'en sortir. Même s'il se surprenait parfois à espérer un dénouement digne d'un *happy end* hollywoodien.

8

Lily se retint tant bien que mal de fracasser son téléphone contre le mur. Mais elle n'était pas du genre à jeter l'argent par les fenêtres.

Franchement, elle en avait assez de ces gens — plus précisément des acteurs et des producteurs — qui, parce qu'ils se croyaient incontournables, s'imaginaient qu'elle sauterait sur la première occasion de travailler avec eux. Et, quand elle avait décliné ces offres, le fait qu'on lui ait proposé de plus fortes sommes d'argent la mettait hors d'elle. Elle n'était tout de même pas à vendre, bon sang !

Heureusement, Ian, son agent, s'occupait lui-même des négociations. Il continuait à lui chercher un projet susceptible de s'accommoder de son futur ventre arrondi, mais Lily n'était pas sûre qu'un film s'intégrerait facilement à la nouvelle vie qu'elle envisageait avec Nash. Oh ! le bébé ne posait pas vraiment problème. Mais Nash ? Comment envisagerait-il le quotidien de Hollywood ? C'était un homme discret. Certes, il ne lui avait jusqu'à présent rien interdit, mais elle espérait vraiment qu'ils pourraient tout concilier. Car elle tenait à ce que cet homme — et pas seulement leur bébé — occupe une vraie place dans sa vie.

Elle allongea les jambes sur le canapé de cuir. Devoir se reposer en permanence devenait lassant. Et cela ne durait que depuis quelques jours. Si elle devait vivre ainsi jusqu'au terme de sa grossesse, elle allait devenir folle.

En plus, Nash était aux petits soins pour elle. Certes, elle était censée s'en réjouir. Mais il ne la laissait rien entreprendre seule, insistant pour qu'elle se repose scrupuleusement en attendant la prochaine visite de la gynécologue.

Curieusement, Lily n'avait jamais donné son accord pour loger aussi longtemps chez lui. Il avait pris cette décision seul, sans lui en parler. Ils allaient pourtant devoir aborder la question de son départ. A un moment donné, elle retrouverait sa vie normale. Car elle refusait de demeurer dans l'incertitude.

Déjà qu'elle se remettait à peine de la révélation qu'il lui avait faite... Nash, fils de Damon Barrington ! Malgré la colère initiale qu'elle avait ressentie, elle devait lui accorder le bénéfice du doute. Car il était manifestement déchiré entre sa nouvelle identité et le fait de s'être fait engager comme responsable d'écurie pour se rapprocher de son père. Comment aurait-elle pu lui en vouloir ?

Il ne lui avait pas menti délibérément et elle avait bien vu avec quels tourments il avait fini par lui révéler la vérité. Mais que faisait-il avant de travailler à Stony Ridge ? Etait-il responsable d'écurie dans un autre ranch, lui qui avait apparemment toujours vécu auprès des chevaux ?

En tout cas, à sa place, elle non plus n'aurait pas dévoilé son secret à une personne qu'elle connaissait à peine.

Mais le destin en avait visiblement décidé autrement. Jamais Lily n'aurait imaginé porter l'enfant de Nash et s'installer dans son cottage, au moment où il se demandait quand annoncer au magnat des courses hippiques qu'il était son fils.

Plut tôt il aurait exorcisé son passé, mieux cela vaudrait. N'était-ce pas vrai pour tout type de relation, d'ailleurs ?

Elle entendit soudain la porte d'entrée s'ouvrir et perçut les pas de Nash dans le couloir. L'instant suivant, il apparaissait dans le salon et lui adressait un demi-sourire.

— Tu as une mine affreuse, dit-elle en se redressant pour mieux le dévisager. Tu as passé une mauvaise journée ?

— Je suis rentré prendre une douche, mais je vais retourner

au ranch, déclara-t-il en soupirant. C'est le grand moment : je vais tout lui avouer.

Lily tressaillit et s'agrippa à l'accoudoir du canapé.

— Damon sait que tu vas venir le voir ?

— Oui.

Ainsi, il avait décidé de franchir le pas. Elle n'arrivait pas à le croire. Le fait de s'ouvrir à elle lui aurait-il insufflé la confiance dont il avait besoin ? A moins qu'il n'éprouve le besoin de remettre de l'ordre dans sa vie avant l'arrivée du bébé... Et de clarifier sa relation avec Lily ?

— Tu veux que je vienne avec toi ?

Il croisa son regard et afficha son sourire enjôleur.

— Seulement si cela ne te met pas mal à l'aise.

Elle se leva aussitôt et ajusta sa robe en coton. Après avoir traversé le salon, elle passa les bras autour du cou de Nash et répondit à son sourire.

— Je sais que notre relation est un peu chaotique, Nash, mais je ne pense pas que tu doives affronter ça tout seul.

— Bon sang ! maugréa-t-il en plaquant son front contre le sien. J'ai tellement envie de te serrer contre moi... Mais je sens horriblement mauvais et je dois prendre une douche.

Lily pouffa de rire et lui déposa un baiser furtif sur la bouche.

— Ça m'est égal, tu sais. Mais va donc te doucher, le temps que j'enfile mes chaussures et que je me recoiffe.

Il haussa un sourcil.

— Quoi, c'est tout ?

— Euh... comment ça ? dit-elle en croisant les bras dans un mouvement de recul. Tu voudrais que je me change et que je me maquille ? Je sais que tu as pris l'habitude de me voir toute pomponnée sur le plateau de tournage, mais je préfère rester naturelle. C'est ainsi que je me sens moi-même.

A ces mots, il la prit dans ses bras et l'enlaça.

— Moi aussi, je préfère largement la Lily nature. Je m'étonne juste que tu ne fasses pas plus de coquetteries avant de sortir...

Haussant les épaules, elle posa sa main sur son T-shirt moulant.

— Je ne suis pas comme les autres actrices de Hollywood. Quand je ne travaille pas, je suis très relax !

Nash lui empoigna les fesses et se plaqua contre elle.

— Tant mieux. Et maintenant laisse-moi aller me doucher, sinon mon instinct animal prendra le dessus et nous arriverons en retard.

Levant les yeux au ciel, elle se mit à rire.

— Mais bien entendu... Où avais-je la tête ?

Elle le regarda s'éloigner dans le couloir. Son pas assuré, sa large carrure et son T-shirt trempé de sueur faisaient déjà de lui l'homme le plus sexy qui soit. Et son sens de l'humour ne faisait qu'aggraver son cas. Elle avait l'impression que leur complicité n'était plus seulement charnelle — même si, sur ce plan-là, leur relation demeurait tout aussi grisante.

Trente minutes plus tard, ils se retrouvaient dans le 4x4. Le ranch des Barrington se trouvait à moins de dix minutes et Lily éprouvait une vive appréhension pour Nash. Celui-ci semblait pourtant assez détendu, avec sa main sur le volant et l'autre posée sur la cuisse de Lily.

— Et toi, comment s'est passée ta journée ? demanda-t-il.

Elle admira par la fenêtre les fermes et leurs clôtures de bois banc qui défilaient sous ses yeux.

— J'ai passé des heures au téléphone avec Ian. Il essaie toujours de me trouver un rôle compatible avec ma grossesse. Il y en a un qui aurait pu convenir, mais je venais de décliner l'offre quand tu es rentré à la maison.

— Tu as décliné ? Pourquoi donc ?

— Je ne me sens pas prête à m'engager sur le long terme pour l'instant, expliqua-t-elle en se tournant vers lui. Et puis le producteur est trop arrogant : il s'imaginait que j'allais sauter sur son scénario. Quoique, pour être honnête, c'est sans doute ce que j'aurais fait en d'autres circonstances.

— Dans ce cas, accepte ! déclara-t-il simplement. Rien ne doit te retenir. Si ces gens veulent travailler avec toi, ils s'accommoderont de ta grossesse.

— Je sais, acquiesça-t-elle, tout en étant persuadée que

les producteurs ne s'accommoderaient guère de la confusion sentimentale dans laquelle elle était plongée. Mais cela m'a fait du bien de leur dire non. Je n'aime pas la façon dont l'argent prend le dessus dans ce genre de négociations : c'est un peu le chiffon rouge que l'on agite devant les acteurs, en espérant que nous foncerons dessus.

Tant pis si elle passait pour une prétentieuse, mais l'argent n'avait jamais été un critère de décision pour elle. En tout cas, elle adorait partager ainsi ses soucis avec Nash. Leur relation prenait décidément une tournure bien plus profonde qu'au départ.

— Les gens croient pouvoir tout acheter avec leur argent, poursuivit-elle. Mon ex-beau-père m'a vraiment immunisée contre ce genre de comportements. Cela peut paraître étrange, vu les énormes cachets que j'encaisse pour chacun de mes films, mais je n'ai jamais jeté d'argent par les fenêtres. Et je n'ai jamais essayé d'acheter des gens.

A ces mots, Nash parut se crisper.

— Tous les gens fortunés ne sont pas mauvais, tu sais. Certains peuvent avoir de bonnes intentions, mais les choses ne tournent pas toujours comme on l'espère...

Ne sachant que répondre, Lily s'étonna de le voir défendre ainsi les riches. Toutefois, ce n'était pas le moment de se disputer. Elle lui prit la main au moment où ils pénétraient sur la propriété des Barrington. Les hautes grilles en fer forgé, ornées d'un B à chaque extrémité, se dressaient devant eux, grandes ouvertes.

La longue et ravissante allée menant au cœur du ranch longeait les prairies où broutaient de magnifiques chevaux. Bientôt, la haute bâtisse en pierre abritant les écuries apparut. Partout où l'on regardait, on sentait la puissance et l'opulence de cette famille, dont le nom était définitivement entré dans la légende des courses hippiques et du monde très fermé de l'élevage équestre.

Les mois de tournage que Lily avait passés à Stony Ridge comptaient parmi les plus beaux de sa vie. L'ambiance champêtre, les grands espaces... Et puis elle avait eu l'occasion de faire la connaissance de cette famille, dont elle avait incarné l'un des principaux rôles. Elle avait apprécié Cassie, Tessa, Damon et même Linda, la cuisinière. Bref, les Barrington avaient forcé son respect et son admiration. Et elle rêvait de fonder un jour une famille aussi aimante, aussi solide.

Instinctivement, elle posa une main sur son ventre et se demanda à quoi ressemblerait la vie avec un bébé. L'homme assis à côté d'elle en ferait-il partie ?

— Tu es sûr d'être prêt à franchir le pas ? demanda-t-elle alors qu'il se garait devant la maison principale.

Nash lui prit la main et la porta à ses lèvres.

— Plus que jamais.

— Comment comptes-tu leur expliquer ma présence à tes côtés ?

Il haussa les épaules.

— Que veux-tu que je leur dise ?

Lily était par principe toujours du côté de la vérité. Pourtant, elle ne se sentait pas encore prête à officialiser sa grossesse. Et puis il ne s'agissait pas là du bébé, mais de Nash. De Nash et de sa tentative de nouer des liens avec une famille qui ignorait pour l'instant son existence.

Par ailleurs, elle-même ne savait pas encore si elle voulait faire partie de cette famille un jour. Enfin, à supposer que Nash le lui propose lorsqu'ils évoqueraient enfin leur avenir.

Ne brûlons pas les étapes...

— On peut leur expliquer que nous nous sommes rencontrés pendant le tournage, que nous sommes devenus amis et que j'ai décidé de prendre des vacances à l'issue du tournage.

A ces mots, Nash lui lança son fameux sourire. Sensuel, irrésistible. Elle aurait reconnu cette expression entre mille. La même que lorsqu'il lui faisait l'amour.

— Ils comprendront tout de suite que nous ne sommes pas de simples amis.

— Ce n'est pas grave, estima-t-elle avec un haussement d'épaules.

Elle faisait confiance aux Barrington : ils sauraient rester discrets. Eux-mêmes étaient des célébrités et ils ne connaissaient que trop les désagréments de la vie publique. En outre, elle avait entretenu avec chacun d'eux d'excellentes relations tout au long de sa présence sur le ranch.

— Moins on en dira, mieux ce sera, déclara-t-elle. De toute façon, ils ne feront probablement plus attention à moi quand tu leur auras annoncé ta nouvelle.

— On ne t'oublie pas facilement, Lily, affirma-t-il en lui déposant un baiser sur la main. Mais je ne suis pas prêt, moi non plus, à révéler notre secret, notre bébé.

Il lui caressa la joue avant de capturer sa bouche. De ses lèvres expertes, il lui avait fait l'amour un nombre incalculable de fois, et avec une fougue inouïe. Pourtant, quand il l'embrassait aussi tendrement, Lily ne pouvait s'empêcher de penser qu'il nourrissait de véritables sentiments pour elle.

Car tout dans son comportement semblait indiquer qu'il était en train de tomber amoureux d'elle. Oh ! Seigneur, si seulement il ressentait la même chose qu'elle... Car dans ce cas, si c'était vraiment le grand amour, elle se sentirait rassurée de ne pas avoir à pénétrer seule en ce territoire inconnu.

— Allons-y, murmura-t-il contre ses lèvres.

9

Nash ne devait surtout pas repenser à la conversation qu'il avait eue avec Lily au sujet de sa carrière. Ni au fait que ses sentiments pour elle prenaient une ampleur affolante. Car, s'il était venu au ranch ce soir, c'était pour une seule et unique raison : exposer Damon Barrington à la véritable bombe qu'il s'apprêtait à lâcher sur sa famille.

— Eh bien, nous voilà tous réunis, déclara Damon, confortablement installé dans un fauteuil de cuir du salon de sa vaste demeure. J'ai hâte de vous entendre, Nash.

Cassie et Tessa étaient assises sur le canapé. Leurs regards bleu lagon assortis interrogeaient Nash. Elles n'avaient donc rien remarqué ? Il y avait exactement la même nuance de bleu dans ses yeux à lui. D'ailleurs, il avait renoncé à porter des lentilles en venant travailler sur le ranch, dans l'espoir secret que quelqu'un remarquerait cette criante ressemblance.

Nash avait pris place à côté de Lily sur le canapé, face aux sœurs Barrington. Une table basse en acajou, sur laquelle trônait un superbe bouquet de fleurs, les séparait. La demeure des Barrington était tout aussi opulente que celle de Nash… Il songea qu'il avait hâte de se retrouver chez lui. Et de faire découvrir sa vraie maison à Lily.

Le clan Barrington avait marqué sa surprise de le voir accompagné de Lily, mais n'avait pas posé de questions. L'histoire de l'amitié avait été convaincante. Pour l'heure, le fait de savoir Lily à ses côtés lui insufflait tout le courage dont il avait besoin.

— J'apprécie beaucoup le travail que vous me confiez aux écuries, commença-t-il en maîtrisant péniblement son trac. J'ai appris à connaître votre famille et j'ai même vécu un grand moment le jour où Tessa a remporté la prestigieuse Triple Crown. Et puis pouvoir assister au tournage de votre biopic fut aussi un honneur.

— On dirait vraiment que vous vous apprêtez à nous donner votre démission, s'inquiéta Damon.

— Quelque chose ne va pas ? s'enquit Cassie, l'air inquiet.

Les deux femmes qui lui faisaient face se ressemblaient physiquement, mais affichaient deux tempéraments très différents. L'une comme l'autre avaient de longs cheveux roux et ce regard bleu accrocheur ; mais là où Tessa était fine et athlétique, Cassie avait une silhouette plus en courbes… Toutes deux étaient très attachantes et Nash mesurait soudain à quel point il aurait aimé faire partie de leur vie.

Bon sang, depuis quand était-il aussi sentimental ? Jusqu'à présent, seules les lois des affaires gouvernaient sa vie et il avait toujours su garder le contrôle des événements. Sa mère était la seule personne capable de le décontenancer. Pourtant, il était temps de révéler son secret. Car sa mère méritait de vivre libérée de ce fardeau, de sa culpabilité. Et Nash méritait de savoir si son père était prêt à le faire entrer dans sa vie.

— Tout va bien, assura-t-il en se levant pour contourner le canapé. Mais cela m'est plus difficile que je ne le croyais.

Sur le manteau de la cheminée s'alignaient de nombreuses photos des filles quand elles étaient petites, ainsi que de leur défunte mère, Rose. Images d'une famille idéale, aimante.

Nash, lui, n'avait jamais connu cela. Or il ne pouvait en vouloir à sa mère. Elle avait fait le choix qui lui avait paru le meilleur, au moment où elle l'avait fait. Et puis à quoi bon ressasser le passé ? Mieux valait se concentrer sur l'avenir.

— Je dois commencer par le début, reprit-il en se tournant vers eux, les mains sur les hanches. En fait, ma mère a été employée comme entraîneuse de chevaux sur votre ranch peu avant ma naissance.

— En dehors de Cassie, je n'avais jusque-là engagé qu'une seule entraîneuse, s'étonna Damon.

Le cœur de Nash se mit à tambouriner dans sa poitrine. Gardant les yeux rivés à ceux de Damon, il laissa ses paroles susciter la réaction qu'il souhaitait.

— Vous êtes le fils d'Elaine James ? s'exclama enfin Damon d'un ton abasourdi.

Cassie et Tessa se tournèrent vers leur père. Nash attendit.

— Qui est Elaine James ? demanda Tessa.

— L'une des meilleures entraîneuses de chevaux de son temps, expliqua Damon en soutenant toujours le regard de Nash. Je l'ai engagée à une époque où il était très mal vu pour une femme d'exercer une telle activité. Mais certains propriétaires contournaient les règles. Elaine était coiffée à la garçonne, portait de larges chapeaux et venait faire travailler les chevaux très tôt le matin ou tard le soir.

Nash connaissait l'histoire. Sa mère lui avait souvent raconté que les entraîneuses étaient réputées plus douces, moins compétitives que les entraîneurs et que Damon valorisait précisément ces qualités-là pour ses chevaux.

— Quand ma mère a démissionné du ranch pour aller s'occuper de ses parents âgés, elle a été engagée sur une propriété située à plusieurs heures d'ici, poursuivit Nash en continuant de guetter la réaction de Damon. Peu après avoir quitté Stony Ridge, elle a découvert qu'elle était enceinte. De moi.

Damon poussa un cri qui résonna dans la pièce spacieuse. Lily demeura assise, les mains sur ses genoux, mais Cassie et Tessa ouvrirent des yeux ronds. Apparemment, elles étaient en train de rassembler les pièces du puzzle.

— C'est impossible, murmura Damon dont le regard se fit vacillant. Vous seriez donc...

— Je suis votre fils.

Voilà. Il venait d'avouer une partie de la vérité qui lui pesait depuis le jour de son arrivée au ranch.

Et maintenant ? Franchement, il n'avait rien prévu de plus que cet aveu. Il n'avait pas anticipé l'embarras qui allait de pair avec celui-ci.

Le salon était soudain plongé dans un silence de cathédrale. Lily regardait Nash sans ciller, comme pour l'assurer de son soutien. Son sourire discret lui réchauffa le cœur.

— Nash, ne m'en voulez pas, mais il va me falloir des preuves de ce que vous affirmez, finit par déclarer Damon. Où se trouve votre mère aujourd'hui ?

Nash revint s'asseoir près de Lily. Il était soulagé d'avoir révélé son secret ou, du moins, une partie de celui-ci.

— Je ne vous en veux pas de ne pas me croire sur parole, répondit-il. Ma mère a fait un AVC il y a six mois. Elle va beaucoup mieux. C'est juste après avoir frôlé la mort qu'elle m'a avoué avoir eu une... brève liaison avec vous, à l'époque où elle travaillait ici.

— Pourquoi ne m'a-t-elle jamais prévenu ? interrogea Damon, le regard sombre et les épaules crispées. Je n'ai jamais eu aucune nouvelle après sa démission.

Malgré les nombreuses années passées à être son rival et, plus récemment, à travailler à Stony Ridge, Nash n'avait jamais vu Damon aussi déstabilisé.

— Quand elle a accepté cet autre travail dans cet autre ranch, elle ignorait tout de son état, expliqua Nash en regardant tour à tour ses demi-sœurs et son père. D'après ce qu'elle m'a dit, entre le moment où elle a découvert sa grossesse et celui où elle a trouvé le courage de venir vous parler, elle n'était plus qu'à un mois de l'accouchement. Elle craignait que vous mettiez sa parole en doute, ou que vous vous sentiez obligé de l'épouser à cause du bébé. Elle ne voulait pas que vous vous sentiez piégé. Mais elle tenait quand même à vous le dire ; sauf que, quand elle est revenue, on ne parlait plus en ville que de vos fiançailles avec Rose.

Nash se souvenait encore de l'aveu ému de sa mère, quand elle l'avait supplié de la pardonner de ne pas être allée jusqu'au bout de sa démarche, le coupant ainsi de son père biologique.

Avant d'ajouter que les voir rivaux sur le marché des chevaux de course pendant toutes ces années l'avait déchirée.

Or comment Nash aurait-il pu lui en vouloir ? Elle était jeune, seule et effrayée à l'époque. Et il était à présent mal placé pour juger une personne qui avait choisi de garder un secret...

— Elle a décidé de ne pas détruire le couple que vous formiez avec Rose, reprit Nash. Et de m'élever toute seule.

Ses mots restèrent suspendus quelques instants dans le silence et Nash se retint de prendre la main de Lily. Non seulement il avait besoin de sentir celle-ci près de lui, mais il voulait aussi lui faire comprendre que leur bébé, lui, ne grandirait pas sans famille.

Damon se frotta les cheveux, l'air toujours abasourdi.

— Est-ce qu'elle s'est mariée par la suite ?

Cette question venait-elle de l'homme qui avait autrefois aimé la mère de Nash ? Ou d'un père qui s'inquiétait de savoir si son fils avait grandi avec une figure masculine auprès de lui ?

— Oui, quand j'ai eu une dizaine d'années.

— Pourtant, vous portez son nom de jeune fille, remarqua Damon. Votre beau-père ne vous a donc pas adopté ?

Là, les choses se compliquaient. Nash devait rester très prudent, car un seul mot de trop ferait voler tout son projet en éclats.

— Si, dit-il. Mais j'ai choisi de garder le nom de ma mère.

Bon, d'accord, encore un mensonge... Mais il lui était impossible de révéler à Damon sa véritable identité. Car la première personne à qui il la dévoilerait serait Lily...

Autant dire que ses priorités n'étaient plus du tout les mêmes qu'à son arrivée à Stony Ridge. Depuis quand évaluait-il la portée de chaque avancée de son plan en fonction de la réaction ou des sentiments de Lily ?

— Alors depuis tout ce temps que tu travailles ici, tu... tu nous as espionnés ? balbutia Tessa. Pourquoi ne pas avoir joué franc-jeu dès le début ? Pourquoi tous ces mensonges ?

Nash s'éclaircit la voix.

— Pour être honnête, je n'étais pas sûr d'avoir envie de vous révéler la vérité. J'ai toujours travaillé auprès des chevaux et, alors que je venais d'apprendre cette histoire et que je ne savais pas trop ce que je voulais faire, le poste de responsable d'écurie sur votre ranch s'est libéré. J'ai pensé que je ne pouvais pas laisser passer une telle occasion.

— Mais pourquoi avoir attendu jusqu'à aujourd'hui ? insista Cassie avec plus de bienveillance que Tessa, mais autant d'incompréhension dans le regard.

Il était vrai qu'il aurait pu se dévoiler plus tôt. Toutefois, il était trop occupé à tenter d'acheter les précieux chevaux de Damon. Et, le reste du temps, à s'envoyer en l'air avec Lily. Encore une fois, l'ordre de ses priorités avait évolué.

— Je... je ne sais pas vraiment... Je comprends à quel point cette nouvelle doit vous bouleverser, répondit-il en pesant ses mots. En fait, cela a été la même chose pour moi. Et puis j'avais besoin de savoir si vous étiez susceptibles de me faire une place dans votre famille, ou s'il valait mieux que je passe mon chemin, discrètement.

Cette fois, ce fut Lily qui lui prit la main de sa propre initiative et la garda dans la sienne. Un geste qui n'échappa pas aux deux sœurs Barrington.

Nash dut lutter pour ne pas se laisser submerger par l'émotion. Bon sang, il ne méritait pas la loyauté, la compassion, l'innocence de Lily... Il lui mentait depuis le début et, quelles que soient les raisons qui le poussaient à agir de cette façon, il avait construit avec elle une relation basée sur un tissu de mensonges.

— Et maintenant vous nous estimez prêts à vous accueillir parmi nous ? interrogea Tessa en se levant et en croisant les bras. Je suis évidemment sceptique, mais surtout blessée que vous nous ayez espionnés pendant tout ce temps.

Nash hocha la tête.

— Je comprends bien, mais je devais agir de la meilleure façon possible pour ma mère et pour moi. Depuis que mon beau-père nous a quittés, il y a quelques années, c'est moi qui m'occupe d'elle. Et ma priorité, c'est elle.

— Elle était d'accord pour que tu viennes travailler à Stony Ridge ? demanda Damon.

— Disons qu'elle m'a laissé prendre la décision, répliqua Nash. En réalité, elle craignait surtout que je ne bouleverse votre existence.

— Ma parole, j'ai un frère… murmura Cassie, les yeux soudain embués.

— Cass, objecta Damon d'un ton prudent, il nous faut encore des preuves. Même si je pense que Nash dit la vérité.

— Mais… Regardez ses yeux ! s'exclama Cassie avec un sourire. Ils sont du même bleu que les nôtres !

Plus maîtresse de ses émotions que sa sœur, Tessa se tourna vers son père.

— Comment as-tu pu passer de sa mère à la nôtre en si peu de temps, papa ? demanda-t-elle.

Nash la sentait au bord de l'explosion. Damon, lui, se contenta d'agripper les accoudoirs de son fauteuil.

— Sans entrer dans des détails inutiles, Elaine et moi avons eu une belle aventure, mais nous n'avons jamais été amoureux. Peu après son départ, j'ai rencontré Rose, et là j'ai été forcé de reconnaître que le coup de foudre, le vrai, existait bel et bien. Le lendemain de notre rencontre, nous ne pouvions déjà plus nous séparer. C'était elle que j'attendais depuis toujours.

Nash se mordit la lèvre. Sa mère lui avait raconté presque mot pour mot la même chose sur Rose. Et puis Damon et elle venaient de deux mondes trop différents à l'époque… Leur histoire, du moins au début, ressemblait fort à celle qu'il avait lui-même vécue avec Lily. Restait à espérer que la leur connaîtrait un meilleur dénouement.

— Vos yeux…, fit Tessa à voix basse en contournant la table pour venir s'asseoir à côté de lui. Pour vous dire la vérité, depuis le jour de votre arrivée au ranch, je sentais que vous nous cachiez quelque chose…

Nash s'efforça de ne pas se laisser gagner par l'émotion.

— Moi aussi, dès que je vous ai vues, toutes les deux, j'ai compris que nous étions bel et bien de la même famille.

Ce ne fut qu'en prononçant ces mots qu'il s'aperçut à quel point il avait envie que les filles et Damon l'acceptent parmi eux. Il avait beau avoir de l'argent et afficher une certaine réussite en affaires, il existait des choses que la richesse ne pouvait acheter... Comme une famille, par exemple.

— Vous êtes vraiment mon frère ? insista Tessa, comme si elle avait encore du mal à se faire à cette idée.

— Oui, confirma-t-il en souriant.

— Bon, lança Damon. Et maintenant ?

Il fronçait toujours les sourcils, hésitant sans doute entre colère et confusion. La dernière partie du plan de Nash s'annonçait délicate : car, s'il voulait absolument obtenir les chevaux, il tenait tout autant à renouer avec sa famille. Ainsi, pour tout obtenir, il allait devoir jouer fin.

— C'est à vous de voir, déclara-t-il. J'ai adoré travailler ici, mais je comprendrais que vous ne souhaitiez plus m'accorder votre confiance.

— Mais non ! protesta Cassie en secouant la tête. Vous avez fait vos preuves... N'est-ce pas, papa ? Nash est le meilleur responsable d'écurie que nous ayons jamais eu.

Opinant du chef, Damon s'enfonça dans son fauteuil.

— Tu es le bienvenu si tu désires continuer à travailler chez nous, Nash. Et, si tu possèdes tes propres chevaux, tu peux les amener ici en pension.

Oh ! l'ironie du sort ! Comment allait-il préserver le reste de son secret tant qu'il n'avait pas trouvé le moyen de le révéler de façon acceptable à Lily et à sa nouvelle famille ?

— Pour l'instant, je n'en ai pas, répondit-il.

Ce qui était en partie vrai.

— Le poste de responsable d'écurie est à toi aussi longtemps que tu le souhaiteras, assura Damon en se levant, comme pour signifier la fin de cette conversation. Et, si tu devais acquérir un cheval, il y aura toujours une place pour lui à Stony Ridge.

Nash se leva à son tour et tendit la main à son père — l'homme dont il tentait désespérément d'acheter les chevaux.

— Merci, c'est très gentil.

Damon lui donna une franche poignée de main, suivie d'une accolade virile.

— Je suis navré pour ta mère, déclara-t-il avec une évidente sincérité. S'il y a quoi que ce soit que je puisse faire...

— Merci, l'interrompit Nash.

Il était hors de question de le laisser s'occuper de sa mère. Lui ou quiconque, d'ailleurs. Nash était très possessif en ce qui la concernait.

— Elle s'en sort plutôt bien, à vrai dire, compléta-t-il.

Damon hocha la tête et lui lâcha la main.

— J'avoue que je tombe de haut, Nash, déclara-t-il. J'espère que mon silence abasourdi ne t'aura pas donné l'impression que tu n'es pas le bienvenu parmi nous. C'est juste que... je suis encore sous le choc.

— Je comprends. J'ai ressenti la même chose, mais j'ai eu plusieurs mois pour me faire à l'idée, expliqua Nash en se tournant vers Lily, qui jouait nerveusement avec le tissu de sa robe. Je crois qu'il est temps pour nous de rentrer et de vous laisser un peu d'intimité.

Il tendit alors la main à Lily et l'aida à se relever. Elle offrit son ravissant sourire à Damon en lui tapotant le bras.

— C'est une nouvelle incroyable, déclara-t-elle, mais, passé le choc, vous vous réjouirez de voir votre famille s'agrandir. Vous avez désormais un fils merveilleux.

Damon lui donna une affectueuse accolade.

— Rose vous aurait adorée, affirma-t-il.

Nash savait que Lily et Damon avaient bien sympathisé durant le tournage. Lily ayant interprété le rôle de sa défunte épouse, ils avaient souvent évoqué ensemble son souvenir.

Soudain, une bouffée de culpabilité s'empara de Nash. Il lui restait encore un secret à révéler à tous ces gens. Toutefois, il n'avait désormais plus grand-chose à voir avec l'homme qui, plusieurs mois auparavant, s'était introduit clandestinement au ranch pour espionner son rival. Avoir une liaison aussi torride qu'imprévue avec la vedette du film qui se tournait à Stony Ridge l'avait transformé du tout au tout.

Désormais, il rêvait d'avoir une famille. C'était même devenu une obsession pour lui. Or, une fois que la vérité aurait éclaté, il pourrait dire adieu à tout espoir de relation avec Lily et avec les Barrington.

— Une fois le film sorti, j'espère que les gens verront quelle belle famille vous formez, déclara Lily en traversant la pièce pour embrasser Cassie et Tessa. Et pas seulement dans le monde des courses hippiques ! Pour ma part, je vais rester quelque temps dans la région : nous pourrions peut-être déjeuner ensemble, toutes les trois ?

— Avec plaisir, répondit Cassie. Je suppose que l'on peut vous trouver chez Nash ?

— Oui, avoua Lily en riant. Mais surtout n'ébruitez rien !

— Motus et bouche cousue ! promit Cassie. Maintenant que ma sœur et moi avons du temps libre, nous pourrions nous organiser une journée entre filles !

Epaté, Nash regarda ses sœurs se lier d'amitié avec la mère de son enfant.

Il n'avait pas le choix : il devait réussir. Il y avait trop de choses en jeu. Pour l'instant, il ne pouvait qu'attendre la réponse de son assistant quant à la dernière offre qu'il avait faite à Damon. D'ici là, il ne savait plus du tout quelle serait la prochaine étape.

10

O, insomnie, invitée cruelle et malvenue...

Lily s'efforça de faire le moins de bruit possible en s'agitant dans la cuisine à la recherche de son petit plaisir coupable. Malheureusement, Nash ne rangeait pas son cacao à portée de main.

Elle s'empara de la bouteille de lait dans le réfrigérateur, referma la porte et réfléchit à un moyen de se préparer le chocolat dont elle rêvait. Oui, en plus de son petit faible pour le fromage fondu, elle adorait le chocolat. Ce qui, pour une actrice hollywoodienne, relevait du sacrilège, puisque, à L.A., il fallait frôler l'anorexie pour répondre aux critères de beauté en vigueur. Or Lily était gourmande...

Oui, elle était accro au chocolat au lait.

Un plan machiavélique se forma alors à son esprit : ouvrant le congélateur, elle y repéra aussitôt un pot de crème glacée au chocolat. Et voilà ! Le tour était joué.

Sans plus attendre, elle fit glisser une grosse portion de glace dans le plus grand verre qu'elle trouva, puis y ajouta du lait. Eh oui, avec sa grossesse, elle avait bien le droit de céder à ce genre de fringale à 2 heures du matin : car tout cela, c'était pour le bébé, bien entendu. Même si ce genre de petite folie lui arrivait aussi le reste du temps — mais ça, personne n'avait besoin de le savoir.

S'aidant d'une longue cuillère, elle commença à piler la

crème glacée pour la mélanger au lait. A peine eut-elle goûté une première gorgée que des pas se firent entendre derrière elle.

S'essuyant les lèvres d'un revers de main, elle se retourna pour découvrir un Nash aussi sexy qu'endormi. Le simple pantalon de pyjama qu'il portait soulignait la finesse de ses hanches, ses cheveux en désordre lui retombaient sur le front et ses yeux d'un bleu transparent scrutaient le verre qu'elle tenait en main. Puis son regard vint se poser sur le pot de crème glacée resté sur le comptoir.

Bien que la seule lampe allumée soit celle de la hotte, au-dessus de la cuisinière, Lily vit son visage s'éclairer d'une lueur amusée.

— Ne me juge pas ! implora-t-elle, avant d'avaler une seconde gorgée du liquide frais.

Qui aurait pu croire que le fait d'être enceinte vous transformait en véritable chaudière ? se demanda-t-elle en même temps.

— Je ne sais même pas quoi dire, répondit-il avec un sourire en coin. Cela t'arrive souvent, ce genre de fringale ?

Lily appuya une hanche contre l'îlot central.

— Seulement quand je n'arrive pas à dormir. Et puis tu n'avais pas de cacao, alors j'ai improvisé avec de la glace...

A ces mots, il se rembrunit.

— Quelque chose te tracasse au point de t'empêcher de dormir ? demanda-t-il.

Serrant son verre contre elle, Lily eut un petit rire. Par où commencer ?

— En ce moment, tout me tracasse, avoua-t-elle.

S'appuyant contre le montant de la porte, Nash croisa les bras sur son torse. Se lasserait-elle un jour de le contempler ainsi ? De caresser sa peau lisse, son corps musclé ?

Toutefois, l'incroyable alchimie qui continuait d'exister entre eux n'était pas la seule chose qui intriguait Lily chez cet homme. Nash avait l'art de lui donner l'impression d'être importante et semblait en même temps chercher à lui prouver qu'il n'était pas avec elle pour sa célébrité. Et Nash était un homme honnête. Elle avait besoin d'honnêteté. Quand on travaillait dans un milieu où les gens faisaient fortune sur la base de mensonges et d'artifices, on recherchait la stabilité et la confiance.

Et puis cette soirée bouleversante à laquelle elle avait assisté l'avait profondément émue. Au fil des semaines, elle avait découvert un aspect de la personnalité de Nash qu'elle n'aurait pas soupçonné le jour où elle l'avait vu pour la première fois. Et elle avait désormais envie de découvrir tout le reste...

— Tu peux tout me dire, murmura-t-il d'une voix suave qui acheva de la faire fondre. Je suis doué pour écouter.

Il était doué pour tout. C'était bien le problème !

— Je me demandais... maintenant que Damon sait que tu es son fils, ce qui allait changer dans ta vie...

Elle but une nouvelle gorgée de chocolat frais, tant pour se donner une contenance que pour se rassurer. Il n'était guère facile de partager ses tourments avec un homme comme Nash. Pourtant, ce tête-à-tête en pleine nuit, au calme et sans risque d'être dérangés, était l'occasion ou jamais.

Il secoua la tête.

— Mais ce n'est pas tout, n'est-ce pas ? Il y a autre chose.

Leurs regards se croisèrent. Cet homme la connaissait trop bien, en réalité. C'était d'autant plus troublant qu'au départ leur relation n'avait été que charnelle.

Mais petit à petit, puis avec l'annonce de la prochaine naissance, les choses avaient évolué. Nash s'était ouvert à elle, il lui avait confié l'appréhension qu'il éprouvait à devoir se révéler à Damon et à ses filles. Lily, de son côté, lui avait fait part de ses angoisses quant à la suite de sa carrière avec cette grossesse, puis ce bébé. Tous deux étaient embarqués à bord du même bateau et ils se rapprochaient de plus en plus l'un de l'autre. Ce qui effrayait Lily au plus haut point...

— Tu sais, commença-t-elle en se caressant machinalement le ventre, comme pour protéger cet innocent bébé, je ne voudrais pas que cet enfant ait à choisir entre toi et moi. J'ai vu combien il t'a été difficile de parler à ton père. Tu es quelqu'un de fort et j'ai pu voir à quel point la famille était importante à tes yeux. Je crois que je ne sais pas très bien où l'on va, toi et moi, mais ce dont je suis sûre, c'est que je ne veux pas que notre enfant se déchire entre nous deux.

Nash se rapprocha d'elle et elle se sentit soudain toute petite devant ce large torse musclé et hâlé par le travail avec les chevaux... Et terriblement excitée.

A son tour, il lui posa une main sur le ventre.

— Cet enfant ne doutera jamais de l'amour que nous lui portons l'un et l'autre, je puis te l'assurer. Quelle que soit la façon dont les choses évoluent entre nous, ce bébé restera notre priorité à tous les deux.

Ces paroles rassurantes la firent sourire. Mais Nash évitait soigneusement de parler d'eux en tant que couple.

Chaque chose en son temps, songea-t-elle. Elle avait encore plusieurs mois pour s'organiser. Ian se montrait compréhensif, dans la mesure où elle achevait tout juste un tournage et où cette grossesse-surprise chamboulait une partie de ses projets. Elle se félicitait tous les jours de l'avoir choisi comme agent.

Ainsi, tout en s'efforçant de réfléchir à sa carrière, Lily tentait de reprendre la main sur sa vie personnelle, et notamment sur ses sentiments pour Nash. Car ce qu'il y avait entre eux dépassait la simple passion physique, elle n'en doutait pas, même si elle était incapable de définir exactement ce qui les unissait.

Sans un mot de plus, Nash lui prit le verre frais des mains et en but une gorgée. Le lait forma au-dessus de ses lèvres une moustache qu'il effaça d'un coup de langue.

Jamais encore Lily ne s'était sentie attirée par un barbu aux cheveux longs. Pourtant, quelque chose en Nash l'avait intriguée dès les premières secondes. Son côté un peu rugueux le rendait tellement plus sexy que tous ces hommes soucieux de leur apparence qu'elle côtoyait à Hollywood !

— Tu as raison, dit-il. Ce mélange est délicieux.

Récupérant son verre, Lily en savoura une nouvelle gorgée tout en se promettant d'aller acheter du sirop de cacao à la première heure demain matin.

Elle s'aperçut soudain que Nash scrutait avec une convoitise non dissimulée sa nuisette en satin et elle frissonna de désir.

Au début, elle avait hésité à s'installer chez lui, de crainte qu'ils ne fassent rien d'autre qu'assouvir leurs besoins charnels au lieu de réfléchir à leur avenir et à celui du bébé. A présent, elle ne regrettait pas sa décision, car le fait de loger sous le même toit les obligeait à évaluer leur relation, tout en s'ouvrant un peu plus l'un à l'autre chaque jour.

Bref, le sexe n'était que la cerise sur le gâteau...

Sans un mot, Nash lui reprit la boisson pour la poser cette fois sur le bar. Le cliquetis du verre sur le granit résonna dans le silence. Les mains robustes de Nash glissèrent alors le long de sa nuisette pour l'attirer contre lui. La chaleur de ses doigts à travers l'étoffe légère embrasa Lily.

— Je connais une méthode pour faire passer l'insomnie, murmura-t-il en promenant les lèvres le long de son cou, puis de sa nuque. Mais elle s'adresse davantage aux adultes que ce verre de chocolat glacé.

Tremblante, Lily s'agrippa à ses biceps et rejeta la tête en arrière pour lui ouvrir l'accès à son décolleté.

D'un geste assuré, Nash abaissa les bretelles de la nuisette et, l'instant suivant, le vêtement glissait à terre.

Entièrement nue, elle laissa alors Nash lui infliger cette exquise torture du bout des lèvres. Ivre de désir, elle se cambrait pour mieux recevoir ses caresses. Puis elle glissa les mains dans la ceinture de son pantalon, qu'elle lui enleva un instant plus tard d'un geste urgent.

Nash releva les yeux d'entre ses seins et s'empara de ses lèvres sans lui laisser le temps de protester. Il la souleva alors et elle lui entoura la taille de ses jambes, tandis qu'il quittait la cuisine. Gardant leurs lèvres collées, elle partagea avec lui un baiser enfiévré, nourri par un désir mutuel inouï.

Oh ! comme elle avait envie de lui... Sans attendre d'avoir atteint la chambre, il la plaqua contre le mur du couloir. Comme elle aimait sentir son corps brûlant et viril contre le sien...

— Pas question, dit-il alors qu'elle tentait de s'emparer de nouveau de ses lèvres. Tu es censée te reposer, ce qui signifie que c'est moi qui décide...

Lily sourit tout en ondulant langoureusement des hanches.

— Tu serais capable de tenter un saint, grommela-t-il.

— Je veux seulement te tenter, toi.

Le souffle court, elle l'accueillit en elle sans le quitter des yeux. Il la fixait de son regard bleu lagon, initiant un délicieux va-et-vient. Pour rien au monde elle n'aurait baissé le regard.

Nash était tout à la fois exigeant et attentif, entreprenant et doux... Au lit, mais aussi le reste du temps.

Leurs lèvres se rencontrèrent de nouveau, alors qu'une nuée d'émotions semblait traverser le regard de Nash : détermination, excitation, désir, et... amour ? Oui, elle le lut au fond de ses yeux, aussi clairement qu'elle le sentait en elle. Cet homme était amoureux d'elle. Mais était-il seulement prêt à l'admettre, lui qui avait déjà tellement de choses à régler dans sa vie ?

N'empêche qu'elle éprouvait un vif soulagement à l'idée que, oui, lui aussi avait laissé croître en lui des sentiments pour elle. Car elle-même n'en doutait plus : elle était désormais folle amoureuse de ce responsable d'écurie à la vie compliquée.

Sans le quitter des yeux, elle laissa la jouissance irradier chaque cellule de son corps. Puis, quand ce fut le tour de Nash, il soutint son regard lui aussi. Et ses yeux aussi clairs que perçants la firent de nouveau trembler de volupté.

Lorsqu'ils eurent tous deux repris leurs esprits, Nash plaqua son front contre celui de Lily.

— Tu es la femme que je n'espérais plus rencontrer... souffla-t-il.

11

Nash n'avait pas la moindre idée de l'impression qu'il avait pu donner à Lily tout à l'heure, lors de leur folle étreinte dans le couloir. Mais en la serrant contre lui, dans le lit qu'ils partageaient depuis une semaine, il prit conscience de deux choses : d'abord, elle était plus fragile qu'elle ne voulait l'admettre. Ensuite, il lui avait très malencontreusement avoué ce qu'il ressentait dans un moment de faiblesse.

Pourtant, il ne fallait pas. Il ne devait surtout pas lui révéler à quelle vitesse il était en train de tomber amoureux d'elle.

Lily avait bien compris combien la notion de famille était sacrée pour lui : voilà pourquoi il devait garder le contrôle de la situation. En s'accrochant aux Barrington d'un côté, et à Lily et son bébé de l'autre.

Elle remua contre lui, remontant négligemment sa main le long de son ventre. Il l'avait portée jusqu'au lit après lui avoir sauvagement fait l'amour dans le couloir — oui, son désir pour elle était si puissant que Nash n'avait pas pu attendre d'arriver dans la chambre. Mais, à en croire les gémissements de plaisir de Lily et les traces d'ongles qu'elle lui avait laissées sur la peau, elle ne lui en avait pas tenu rigueur.

Aussi fougueux qu'aient été leurs ébats, quelque chose d'autre s'était passé entre eux. Quelque chose de silencieux, mais lourd de sens. Nash avait lu tant d'émotion dans le regard de Lily... Et elle, qu'avait-elle vu dans le sien ?

Ecoutant le silence qui planait à présent, il comprit qu'elle n'était pas près de s'endormir.

— Je suis sûr que le parallèle entre la grossesse de ma mère et la tienne ne t'aura pas échappé, chuchota-t-il en lui caressant le bras. Or si tu es là maintenant, près de moi, ce n'est pas par accident. C'est parce que je le désire.

Il sentit le corps de Lily se détendre contre lui.

— Je sais. Je sais qu'entre nous ce n'était censé être qu'une aventure. Or nous voilà à présent projetés dans un monde dont nous ignorons tout. Pour l'heure, nous ne pouvons que vivre au jour le jour.

Soulagé d'entendre de telles paroles, Nash eut soudain envie de tout lui avouer. De lui révéler enfin l'intégralité de ce qu'il était. Toutefois, le faire en cet instant précis anéantirait toute chance de former un jour un vrai couple avec elle. Il avait besoin d'encore un peu de temps.

— Pourtant, il va bientôt falloir que je prenne des décisions importantes, poursuivit-elle après un silence. Je ne peux pas rester éternellement ici, en Virginie, et fuir mes responsabilités.

Eternellement. Nash était-il capable d'imaginer une telle notion ? Jamais il n'avait envisagé de lier son destin à celui d'une femme, mais Lily avait le don de lui faire réviser ses certitudes. Pour elle, il avait envie de devenir un homme meilleur, de cesser de ne penser qu'à son travail, à sa carrière, d'apprendre à vivre pleinement. Or il était maintenant empêtré dans ses mensonges et ne savait comment s'en sortir.

Et dire qu'à l'origine il comptait seulement donner une bonne leçon à son rival de toujours !

— As-tu parlé du bébé à ta mère ? demanda-t-il soudain.

Le souffle chaud de Lily vint lui chatouiller la peau.

— Non, soupira-t-elle. Je ne veux pas lui annoncer ça par téléphone. En général, quand je termine un tournage, je vais lui rendre visite.

Un rayon de lune passait entre les rideaux, éclairant le lit de sa lueur blanche. Nash avait l'esprit assailli de questions sur les chevaux de Damon, et aussi le bébé, mais une chose était certaine : il ne renoncerait pas à Lily. Il continuait de l'imaginer chez lui, dans sa maison, dans ses prairies, dans ses écuries… Et tous ses employés seraient sous le charme, tout comme lui, il n'en doutait pas.

— Et si on faisait un pique-nique ou une balade à cheval demain ? suggéra-t-il. Enfin, aujourd'hui, ajouta-t-il en consultant le réveil, avant de se raviser : enfin, je ne sais pas si on a le droit de monter quand on est enceinte.

Elle se tourna vers lui et chercha son regard.

— Je n'en suis pas sûre. Mais serais-tu en train de m'inviter à un rendez-vous galant ? demanda-t-elle en souriant.

Dégageant les mèches de cheveux qui lui tombaient sur le visage, il lui caressa la joue.

— Oui, plus ou moins… Qu'en dis-tu ?

— Ce sera avec plaisir, mais contentons-nous d'un pique-nique pour l'instant.

Son sourire et sa voix soudain haut perchée éveillèrent en lui un regain de désir. Ils allaient avoir un bébé, leur entente charnelle était idyllique, elle l'avait soutenu lors de sa confrontation avec Damon…

— Dans ce cas, je ferais mieux de dormir, reprit-elle en bâillant.

— Tu n'as plus envie de crème glacée mélangée à du lait ? la taquina-t-il.

— Oh ! non, rétorqua-t-elle avec un petit rire. Ta méthode contre l'insomnie est bien meilleure : tu m'as épuisée !

Il ne put réprimer un sourire en l'embrassant sur le front.

— C'était le but… Et, maintenant, repose-toi.

Il remonta le couvre-lit sur ses épaules et l'enlaça jusqu'à ce que sa respiration devienne régulière et que ses muscles se relâchent.

Vivement demain, songea-t-il alors. Il avait hâte de se rendre à Stony Ridge, puis de retrouver Lily pour leur pique-nique en amoureux. Celle-ci devait savoir qui il était vraiment avant de découvrir la vérité à son sujet. Elle devait comprendre qu'il était surtout un passionné de chevaux et un amateur de plaisirs simples, et pas seulement un homme d'affaires qui brassait des fortunes.

Mais avant toute chose Nash devait savoir ce qu'avait décidé Damon quant à ses pur-sang. Car ce dernier était encore très loin de se douter que le fils qu'il venait de découvrir n'était autre que son rival de toujours dans le monde équestre.

— Tu te moques de moi !

Lily plongea la main dans l'eau fraîche pour en asperger Nash.

— Allons ! le taquina-t-elle. Tu es un cow-boy, ce n'est pas un petit ruisseau qui va te faire peur.

Après un copieux pique-nique composé de sandwichs, de fruits, de limonade et de cookies au chocolat, Lily avait ôté ses sandales pour barboter dans le petit cours d'eau. Allongé sur la couverture, Nash la contemplait, un sourire irrésistible aux lèvres.

— Oh ! je n'ai pas peur, rétorqua-t-il en s'asseyant pour enlever ses bottes de cow-boy. C'est toi qui devrais avoir peur.

Un frisson lui parcourut l'échine au moment où Nash se levait et se débarrassait de son T-shirt. Seigneur... Ces muscles fermes et merveilleusement sculptés, sa peau bronzée la mettaient dans tous ses états. Cet homme était de ceux qui combattaient le feu... en jetant de l'essence dessus.

— Continue à me regarder comme ça et tu te retrouveras en moins de deux secondes sur cette couverture pour une tout autre activité, la prévint-il en s'approchant du ruisseau.

Une fois sur la berge, il retroussa son pantalon. Lily le contempla, les mains sur les hanches. Décidément, elle appréciait de plus en plus cette belle journée d'été. Haut dans le ciel, le soleil inondait la campagne autour d'eux. C'était exactement le genre de détente que la gynécologue lui avait recommandé. C'était Nash qui avait parlé à Lily de ce petit ruisseau qui courait à l'arrière de la maison. L'endroit était simple, isolé, bref, idéal pour eux. Et, vu le regard de convoitise avec lequel il s'attardait sur son short et son débardeur, Lily se félicita de se savoir à l'abri des regards indiscrets.

Se lasserait-elle un jour de cet homme, de la façon dont il la dévorait des yeux ? Chaque fois qu'il la détaillait ainsi, son désir pour lui devenait brûlant.

— Bon sang, elle est gelée ! s'exclama-t-il en pénétrant dans l'eau. Et tu ne m'as rien dit !

Elle se mit à rire.

— C'est revigorant, ne fais pas le bébé !

— Je vais te montrer quel genre de bébé je suis...

A ces mots, il se pencha et lui aspergea les jambes d'eau glacée, ne faisant qu'attiser davantage le désir qui couvait en elle. Tout en Nash était sensualité. Il l'excitait comme jamais aucun autre homme ne l'avait fait.

Non seulement il la faisait rire, mais il lui démontrait à quel point deux personnes a priori très différentes pouvaient se compléter. Et, chaque jour qui passait, elle avait envie de prolonger l'expérience, de rester aux côtés d'un homme qui ne craignait pas d'accepter son soutien quand il en avait besoin, et qui était capable de la protéger sans pour autant l'étouffer. Bref, ce qu'elle voulait, c'était Nash.

Toujours penché en avant, il lui effleura les jambes d'une caresse, puis releva les yeux vers elle.

— Tu as raison, dit-il d'une voix plus profonde. C'est rafraîchissant !

— Tu ramènes tout au sexe, déclara-t-elle malgré son envie de le voir lui arracher ses vêtements pour lui faire l'amour là, au bord de ce ruisseau.

La main de Nash se figea et son sourire s'élargit.

— Je suis un homme : évidemment, que je ramène tout au sexe ! Et, quand tu me regardes de cette façon, tu ne m'aides pas, tu sais !

Lily ne put s'en empêcher : levant légèrement un pied, elle en heurta le torse de Nash, qui perdit l'équilibre et tomba à la renverse dans l'eau. Elle eut toutes les peines du monde à ne pas éclater de rire sous le regard noir qu'il lui lança.

— Eh bien, quoi ? Je croyais que tu voulais te rafraîchir ? dit-elle en haussant les épaules.

— Oh ! ma belle, à côté de toi, j'ai toujours besoin de refroidir mes ardeurs, répondit-il en se levant avant de l'enlacer de ses bras trempés. Ne me fais pas croire que tu n'as pas envie toi aussi de faire des folies avec mon corps.

Lily posa les paumes à plat sur son torse.

— Tu as un corps d'athlète, Nash, je ne peux pas le nier.

— Bon sang, tu sais parler aux hommes...

Lily glissa les mains autour de son cou.

— Je crois que ton ego est quelque peu surdimensionné.

Elle vit ses lèvres sensuelles esquisser un demi-sourire.

— Et serais-tu la femme capable de le brider ?

— Peut-être... En tout cas, je suis sûre que tu as très bien su exploiter ce corps de rêve pour parvenir à tes fins avec de nombreuses femmes. Je ne peux pas t'en vouloir, tu es tellement sexy ! Tous ces muscles entretenus jour après jour par ton travail, cette barbe épaisse, ces cheveux longs... Tu dégages un certain mystère, il n'y a pas à dire... Mais, moi, je ne veux pas me contenter de ce corps, Nash, aussi séduisant soit-il.

Elle lui mordilla la lèvre en achevant cette tirade, se délectant de la sensation de la barbe rugueuse contre son visage.

— J'ai envie de percer le mystère, poursuivit-elle contre ses lèvres. Je pense que tu as encore beaucoup de choses à m'apprendre sur toi.

Elle sentit Nash se raidir.

— Attention à ce que tu dis, murmura-t-il. Tu risquerais de ne pas aimer ce que tu découvres...

Elle tressaillit. Ce qui avait débuté comme un simple jeu amoureux prenait soudain une tournure inattendue. Pourquoi Nash devenait-il aussi sérieux ? Et que sous-entendait-il exactement ? Tout le monde avait son jardin secret, non ?

— Il y a encore beaucoup de choses que j'ignore à ton sujet ? interrogea-t-elle, la gorge nouée.

Elle sentit ses mains rugueuses descendre le long de son dos, pour venir lui empoigner les fesses.

— Tu pourrais passer une vie entière à découvrir des choses à mon sujet...

Une nouvelle salve de désir s'empara d'elle à ces mots. Sauf que, cette fois, un sentiment différent — était-ce de l'amour ? — se greffa dessus. Nash venait-il de suggérer qu'elle et lui ce pourrait être pour toujours ? Mais étaient-ils prêts à avoir ce genre de conversation ?

Elle en était là de ses questionnements lorsque, tout à coup, une multitude de petits points noirs vint éclipser le visage de Nash. Elle sentit ses jambes se dérober sous elle et son cœur cogner dans sa poitrine, tandis que la sueur affluait sur tout son corps.

Elle entendit à peine Nash crier son nom. Déjà, tout était devenu noir.

12

Portant Lily bien serrée contre lui, Nash se fraya un chemin à travers les champs pour regagner sa maison. A chacun de ses pas, il priait pour qu'elle n'ait rien de grave. Alors qu'il venait enfin de se décider à tout lui avouer, la jeune femme s'était effondrée contre lui. Et une angoisse telle qu'il n'en avait jamais éprouvé avait envahi chaque cellule de son corps.

Dans ses bras, Lily était d'une pâleur extrême. Ses lèvres habituellement roses étaient livides et il lui semblait porter un poids mort.

En arrivant enfin sur le patio, Nash s'empressa de la déposer sur un transat installé à l'ombre. Il vit alors ses paupières frémir et, à son grand soulagement, elle tourna la tête vers lui alors qu'il s'asseyait près d'elle. Il dégagea quelques mèches de cheveux de son visage et la vit reprendre des couleurs.

— Nash ?

— Tout va bien, assura-t-il, encore tremblant. Tu t'es évanouie. Ne bouge pas. Je cours chercher mon téléphone pour appeler un médecin.

A ces mots, elle planta les doigts dans son bras pour l'empêcher de se lever.

— Non, s'il te plaît ! Je me sens bien, maintenant. J'ai dû avoir un petit coup de chaleur.

— Il faut qu'un médecin vérifie qu'il n'y a aucun danger pour toi ou le bébé, insista-t-il en lui prenant la main pour la porter à ses lèvres. J'ai besoin d'être rassuré.

Sans lui laisser le temps de protester davantage, il se précipita vers la maison. Une fois son téléphone en main, il composa le numéro, puis revint vers Lily sans tarder. Elle était toujours allongée, les deux mains posées à plat sur son ventre.

Le médecin assura à Nash qu'il serait sur place dix minutes plus tard. Comme quoi l'argent pouvait faire des merveilles...

— Tu as mal ? s'enquit-il en posant sa main sur celles de Lily.

Elle secoua la tête tout en fermant les yeux. Une larme roula le long de sa tempe jusqu'à ses cheveux et Nash s'empressa de l'essuyer du bout des doigts.

— Lily, dis quelque chose, insista-t-il en posant une paume contre sa joue. Tu as encore la tête qui tourne ?

Elle rouvrit les yeux et le dévisagea.

— Je me sens bien, mais j'ai eu peur. Et si quelque chose n'allait pas ? Après tout, ce n'est pas parce que je me sens bien que tout se passe bien à l'intérieur de mon corps.

Il partageait sa crainte, mais se devait d'être fort. Pour elle et pour leur bébé. Sa mère avait-elle connu elle aussi des moments de panique de ce genre ? Il avait du mal à l'imaginer, forte comme elle l'était autrefois, contrainte de traverser de tels moments d'incertitude sans aide.

— Tout va bien se passer, promit-il. Le médecin va t'examiner comme il se doit.

Le regard sombre de Lily s'embua et elle se mordit la lèvre. Bon sang, il se sentait tellement impuissant... Que pouvait-il lui offrir pour l'instant, sinon quelques mots de réconfort et une épaule bienveillante sur laquelle pleurer ? Ce n'était pas parce qu'il lui payait les meilleurs médecins que cela la mettait à l'abri d'un éventuel problème de santé...

Nash avait l'habitude de parvenir à ses fins, que ce soit par son influence ou par son argent. Or ce bébé et cette femme à laquelle il s'attachait ne se géraient pas de la même façon que ses affaires.

Et savoir qu'il faisait passer Lily et le bébé avant la réussite du plan qui lui tenait à cœur ne faisait que confirmer qu'il était désormais épris de la jeune femme pour de bon.

— Qu'est-ce qu'on est en train de faire ? demanda-t-elle d'une voix chevrotante. Comment peut-on élever un enfant lorsqu'on habite chacun à une extrémité du pays et que l'on mène deux vies si différentes ?

Nash songea que les hormones de grossesse devaient accentuer les angoisses des jeunes mères. Il prit soin de peser chacune de ses paroles pour ne pas affoler Lily et l'aider à vraiment se détendre.

— Pour l'instant, la seule chose qui doit nous préoccuper, c'est que tu te sentes bien : car notre bébé ne peut compter que sur nous pour être protégé.

Les yeux de Lily s'emplirent de larmes à ces mots et elle finit par hocher la tête.

— Tu as raison, dit-elle en souriant. L'essentiel, c'est qu'il soit en bonne santé. Le reste est secondaire.

Nash lui pressa les deux mains.

— Tu as remarqué que nous parlons toujours de ce bébé comme si c'était un garçon ?

Le sourire de Lily s'élargit.

— Oui. Honnêtement, garçon ou fille, je n'ai pas de préférence. Mais personnellement j'ai l'intuition qu'il s'agit d'une petite fille.

L'image d'une enfant dotée de la beauté éblouissante de Lily serra le cœur de Nash. Peu importait que ce bébé hérite de ses yeux bleus, ou du regard sombre de sa mère. Une chose était certaine : il serait aimé, trouverait sa juste place et ne manquerait de rien.

Après le départ du médecin, qui, après examen, avait déclaré la future maman en pleine santé, Nash insista pour que Lily reste allongée sans rien faire. Rien du tout. Sauf que ce comportement héroïque avait du charme les cinq premières minutes… Lily en eut très vite assez d'entendre son compagnon s'inquiéter de sa santé au moindre de ses mouvements.

Elle s'enfonça un peu plus dans les coussins et croisa les

jambes. Peut-être ferait-elle bien de prévenir Nash qu'elle ne comptait pas rester au lit tout le temps de son séjour chez lui. A un moment donné, elle allait se lever et... faire des projets.

Son téléphone émit un petit bip sur la table de chevet : c'était un SMS de Ian. Prévoyant une vraie journée de détente, elle n'avait pas consulté ses messages depuis le matin.

As-tu écouté mon message vocal ?

Elle s'empressa de consulter sa boîte vocale et son cœur se mit à battre la chamade quand elle comprit que Ian lui avait dégoté un rôle taillé sur mesure, et qu'elle devait prendre une décision rapide. Elle devait donner sa réponse le lundi matin au plus tard.

Sans perdre une seconde, elle pianota sur le clavier : oui, elle était intéressée et donnerait une réponse définitive d'ici le lendemain soir. Elle n'évoqua pas le malaise qu'elle avait eu ; il n'était pas utile d'inquiéter Ian outre mesure.

Alors qu'elle se réjouissait de ce rôle inattendu et de l'opportunité que cela représentait pour elle, Nash apparut dans la chambre, son téléphone à la main.

— Ça va toujours ? demanda-t-il en s'approchant du lit.

— J'espère que tu ne comptes pas me clouer au lit jusqu'à la fin de ma grossesse, lança-t-elle. Je vais finir avec des escarres !

Nash s'assit sur le bord du lit et lui prit les pieds, qu'il plaça sur ses genoux.

— Sauf que, la seule fois où nous nous sommes accordé une sortie, tu t'es évanouie... Je ne suis pas sûr que mon cœur soit assez costaud pour supporter cela tous les jours.

Ah, le cœur de Nash... Un territoire qui demeurait à explorer. Et Lily n'avait pas la moindre idée de ce qu'elle découvrirait si elle entreprenait de le faire !

— Je viens d'avoir Damon au téléphone, reprit-il.

— C'est lui qui t'a appelé ? s'étonna-t-elle.

— Oui, répondit Nash en souriant. Il nous invite à déjeuner au ranch demain. Mais ne te sens pas obligée d'accepter...

Lily se redressa.

— Tout d'abord, je suis vexée que tu puisses imaginer que je décline une telle invitation... Ensuite, si tu n'es pas à l'aise à l'idée de m'intégrer à ta nouvelle famille, tu n'as qu'à me le dire. Je sais que tu as besoin d'apprendre à mieux connaître ton père et tes sœurs et je refuse de m'incruster.

Nash remonta ses mains le long de ses jambes en se penchant vers elle.

— Je veux que tu viennes, murmura-t-il. Ne doute jamais de cela ! Je craignais surtout de te donner l'impression que je t'imposais mon mélodrame familial...

Cette fois, les choses étaient claires : leur relation était en train d'évoluer.

— Bon... acquiesça-t-elle. Mais as-tu l'intention de leur parler du bébé ?

Les mains de Nash atteignirent ses cuisses et elle eut soudain toutes les peines du monde à rester concentrée sur la conversation.

— Je ne sais pas trop, répondit-il en secouant la tête. Je préfère te laisser l'initiative, puisque nous avons décidé de tenir les médias à l'écart de cette information pour l'instant.

— Eh bien, Ian est déjà au courant. Autrement dit, Cassie doit l'être aussi. Même s'il m'a promis de ne rien dire.

Lily repensa aux Barrington, à cette famille habituée à faire bloc, même face au harcèlement des médias. Damon et ses filles comprendraient mieux que personne ce besoin de protéger la vie privée d'un innocent enfant à naître.

— En fait, je ne suis pas hostile à l'idée de leur annoncer la nouvelle, ajouta-t-elle, alors que le sourire de Nash s'élargissait.

— Tu es sérieuse ?

— Absolument. Cela fera un agréable sujet de conversation, et cela mettra de côté le malaise qu'il pourrait y avoir entre vous maintenant qu'ils connaissent ta véritable identité.

Le sourire de Nash se figea et sa mâchoire se crispa. Une lueur indéfinissable lui traversa le regard.

— Nash, quelque chose ne va pas ?

Il cligna des paupières et son visage s'éclaircit de nouveau.

— Non, tout va bien, assura-t-il. Je me demandais juste quelle place j'allais désormais occuper pour Damon.

Elle lui prit le visage entre les mains et chercha son regard.

— Tu as ta place toute trouvée : vous partagez le même amour des chevaux, vous avez ça dans le sang... Tout va s'arranger, tu verras.

Nash se rembrunit de nouveau.

— Puisses-tu avoir raison... murmura-t-il.

— C'était exquis ! déclara Lily en reposant sa serviette sur la table. Encore merci !

— Ce fut un plaisir, assura Damon avec un sourire.

En acceptant cette invitation à déjeuner chez les Barrington, Nash ne savait pas vraiment à quoi s'attendre. Or, jusqu'à présent, il avait été agréablement surpris par le naturel avec lequel Lily s'était glissée dans la peau de sa partenaire... Un peu comme s'ils étaient un vrai couple venu assister à un repas de famille.

En véritable patriarche, Damon présidait la tablée composée de Ian, Cassie et sa petite fille d'un côté, et Tessa et son époux Grant, Lily et Nash de l'autre.

Cependant, le chef du clan Barrington était loin de se douter qu'il accueillait à sa table... son plus féroce rival.

Si seulement Nash et Damon n'avaient pas été à ce point ennemis dans le monde des affaires... Car Nash détestait mentir. Il détestait ce qu'il faisait : se faire passer pour quelqu'un d'autre dans le but de conclure son programme d'élevage. Quand il avait élaboré son plan, il avait sous-estimé cet aspect-là. A l'époque, il était prêt à mentir, voire à voler pour arriver à ses fins. Mais Lily lui avait sans le savoir ouvert les yeux. Grâce à elle, il souhaitait devenir un homme meilleur.

Et puis Nash s'était pris de sympathie pour Damon... Celui-ci n'était pas si différent de lui, en fait. L'un comme l'autre savaient ce qu'ils voulaient et étaient prêts à de nombreux sacrifices pour arriver à leurs fins.

Tout comme Nash, Damon adorait les sports hippiques et

était par ailleurs prêt à tout pour protéger les siens. Durant toutes les années où Nash l'avait côtoyé sur le circuit, il n'avait jamais été confronté à cette facette de sa personnalité. Il avait seulement constaté que Damon Barrington était intraitable en affaires. Et, pour être honnête, il mesurait à présent combien il ressemblait à son père.

Sauf qu'il se retrouvait maintenant pris à son propre piège, empêtré dans ses mensonges. Il avait toujours désespérément besoin d'acquérir les chevaux de Damon pour parfaire son programme d'élevage et améliorer les performances de ses bêtes — lesquelles n'avaient obtenu que des résultats assez médiocres ces dernières saisons.

Sous la nappe, Lily posa la main sur sa cuisse.

— Est-ce que ça va ? chuchota-t-elle.

Chassant ses inquiétudes de son esprit, il lui saisit la main.

— Oui.

— Nash, j'aimerais te parler un instant, si tu acceptes de me suivre jusqu'aux écuries, déclara Damon sur un ton qui ne laissait guère place au refus.

— Bien sûr ! répondit Nash, intrigué.

Se pouvait-il que Damon ait découvert toute la vérité à son sujet ? C'était peu probable, mais pas impossible cependant.

— J'espère que vous n'allez pas parler travail ! s'exclama Tessa.

— Pas du tout, fit Damon en se levant pour tendre son assiette à Linda, la cuisinière, qui venait d'entrer dans la salle à manger. Merci, Linda, mais j'aurais pu débarrasser mon assiette moi-même.

Cordon-bleu hors pair, membre à part entière du clan Barrington, Linda se mit à rire.

— Je sais ! C'est moi qui vous ai appris à le faire il y a des années !

— Allez-y, fit Lily en adressant un petit signe à Damon et Nash. Je vais aider à débarrasser la table.

Tessa et Cassie protestèrent à l'unisson, mais Lily se leva malgré tout et rassembla les couverts.

— Je crois qu'on devrait s'y mettre, nous aussi, Ian ! lança

Grant en reculant sa chaise. Toi, je ne sais pas, mais moi je n'ai aucune envie d'affronter le courroux de ma femme si nous laissons Lily débarrasser toute seule.

Toutefois, Ian était en train de sortir Emily de sa chaise haute.

— A vrai dire, je perçois une odeur nauséabonde de ce côté de la table, répondit-il en calant fermement l'enfant contre sa hanche, et je crois me souvenir que je suis d'astreinte en matière de changement de couches… Mais amusez-vous bien en débarrassant la table !

Lily ne put s'empêcher d'être épatée devant l'harmonie bon enfant dans laquelle fonctionnait cette famille. Les choses étaient-elles vraiment aussi idylliques au quotidien ? Soudain, elle songea qu'élever un enfant à L.A. en le ballottant de tournage en tournage n'était peut-être pas la meilleure option…

— Lily ?

La voix agréable de Nash puis sa main doucement posée sur son coude la firent sursauter.

— Quoi ?

Elle s'aperçut soudain que tout le monde la regardait… Depuis son arrivée au ranch pour le tournage du film, elle s'était toujours attachée à donner d'elle l'image d'une actrice très professionnelle. A présent, les Barrington la dévisageaient comme si elle arrivait d'une autre planète.

— Je te demandais juste si tout allait bien, déclara Ian, qui, de l'autre côté de la table, tenait l'enfant de sa femme dans ses bras.

Lily regarda Emily et sourit.

— En fait, je suis enceinte, déclara-t-elle.

— Ça, c'est une façon plutôt directe d'annoncer la nouvelle ! dit Nash en riant.

Embarrassée, elle eut un mouvement de recul.

— Désolée, mais je ne pouvais plus garder le secret…

Il lui prit la pile d'assiettes des mains et lui déposa un baiser sur la joue.

— Mais il n'y a pas de mal !

Lily scruta le visage de tous ceux qui la regardaient, médusés.

Seul Ian souriait. Il lui adressa même un petit clin d'œil d'encouragement.

— Nash et moi sommes très heureux, précisa-t-elle en retenant difficilement ses larmes. Ce bébé a beau être une surprise pour nous deux, nous sommes aux anges.

— Et voilà que je me découvre un fils et un futur petit-enfant en une semaine ! s'exclama Damon avec un sourire. Il va falloir fêter cela !

— Que diriez-vous de mercredi ? suggéra Cassie en battant des mains, radieuse. On pourrait faire un grand barbecue avec feux d'artifice !

Les sœurs Barrington se mirent alors à lancer une foule d'idées pour les préparatifs, donnant le tournis à Lily. Linda choisit cet instant pour réapparaître et, quand on lui annonça la nouvelle, elle se réjouit à son tour et énuméra la liste de plats qu'elle pourrait confectionner pour l'occasion, tout en prenant la pile d'assiettes des mains de Nash.

A présent, la salle à manger résonnait d'un joyeux brouhaha alors que chacun y allait de son commentaire.

— On dirait que ça leur fait plaisir ! murmura Nash à l'oreille de Lily.

Damon fit le tour de la table et vint poser une main sur l'épaule de la jeune femme.

— Félicitations, Lily. Je suis très heureux pour vous deux.

Elle sentit sa gorge se nouer. Le père de Nash était en train de lui souhaiter la bienvenue, à elle et à son enfant, dans sa famille ! C'était exactement ce qu'elle tenait à offrir à son bébé : le sentiment d'appartenir à une histoire, à une lignée !

— Je vous remercie beaucoup.

La main de Nash glissa le long de son dos.

— Nous tenons à ne pas ébruiter la nouvelle pour l'instant, expliqua-t-il. Lily s'accorde un peu de repos chez moi, le temps pour nous deux de nous organiser. Si les médias sont au courant avant que nous ne soyons prêts à...

— Je comprends tout à fait, le coupa Damon. Si vous avez besoin de quoi que ce soit, dites-le nous. Nous savons à quel point il est précieux de se préserver une vie privée digne de ce nom. Je vous promets, Lily, de ne pas accaparer Nash aux écuries. Je vous le prends juste le temps de notre conversation et je vous le rends !

Nash déposa alors un baiser sur la joue de Lily.

— Je reviens vite ! lança-t-il, avant d'emboîter le pas à Damon et aux hommes.

Levant les yeux, Lily découvrit Tessa, Cassie et Linda qui lui souriaient. Bon sang... Si seulement elle savait où elle en était avec Nash, elle s'autoriserait — ou non — à tisser des liens avec ces femmes sympathiques.

Maintenant que Nash avait révélé son identité à sa famille, n'allait-il pas chercher à s'en rapprocher ? Comment pourrait-il avoir envie de faire ses valises et de la suivre, elle, à L.A ? Pourtant, elle avait là-bas un travail, toute une vie sur laquelle elle ne pouvait tirer un trait.

Car, malgré l'indiscrétion des médias, elle adorait son métier, elle aimait se glisser dans la peau de personnages et transmettre des émotions au public. Cependant, elle n'avait toujours pas décidé si elle acceptait ou non le projet de film que lui avait soumis Ian. En tout cas, elle se devait d'en discuter aussi avec Nash.

Elle devait savoir ce qu'il en pensait, ce qu'il ressentait vraiment, avant de tomber bel et bien amoureuse de cette famille.

Même s'il était sans doute déjà trop tard...

13

Nash pénétra dans l'écurie comme il l'avait fait d'innombrables fois. Sauf qu'aujourd'hui Damon marchait en silence à ses côtés. L'odeur familière de la paille et du cuir lui chatouilla les narines et deux chevaux passèrent la tête par-dessus la grille de leur box pour voir qui leur rendait visite.

Nash se sentait extrêmement fébrile : à n'en pas douter, il ne serait plus le bienvenu dans ce ranch une fois que Damon saurait qui il était. Il éprouva un pincement au cœur à cette idée : il avait appris à aimer cette propriété, ces chevaux.

— Dis-moi d'homme à homme, commença Damon, dont les bottes de cow-boy claquaient contre le béton de l'allée centrale. Cette grossesse te stresse beaucoup, j'ai l'impression ?

Damon s'arrêta devant le box de Don Pedro, le précieux cheval qui avait fait remporter à Tessa la très convoitée Triple Crown et entrer les sœurs Barrington dans la légende, en tant que toutes premières femmes à réaliser un tel exploit.

— Ce n'est pas facile d'être l'homme dans ce genre de situation, poursuivit Damon en s'appuyant contre la grille du box. On est habitué à gérer les problèmes, à tout contrôler dans la vie. Je me souviens que, pendant les deux grossesses de Rose, j'ai été à cran jusqu'à l'accouchement. Et puis, dès que j'ai tenu mes petites filles dans mes bras, j'ai su que je les protégerais jusqu'à mon dernier souffle. Et que je consacrerais chaque jour de ma vie à leur bonheur.

Attention, mon vieux, garde ton sang-froid...

— Lily a eu un ou deux petits malaises et le médecin lui a conseillé de se reposer, afin de faire baisser sa pression artérielle. Pour l'instant, c'est tout ce qui me préoccupe : qu'elle puisse se détendre, expliqua Nash en caressant affectueusement le museau de l'étalon. Mais je suis sûr que vous ne m'avez pas fait venir ici pour parler layette.

Damon recula d'un pas et croisa les bras.

— Je voudrais te faire une proposition.

Intrigué, Nash continua de flatter la crinière de Don Pedro. Quelles que fussent les intentions de Damon, il devait se souvenir que, dans ce jeu trouble, c'était lui qui avait la main. Et, s'il parvenait à s'en servir utilement, il arriverait peut-être à sauver le semblant de relation qui semblait naître entre eux deux.

— Comme vous le savez, Tessa et Cassie arrêtent la compétition. Cassie projette d'ouvrir sur le ranch un centre d'équithérapie destiné aux enfants handicapés et Tessa compte l'aider en fonction de ses disponibilités. Grant et elle parlent de déménager, précisa Damon, avant de lui adresser un regard pénétrant. Quant à moi, on m'a proposé des sommes astronomiques pour céder mes chevaux, mais je n'ai encore rien décidé.

Il fallut à Nash une volonté de fer pour ne pas rire. Evidemment, ces offres émanaient de lui...

— Je sais bien que nous commençons tout juste à nous découvrir, poursuivit Damon, mais j'aimerais te faire cadeau de Don Pedro. J'y réfléchis depuis que tu es venu m'annoncer que je suis ton père, l'autre soir. Je suis conscient de ne pas pouvoir racheter toutes ces années perdues, mais... Tu es le meilleur responsable d'écurie que j'aie jamais eu et Don Pedro est le meilleur cheval de course que j'aie jamais possédé. J'aimerais qu'il te revienne.

Bouche bée, Nash s'efforça de garder son sang-froid. Damon Barrington était en train de lui offrir ce cheval unique qu'était Don Pedro ? Un cheval capable de gagner plus de courses, de faire rentrer plus d'argent que n'importe quel autre ?

— Je... Je ne m'attendais pas à une telle offre, bredouilla-t-il, ébranlé.

Après tout ce temps passé à noyer Damon sous les offres les plus alléchantes qui soient, voilà que ce dernier lui faisait ce cadeau ? Sauf qu'il ne savait pas qu'il parlait à son propre rival...

Nash secoua la tête, désemparé.

Il trompait depuis le début cet homme qui était son père et auquel il avait fini par s'attacher, et cela pesait de plus en plus lourdement sur sa conscience. Il ne pouvait s'ôter de l'idée que tout cela allait mal finir... Pour tout le monde.

— Qu'en pense Tessa ? demanda-t-il.

Damon se mit à son tour à caresser le pur-sang.

— Elle se doutait bien que nous le revendrions, à présent qu'elle ne fait plus de compétition. En fait, je vais en vendre deux, si Cassie est d'accord. Nous nous attachons tous à nos bêtes, mais ma fille peut se montrer très sentimentale quand elle doit se séparer des chevaux qu'elle a dressés.

Nash se tourna vers le cheval en question : l'une des principales raisons de sa venue au ranch, à l'origine. A présent qu'il touchait au but, il restait pourtant un mensonge qui se dressait entre lui et son généreux père. Et il n'était plus sûr d'être capable de continuer à mentir...

— Je suis sûr que vous pourriez en obtenir beaucoup d'argent en le vendant à d'autres éleveurs, déclara-t-il au terme d'un long silence. Mais êtes-vous certain de vouloir vous séparer de lui ?

— Il est vrai que je pourrais faire une très bonne affaire, concéda Damon. Mais je ne me suis pas lancé dans l'élevage de chevaux de course pour l'argent. Quand j'étais jeune, j'adorais monter à cheval. Ma mère était seule et elle n'avait pas les moyens de m'offrir un cheval, mais j'ai pu prendre des cours dans un centre équestre près de chez moi, en échange de quelques heures de travail aux écuries. J'y travaillais dur, mais j'y ai découvert mon amour pour l'équitation. Et j'ai commencé à économiser jusqu'au moindre centime dans l'espoir de m'offrir un jour mon propre cheval.

A ces mots, la culpabilité envahit Nash. Comme leurs vies se ressemblaient !

— Je sais ce que c'est que travailler dur, continua Damon,

en traversant l'allée pour aller câliner une autre bête nommée Oliver. Et je sais que l'on finit toujours par récolter les fruits de son labeur. Je tiens à te récompenser pour les efforts que tu fournis depuis ton arrivée au ranch. Je sais que tu t'es fait engager pour pouvoir nous observer au début, mais, à ta place, j'aurais sûrement agi de la même façon.

La gorge nouée, Nash se sentait incapable d'articuler un mot. A aucun moment il ne s'était attendu à partager une telle complicité avec Damon. Celui-ci venait de s'ouvrir à lui, de lui révéler son enfance difficile, contraignant Nash à prendre le chemin de l'amour.

Bon sang !

Nash se tourna vers le magnifique étalon en question. Etait-il vraiment capable d'accepter ce cadeau, puis de poursuivre sa route ? Tout ce dont il avait toujours rêvé se trouvait soudain à sa portée : il ne lui restait qu'à tendre la main pour le saisir.

Mais que dirait Damon lorsqu'il connaîtrait la vérité ? Au départ, Nash était venu en imposteur, mais à présent qu'il s'était attaché à cette famille, à sa famille…

Cependant, refuser ce cadeau nécessiterait une explication que Nash ne se sentait pas encore capable de donner. Aussi choisit-il de s'enfermer un peu plus dans le mensonge qu'il tissait depuis le début.

— Ma foi… je prendrai bien soin de lui, promit-il à Damon avec un sourire forcé.

Damon parut se détendre et se fendit d'un large sourire.

— Je ferais tout pour mon unique fils ! s'exclama-t-il.

La culpabilité devenait suffocante. Nash venait sans doute de condamner les relations les plus précieuses qu'il ait jamais construites dans sa vie. Des relations auxquelles, il était seulement en train de le comprendre, il tenait désormais plus que tout.

Toute sa vie, en réalité, il avait rêvé d'une vraie famille, mais il lui avait fallu ce séjour à Stony Ridge pour en prendre conscience. D'ailleurs, sa paternité prochaine n'était sans doute pas étrangère à ce revirement. Or, voilà qu'en une seconde il venait peut-être de tout compromettre.

Effondré, il se promit de trouver le moyen de révéler toute la vérité de la façon la moins préjudiciable possible.

Lily ne se souvenait pas avoir autant ri depuis longtemps. Cette journée improvisée entre filles avait été on ne peut plus amusante, bien loin des frivolités auxquelles les femmes de L.A. l'avaient habituée. Là-bas, elle n'avait pas vraiment d'amies proches, et le fait de se trouver en compagnie de Cassie, Tessa et Linda lui avait fait autant de bien que de passer une journée auprès de sa propre mère.

— Alors, que désirez-vous pour le dessert ? demanda Linda en croisant les jambes, son calepin à la main. Pour l'instant, je n'ai que le plat principal. Quel est votre dessert préféré, Lily ?

— Lily est une accro au chocolat !

Lily se retourna brusquement vers la porte d'entrée, où Nash se dressait, plus beau que jamais dans son T-shirt noir moulant et son jean délavé. Aussitôt, son regard se posa sur elle.

— Je crois savoir que le chocolat au lait figure en haut de sa liste, ajouta-t-il. Fabriqué à l'artisanale, avec une boule de crème glacée, n'est-ce pas, Lily ?

Oh ! Seigneur… Cet homme savait exactement comment l'exciter au plus haut point dans une salle pleine de monde, et sans même s'approcher d'elle…

— Et si nous faisions des sundaes ? suggéra Linda, qui ne semblait pas avoir remarqué la soudaine tension sensuelle née entre eux.

— Emily va adorer ça ! s'exclama Cassie.

— Je suis toujours partante quand il s'agit de chocolat, ajouta Tessa en rejetant ses cheveux derrière ses épaules.

Lily sourit, heureuse d'être traitée comme un membre de la famille Barrington.

— Ça va être une super soirée ! s'exclama-t-elle. Que puis-je apporter ?

— Toi, bien sûr ! répondit Cassie en lui tapotant la cuisse. Linda se vexe si l'on ose apporter quoi que ce soit à un repas dont elle a la charge. Et nous savons par expérience qu'elle est la meilleure et que, quoi que l'on fasse, on ne lui arrivera pas à la cheville. Viens donc avec Nash et un solide appétit, cela suffira amplement !

Lily regarda Linda qui prenait des notes, les lèvres pincées, très concentrée. Cette femme ne plaisantait pas avec la gastronomie. Durant le tournage, Lily avait compris que Linda adorait avoir des convives et qu'elle prenait un immense plaisir à les régaler.

— Comme vous voudrez, conclut Lily avant d'étouffer un bâillement. Excusez-moi, se reprit-elle, je suis fatiguée, ces derniers temps...

— C'est encore le premier trimestre, commenta Cassie avec un sourire. Bientôt, tu déborderas d'énergie !

Nash choisit ce moment pour s'avancer vers Lily et lui tendit la main.

— Et si je te ramenais à la maison ? Il se fait tard.

En regardant par la fenêtre, Lily s'aperçut que le soleil s'était déjà couché. La journée était passée si vite...

Elle accepta la main de Nash et se leva.

— J'ai passé un très bon moment, dit-elle aux trois femmes. Merci de m'avoir invitée.

— Tu seras la bienvenue à tout moment, répondit Tessa. N'hésite pas à passer nous voir quand Nash est au travail. Ça nous fera plaisir d'être de nouveau entre filles !

— Heureusement que vos hommes ne sont pas là pour vous entendre ! fit remarquer Linda en posant son stylo. Cela dit, je suis d'accord avec Tessa : revenez quand vous voulez !

Après avoir salué tout le monde, Lily et Nash rentrèrent à la maison.

A la maison. Lily ne serait-elle pas en train de se considérer comme chez elle dans la maison de Nash ? Elle venait de passer la journée chouchoutée par *sa* nouvelle famille, elle attendait *son* bébé et ses sentiments pour lui s'intensifiaient un peu plus chaque jour.

Oui, elle se sentait de plus en plus à l'aise ici et L.A. ne lui avait jamais semblé si lointaine... C'était comme si une vie entière s'était écoulée depuis qu'elle avait refermé la porte du vaste appartement qu'elle avait là-bas. L'idée de devoir retourner à cette vie solitaire la déprima soudain. Pour la première fois de sa vie, elle avait l'impression d'être tombée amoureuse d'un endroit. Une part d'elle-même ne voulait plus quitter Stony Ridge, tandis que l'autre, lucide, était consciente qu'elle ne pourrait s'y installer pour de bon. Car le métier qu'elle exerçait ne lui permettait pas de s'enraciner où que ce soit.

Mais alors comment ferait-elle pour élever un enfant dont le père habitait ici ? Comment ferait-elle pour renoncer à cet homme dont elle était devenue folle en si peu de temps ?

Les larmes lui montèrent aux yeux et sa gorge se noua. Deux sensations devenues familières ces derniers temps. Les hormones se déchaînaient en elle et, à en croire tout ce qu'elle avait lu sur le sujet, c'était normal. En reniflant discrètement, elle se tourna vers la fenêtre pour que Nash ne voie pas la femme troublée et instable qu'elle était devenue.

— Hé là ! murmura-t-il en lâchant le volant d'une main pour lui prendre la sienne. Est-ce que ça va ?

Elle se tourna vers lui et leurs regards se croisèrent furtivement avant qu'il ne se concentre de nouveau sur la route de campagne qui s'étalait devant eux.

— J'adore cet endroit, s'entendit-elle répondre. Tout est si beau, si calme ! Et aujourd'hui, pour la première fois depuis longtemps, j'ai eu l'impression d'être quelqu'un de normal.

Le rire de Nash résonna dans l'habitacle du 4x4.

— De normal ? Que veux-tu dire par là ?

Contemplant la main bronzée et musclée qui tenait toujours la sienne, si fine et pâle, Lily chercha les mots justes.

— Partout où je vais, on me traite en superstar, commença-t-elle. Les photos, les autographes, ça ne me dérange pas, ça fait partie de mon travail. Ce n'est pas pour cela que j'ai l'impression d'être mieux que les autres... Mais aujourd'hui Cassie, Tessa et Linda m'ont vraiment considérée comme une amie. Elles m'ont accueillie dans leur belle maison et j'ai passé un moment formidable, sans penser à mon métier ni à tous les requins qui rôdent dans cette industrie.

Nash ne répondit rien et Lily se sentit un peu bête.

— Je suis désolée, reprit-elle, tout ça doit te paraître ridicule. J'appréhende le moment où je vais rentrer à L.A. et où les journalistes vont recommencer à me pourchasser. J'en ai déjà surpris en train de fouiller mes poubelles, tu sais... Ils espéraient peut-être dégoter un scoop croustillant. Je ne vois pas d'autres solutions que celle que tu m'as suggérée : prendre les devants en annonçant ma grossesse durant une interview. Mais, tant que je suis ici, ça va : les gens sont formidables et je me sens bien. Il va être très difficile pour moi de repartir.

Voilà, c'était dit ! Elle était curieuse, à présent, d'entendre la réaction de Nash. Et il était plus que temps pour eux de parler de la suite, de ce qui allait advenir de leur relation. Car toute cette incertitude finissait par causer à Lily plus d'anxiété qu'elle n'était capable d'en gérer.

— Est-ce que tu veux rester ? demanda-t-il à voix basse.

Question qu'elle se posait elle-même, bien sûr...

— J'aimerais d'abord savoir ce que, toi, tu veux.

Réponse plutôt lâche, mais elle n'avait pas le choix...

Lily devait savoir où Nash en était et ce qu'il avait en tête. Car, jusqu'à présent, la seule conversation sérieuse qu'ils avaient eue avait concerné l'enfance de Nash. Le reste du temps, ils faisaient l'amour à en perdre la tête. Or il était temps de passer aux choses sérieuses.

— Moi, je veux ton bonheur, affirma-t-il en crispant les mains autour du volant alors qu'il négociait une série de virages serrés. Je veux que notre enfant naisse en bonne santé et que nous puissions construire quelque chose sur la base de ce qui existe déjà entre nous.

— Et qu'existe-t-il entre nous ?

Ce qu'elle voulait, c'était qu'il qualifie la nature de leur relation. C'était peut-être puéril, mais, bébé ou pas, elle souhaitait partager la vie de Nash et voir où cela les mènerait sur le long terme.

Nash dirigea le véhicule vers l'allée de sa maison, se gara, coupa le moteur, puis se tourna vers elle. La lumière du porche éclairait l'habitacle d'une lueur tamisée et le regard bleu étincelait sous l'ombrage de ses épais cils bruns.

— Tu veux que je te dise ? murmura-t-il en lui prenant les mains comme si le sort du monde en dépendait. J'aimerais que tu réfléchisses à ce qui pourrait te rendre heureuse. Veux-tu retourner à L.A. et accoucher là-bas ? Rester ici jusqu'à la naissance et aviser ensuite ? Jamais, en tout cas, je ne te demanderai de choisir entre ta carrière et ce bébé. Mais, quoi que tu décides, j'aimerais beaucoup faire partie du tableau : parce que je veux en être, Lily. Toi et moi, cette famille, j'en ai envie. Et je n'ai pas l'intention de m'effacer.

A ces mots, il l'attira vers lui et captura ses lèvres tel un guerrier s'appropriant un butin. Lily ne résista pas, soulagée — et quelque peu excitée — de l'avoir enfin entendu parler franchement : ainsi, il ne voulait pas la quitter.

La façon toujours possessive qu'il avait de la prendre dans ses bras lui donna, comme chaque fois, l'impression d'être non seulement désirée, mais aussi aimée.

Toutefois, elle n'avait toujours pas donné sa réponse à Ian au sujet du projet de tournage. Elle avait jusqu'au lendemain soir pour se déclarer.

Alors, quand Nash se détacha de ses lèvres pour la regarder dans les yeux, elle sut qu'elle devait prendre une décision. Et que, cette fois, sa carrière risquait d'affecter directement l'homme dont elle était tombée amoureuse.

14

Lily avait enfilé sa tenue de nuit, s'était rafraîchi le visage et avait rattaché ses cheveux en un semblant de chignon. Elle n'avait pas revu Nash depuis leur retour à la maison. Il avait déposé ses clés sur la console dans l'entrée et lui avait indiqué qu'il s'absentait quelques minutes.

Plus d'une heure s'était écoulée depuis. Elle avait choisi de lui laisser un peu d'air, certes, mais quelque chose devait le chagriner. Sur le trajet du retour, il s'était montré très ouvert, et puis soudain... Soudain, elle avait eu l'impression qu'il menait une véritable guerre en lui, une guerre qui le rongeait de l'intérieur. Il s'était de nouveau fermé à elle.

Avait-il soudain remis en question ce qu'il lui avait dit dans la voiture ? Etait-il perturbé à l'idée qu'il faisait désormais partie du clan Barrington ? Peut-être s'inquiétait-il pour le bébé ? A moins qu'il ne s'agisse de son tête-à-tête avec Damon, aux écuries ? Il ne lui en avait rien dit et elle avait préféré lui laisser le temps de lui en parler quand il en aurait envie.

En tout cas, quelle que soit la raison de son embarras, elle espérait qu'il s'en ouvrirait bientôt à elle. Mais elle commençait à s'habituer : en ce qui concernait ses doutes, ses appréhensions, Nash était un homme très secret.

Sauf que, s'ils décidaient vraiment de donner une chance à leur couple, ils allaient devoir accepter de communiquer l'un avec l'autre en toute circonstance. Car elle refusait de laisser lui échapper le seul homme qui lui ait jamais donné l'impression que l'amour avec un grand A existait.

Vêtue de sa simple nuisette à bretelles bleue, Lily traversa la maison et sortit par le patio. Grâce à la lampe, au-dessus de la porte, elle distingua la silhouette de Nash étendue sur une chaise longue sous le gros chêne.

Une chaude brise d'été lui caressa la peau et, l'espace d'un instant, elle hésita à retourner à l'intérieur pour laisser à Nash l'intimité dont il semblait avoir besoin. Pas question pour elle de passer pour une fille collante ! Même si elle mourait d'envie qu'il se confie à elle, elle refusait de le presser et préférait espérer qu'il finirait par se tourner vers elle de lui-même.

Mais, avant qu'elle ne pivote sur ses talons, Nash se tourna dans sa direction et, dans la demi-pénombre, elle put lire l'angoisse dans son regard trouble. Sans doute s'efforçait-il de ne pas l'inquiéter avec ses propres interrogations afin de préserver le bébé. Mais comment pouvait-elle rester détendue alors qu'elle le voyait aussi désemparé ?

Sans un mot, Nash lui tendit la main en une invitation silencieuse à le rejoindre. Pieds nus, elle quitta aussitôt le carrelage de la terrasse pour rejoindre la pelouse tiède du jardin.

Quand elle glissa la main dans la sienne, il la fit asseoir sur ses genoux. Machinalement, elle cala sa tête dans le creux de son épaule — c'était devenu une habitude entre eux.

La respiration profonde de Nash se mêlait à présent au chant des grillons et Lily sourit : encore une chose qu'elle adorait, dans cette vie simple. Tout ici incitait à la détente. Elever un enfant dans une atmosphère aussi paisible serait un rêve. Ne pourrait-elle pas s'installer ici, après tout ? Pourquoi pas ? Qu'est-ce qui l'obligeait à vivre à L.A. ? Elle avait suffisamment de notoriété, son agent choisissait pour elle des scénarios susceptibles de l'intéresser et elle pouvait se rendre sur n'importe quel lieu de tournage, quel que soit l'endroit où elle habitait.

Quand Ian aurait programmé son interview-vérité, elle pourrait annoncer sa grossesse, parler de l'homme avec lequel elle vivait une passion et expliquer ce besoin d'intimité naturel dans une telle période de la vie.

La solution était donc aussi simple ?

— Désolée si je t'ai dérangé, finit-elle par déclarer. Mais je m'inquiétais de ne pas te voir revenir.

Le bras de Nash se resserra autour de sa taille.

— Je perds souvent la notion du temps quand je viens ici.

— Je comprends, murmura-t-elle en promenant les doigts le long de son bras musclé. C'est si calme, si tranquille...

Il posa la paume à plat sur son ventre.

— Comment va notre petite fille ?

— Elle est au chaud, en sécurité.

Il lui déposa un baiser sur le front.

— Et toi ? Comment te sens-tu ?

— Pleine d'espoir, répondit-elle en toute franchise.

Le rythme des battements de cœur qu'elle sentait sous sa joue était presque parfaitement synchronisé au sien. Elle avait beau être assaillie de toutes sortes de doutes, il y avait une chose dont elle était certaine.

— Je t'aime, chuchota-t-elle dans la pénombre. Je sais que les choses entre nous ne sont pas forcément arrivées dans l'ordre, et je ne te demande pas de me répondre. Je tiens juste à être honnête avec toi, je n'ai jamais été aussi sérieuse de ma vie...

Elle eut l'impression qu'il se figeait à ces mots et il garda le silence. Alors il lui sembla sentir son cœur exploser en petits morceaux. Même si elle savait qu'il ne répondrait pas forcément à ses sentiments, elle avait tout de même nourri, en son for intérieur, un mince espoir qu'il le fasse. Hélas, il demeurait un homme de mystère.

Certes, il avait clairement affirmé ne pas vouloir la quitter. Mais cela n'était pas forcément synonyme d'amour et Lily, elle, rêvait d'une vraie famille. C'était un point sur lequel elle ne céderait pas. Pas question.

Le silence s'était fait pesant et Lily voulut se lever, mais Nash resserra les bras autour d'elle.

— Reste... souffla-t-il.

Fermant les yeux, elle poussa un soupir et reprit sa place.

— Lily, tu es tout pour moi, déclara-t-il au bout d'une longue minute. Avant de te rencontrer, je n'avais aucune idée de ce dont je manquais. Seulement, j'ai encore des choses à régler, je ne suis pas tout à fait au clair avec mon identité.

Evidemment. Comment ignorer l'épreuve qu'il avait dû traverser avant de dévoiler son existence à son père ?

— J'ai envie de m'abandonner entièrement à toi, Lily, poursuivit-il en lui entourant le ventre de ses deux mains. Je ne laisserai rien se dresser entre nous. Cet enfant que nous allons avoir est une bénédiction et je ne prends pas notre nouvelle petite famille à la légère. J'ai juste besoin d'un peu de temps pour savoir où j'en suis et remettre de l'ordre dans ma vie. Pour nous.

Elle leva la tête vers lui, les larmes aux yeux.

— Oh ! Nash, tu n'as rien à mettre en ordre pour nous. Je suis désolée si tu as le sentiment que je te mets la pression, mais je ne pouvais plus te cacher la vérité. En fait, je crois que je suis tombée amoureuse de toi dès le soir où tu m'as fait monter pour la première fois dans ce fameux grenier...

Il lui caressa une joue de ses mains calleuses et chercha son regard.

— Je ne te mérite pas, Lily...

— Tu mérites tout ce dont tu rêves, rétorqua-t-elle en souriant, alors qu'une larme roulait sur sa joue.

— Je l'espère, murmura-t-il en lui essuyant le visage.

Lily lui déposa un baiser sur les lèvres, puis s'allongea de tout son long contre lui.

— Je ne te fais pas mal, au moins ?

— Jamais de la vie !

Il ne lui avait peut-être pas dit les mots dont elle rêvait, mais elle savait désormais qu'il l'aimait. Tous ses démons intérieurs l'empêchaient de formuler ses sentiments, mais au fond de son cœur elle savait qu'il l'aimait.

— J'ai une proposition pour un film, lâcha-t-elle alors. Je crois que ça pourrait être une bonne opportunité.

Il se figea de nouveau contre elle.

— Tu retournes à L.A. ?

— Pas pour l'instant, répondit-elle en entremêlant leurs doigts. Mais si j'accepte ce rôle je devrai y retourner quelque temps. Et puis je voudrais aussi aller voir ma mère.

— De quel genre de rôle s'agit-il ?

— En fait, dit-elle en riant, il s'agit de quelque chose de très nouveau pour moi. C'est un film d'animation très prometteur dans lequel je ferai la voix de l'héroïne.

Nash lui caressa le dessus de la main.

— Qu'en pense Ian ?

— Il dit que c'est l'occasion rêvée : je serai enfermée dans un studio pour enregistrer ma voix, sans avoir à m'inquiéter de mes rondeurs, précisa-t-elle en se tournant vers lui. Mais je voulais en parler avec toi avant de me décider.

Son regard bleu la transperça de part en part.

— Et quand dois-tu lui donner ta réponse ?

— Demain soir.

Elle sentit son cœur s'accélérer. Jusqu'alors, elle n'avait jamais discuté de sa carrière avec quelqu'un d'autre que son agent. Elle n'avait pas eu à prendre en compte une autre personne qu'elle dans ses choix professionnels. Tout cela était nouveau pour elle, et quelque peu angoissant.

— Tu as envie d'accepter ?

— Je crois que oui.

Nash se redressa sur la chaise longue, la contraignant à le regarder droit dans les yeux.

— Que ferais-tu si tu n'étais pas enceinte ? Si je n'étais pas là ? interrogea-t-il en glissant une main le long de sa cuisse.

— J'accepterais ce rôle.

Il hocha la tête, affichant un sourire des plus sexy.

— Alors, fais-le ! Je ne te demande pas de renoncer à ta vie, Lily. Tu dois continuer à faire ce que tu aimes.

A ces mots, elle sentit un poids dont elle ne soupçonnait même pas l'existence alléger ses épaules.

— Ian m'a dit que les enregistrements ne débuteraient pas

avant deux mois, mais il se débrouille pour me faire parvenir l'intégralité du script. Et c'est Aidan O'Neill qui me donnera la réplique.

— N'avait-il pas déjà un rôle principal dans l'un des films que tu viens de refuser ?

Lily hocha la tête.

— Il y a renoncé quand il a su que je ne le ferais pas. C'est un bon ami, comme Max. Et puis je vais apprécier ce changement de rythme : pas de maquillage, ni de coiffure…

— De toute façon, tu es éblouissante, avec ou sans artifices ! s'écria Nash en posant les yeux sur sa bouche tout en glissant les mains sous sa nuisette.

Oh ! cet homme savait mettre son corps en émoi avec les gestes les plus simples…

— Tu sais que tu es le premier homme que je laisse ainsi entrer dans ma vie depuis le scandale ? murmura-t-elle, tremblante, alors qu'il remontait la main sur sa peau. Je n'imaginais pas que je pourrais un jour être de nouveau si proche de quelqu'un, exposer mon cœur, au risque de le retrouver en petits morceaux.

— C'est pour moi une leçon d'humilité, répondit-il, l'air grave.

— Mais, si tu veux que cela fonctionne, il va falloir t'habituer aux médias. Ils ne nous lâcheront pas dès l'instant où ma grossesse sera officielle.

La mâchoire de Nash se crispa. Elle savait qu'il n'avait aucune envie d'être jeté en pâture au grand public. Elle lui caressa délicatement les lèvres avant de murmurer :

— Ramène-moi à l'intérieur et fais-moi l'amour…

L'instant suivant, il la soulevait et l'installait à califourchon sur lui, puis, sans la quitter des yeux, il remonta la nuisette de Lily jusqu'à la taille, avant de défaire la braguette de son jean.

— Quoi ? Ici ? s'étonna-t-elle avec un sourire mutin.

— Je ne veux pas attendre, affirma-t-il en insinuant les doigts entre ses cuisses jusqu'à la faire gémir. Et toi ?

Toute frissonnante, elle s'agrippa à lui.

— Moi non plus, souffla-t-elle alors qu'il continuait son exquise torture. Oh ! oui, Nash, s'il te plaît…

Elle était venue le rejoindre vêtue d'une simple nuisette et sans sous-vêtements et elle s'était imaginé qu'il pourrait attendre qu'ils soient revenus à l'intérieur ? Quelle idée ! Il avait envie d'elle, là, tout de suite !

Et surtout il n'avait aucune envie de discuter de la façon dont les médias leur tomberaient dessus. La dernière chose dont il avait envie, c'était de voir sa véritable identité dévoilée au grand jour avant qu'il ne l'ait lui-même décidé.

Le simple fait d'écouter Lily gémir au rythme de ses caresses, de la voir se cambrer, les yeux mi-clos, pour mieux accompagner ses gestes tandis qu'il lui donnait du plaisir suffisait presque à le faire jouir.

Bon sang, il devait tellement à cette femme ! Une dette qu'il ne pourrait jamais honorer puisque, alors qu'elle était en train de lui offrir tout son amour, il continuait à la trahir. A s'empêtrer dans son mensonge.

Une fois qu'elle connaîtrait la vérité, elle le rayerait de sa vie, et il en aurait le cœur brisé. Car il aimait cette femme. Oh ! oui, il l'aimait ! Et, lorsqu'elle lui avait susurré ces quelques mots magiques à l'oreille, il avait dû déployer un effort surhumain pour ne pas lui avouer son amour à son tour.

Non, il ne pouvait pas lui dire tout ce qu'il ressentait pour elle. Pas tant que ce mensonge pesait aussi lourd sur l'avenir de leur relation. Pour l'heure, il pouvait seulement lui montrer à quel point elle comptait à ses yeux. Une fois qu'il aurait tout avoué à Damon, et seulement alors, il s'ouvrirait enfin à elle et lui dirait tout.

Reprenant son souffle, il planta les mains sur les hanches de Lily, la souleva et entra doucement en elle. Le vent tiède et estival tournoyait autour de leurs corps en sueur, comme pour attiser leur désir. Il lui captura les lèvres et elle plongea une main dans ses cheveux — lui rappelant sans le savoir qu'il les avait fait pousser pour mieux tromper son monde, comme sa barbe. Tout en lui n'était que mensonge, jusqu'à cette maison de location...

Tout, sauf le fait qu'il aimait Lily. Et le bébé à venir. Tout, sauf la certitude qu'il voulait passer le restant de ses jours avec eux.

Le corps de Lily fut secoué des premiers soubresauts de la jouissance extrême et il sentit peu à peu qu'il perdait le contrôle à son tour. Elle décolla ses lèvres des siennes et le regarda dans les yeux.

— Je t'aime, lâcha-t-elle entre deux frissons.

Il la suivit alors vers les sommets du plaisir, regrettant de tout son cœur de ne pouvoir lui répondre la même chose.

Après un succulent dîner, tout le clan Barrington se rassembla sur la pelouse, à l'arrière de la maison principale, pour le feu d'artifice. Damon avait dû dépenser une fortune pour organiser un tel spectacle en si peu de temps. Mais, lorsqu'on disposait de ses moyens, on ne reculait devant rien.

On avait étalé des couvertures sur le gazon et Ian, Cassie et Emily occupaient l'une d'elles, tandis que Grant et Tessa se blottissaient sur celle d'à côté. Quand à Lily, elle était assise entre les jambes de Nash, adossée à son torse. Curieusement, Damon et Linda partageaient aussi une couverture, un peu à l'écart. Tous deux riaient et se chuchotaient par moments des choses à l'oreille.

Se passait-il quelque chose entre eux ?

Nash ne put réprimer un sourire. Tant mieux pour Damon s'il retrouvait le bonheur. Devenu veuf trop jeune, il avait passé toutes ces années à élever ses filles et à se forger une brillante réputation d'éleveur.

Posant une main sur le ventre de Lily, Nash se promit de faire au mieux pour son propre enfant. Il tenait à offrir à ce bébé et à Lily tout ce qu'ils méritaient. Et même plus encore...

Lily avait prévu de partir ce week-end pour rendre visite à sa mère et il entendait profiter de son absence pour avoir son moment de vérité avec Damon. Et enfin être en paix avec lui-même.

Ce serait une excellente occasion car, sans Lily, il aurait l'esprit plus tranquille. Quitte à blesser les gens, autant en blesser un à la fois, non ? Et puis il devait être fort s'il ne voulait pas tout perdre. Car, désormais, il risquait gros.

Quand les premières fusées éclatèrent en l'air, Emily poussa un petit cri et se leva d'un bond.

— 'egadez ! 'egadez !

Nash contempla l'adorable petite fille aux boucles blondes. Son rire était contagieux et, au lieu d'admirer le spectacle dans le ciel, tout le monde avait les yeux rivés sur elle.

— Elle est craquante ! commenta Lily.

— Merci ! répondit Cassie en souriant. Je craignais qu'elle ait peur du bruit, mais apparemment pas du tout !

A chaque explosion colorée, Emily frappait dans ses mains en sautillant. Nash surprit un échange de regards entre Tessa et Grant, alors que ce dernier posait discrètement sa main sur le ventre de sa femme.

Intéressant. Apparemment, ces deux-là ne tarderaient pas à faire une annonce...

Nash songea qu'il avait tout intérêt à vider son sac le plus tôt possible à présent. Car, s'il voulait s'intégrer à cette famille, il ne devait pas laisser ce terrible mensonge risquer de tout faire voler en éclats. Avec un pincement au cœur, il se demanda si ces gens l'accepteraient encore parmi eux une fois qu'ils sauraient tout.

En outre, il devrait avoir une conversation sérieuse avec sa mère. Lily n'était pas la seule à devoir partager la nouvelle de sa grossesse avec des proches. Et Nash ne souhaitait pas l'annoncer à sa mère par téléphone.

— Je vais chercher une bouteille d'eau, dit Lily en se levant. Tu veux quelque chose ?

Une chance de tout reprendre à zéro ? De réparer ses erreurs ? Une vie entière pour se faire pardonner ?

— Non, merci. Mais je peux y aller, moi, te chercher de l'eau !

— Je suis tout de même capable de me servir moi-même ! protesta-t-elle.

Alors qu'elle s'éloignait, Nash vit Tessa se lever à son tour pour l'accompagner. Bientôt suivie de Cassie, puis de Linda.

Alors qu'Emily s'installait sur les genoux de Ian, Damon se tourna vers les hommes.

— J'ai l'impression que nos femmes nous fuient !

Le feu d'artifice continuait de pétarader dans la nuit tiède.

— On dirait que Tessa est en train d'annoncer la nouvelle, répondit Grant avec un large sourire.

— Elle m'a mis au courant cet après-midi, confia Damon avec un sourire plus radieux encore.

Le regard de Ian alla de l'un à l'autre.

— Euh, quelqu'un veut-il bien me dire ce qui se passe ?

— Nous allons nous aussi avoir un bébé, expliqua Grant.

A ces mots, Ian donna une accolade amicale à son beau-frère.

— C'est génial, mon vieux ! Félicitations !

— Je suis heureux pour vous, renchérit Nash.

— Je parie qu'elles sont déjà en train de parler grossesse et layette, reprit Damon, amusé. Linda a traité mes filles comme ses propres enfants depuis le décès de Rose. Je suis sûr qu'elle doit déjà presser Tessa de faire attention à ce qu'elle mange et de ne pas trop se fatiguer !

— Oh ! ça, je m'en occupe déjà ! précisa Grant en se passant une main dans les cheveux. Mais elle est très émotive en ce moment.

— Et ce n'est que le début, mon vieux ! annonça Nash. Lily, elle, peut passer du rire aux larmes en quelques secondes.

Ian caressa les boucles d'Emily, que le vent n'avait de cesse de mettre en désordre.

— Cassie veut un autre bébé, déclara-t-il. Nous parlions d'attendre encore un an, mais je suis sûr qu'avec toutes ces naissances autour de nous elle voudra accélérer les choses.

— Ma famille s'agrandit, murmura Damon d'un air songeur, alors que Linda revenait s'asseoir à côté de lui. Les prochains mois s'annoncent très excitants !

— En effet, confirma Linda en lui tapotant la jambe.

Cette fois, plus de doute : il se passait bien quelque chose entre eux.

Cassie, Tessa et Lily finirent par revenir vers les couvertures. Serrant sa bouteille d'eau contre elle, Lily s'assit de nouveau entre les jambes de Nash.

Celui-ci se pencha vers Tessa et lui prit le bras.

— Félicitations pour le bébé !

Le visage de Tessa s'illumina, tout comme celui de Lily dès qu'ils parlaient de leur bébé.

— Merci ! Tout cela est si excitant !

Alors que le feu d'artifice touchait à sa fin, la conversation allait bon train. Une heure plus tard, tout le monde parlait encore de bébés, de dates d'accouchement, de cadeaux de naissance et de cette famille qui s'agrandissait. Emily dormait depuis longtemps dans les bras de Ian, ce qui toucha infiniment Nash. Il avait hâte de tenir à son tour son enfant contre lui. De penser qu'il représentait le réconfort et la sécurité pour un petit être.

Lily releva la tête et l'embrassa doucement sur les lèvres.

— Merci de m'avoir amenée ici.

— Je ne t'ai pas amenée, répondit-il en l'enlaçant. C'est le tournage du biopic qui t'a conduite ici.

Elle promena la main le long du bras bronzé de Nash.

— Tu sais bien ce que je veux dire. Tu m'as fait entrer dans ta vie, dans ta nouvelle famille, alors que m'on ne se connaît que depuis peu. J'ai l'impression d'être ici chez moi, avec toi. Tu n'imagines pas à quel point cela compte pour moi !

Si, il imaginait. Il savait que Lily, comme lui, avait une très haute idée de la famille. Et qu'elle souhaitait voir leur enfant inclus dans le clan des Barrington.

Mais Nash ne risquait-il pas de sectionner ce lien une fois qu'il révélerait qui il était vraiment ?

Il lui embrassa le bout du nez et la serra plus fort encore.

— Tu mérites tout ce qu'il y a de plus beau, Lily.

Il ne restait plus qu'à la convaincre qu'il ne lui avait pas menti de gaieté de cœur et qu'elle était bel et bien ici chez elle. Avec lui.

15

Cette fois, le moment était venu pour Nash de reprendre le contrôle de sa vie. Il aimait Lily, impossible de le nier. A présent, elle était partie voir sa mère en Arizona et lui-même se rendait à Stony Ridge pour affronter son père, au risque de compromettre cette relation chaleureuse qu'ils commençaient à tisser ensemble.

Il regrettait de ne pas avoir dit la vérité bien plus tôt. Il n'en avait pas eu la force. Depuis qu'il était amoureux de Lily, il avait compris que plus il repoussait l'échéance, plus il serait difficile de se faire pardonner. Mais désormais bas les masques ! Le vrai Nash allait reprendre le dessus.

Et dire que, durant tout ce temps, il avait cru maîtriser sa vie ! En réalité, il n'avait fait que s'enliser dans ses mensonges et ses tromperies, au point d'en devenir l'esclave !

Nash faisait les cent pas dans le salon. Il était déjà passé dans la cuisine saluer Linda, qui faisait la vaisselle du petit déjeuner et qui lui avait proposé de rester pour le déjeuner. Il avait poliment décliné l'invitation. Il doutait fort d'être toujours le bienvenu lorsqu'il aurait eu sa petite conversation avec son père.

Les nerfs à fleur de peau, il se sentit soudain terriblement vulnérable. Mais il n'était pas question de faire marche arrière. Désormais, il devait cesser d'être un lâche.

— Nash, quelle surprise de te voir ici aujourd'hui ! s'exclama Damon en faisant irruption dans la pièce, qu'il traversa pour venir le rejoindre. Tu es le bienvenu, évidemment, mais qu'est-ce qui t'amène en ce samedi matin ? Lily n'est pas avec toi ?

Nash secoua la tête.

— Elle est allée rendre visite à sa mère, en Arizona. En fait, je suis venu pour te parler d'une chose importante.

Se passant une main dans les cheveux — qu'il avait hâte de couper pour pouvoir de nouveau se ressembler —, Nash désigna un fauteuil à Damon.

— Il vaut mieux que tu sois assis.

Le sourire de son père s'évanouit.

— Il est arrivé quelque chose ? Est-ce ta mère ?

— Non, non, ma mère va bien, assura Nash en s'installant sur le canapé. Je suis allé la voir hier, après avoir accompagné Lily à l'aéroport. Elle est très enthousiaste à l'idée de devenir grand-mère.

Inutile de repousser le moment fatidique par des banalités. Nash était venu ici avec une mission. Et ce n'était pas ce maudit trac qui allait le distraire de son objectif.

— En fait, je suis venu te dire que je ne peux pas accepter que tu me donnes Don Pedro.

Damon fronça ses sourcils argentés et s'enfonça dans son fauteuil.

— Si tu t'inquiètes à cause de l'argent qu'il aurait pu me rapporter si je l'avais vendu, n'y pensons plus.

Nash secoua la tête. Bon sang, comme c'était difficile !

— Je sais que l'argent n'est pas un critère pour toi. Je le sais, parce que cela fait trois mois que je t'envoie sans cesse de nouvelles propositions mirobolantes pour racheter tes chevaux.

Le vieil homme se rembrunit, visiblement confus.

— Je ne te suis pas...

— Tu as reçu de nombreux appels de Barry Stallings, non ?

Damon se raidit sur son siège à ces mots.

— Comment le sais-tu ?

Prenant son courage à deux mains, Nash soutint le regard de son père.

— Barry est mon assistant.

Damon garda le regard fixe, puis poussa une exclamation étouffée alors qu'il venait vraisemblablement de rassembler les pièces du puzzle. Puis il se leva d'un bond.

— Comment est-ce possible ? marmonna-t-il pour lui-même. Tu... Tu es... Mais quel genre de jeu joues-tu là ? Ces longs cheveux, cette barbe... Tu es bien plus grand que dans mon souvenir, mais cela fait des années que je ne t'avais pas vu en personne. Depuis combien de temps complotes-tu pour venir m'espionner ainsi, sur mon propre ranch ? Et cette histoire de paternité ? Est-elle seulement vraie ?

Pour une fois dans sa vie, Nash lâcha prise : il laisserait le contrôle de la situation à Damon. Jusqu'à présent, il n'avait jamais capitulé face à quiconque, et certainement pas face à son plus ancien rival. Or ce qui se jouait à présent allait bien au-delà d'une simple concurrence en affaires.

— A ce propos, je n'ai pas menti : je suis bien ton fils, affirma-t-il. Et je l'ai bel et bien découvert il y a quelques mois, quand ma mère a eu son attaque.

— Jake Roycroft est mon fils ! articula Damon en desserrant à peine la mâchoire. Alors tu as réussi à t'infiltrer chez nous sous un faux nom, en te laissant pousser les cheveux et la barbe... Tu t'habilles en haillons et tu roules dans un 4 x 4 qui est passé de mode. Tu as vraiment tout manigancé dans les moindres détails...

Il n'y avait rien à répondre à cela. Damon avait raison.

— C'est vrai, reconnut Nash. Je voulais voir de l'intérieur ce que tu prévoyais de faire de tes chevaux une fois que tu te retirerais du circuit. J'avais besoin d'un pur-sang de course pour compléter mon élevage. Et je voulais le meilleur... Quand j'ai découvert que j'étais ton fils, j'ai pris une sacrée gifle. J'avais du mal à le croire. Mais, vu les larmes de ma mère au moment où elle me l'a dit, il était difficile de ne pas la croire sur parole. Si elle m'avait caché la vérité, tout comme à toi, c'est qu'elle savait que cela me déchirerait. Pendant des années, elle nous a regardés sans rien dire nous défier sur les champs de courses, mais quand elle a eu son attaque elle n'a pas pu garder le secret plus longtemps.

— Et quel était ton projet exact quand tu es arrivé ici ? demanda Damon d'une voix glaciale.

Cette fois, Nash se leva. Il aurait voulu fuir, creuser un trou et s'y enterrer, mais il devait dénouer jusqu'au bout ce maudit tissu de mensonges dans lequel il s'était empêtré.

— J'espérais, en comprenant ce que tu comptais faire de tes chevaux, te proposer assez d'argent par le biais de mon assistant pour être sûr de les récupérer.

Nash approcha du manteau de la cheminée et aperçut une nouvelle photo de Cassie et Tessa en compagnie de Damon. Le trio posait devant Don Pedro après sa victoire historique lors de la Triple Crown. Une victoire à laquelle Nash n'avait pas pu assister, car il avait dû rester au ranch pour s'occuper des autres chevaux.

D'autres clichés montraient Rose tenant ses deux filles contre elle devant une cascade, Tessa adolescente montant un pur-sang, Cassie sur un manège avec un autre cheval... Et Nash se demanda s'il trouverait un jour sa place dans cette galerie de photos qui ornaient la cheminée.

— Au départ, je n'avais pas envie de t'annoncer que j'étais ton fils, expliqua-t-il en se tournant vers Damon, qui n'avait pas bougé. Plus je vous regardais vivre, plus je vous connaissais, plus je me disais qu'en fait tu n'étais pas le farouche concurrent que j'avais affronté sur le circuit durant toutes ces années. Avec moi, tu as été un homme d'affaires impitoyable, mais en te voyant avec ta famille... j'ai compris que tu étais différent.

Nash s'interdit de succomber aux émotions qui l'assaillaient soudain. Il n'était pas question de montrer ses faiblesses, du moins pour le moment. S'il voulait survivre à cette confrontation, il devait rester fort.

— J'étais tiraillé entre ma liaison secrète avec Lily et l'envie de t'annoncer que j'étais ton fils. J'ai décidé de tout t'avouer une fois l'équipe de tournage repartie. En espérant qu'entretemps tu finirais par vendre ce cheval à mon assistant.

A ces mots, Damon plissa les yeux.

— C'est à ce moment-là que Lily t'a annoncé sa grossesse, n'est-ce pas ?

Nash hocha la tête, horrifié par la froideur du regard de son père. Si les Barrington coupaient les ponts avec lui, il aurait du mal à s'en remettre. Mais il devait assumer ses choix. Il s'était mis dans ce pétrin tout seul et ne pouvait s'en prendre qu'à lui-même. Même s'il espérait de toutes ses forces que ces personnes auxquelles il s'était attaché accepteraient de le pardonner.

— Et pendant tout ce temps tu as aussi menti à Lily ?

La gorge nouée, Nash détourna les yeux et hocha la tête.

— Elle sait donc que tu es mon fils, mais elle ignore que tu es millionnaire, que tu possèdes ton propre ranch et un prestigieux élevage de chevaux de courses, déclara Damon comme pour remuer le couteau dans la plaie. Elle croit être tombée amoureuse d'un simple responsable d'écurie, travailleur et honnête... Tu as attendu qu'elle parte en voyage pour venir m'avouer tout ça et... et tu espères que les choses seront rentrées dans l'ordre à son retour ?

Bon sang ! Après un tel récit, il passait vraiment pour le pire des pervers. Au départ, pourtant, il était animé de bonnes intentions.

— Dès qu'elle reviendra, je lui avouerai tout, assura-t-il en soutenant du mieux qu'il pouvait le regard courroucé de Damon. J'aime Lily. Je n'avais pas prévu de tomber amoureux comme ça mais, elle et moi, c'est vite devenu très fort. Et c'est la même chose avec toi et tes filles : je n'imaginais pas m'attacher à vous en arrivant ici. Au début, tout ce qui comptait pour moi, c'était d'acquérir Don Pedro coûte que coûte. Aujourd'hui, cela n'a plus grande importance : tout ce que je veux, c'est Lily et mon père. Vous êtes devenus mes priorités. Voilà... Maintenant, c'est à toi de décider si tu me rayes de ta vie ou si tu m'accordes une chance...

Linda choisit cet instant pour apparaître à la porte du salon.

— Damon...

— Pas maintenant, Linda.

Sans l'écouter, elle traversa la pièce pour le rejoindre.

— Damon, ne prends pas de décision que tu risques de regretter plus tard ! lança-t-elle.

Stupéfait, Nash dévisagea la cuisinière, qui tenait encore son torchon à vaisselle à la main. Il ne s'attendait pas à recevoir le soutien de cette alliée surprise.

— Linda, tu ne sais pas de quoi tu parles, rétorqua Damon entre ses dents. Cela se passe entre Nash — enfin, Jake — et moi.

— Nash est en réalité mon deuxième prénom, plaida-t-il, comme si cela pouvait mieux faire passer la pilule.

Même si, à force de se faire appeler Nash, il avait fini par se glisser vraiment dans la peau du responsable d'écurie. Il en avait presque oublié la vie de Jake, le millionnaire.

Linda posa une main sur le bras de Damon.

— Je sais que tu es blessé, mais si tu pouvais mettre ta fierté de côté cinq minutes tu verrais que lui aussi souffre. Et puis il reste ton fils malgré tout...

Le regard de Damon se fit assassin.

— Bon, je m'en vais, intervint Nash à mi-voix. Je ne veux pas te rendre les choses plus difficiles. Je tenais à ce que tu saches la vérité. Maintenant que c'est fait, je considère que la balle est dans ton camp.

Il quitta la pièce, torturé par toutes ces questions sans réponses. Mais Damon aurait besoin de temps pour digérer cette annonce. Nash lui-même n'avait-il pas mis plusieurs mois à se remettre lorsqu'il avait appris que son plus ancien rival était aussi son père ?

Un silence de cathédrale plana dans la pièce, tandis que Nash hésitait encore sur le seuil, sous le regard noir de Damon. Les mains crispées autour du torchon, Linda dévisageait tour à tour les deux hommes.

— Tu sais où me joindre, ajouta Nash en frottant cette barbe à laquelle il avait fini par s'habituer. Pour ma part, je ne te contacterai plus.

Damon ne répondit rien. Nash songea qu'il restait une

dernière chose que son père devait savoir. Même s'il allait probablement s'en vouloir de s'être mis à nu à ce point...

La main sur le loquet de la porte, il s'adressa à Damon, peut-être pour la dernière fois :

— Pour ce que ça vaut, sache que j'ai apprécié chaque minute de ces mois que j'ai passés à Stony Ridge. Toute ma vie, j'avais rêvé de connaître mon père. Et, même si j'ai eu un choc en découvrant que c'était toi, rien n'effacera jamais les moments que j'ai vécus ici, aux côtés mon père et de mes sœurs...

La gorge nouée, il se retourna et franchit la porte pour quitter la maison, laissant Stony Ridge et son père derrière lui.

Voilà, ce chapitre était clos. Il avait fait son devoir vis-à-vis de son père. Même si cela lui retournait les tripes, songea-t-il, ce n'était rien à côté de la douleur et du désarroi qu'il allait éprouver au retour de Lily. Car la perspective du mal qu'il s'apprêtait à lui faire le mettait déjà dans tous ses états.

Cependant, il n'avait pas le choix, elle devait connaître la vérité, une bonne fois pour toutes. Et, si elle lui échappait, il ne pourrait s'en prendre qu'à lui-même. Il l'aurait mérité. Un scénario plus que probable, à moins qu'il ne trouve une solution miracle pour empêcher l'inévitable de se produire.

16

Etre séparée de Nash s'était révélé plus difficile que prévu pour Lily. Certes, elle avait retrouvé sa mère avec joie, mais l'homme dont elle était folle amoureuse lui avait beaucoup manqué. De même que les Barrington, d'ailleurs.

Au cours de ces deux semaines, son ventre avait commencé à s'arrondir un peu. Rien de bien spectaculaire, mais elle était certaine que Nash le remarquerait. Car cet homme connaissait chaque parcelle son corps mieux qu'elle-même.

Pour ses passages à l'aéroport, elle avait pris soin de ne pas porter de vêtements moulants et s'était affublée de grosses lunettes noires dans le but de passer inaperçue. Car il n'était pas question de laisser deviner sa grossesse avant l'annonce officielle.

L'idée de Nash de prendre les médias de court en faisant elle-même la révélation était brillante. Profitant de l'effervescence que suscitait déjà la sortie prochaine du biopic sur Damon Barrington, Ian avait programmé pour Lily une interview dans une émission de télé extrêmement regardée. Qui sait, d'ici là, elle aurait peut-être une autre nouvelle à annoncer... Avec, peut-être, une bague à son doigt ? Enfin, cela restait du domaine de l'hypothétique.

Elle avait avancé son vol retour d'une journée, tant elle avait hâte de retrouver Nash et de lui montrer ses nouvelles rondeurs... Elle mourait d'envie de sentir ses mains sur son ventre arrondi par ce bébé qui grandissait en elle.

Décidée à faire la surprise à Nash, elle avait loué une voiture à l'aéroport. Lorsqu'elle se gara à côté du 4 x 4 dans l'allée, sous la pluie qui s'était mise à tomber, elle avait un grand sourire aux lèvres.

La balancelle sous le porche oscillait sous la brise. Cette maison ferait un nid douillet pour leur famille, se surprit-elle à penser. A cet instant, elle comprit qu'elle n'avait aucune envie de voir son enfant grandir dans un appartement de Los Angeles, cette ville polluée et chaotique… Le porche qu'elle avait là, sous les yeux, constituerait au contraire un espace de jeux idéal pour lui. Et, dans cette large allée, il pourrait apprendre à faire du vélo ou jouer à la marelle. Quant au jardin, spacieux, il accueillerait facilement une balançoire, un toboggan et même un bac à sable.

Bref, en regardant cette maison, Lily ne voyait plus seulement le logement temporaire de Nash, mais bien leur nid commun. Même s'il ne s'agissait que d'une location, elle s'y sentait chez elle et avait envie d'y rester. Et, qui sait, en proposant un bon prix au propriétaire, elle pourrait peut-être la racheter ?

Mais chaque chose en son temps, se reprit-elle. Elle descendit de voiture sous la pluie battante et pressa le pas vers la porte d'entrée. Les bagages, dans le coffre, pouvaient attendre… contrairement à son désir brûlant de retrouver Nash.

La porte n'était pas verrouillée : ainsi allait la vie à la campagne. Raison de plus pour fonder un foyer ici, non ?

A peine eut-elle franchi le seuil qu'elle huma le parfum familier, viril, de l'homme dont elle était tombée amoureuse. Comme cette odeur lui avait manqué ! De même que le contact de leurs corps serrés l'un contre l'autre quand elle dormait, ou les étreintes et les regards passionnés qu'ils échangeaient. Sans parler de toutes ces fois où il lui apportait des tartines de fromage fondu avant même qu'elle ait eu le temps de dire qu'elle avait faim !

Et, bien sûr, elle avait hâte de retrouver cette complicité charnelle entre eux. Avant de rencontrer Nash, elle était restée longtemps seule, mais dès leur première nuit passée ensemble elle n'avait plus pu se passer de lui.

Et puis elle ne craignait plus ce que pourraient raconter les médias à leur sujet. Quoi qu'il se passe, elle savait que Nash serait de son côté. Si la presse à scandale s'amusait à ressortir les vieilles histoires, Lily ne serait pas seule à les affronter. Elle pouvait compter sur Nash. Leur relation avait beaucoup évolué depuis le début de leur liaison torride, dans le secret du grenier des écuries de Stony Ridge.

— Nash ! héla-t-elle en allumant une lampe du salon alors que, dehors, le ciel assombri semblait plus menaçant que jamais. Je suis rentrée !

Des pas derrière elle la firent sursauter et elle se retourna vers le hall d'entrée. Aussitôt, son sang se figea.

Le Nash qui se tenait devant elle n'avait plus grand-chose en commun avec celui qu'elle avait quitté quinze jours plus tôt. Vêtu d'un simple jean taille basse délavé, il avait certes le même torse, les mêmes muscles fuselés. En revanche, ses cheveux longs avaient disparu et il était rasé de près.

Son regard bleu à peine ombragé par ses longs cils recourbés semblait plus perçant que jamais. Sa tête encore humide indiquait qu'il sortait de la douche. Les mains sur les hanches, il la contemplait, manifestement surpris de la trouver là. Autant qu'elle-même était surprise de sa nouvelle apparence.

— Tu es rentrée plus tôt que prévu, dit-il en fronçant les sourcils. Tu as eu un problème ?

— Non, tout va bien, murmura-t-elle en s'approchant de lui pour lui prendre le visage entre ses mains afin de mieux l'étudier. Mais pourquoi ce changement de look ?

On ne pouvait pas dire que cela ne lui seyait pas, non. Certes, le Nash barbu et chevelu était plein de mystère. Mais ces cheveux courts et cette mâchoire saillante intensifiaient le bleu de ses yeux, le rendant plus sexy et plus viril que jamais.

— J'en ai eu envie, répondit-il en lui prenant la main pour l'embrasser. C'est une étape vers notre nouvelle vie.

Lily était sous le choc. Qui aurait pu imaginer que des cheveux longs et une barbe brune pouvaient à ce point métamorphoser quelqu'un ?

Elle fronça les sourcils : Nash affichait un air inquiet qu'elle ne lui connaissait pas.

— Quelque chose ne va pas ! déclara-t-elle en sentant les battements accélérés du cœur de Nash sous sa paume. Parle-moi, s'il te plaît.

Il l'enlaça, puis baissa les yeux vers son ventre.

— Oui, j'ai pris un peu de poids, se justifia-t-elle en soulevant son T-shirt ample.

Dès qu'il posa ses deux mains sur l'arrondi de son ventre, elle comprit qu'il accueillait cette transformation avec autant d'enthousiasme qu'elle-même. Mieux, il s'agenouilla pour poser son front contre son ventre...

Quoi de plus sensuel que de voir un homme viril à souhait à genoux devant l'enfant qui grandissait en vous ?

Lily plongea les doigts dans la chevelure moins épaisse qu'auparavant.

— Tu m'as tellement manqué ! murmura-t-elle.

Le premier coup de tonnerre résonna autour de la maison et la pluie fouetta les vitres avec une force renouvelée. Nash leva les yeux vers Lily, l'air aussi tourmenté que le ciel au-dehors. Puis il se releva et la serra contre lui.

Il promena alors les lèvres au creux de son cou, déclenchant en elle une salve de désir. Comme si elle avait besoin de cette provocation pour avoir envie de lui, après ces quinze jours interminables...

— J'ai tellement besoin de toi... souffla-t-il.

Elle glissa les bras autour de sa taille dénudée.

— Je suis là, Nash. Je serai toujours là pour toi ; pourtant, tu ne te livres pas entièrement à moi. Quand vas-tu enfin te décider à me laisser entrer pour de bon dans ta vie ? Quand comprendras-tu que notre relation se renforce chaque jour ?

Un éclair illumina le visage masculin aussi beau que triste.

— Depuis le début, je sais que ce qu'il y a entre nous est très fort, Lily. Je n'en ai jamais douté. Même si j'ai eu du mal à l'admettre au début, puisque je pensais que tu repartirais à la fin du tournage et que l'on se séparerait alors. J'avais beau me protéger, je me suis attaché à toi dès la première nuit où nous nous sommes retrouvés en secret dans le grenier de l'écurie.

Le corps de Lily trembla rien qu'à cette évocation. Pourtant, elle sentait bien qu'il avait des choses à dire.

— Tu as raison, ma chérie, j'ai eu beaucoup de mal à me livrer à toi, poursuivit-il en reculant d'un pas. Je n'ai jamais eu l'intention de te mêler à cette guerre intérieure qui me mine. Parce que je pensais qu'une fois que tu serais repartie chacun reprendrait sa vie, sans que tu n'aies jamais à savoir tout cela...

Lily sentit un frisson lui parcourir l'échine. Savoir quoi ? Etait-il marié ? Avait-il déjà des enfants quelque part ? Etait-il malade, mourant ? Une foule de questions l'envahissait, tandis que le malaise grandissait en elle.

S'agrippant au dossier du canapé, elle chercha son regard. Ce n'était pas le moment de battre en retraite. Quel que soit l'aveu qu'il allait lui faire, Nash en souffrait manifestement beaucoup. Et, s'ils voulaient former un vrai couple, ils devaient apprendre à affronter les problèmes à deux.

— Tu m'as déjà parlé de cette façon avant de m'annoncer que Damon était ton père, bredouilla-t-elle. Y a-t-il un autre secret ?

— Il faut que tu saches que je n'ai jamais voulu te mêler à tout ça...

Tremblante, elle s'efforça de ne pas ciller. Quel que soit ce secret, il avait l'air grave. Très grave.

— Tu dois aussi savoir que je t'aime, poursuivit Nash. J'étais amoureux de toi avant même que tu ne m'annonces ta grossesse. Cela fait longtemps que je voulais te le dire.

Il s'avança vers elle pour la prendre dans ses bras, mais elle recula d'un pas.

— Non, Nash. Ne justifie pas par l'amour je ne sais quelle bombe que tu t'apprêtes à lâcher sur moi. Tu choisis le moment qui t'arrange le mieux pour m'exprimer les sentiments que je m'efforce de te faire formuler depuis des semaines.

Poussant un soupir ému, il hocha la tête.

— Tu as raison. Tu mérites mieux que ça. Mais promets-moi que tu m'écouteras jusqu'au bout avant de prendre une quelconque décision à notre sujet. Et au sujet du bébé.

— Parle-moi, Nash ! hurla-t-elle, excédée.

Des éclairs successifs illuminaient la nuit, alors que par moments des grondements de tonnerre assourdissants résonnaient dehors. Comme si la nature avait choisi de refléter la tourmente qui les habitait.

— Voilà, Lily : mon véritable nom est Jacob Nash Roycroft, déclara-t-il, avant de prendre une profonde inspiration. Mais tout le monde m'appelle Jake. Je ne suis pas responsable d'écurie. En fait, je suis moi-même éleveur de chevaux. Ma présence ici sous une fausse identité n'était qu'une imposture pour me permettre d'espionner Damon.

Le souffle coupé, Lily scruta l'homme qui était en train de devenir un étranger pour elle.

— Mais... Pourquoi ? balbutia-t-elle.

— Damon Barrington est mon plus grand concurrent depuis plusieurs années, expliqua Nash, les yeux baissés. Nous élevons tous les deux des chevaux de course et je savais qu'à la fin de cette saison il prendrait sa retraite, et que ses filles ne prendraient pas sa succession. J'ai alors voulu m'infiltrer dans son ranch pour trouver un moyen de racheter les chevaux qu'il refusait de me céder. Je voulais découvrir quel homme il était en dehors des affaires. En me faisant embaucher sous le nom de Nash, au départ, je ne savais même pas si je lui révélerais qu'il était mon père. Chaque jour, je me posais la question. Et puis tu es arrivée et, en moins de temps qu'il n'en faut pour le dire, nous avons eu cette magnifique aventure.

Oh ! Seigneur... Ainsi, il lui avait menti sur toute la ligne ! Depuis le début. Il était, en réalité, un magnat du monde des chevaux de course.

Autrement dit, il était riche. Et à ce titre il était habitué à obtenir tout ce qu'il voulait. Ce qui expliquait sa propension à tout prendre en main, sa maison décorée avec goût, le médecin qui acceptait sans ciller de venir à domicile. A n'en pas douter, Nash avait dû dépenser une fortune pour tout cela.

Lily se demanda soudain s'il existait des mots capables de décrire le désarroi et la sensation de vide qu'elle ressentait en cet instant. Non, sans doute. Depuis le début, avec Nash, tout n'était que mensonge. Elle était tombée amoureuse d'un homme qui n'existait pas... Sinon dans son cœur.

— Espèce de goujat ! souffla-t-elle en se tenant le ventre.

Pas question de le regarder en face, de lui offrir la satisfaction de voir à quel point elle était brisée.

— Mon nom a beau être différent et mon compte en banque plus garni que tu ne le pensais, je suis toujours le même homme, affirma-t-il en faisant craquer le parquet sous ses pieds nus. Celui qui veut vivre avec toi, le père de ton enfant.

Il lui prit doucement le visage entre les mains pour la forcer à croiser son regard.

— Je suis toujours l'homme qui t'aime, ajouta-t-il.

Impossible de ravaler ses larmes ; Lily n'essaya même pas. De toute façon, il méritait de voir à quel point il l'avait anéantie et de mesurer les conséquences de ses mensonges et de ses trahisons. Il méritait de souffrir autant qu'elle souffrait. S'il l'aimait comme il le prétendait, elle préférait ne pas imaginer comment il traitait ses ennemis.

Repoussant sa main, elle se leva du canapé.

— Ne me touche pas ! Ne me touche plus jamais ! Tu ne m'aimes pas, Nash. Tu n'aimes que toi-même ! Je ne te pense pas capable d'aimer qui que ce soit... Nash, ou peu importe quel nom !

Plusieurs années plus tôt, elle avait souffert d'une terrible trahison, mais ce n'était rien à côté de ce que Nash lui faisait subir à présent. A choisir, elle préférait cent fois être de nouveau humiliée publiquement qu'avoir le cœur ainsi brisé en petits morceaux. Oh, Seigneur... Et dire qu'elle pensait pouvoir lui faire confiance !

— Lily, écoute-moi !

— Non ! s'insurgea-t-elle, lassée de tous ces mensonges.

J'en ai fini avec toi, je ne t'écoute plus. Tu as eu tout le temps nécessaire pour me dire la vérité. Mais tu me mens depuis le premier instant !

Jamais elle ne s'était sentie aussi seule et abandonnée.

— Et tu veux savoir le pire ? reprit-elle entre deux sanglots. C'est que je t'aime encore. Maudit sois-tu ! Je ne peux pas effacer d'un coup mes sentiments pour toi, même si je n'aurais jamais imaginé que tu puisses être aussi cruel avec moi. Comment as-tu osé me faire l'amour, gagner ma confiance, me faire miroiter cette jolie petite famille à laquelle je rêve depuis toujours ?

Le regard de Nash vacilla et elle dut se faire violence pour chasser la compassion qu'il lui inspirait en cet instant. Il n'y avait plus de place pour cet homme dans son cœur. C'était fini.

— Je t'en prie, Lily, implora-t-il en lui tendant de nouveau la main, avant qu'elle ne l'en dissuade d'un regard assassin. Je ferais n'importe quoi pour me racheter. N'importe quoi pour te prouver que j'ai changé depuis notre rencontre. Sache que c'est grâce à toi que j'ai décidé de dire la vérité à tout le monde. Je l'ai fait parce que je t'aime. Je ne veux plus aucun obstacle entre nous. Dis-moi n'importe quoi et je le ferai…

Même s'il semblait sincère, comment pouvait-elle le croire ? Comment accorder sa confiance à un homme qui vous avait menti sur toute la ligne, des mois durant ?

Habitué à ce que rien ni personne ne lui résiste, il lui sortait le grand jeu, lui offrait les mots qu'elle avait envie d'entendre, rien que pour la ramener à lui. Mais rien ne pourrait réparer ce qu'il avait détruit. Rien.

— Je ne peux pas rester ici, lâcha-t-elle en le poussant pour rejoindre le vestibule.

Elle s'empara de ses clés de voiture et s'apprêtait à sortir quand Nash — ou plutôt Jake — la plaqua contre la porte.

La chaleur de son torse contre elle lui coupa le souffle. Bon sang, elle n'était pas sevrée de lui, elle réagissait encore au moindre contact. Son cœur avait beau être brisé, ses hormones n'avaient manifestement pas encore reçu le message…

— Nous pouvons trouver une solution, Lily, lui chuchota-t-il à l'oreille. Je ne peux pas te perdre.

Deux nouveaux éclairs zébrèrent le ciel et la lumière des lampes vacilla à l'intérieur de la maison, avant de s'éteindre. Tous deux se retrouvèrent soudain cernés par l'obscurité et le silence. Avant cet instant, ils auraient allègrement profité de cette coupure d'électricité... Mais pour l'heure ils étaient tels deux étrangers, de retour à la case départ. Car Lily ne connaissait absolument pas cet homme qui se tenait tellement près d'elle qu'elle sentait son souffle tiède contre sa joue.

Nash était le deuxième homme à abuser de sa crédulité. Et, même si, cette fois, l'humiliation ne se jouait qu'entre eux deux, sa tristesse et son désarroi étaient bien plus violents qu'au temps de cette première déconvenue.

— Lâche-moi, murmura-t-elle, la gorge nouée. Juste... Laisse-moi partir.

Il posa une main sur son ventre et elle ravala un sanglot.

— Jamais ! protesta-t-il en enfouissant le visage au creux de son cou. Je n'abandonnerai jamais ma famille. Je te laisserai le temps, je ferai tout ce que tu me demanderas, mais je ne te laisserai pas me quitter. Je t'aime trop pour cela.

Secouant la tête, elle repoussa sa main de son ventre.

— Tu ne comprends pas, dit-elle en le regardant droit dans les yeux. Tu ne pourras pas réparer les dégâts que tu as causés. Ce n'est pas parce que tu as de l'argent que tu peux contrôler et manipuler les gens. Je ne suis pas un bien de consommation, Nash, mais une personne, avec des sentiments. J'espère au moins que tu auras pu acquérir ces maudits chevaux que tu convoitais tant !

Elle appuya sur la poignée de la porte avant d'ajouter d'une voix étranglée :

— Et j'espère que nous perdre, notre bébé et moi, en valait la peine...

— Lily... tu ne vas pas sortir sous cet orage !

Une rafale de vent lui fouetta le visage au moment où la porte s'ouvrit.

— Plutôt affronter cet orage que rester une seconde de plus auprès d'un homme qui voulait garder mon cœur dans une main et son secret dans l'autre.

Sur le balcon de sa vaste chambre, Jake contemplait l'étendue de sa propriété en contrebas. Il s'était faufilé dans sa propre maison peu après minuit, alors que l'orage se calmait peu à peu. Il n'avait pas pu rester une seconde de plus dans le cottage en location, car dans chaque pièce flottait le parfum de Lily, les souvenirs de leur passion. Les quelques flacons et crèmes qu'elle n'avait pas emportés avec elle en partant voir sa mère semblaient occuper tout l'espace de la salle de bains. Ses menus vêtements étaient accrochés à côté des siens dans la penderie et elle avait laissé une paire de sandales près de la porte de la cuisine.

Il n'avait nulle part où se réfugier, sinon... chez lui ! Dans sa vraie maison, qu'il aurait tant aimé lui montrer, mais où elle ne viendrait jamais. La pluie s'était calmée à présent, mais il n'en avait que faire. Il ne sentait plus rien. Ni le crachin frais, ni le vide au fond de son cœur, ni même l'envie d'aller voir aux écuries comment allaient les bêtes qu'il avait laissées là voilà plusieurs mois.

Il avait tout perdu : son père, les chevaux qu'il convoitait... Et surtout Lily.

Elle avait raison : l'argent ne pouvait pas racheter les sentiments des gens. Il avait tout gâché dans sa quête effrénée d'excellence.

Il essuya les gouttelettes de pluie qui lui couvraient le visage avant de rentrer dans sa chambre. La suite de l'étage était immense, mais le large lit à baldaquin dominant la pièce semblait se moquer de lui. Il allait devoir réapprendre à dormir seul. Plus jamais il ne sentirait le corps tout en courbes de Lily contre le sien, plus jamais il n'entendrait sa respiration régulière quand elle dormait.

Pourtant, il se sentait encore prêt à tout pour récupérer sa famille. Il était sincère quand il avait dit à Lily qu'il lui laisserait le temps. Comment lui en vouloir d'être meurtrie par la vérité ? Et malgré tout il n'avait pas anticipé le courroux qui s'était emparé d'elle après les aveux qu'il lui avait faits.

Il se débarrassa de ses vêtements et les jeta dans la panière à linge, dans un coin de la chambre, avant de rejoindre la douche à l'italienne. Inutile d'essayer de dormir.

Une fois sous le jet tiède et réconfortant, Jake se demanda combien de temps il faudrait à Lily. Car il comptait se battre pour la récupérer. Elle et leur enfant.

Posant les mains à plat sur le carrelage mural, il baissa la tête et laissa le jet lui masser le cou. Oui, il allait mener cette bataille tout à fait nouvelle pour lui. Car les affaires, l'élevage et le dressage de chevaux, il connaissait.

Mais la réparation d'un cœur brisé par sa propre faute, un peu moins.

17

Lily se sentait vraiment bête. Quand elle avait fui la maison de Jake, trois jours plus tôt, elle ne pensait qu'à s'en aller le plus loin possible de cet homme. Et elle n'avait pu songer qu'à un seul endroit où se réfugier ; voilà pourquoi elle se retrouvait dans la cuisine des Barrington, à siroter une orange pressée en se demandant ce qu'elle allait désormais pouvoir faire de sa vie.

— Ma jolie, il va falloir que vous mangiez quelque chose, déclara Linda.

Depuis deux jours, la cuisinière avait été d'un grand réconfort pour elle. Sans poser la moindre question, elle s'était contentée de l'accueillir chaleureusement. Damon, de son côté, lui avait indiqué qu'elle pouvait rester au ranch aussi longtemps qu'elle en éprouverait le besoin.

Le problème étant qu'elle avait besoin de réconfort, d'une épaule sur laquelle pleurer... Mais qu'elle refusait de l'admettre. Pourtant, elle était bien entourée, puisque Tessa et Cassie étaient de la partie. Celles-ci lui avaient apporté des vêtements quand elles avaient compris qu'elle était partie de chez Nash avec pour seul bagage la valise restée dans le coffre de sa voiture.

Lily n'était pas revenue à Stony Ridge pour se faire plaindre, mais elle appréciait le réconfort que ces gens lui prodiguaient. Eux, ils ne lui planteraient pas un couteau dans le dos à la première occasion. Cela changeait de L.A. En tout cas, elle avait la chance de pouvoir rester — ou plutôt se cacher — ici, en attendant de décider de ce qu'elle allait faire.

D'ici là, le médecin devait venir au ranch pour faire le point avec elle. Depuis son départ de chez Jake, Lily ne se sentait pas très bien. N'ayant plus d'appétit, elle se forçait tant bien que mal à manger pour le bébé.

Elle était aussi en proie à des insomnies. Seule, le cœur brisé, elle devait s'habituer à un nouveau lit, une nouvelle chambre. Mais bien sûr elle ne s'en était plainte à personne. Car la dernière chose dont elle avait besoin, c'était qu'on la prenne en pitié. Tout ce qui importait, c'était de s'assurer que son bébé était en bonne santé. Ensuite, elle l'avait décidé, elle aurait une dernière confrontation avec Nash... enfin, Jake. Car, même si le seul fait de le revoir risquait de l'anéantir, elle devait mettre les choses au point avec lui au sujet de l'enfant. Jake était le père et elle n'y pouvait rien. C'était un fait.

— Peut-être un petit toast, alors, murmura Lily en évitant soigneusement de croiser le regard de Linda.

— Quand le médecin repartira, je compte sur vous pour prendre un vrai repas, insista Linda en glissant une tranche de pain dans le grille-pain. Je ne tolérerai aucune excuse ! Il vous faut des forces pour ce petit bébé, et aussi pour affronter votre homme.

— Ce n'est pas mon homme.

— Oh ! ma chérie ! fit Linda en riant. Bien sûr, que c'est votre homme ! Il a commis de grosses erreurs, mais vous l'aimez ! Vous avez juste besoin d'un peu de temps tous les deux. Il faut qu'il souffre pour ce qu'il vous a fait, je suis d'accord, mais ne prenez pas de décision hâtive maintenant.

Lily but une nouvelle gorgée et sourit.

— Je ne pense pas que le temps puisse panser mes blessures. Il m'a menti, Linda. Deux fois. Je ne pourrai lui pardonner une seconde fois.

Le toast sauta du grille-pain au moment où Damon entrait dans la pièce. Ses cheveux argentés étaient en désordre et les cernes, sous ses yeux, suggéraient qu'il avait peu dormi.

Bienvenue au club !

— Assieds-toi, ordonna Linda. J'ai deux mots à te dire, à toi aussi.

Visiblement étonné par cet accueil, il chercha le regard de la cuisinière, qui était cependant occupée à étaler une large portion de beurre sur le toast de Lily.

Restant debout, le vieil homme croisa les bras.

— Dis-moi ce que tu as à me dire, je dois filer à l'écurie.

D'un calme olympien, Linda s'approcha de lui et pointa un doigt vers lui.

— Tu es têtu comme une mule. Je comprends que Jake t'ait blessé. Mais as-tu seulement réfléchi à ce que tu aurais fait à sa place ? Te serais-tu spontanément mis à nu devant ton plus grand rival ? Non ! Tu aurais tenté toi aussi de faire au mieux pour défendre tes intérêts, de laisser le temps au temps.

Lily sentit son estomac se nouer. Tant de gens avaient souffert des choix de Jake !

— Peut-être, concéda Damon du bout des lèvres. Mais il ne s'agit pas seulement de moi. Quelles excuses peut-il avoir pour avoir traité Lily comme il l'a fait ?

Le regard de Linda s'adoucit.

— Lily est une victime collatérale de ce secret de famille. Mais Jake l'aime vraiment, j'ai vu comment il la regardait. Et il éprouve aussi de l'affection pour toi, Damon, et pour les filles. Lui aussi, il souffre... Tu ne peux donc pas faire un pas vers lui ? Essayer de lui donner une chance ? Il est ton fils, ne l'oublie pas...

Lily serra ses mains contre son ventre. Si seulement ce cauchemar pouvait s'achever ! Elle aurait aimé remonter le temps, convaincre Nash — ou Jake — de s'ouvrir à elle pour de bon. Or il n'avait pas eu assez confiance en elle, en eux, pour cela.

— Je ne comprends pas pourquoi tu te ranges de son côté, bougonna Damon.

Avec un petit haussement d'épaules, Linda vint débarrasser le verre vide de Lily et le posa dans l'évier.

— Je ne me range du côté de personne. Je constate juste que des gens auxquels je tiens souffrent et ça ne me fait pas plaisir.

Cette famille est trop soudée et la vie est trop courte. Tu es mieux placé que quiconque pour le savoir, Damon.

Gênée, Lily vit Damon fermer les yeux comme pour contenir une émotion. Linda venait de mettre le doigt sur un épisode douloureux de sa vie : le décès prématuré de Rose.

La sonnette d'entrée se fit entendre, mettant un terme à la discussion. Lily poussa un soupir de soulagement, trop heureuse de pouvoir s'extirper de ce chaos émotionnel. Car il était évident que Damon et Linda partageaient bien plus qu'une simple relation employeur-employé.

— Ce doit être le médecin, fit-elle en se levant. Je vais ouvrir.

Elle avait hâte de découvrir les progrès de son bébé, d'entendre les petits battements parfaitement réguliers de son cœur. Pour l'heure, elle devait se recentrer sur lui. Sa vie sentimentale — du moins celle qu'elle avait cru avoir — attendrait. Car cet enfant innocent passait en priorité : devant les mensonges, les tromperies et les cœurs brisés.

Après avoir franchi le haut portail en fer forgé entre deux piliers de pierre, Lily dirigea sa voiture de location le long de l'allée bordée d'une barrière de bois d'un blanc immaculé.

Où avait-elle trouvé le cran de venir ici ? Ses mains tremblaient d'appréhension tandis qu'elle manœuvrait le volant en direction de l'imposante demeure de style colonial. De hautes colonnes blanches se dressaient sous le porche, surmonté d'un balcon qui faisait le tour de la maison. A quelques mètres de la bâtisse se trouvait un garage à trois places de stationnement. Et de l'autre côté de l'allée, sur la gauche, se dressaient des écuries de bois peint vert et blanc.

Dans les prairies, les chevaux chassaient les mouches qui leur tournaient autour en faisant claquer leur queue. Un vieux chêne dominait la pelouse, et le regard de Lily fut attiré par une petite balançoire accrochée à ses branches. Jake n'avait pourtant pas d'enfant... Pour l'instant.

Le jardin paysager, avec ses buissons et ses massifs colorés parfaitement entretenus, devait avoir été conçu par un professionnel. Sans doute Lily ferait-elle mieux de rebrousser chemin : cette propriété était bien trop idyllique. Or la dernière chose dont elle avait besoin, c'était de se laisser entraîner dans cette partie de la vie du père de son enfant.

Cependant, elle devait mettre les choses au clair avec lui. Que cela lui plaise ou non, tous deux étaient désormais liés pour toujours par le biais de cet enfant. Et le médecin avait émis quelques petites inquiétudes au sujet du bébé, Jake méritait de le savoir. En outre, elle aurait aussi besoin de son aide. Car elle ne pouvait continuer à abuser indéfiniment de l'hospitalité des Barrington. Voilà près d'une semaine qu'elle logeait chez eux et, après cette consultation avec le médecin, elle avait senti que le moment était venu de reprendre le contrôle de sa vie.

Dans la chaleur estivale, elle marcha jusqu'au large porche. De part et d'autre de la porte d'entrée, de gros pots débordaient de plantes à fleurs. Bref, que ce soit la maison ou le jardin, tout ici semblait prêt à être photographié pour un magazine de décoration.

Ce n'était pas du tout ce à quoi elle s'attendait. Si la maison que Nash avait louée pendant le tournage était adorable, il ne s'agissait que d'un accessoire dans le plan machiavélique qu'il avait en tête. Or, sa véritable résidence se révélait au moins aussi accueillante. Sinon plus.

Avant de changer d'avis, Lily sonna à la porte et, l'instant suivant, une femme d'une trentaine d'années vint lui ouvrir. Jolie blonde aux cheveux longs, elle affichait un regard émeraude et un large sourire bienveillant. Aussitôt, une salve de jalousie assaillit Lily.

— Bonjour, mademoiselle, que puis-je faire pour vous ?

Qui diable était cette femme ?

Non, se reprit-elle. Elle avait quitté Nash, ou plutôt Jake, et ce qu'il faisait à présent de sa vie ne la regardait pas. Pourtant, constater qu'il avait bien vite tourné la page sur leur histoire raviva le chagrin qui la dévastait depuis plusieurs jours. A moins que cette femme n'ait été ici depuis le début... à attendre le retour de... Jake ?

— Attendez... Mais vous êtes Lily Beaumont, non ?

Voilà longtemps qu'on ne l'avait pas reconnue...

— En effet, acquiesça-t-elle en cherchant désespérément des défauts à cette inconnue à la beauté insolente. Jake est-il là ?

La jeune femme opina du chef en souriant.

— Il est aux écuries, expliqua-t-elle en désignant le bâtiment face à elle. Vous pouvez l'y rejoindre. Il m'avait prévenue que vous risquiez de passer.

La colère bouillonnait à présent au creux des veines de Lily.

— Ah oui ? fit-elle en haussant un sourcil.

Tournant les talons, elle prit alors le chemin des écuries sous une chaleur devenue accablante. Dès qu'elle aurait dit ses quatre vérités à Jake, elle retournerait dans la fraîcheur de sa voiture climatisée. Pourvu que cela suffise à chasser ce vertige qui s'emparait d'elle...

Evidemment, à cet instant précis, ménager sa tension artérielle relevait de la mission impossible. Comment Jake avait-il deviné qu'elle viendrait ? Pire encore, comment avait-il osé en parler à cette femme ? Non, mais quel culot !

Ses pensées s'interrompirent à l'instant même où elle aperçut l'intéressé, torse nu, vêtu de son éternel jean taille basse, la peau ruisselante de sueur, occupé à nettoyer un box. Il ne l'avait pas encore vue et elle en profita pour apprécier à sa juste valeur la beauté de ce corps sculptural. Ce n'était pas parce qu'elle lui en voulait d'avoir menti qu'il ne lui faisait plus aucun effet. Il restait l'homme le plus sexy de l'univers. C'était d'ailleurs là la source de tous ses ennuis : se refuser à un individu comme lui était hors de question.

Elle avança dans l'écurie, s'arrêta à mi-chemin de l'allée et croisa les bras.

— Tu n'as pas du personnel pour faire ça à ta place ?

Il avait sursauté au son de sa voix et manqué de lâcher sa fourche. Il se retourna alors et la dévisagea de la tête aux pieds. Lily s'efforça de garder à l'esprit le fait qu'elle était ici pour une raison bien précise... Et certainement pas pour se rincer l'œil comme elle était en train de le faire.

— Que fais-tu là ? interrogea-t-il.

— Pourquoi prends-tu cet air surpris ? Tu savais très bien que j'allais venir, tu avais même prévenu ta jolie blonde...

Bon sang, elle n'avait pas pu empêcher cette jalousie maladive de percer dans sa voix !

— Tu veux parler de la gouvernante ? riposta-t-il d'un air amusé en s'épongeant le front d'un revers de main.

— Peu importe qui est cette fille, je m'en moque, assura-t-elle en levant les yeux au ciel. Ce que tu fais de ta vie ne me concerne pas.

Un silence pesant s'installa, tandis qu'un cheval se mettait à s'ébrouer dans son box.

— Je crois au contraire que ça te concerne au plus haut point, assura-t-il en plantant sa fourche dans la paille. Sinon, tu ne serais pas là.

Lily songea, à ces mots, que ce côté sûr de lui qui l'avait tant séduite au début lui tapait maintenant sur le système...

Relevant le menton, elle fit encore quelques pas vers lui, mais se maudit dès l'instant où elle posa les yeux sur son torse aux muscles fuselés luisant de sueur. Comment rester maîtresse de soi face à une tentation aussi diabolique ?

— En fait, je suis venue parce que je viens de me faire examiner, déclara-t-elle en entrelaçant ses doigts autour de son ventre, sans quitter son interlocuteur du regard. La gynécologue trouve que ma tension est encore trop élevée. Elle me recommande de prendre des mesures drastiques pour y remédier. Car, si ça continue, cela risque d'affecter le bébé et c'est pour ça qu'elle veut me revoir dans deux semaines, au lieu des quatre habituelles.

— Ce n'est pas vrai ! bougonna-t-il en passant la main dans ses cheveux mouillés. C'est ma faute, je t'ai causé un stress terrible, Lily. Que puis-je faire pour t'aider à aller mieux ?

L'inquiétude qu'il affichait émut Lily. Mais elle se ressaisit : c'était le bébé qui lui donnait du souci, pas elle.

— A vrai dire, je ne suis pas venue te réclamer de l'aide. Simplement te demander combien tu as payé cette gynécologue pour qu'elle assure mon suivi. Car je tiens à te rembourser.

— Tu plaisantes ? s'exclama-t-il en se rapprochant d'elle pour venir effleurer ses escarpins de ses bottes. Tu ne me rembourseras pas un centime ! Il s'agit aussi de mon bébé, que je sache !

Son regard limpide brillait à présent d'une lueur tourmentée.

— Je me doutais que tu dirais cela, déclara-t-elle, alors qu'un nouveau vertige l'envahissait. Nous allons donc partager les frais.

Elle ferma les yeux, le temps de laisser passer la pénible sensation. Quand elle les rouvrit, Jake la fusillait du regard.

— Je prendrai soin de ma famille quel qu'en soit le coût, affirma-t-il d'une voix dure. Tu ferais bien de t'habituer à cette idée dès maintenant.

Des points noirs se mirent alors à danser devant les yeux de Lily, qui dut secouer la tête et éponger la sueur qui roulait sur son cou. Diable, voilà qu'elle se montrait fragile au moment même où elle devait faire preuve de force et de courage...

— Pourrais-je avoir un peu d'eau ? murmura-t-elle.

Aussitôt, Jake fut auprès d'elle. Il lui ramena les cheveux derrière les oreilles et lui caressa le visage d'un air soucieux.

— Tu as un vertige ?

Elle ne put que fermer les yeux et hocher la tête.

Un instant plus tard, il l'avait prise dans ses bras pour la porter hors de l'écurie.

— Non, protesta-t-elle sans conviction. J'ai juste besoin d'un peu d'eau... Ça va aller.

Ignorant ses paroles, il se précipita vers l'arrière de la maison. Lily rouvrit les yeux quand elle se sentit soudain enveloppée d'une fraîche bouffée d'air climatisé. Ils étaient parvenus à l'intérieur et déjà elle se sentait moins mal. Jake referma la porte d'un coup de pied et se précipita vers un vaste salon. Là, il l'allongea sur un canapé.

— Jake, il y a un problème ?

Lily avait refermé les yeux, mais elle reconnut la voix de la jeune femme qui l'avait accueillie à son arrivée. Peut-être aurait-elle mieux fait de téléphoner au lieu de se déplacer jusqu'ici, songea-t-elle. Toutefois, elle avait voulu lui prouver qu'elle s'en sortait très bien toute seule.

Résultat : elle se retrouvait allongée là, à sa merci, humiliée devant la nouvelle petite-amie-gouvernante.

— Liz, tu pourrais nous apporter de l'eau ?

— Bien sûr !

Assis près d'elle sur le canapé, Jake posa une paume sur son ventre. Oh ! comme ces mains lui avaient manqué... Fermes, entreprenantes...

— Ton cœur bat à toute allure, dit-il.

— C'est juste parce qu'il fait chaud, affirma-t-elle en s'efforçant de faire taire ses hormones. Je vais boire un peu d'eau et ça va passer.

— Qu'as-tu mangé aujourd'hui ?

Calant un bras derrière sa tête, elle rouvrit les yeux.

— J'ai bu une orange pressée et mangé un toast beurré il y a moins d'une heure.

Il plissa les yeux.

— Lily...

— Maman a dit que vous vouliez de l'eau...

Lily ouvrit les yeux au son de cette voix enfantine : devant elle se tenait un petit garçon aux boucles blondes et sauvages qui tendait une bouteille d'eau minérale à Jake.

— Merci, mon grand.

L'enfant sourit, révélant une bouche édentée.

— Bonjour, dit-il à Lily. Je m'appelle Tyler.

Elle ne put s'empêcher de répondre à son sourire. Ce petit n'avait aucune idée de qui elle était, et c'était tant mieux. Elle se demanda quels liens il pouvait avoir avec le maître de maison. S'il ne lui ressemblait pas du tout, il ne ressemblait guère non plus à sa mère.

— Tyler est le fils de Liz, précisa Jake comme s'il lisait dans ses pensées.

— Enchantée, Tyler, moi, c'est Lily, dit-elle en s'asseyant pour ouvrir la bouteille. Merci beaucoup.

— De rien, répondit le petit garçon avant de tourner les talons pour repartir d'où il était venu.

Avec soulagement, Lily sentit le liquide froid couler dans sa gorge. Elle devait quitter cette maison au plus vite. Plus elle y resterait, plus elle aurait envie de poser à Jake des questions qui ne la regardaient en rien, puisqu'ils n'étaient plus ensemble. Enfin... techniquement. Car, sur le plan émotionnel, elle ne s'était jamais sentie aussi proche de lui. Et ce, malgré tous les mensonges qui avaient terni leur relation.

Elle remit le bouchon sur la bouteille et il la lui prit des mains pour la poser sur la table basse.

— Allonge-toi. Je vais te chercher de quoi grignoter.

Sans quitter la position assise, elle secoua la tête.

— Je ne reste pas, Jake. Je suis juste venue te rembourser la part qui me revient et te tenir informé de l'évolution de la grossesse. Je n'aurai jamais aucun secret pour toi pour ce qui concerne cet enfant.

Il baissa les yeux et esquissa un sourire triste.

— Ça, je l'ai bien mérité.

— Oh ! Tu es encore très loin d'avoir eu tout ce que tu mérites vraiment, commenta-t-elle avec un petit rire.

— Dans ce cas, dis-moi ce que tu veux, insista-t-il sur un ton de défi en relevant le menton. Demande-moi n'importe quoi ! Ne me ferme pas ta porte, pas avec tout ce qu'il y a entre nous.

Il ne plaisantait pas, constata-t-elle. Il s'imaginait vraiment que le simple fait de parler panserait les blessures qu'il lui avait infligées et qu'ils pourraient ensuite reprendre une vie normale, tel un *happy end* de cinéma. Or, si elle se mettait à lui décrire la profondeur de ses blessures, la violence de sa colère, elle n'en finirait pas.

— Tout ce qu'il a pu y avoir entre nous n'était que mensonges, lui rappela-t-elle. Même si tu regrettes de ne pas nous avoir dit la vérité plus tôt, à Damon et à moi, ne prétends pas tenir à nous. Tu nous as trop blessés.

Il la dévisagea de son regard le plus pénétrant et elle se sentit chavirer. Seigneur... Son odeur, son torse nu, le fait de l'avoir là, juste à côté d'elle… tout cela constituait une vraie torture. Le responsable d'écurie qu'elle avait connu à Stony Ridge lui manquait tellement ! Alors que l'homme assis à côté d'elle sur ce beau canapé de cuir blanc n'était qu'un inconnu, un millionnaire…

Il se leva et traversa la pièce sans rien dire. Quoi ? C'était tout ? Il n'allait même pas se défendre ?

— Je sais que tu me détestes, déclara-t-il soudain en revenant vers elle. Et que tu ne veux plus rien avoir à faire avec moi. Mais j'ai quand même une proposition pour toi.

— Tu veux rire ! se récria-t-elle en levant les yeux vers lui.

Il se rassit à côté d'elle et lui prit la main. Lily s'efforça de ne pas réagir à ce contact si familier. Elle voulut s'écarter, mais se ravisa : cela aurait été puéril. Quoi qu'il ait à dire, elle l'écouterait. A ce stade, à quoi bon se disputer ? Le mal était fait. Et puis elle faisait de son mieux pour s'endurcir. Ce qui, elle devait l'avouer, devenait de plus en plus difficile, avec sa main coincée entre ces doigts forts et rugueux.

— Où est-ce que tu loges ? demanda-t-il.

— A Stony Ridge.

— Je m'en doutais, maugréa-t-il. Ecoute, je veux que tu viennes ici.

— C'est hors de question.

— Juste une semaine, insista-t-il en la regardant droit dans les yeux. C'est tout ce que je te demande. Une semaine pour te permettre de voir cette facette de ma personnalité que je ne t'ai jamais montrée. Et si, après cela, tu ne veux toujours rien avoir à faire avec moi, je te laisserai partir. Je continuerai à vouloir faire partie de la vie de ce bébé, mais je cesserai de te courtiser, toi. Je veux que tu voies l'homme que je suis devenu : un homme qui t'aime et qui n'a rien à voir avec l'égoïste sans scrupule qui s'est fait engager à Stony Ridge.

Ne lui ayant pas encore tout dévoilé de sa consultation obstétricale, Lily détestait devoir admettre qu'elle avait besoin de lui.

Comme elle gardait le silence, il serra sa main.

— Ecoute ton cœur, Lily, murmura-t-il. Tu m'as toi-même

avoué que tu ne pouvais pas tirer un trait sur tes sentiments. Juste une semaine, Lily… Je prendrai soin de toi, je te montrerai que je sais aussi être franc et honnête.

Une semaine. Ce n'était pas grand-chose comparé à tout le temps qu'ils avaient déjà passé ensemble. Mais lui résister était déjà tellement difficile ! Et elle ne doutait pas qu'il ne reculerait devant rien pour la reconquérir.

Il lui suffirait d'être plus rusée, plus forte. Surtout, il ne devrait pas savoir à quel point il la troublait encore.

— L'obstétricienne m'a aussi conseillé de rester beaucoup allongée, expliqua-t-elle en ferma un instant les yeux. Et je ne peux pas continuer à abuser des Barrington. Alors, disons que l'on peut faire un essai pour une semaine : mais ça ne signifie pas pour autant que nous reprenons notre relation.

Liz choisit cet instant pour revenir dans la pièce avec une assiette et un verre. Quand elle les posa sur la table, Lily se tourna vers son hôte avec un petit rire.

— Du fromage grillé et du chocolat au lait ? s'exclama-t-elle.

— Tu aimes bien ça, non ?

Comment diable s'y prenait-il pour la faire craquer ainsi ? Il s'agissait pourtant du même homme qui l'avait trahie, elle ne devait pas l'oublier. Qu'est-ce qui lui prouvait qu'il ne recommençait pas à lui mentir ?

— Tu ne me dois rien, reprit-il dès que Liz fut repartie. Mais je tiens à t'offrir tout ce qu'il y a de mieux, Lily.

Il semblait résolu et, à l'évidence, il ne baisserait pas les bras. Et puis le cœur de Lily était déjà en miettes, alors que risquait-elle à rester ici sept jours de plus ? A la suite de quoi elle rentrerait à L.A., ou en Arizona pour voir sa mère. Puis viendrait le temps d'entrer en studio pour assurer les voix de son nouveau projet.

— Nous ferons chambre à part, prévint-elle sans ciller.

Il allait protester, mais elle ne lui en laissa pas le temps.

— Ce n'est pas négociable, Jake ! Si je reste, ce n'est pas pour jouer au papa et à la maman.

— Marché conclu, soupira-t-il. Mais sois honnête, ajouta-t-il en se penchant vers elle jusqu'à lui effleurer les lèvres. Tu crois vraiment pouvoir rester ici sans te retrouver dans mon lit ? Franchement, Lily, qui est-ce qui ment, à présent ?

Sur ces mots, il se leva, lui tendit l'assiette, puis quitta la pièce. Lily sentit ses lèvres trembler et elle maudit une nouvelle fois ses hormones de faire encore bouillonner cet irrépressible désir au creux de son ventre.

Et tout cela moins d'une heure après le début de cette période de sept jours... Bref, elle avait soudain la désagréable impression qu'elle venait de se jeter droit dans la gueule du loup.

18

Lily avait choisi la chambre la plus éloignée de celle de Jake, à l'autre bout du couloir.

Encore six jours à tenir et elle pourrait mettre le cap vers l'Arizona pour passer voir sa mère avant de rentrer à L.A. Elle était à la fois impatiente et inquiète à l'idée de traverser ainsi le pays. Elle avait hâte de participer à ce film d'animation, mais n'était guère pressée de renouer avec les artifices de son métier, avec tous ces individus froids et calculateurs.

La veille au soir, elle avait adressé un bref SMS à Ian pour lui signaler où elle logeait désormais. Les Barrington devaient s'en douter, mais elle estimait qu'il était de son devoir d'en informer son agent.

En tout cas, elle appréciait beaucoup la baignoire mise à sa disposition dans sa salle de bains particulière. Elle pouvait ainsi envisager de passer l'intégralité de cette semaine sans quitter sa chambre. De toute façon, elle devait rester le plus possible allongée, les jambes surélevées. Et, à n'en pas douter, Jake lui ferait appliquer les consignes du médecin à la lettre, en lui apportant lui-même tous ses repas au lit.

Une fois douchée, elle enfila une robe et s'aperçut que c'était celle que Jake avait choisie pour elle le jour où ils avaient fait du shopping ensemble. Il risquait d'interpréter cela comme un signe de reddition de sa part… Car il ne se doutait pas qu'elle avait laissé la plupart de ses vêtements dans la maison de location. En fait, cette robe ne se trouvait dans sa valise que par hasard... Valise que Jake avait fait rapporter de la voiture par Linda. Bref, il continuait à tout prendre en charge, à vouloir tout maîtriser, et Lily ne savait pas vraiment quoi en penser.

Attachant ses cheveux encore humides, elle se glissa dans ses claquettes et descendit au rez-de-chaussée. Elle était encore dans l'escalier quand la sonnette d'entrée se fit entendre dans la maison.

Arrivée en bas, elle découvrit Damon, qui se tenait dans le vestibule. Mains dans les poches, il jetait des regards autour de lui, visiblement peu à son aise.

Etait-il venu voir son fils ? Ou elle ?

Elle demeura au pied de l'escalier, alors que les pas de Jake résonnaient sur le parquet de bois massif.

— Bonjour, Damon. Quelle bonne surprise !

— Désolé d'être aussi matinal, répondit Damon d'un ton réservé. Y a-t-il un endroit où nous pourrions nous parler en privé ?

— Liz prépare le petit déjeuner dans la cuisine. Installons-nous dans le salon. Je lui demande d'ajouter un couvert ?

S'agrippant à la rambarde, Lily se dit qu'elle ferait peut-être mieux de remonter, plutôt que d'entendre cette conversation sans y avoir été invitée. Pourtant, elle ne bougea pas.

— Je ne resterai pas longtemps, affirma Damon.

Hochant la tête, Jake le conduisit vers le salon et Lily s'assit sur la dernière marche sans faire de bruit. Si Damon était venu jusqu'ici, c'était soit pour pardonner son fils, soit pour couper définitivement les ponts avec lui. Elle s'aperçut soudain qu'elle tremblait pour Jake. Car, malgré tous ses mensonges, elle ne doutait pas qu'il serait anéanti de voir son père le rejeter, aussi fort et déterminé soit-il.

— Je ne sais pas si je dois me réjouir ou m'inquiéter que tu viennes sonner ainsi à ma porte, reprit Jake d'une voix qui lui parut manquer d'assurance.

Damon eut un petit rire poli. Lily ne voyait pas les deux hommes et elle ne pouvait qu'imaginer le vieux magnat secouer la tête avec amusement comme il le faisait souvent.

— Pour être honnête, je ne le sais pas moi-même, répliqua Damon. Je ne te cache pas que tes dernières révélations m'ont secoué, au point que depuis plusieurs jours je me demande comment je dois réagir. Mais j'ai eu le temps d'y réfléchir.

L'estomac noué, Lily ferma les yeux et attendit la suite.

— Je n'aime pas beaucoup que l'on se joue de moi, poursuivit Damon. Tu as été assez rusé pour gagner ma confiance sans éveiller mes soupçons et, moi, j'ai été aveuglé au point de ne pas te reconnaître sous ton accoutrement de garçon d'écurie...

— Damon...

— Laisse-moi finir !

Retenant son souffle, Lily posa les mains sur son ventre.

— Nous avons été rivaux pendant si longtemps que je mesure le choc que tu as pu ressentir en apprenant que je suis ton père. C'est l'angoisse avant toute chose qui t'a conduit à élaborer ta supercherie. Mais je sais aussi à quel point tu aimes gagner. Comment pourrais-je te reprocher un trait de caractère que tu as manifestement hérité de moi ?

— Je reconnais que je m'y suis pris de la plus mauvaise des façons, commenta Jake sur un ton de contrition. J'aurais dû dire la vérité dès que j'ai commencé à bien sympathiser avec les filles et avec toi.

— C'est vrai, soupira Damon. Mais tu ne l'as pas fait, inutile de revenir là-dessus. Je crois que tout le monde a droit à une seconde chance. Et de mon côté j'estime qu'avoir été privé de mon fils pendant trente ans est amplement suffisant. La vie est courte.

Ces paroles furent suivies d'un long silence et Lily se demanda ce qui pouvait se passer entre les deux hommes. Mais elle en avait assez entendu. Elle se leva et, sur la pointe des pieds, retourna dans sa chambre, dont elle ferma la porte.

Damon semblait accepter son fils tel qu'il était et lui pardonner ses mensonges et ses erreurs.

Saurait-elle faire preuve d'une telle mansuétude ? Certes, elle se sentait capable de pardonner à Jake, mais cela signifiait-il forcément qu'elle l'autoriserait à revenir dans sa vie, dans son cœur ?

Cela faisait à peine vingt-quatre heures qu'il l'accueillait dans sa magnifique propriété et elle luttait déjà à chaque seconde pour ne pas se laisser submerger par l'amour qu'elle éprouvait toujours pour lui. A certains moments, elle mourait d'envie de jouer cartes sur table ; de voir avec lui s'ils étaient capables d'aller de l'avant. A d'autres, elle voulait fuir loin, très loin. Car elle n'était pas sûre de pouvoir se fier à ses sentiments.

Si seulement elle n'était pas aussi perdue ! Bref, il ne lui restait qu'à espérer un miracle.

Décidément, les siestes de femme enceinte avaient quelque chose d'idyllique. Lily ne pouvait s'offrir ce luxe quand elle était sur les tournages, par exemple, mais ici, en Virginie, la vie était plus douce. Et puis le médecin lui avait ordonné de se reposer. Ce qu'elle faisait allègrement en cette belle après-midi.

De toute façon, elle était fatiguée. A la fois par sa grossesse et par toutes les incertitudes qui entouraient sa vie et l'avenir du bébé. En outre, le fait de se retrouver sur le territoire de Jake avait quelque chose d'épuisant.

Sexuellement, cet homme la frustrait. Elle continuait à avoir envie de lui malgré les blessures qu'il avait infligées à son cœur. Il avait cessé ses assauts et ne l'avait pas touchée depuis ce furtif baiser échangé quand elle avait donné son accord pour loger une semaine sous son toit. Bref, il était en train de la rendre folle.

A aucun moment, en tout cas, il ne l'avait informée que Damon devait lui rendre visite. Etait-ce volontaire ou n'en savait-il rien lui-même ?

Quand elle revint au rez-de-chaussée, elle s'aperçut qu'elle avait dormi plus longtemps que prévu. L'imposante horloge ancienne sonna quatre coups au moment où elle entra dans le salon, et ils résonnèrent dans la maison déserte.

Lily regarda autour d'elle et s'approcha des photos qui

ornaient la cheminée : sur l'une d'elles, Jake entourait de son bras une jolie femme d'un certain âge qui devait être sa mère. D'autres clichés le présentaient en compagnie de jockeys et de chevaux, brandissant des trophées. Sur chacun, il affichait un sourire radieux.

Ce sourire, déjà irrésistible quand il était barbu, était encore plus sensuel sans la barbe.

Des éclats de rire venus du jardin firent tressaillir Lily, qui alla soulever un rideau en lin pour regarder au-dehors.

Agrippé à la balançoire, Tyler s'appliquait à replier ses jambes pour entretenir son élan... aidé par Jake, qui le poussait de temps en temps.

Comment ne pas s'émouvoir d'une telle scène ? songea-t-elle. Le large sourire qui éclairait le visage de Jake traduisait combien ces moments de détente, en fin de journée, lui faisaient plaisir.

Il ferait un père merveilleux. Peu importait comment les choses évolueraient entre eux, Lily savait que Jake accorderait toujours la priorité à son enfant. Pourtant, elle ne pouvait s'empêcher d'être intriguée par la relation privilégiée qu'il entretenait avec la gouvernante et son fils. Encore une facette de son existence qu'il n'avait pas daigné partager avec elle.

De toute façon, il ne l'avait jamais véritablement laissée entrer dans sa vie.

Cette pensée lui brisa le cœur...

Soudain, Liz apparut dans le salon et vint rejoindre Lily à la fenêtre.

— Vous savez, Jake est une idole pour Tyler ! lança-t-elle d'un ton enjoué.

— On dirait que c'est réciproque, répondit Lily en voyant que le visage de Jake s'illuminait chaque fois que Tyler riait.

— Je dois dire qu'il a une bonne influence sur mon fils depuis le décès de mon mari.

A ces mots, Lily se tourna vers la gouvernante, stupéfaite.

— Oh ! je suis navrée...

Sans quitter l'enfant du regard, Liz esquissa un sourire.

— Ça a été dur, je ne vais pas mentir. Pendant longtemps,

mon mari était responsable d'écurie ici. Quand il a été tué, il y a quelques années de cela, Jake m'a proposé de venir travailler pour lui. Je n'y connaissais rien en chevaux, alors il m'a suggéré de m'occuper de la maison. Jamais je ne pourrai le remercier à la hauteur de ce qu'il a fait pour nous : rien ne l'obligeait à prendre une veuve et un orphelin sous son aile.

La gorge nouée, Lily regarda de nouveau vers le jardin. Cet homme comportait de nombreuses facettes, dont certaines étaient terribles : les mensonges, la trahison... Mais d'autres, en revanche, étaient très belles, très nobles. Comment avait-il pu à ce point salir son image, juste pour briller en tant qu'éleveur de chevaux ? Comment l'envie d'être le numéro un, de gagner beaucoup d'argent pouvait-elle conduire à de tels actes ?

— Je sais que ça ne me regarde pas, reprit Liz en cherchant le regard de Lily. Je n'ai aucune idée de ce qui se passe entre vous deux, mais, pour ce que ça vaut, sachez que Jake n'avait encore jamais ramené de femme ici. Je pense qu'il tient profondément à vous.

— Sans doute. Mais sa manière de me le prouver n'a pas été très convaincante.

Liz hocha la tête avec un franc sourire.

— Ne vous fermez pas complètement, d'accord ? Laissez-lui une chance. Il passe sa vie à travailler et à voyager pour être souvent auprès de sa mère. Mais avec vous — et il m'en voudrait de vous dire cela — il est vulnérable.

Fermant les yeux, Lily s'efforça de ne pas se laisser déstabiliser par ces paroles venues d'une inconnue.

— Vous-même, vous tenez beaucoup à lui... hasarda-t-elle.

— Pas de la même façon que vous, corrigea Liz. Jake et mon mari s'appréciaient beaucoup, dans le travail et dans la vie. Mais mon époux a été tué pendant un cambriolage. Il s'est trouvé au mauvais endroit, au mauvais moment. Jake n'a pas hésité à subvenir à mes besoins et à ceux de mon fils. Je le considère comme un ami. Et un héros...

Un héros ! Lily rouvrit les yeux pour regarder cet homme faire office de héros auprès du petit garçon. Un homme avec ses défauts, et qui l'avait blessée si profondément qu'elle ne savait pas si elle aurait la force de lui pardonner.

— Je dois retourner préparer le repas, annonça Liz en posant la main sur le bras de Lily. Je voulais juste m'assurer que vous comprenez bien où j'en suis avec Jake. Parce qu'il vous aime. Vous. C'est un homme très fort, mais vous l'avez mis à genoux. C'est vous qui menez la danse.

Liz s'éloigna et bientôt le silence de la pièce ne fut plus troublé que par le tic-tac de l'horloge ancienne.

Elle remit le rideau en place et se dirigea vers le porche extérieur. Spacieux, celui-ci invitait à la détente, avec ses deux balancelles de bois de part et d'autre. Lily s'installa sur l'une d'elles, remonta les genoux et se laissa balancer doucement.

Sans être vue, elle continua d'observer Jake et Tyler. En lui proposant de passer une semaine chez lui, il voulait qu'elle voie quel homme il était en vérité. Au naturel. Sans mensonges ni secrets.

Et elle commençait à entrevoir une certaine profondeur chez lui. Pourtant, arriverait-elle à oublier à quel point il l'avait dupée ? Comment être sûre qu'il ne s'engagerait plus jamais dans cette voie ?

Entre la visite de Damon l'autre jour et le fait de voir Jake avec Tyler, Lily se surprit à espérer un nouveau départ avec lui. Toutefois, toutes ces dissimulations étaient allées si loin... Pourraient-ils encore construire quelque chose, raviver les braises de leur passion ?

Un léger fourmillement au creux de son ventre l'interpella. Elle posa une main sous son nombril, mais l'étrange sensation se reproduisit et elle comprit que, pour la première fois, elle venait de sentir son bébé bouger. Leur bébé.

Le médecin lui avait expliqué que cette première sensation lui ferait penser à de petits papillons dans le ventre. Passé le premier choc, la description était correcte. Même si tout s'était passé très vite. Elle ne put réprimer un sourire ravi.

Quand elle releva les yeux vers la pelouse, elle s'aperçut que Jake la regardait, tandis que Tyler avait quitté la balançoire pour courir vers l'arrière de la maison. Le sourire de Lily s'effaça. Il y avait une telle tension entre eux, tant de mots à se dire, d'émotions à partager.

Jake se dirigea alors vers elle et monta les quelques marches qui menaient au porche. A chacun de ses pas, elle sentait son cœur s'accélérer. Sans un mot, il vint s'asseoir près d'elle sur la balancelle et lui prit les pieds pour les poser sur ses genoux.

— S'il te plaît, chuchota-t-il alors qu'elle tentait de lui échapper. Faisons comme si nous étions des gens normaux, qui prendraient le frais sous leur porche en cette fin d'après-midi.

Ses paumes chaleureuses se refermèrent autour des chevilles de Lily, lui faisant cruellement sentir à quel point ces contacts, même anodins, lui avaient manqué. Elle se demanda s'il se rendait compte de son trouble.

— Notre situation n'a rien de normal, Jake, chuchota-t-elle, non sans amertume.

Il se mit à lui masser les pieds avec délicatesse, de la plus sensuelle des façons. Puis il inclina la tête, cherchant son regard de ses yeux d'un bleu si étincelant, si pénétrant, qu'il sembla à Lily qu'il devinait chacune de ses pensées.

— Tu dis toujours que tu aspires à une vie normale, loin de ton statut de célébrité, reprit-il. Alors détends-toi un peu, Lily. Soyons nous-mêmes, tout simplement ! Fini les faux-semblants. Ce soir, soyons juste Jake et Lily...

Jake et Lily. Un peu comme un couple, en fait. Elle n'eut pas la force de protester, c'était trop tentant, et puis elle devait faire attention à sa tension. Pour le bien du bébé. De toute façon, elle en avait assez de se battre. Tant contre Jake que contre elle-même.

— Je crois avoir senti le bébé bouger, tout à l'heure, murmura-t-elle.

Elle n'avait pas prévu de le mettre dans la confidence, mais les mots lui avaient échappé.

Aussitôt, Jake posa les yeux sur son ventre et sourit.

— Ça t'a fait quoi ? demanda-t-il en faisant remonter ses caresses jusqu'au mollet.

— C'est comme si quelqu'un me faisait des chatouilles de l'intérieur, expliqua-t-elle. C'est très furtif. Mais cette sensation s'est produite deux fois pendant que je te regardais jouer avec Tyler.

— Tu nous as observés longtemps ?

— Assez pour comprendre que vous êtes plutôt proches.

— J'adore ce petit, affirma Jake sans hésiter. Je ferais n'importe quoi pour lui.

— Liz m'a expliqué sa situation, ajouta Lily en hochant la tête. Ça doit être tellement dur de se retrouver mère célibataire.

A peine eut-elle prononcé ces paroles qu'elle les regretta. Elle se dégagea alors des mains de Jake et se leva d'un bond, puis elle traversa le porche en laissant glisser sa main le long de la balustrade blanche. Quelques secondes plus tard, Jake l'avait rejointe.

— Tu ne seras jamais mère célibataire, lui assura-t-il à l'oreille. Je ne négligerai jamais ce bébé et je ne te laisserai pas tout assumer seule. Et ce, quoi qu'il se passe entre nous.

— Il n'y a plus de « nous », Jake, soupira-t-elle. Si j'avais l'imprudence de te laisser revenir dans ma vie, je ne survivrais pas à une nouvelle trahison.

Jake posa les mains sur le ventre légèrement arrondi de la jeune femme.

— Je ne renoncerai pas à nous, Lily, assura-t-il d'une voix douce. Et je ne t'abandonnerai pas, je t'en donne ma parole.

Elle sentit l'émotion l'étreindre et, bien malgré elle, se surprit à s'appuyer contre le torse puissant, alors qu'une première larme roulait sur sa joue.

— Je ne compte pas sur toi, dit-elle en hoquetant. Je ne suis pas faible et je n'ai pas besoin de toi. Je suis juste fatiguée, c'est tout.

Effleurant d'une caresse le ventre sur lequel s'étaient attardées ses mains, il l'embrassa sur la tempe.

— Je sais, ma chérie, murmura-t-il. Je sais.

19

Jake fit tournoyer le whisky au fond de son verre. Toutefois, contempler le liquide brun ne l'aida pas à retrouver son sang-froid. Cela dit, il ne cherchait pas non plus à noyer sa frustration dans l'alcool. Pour l'heure, il devait surtout garder les idées claires, afin de bien comprendre où il en était avec Lily.

Pour ne pas se jeter sur elle ces derniers jours, il avait dû faire appel à une force de caractère qu'il ne se soupçonnait pas. Mais, au cours de ce tête-à-tête sous le porche, il avait mesuré la détresse de Lily et failli craquer. Le mal qu'il lui avait fait était inexcusable. Pourtant, elle s'était appuyée contre lui lors de ce bref échange et Jake voulait y voir un signe d'espoir. A ce stade, il s'accrochait au moindre détail…

Lily avait dîné avec Liz, Tyler et lui avant de monter dans sa chambre. Il ne l'avait pas revue ensuite. 23 heures venaient de sonner et elle avait dû s'endormir, pelotonnée dans cet immense lit à baldaquin qu'il avait chiné chez un antiquaire. Il imagina ses longs cheveux bruns étalés sur les oreillers blancs et sentit qu'il s'enflammait déjà. Il préféra reposer son verre sur le bureau.

S'il voulait garder des chances avec elle, il devrait accepter de s'ouvrir à elle, de lui parler de lui, de ses émotions. Elle devait comprendre qu'il avait changé, que désormais, pour lui, c'était elle qui comptait le plus au monde et que plus rien ne viendrait s'interposer entre eux. Il n'était plus question d'attendre avant de lui parler ainsi.

Il monta à l'étage et, parvenu devant la porte de sa chambre, hésita. Ne valait-il pas mieux attendre le lendemain ? Après tout, Lily avait besoin de repos. Cependant, c'était plus fort que lui. Il lui avait accordé suffisamment d'air et d'espace et il était temps qu'elle comprenne qu'il était sérieusement décidé à la reconquérir.

Retenant son souffle, il frappa à la porte tandis que son cœur tambourinait dans sa poitrine. Jamais il n'avait éprouvé un tel trac. Mais ce n'était pas en se comportant comme un lâche qu'il assurerait un avenir à la femme qu'il aimait et à leur enfant.

La poignée grinça et la porte s'ouvrit. Lily apparut, les cheveux ramenés sur une épaule, le visage exprimant une surprise mêlée d'appréhension. A vrai dire, elle semblait tout aussi nerveuse que lui. Une lampe de chevet baignait la chambre d'une lueur tamisée.

— Je peux entrer ? demanda-t-il face à son silence. Il faut que je te parle.

Il redouta qu'elle ne lui claque la porte au nez — ce qu'il aurait mérité — mais elle n'en fit rien. Lorsqu'elle l'invita à entrer, il comprit qu'il allait devoir mener cette conversation face à une Lily en nuisette — celle-là même qu'il lui avait si souvent ôtée…

Sauf que, ce soir, son ventre en tendait un peu le satin et sa poitrine bien pleine menaçait de déborder.

— J'espère que je ne te réveille pas, murmura-t-il en apercevant les draps défaits.

Lily secoua la tête en s'asseyant sur le bord du lit.

— Non, je ne dormais pas.

Il n'approcha pas. Un pas de plus, songeait-il, et il ne résisterait pas au désir de la prendre dans ses bras. Or il était venu avec un objectif bien précis en tête. Jamais il ne s'était lancé un défi aussi important, aussi terrifiant.

— Damon est venu me voir l'autre jour, commença-t-il en glissant les doigts dans la ceinture de son jean. On est tombés d'accord sur l'idée de travailler tous les deux à notre relation.

— Je sais, dit Lily. J'étais au pied de l'escalier quand il est arrivé et je vous ai écoutés quelques minutes, avant de remonter dans ma chambre. Je suis désolée si je te donne l'impression de vous avoir espionnés, mais j'avais besoin de savoir dans quel état d'esprit il était.

— Je ne t'en veux pas, assura Jake en souriant. Il m'a dit que les filles étaient encore sous le choc, mais qu'elles ont compris mes motivations pour agir ainsi : elles sont prêtes à nouer des liens avec leur unique frère. En fait, Damon m'a même invité à dîner au ranch ce week-end.

Le sourire de Lily lui réchauffa le cœur. Comme il lui avait manqué ! De même que cette petite lueur au fond de ses yeux... Une lueur qu'il mourait d'envie de raviver pour de bon. Pas seulement par égoïsme, mais pour son bonheur à elle. Il voulait retrouver la femme passionnée, éblouissante, dont il était tombé amoureux.

— Je suis vraiment heureuse pour toi, Jake.

— Il m'a demandé si tu te joindrais à moi.

Elle fronça les sourcils, puis baissa les yeux.

— Je ne pense pas que ce soit une bonne idée, souffla-t-elle.

— Je lui ai dit que je te laisserais le temps d'y réfléchir, poursuivit-il sans se laisser décontenancer. Je n'avais pas prévu de te parler de sa visite, car je ne voulais pas que tu penses que je cherche à t'influencer.

— Ce n'est pas ce que tu essaies de faire ? contra-t-elle en le fusillant de son regard sombre.

— Pas en te confiant que mon père a décidé de m'accorder une seconde chance, répondit-il avec un soupir. Mais tu dois savoir, Lily, que depuis que tu es ici je me suis appliqué à garder mes distances. Or te savoir ici, sous mon toit, sans pouvoir te toucher est une épreuve insupportable pour moi.

— Je sais, affirma-t-elle.

A ces mots, la brève lueur d'espoir qu'il avait ressentie sous le porche se raviva. Apparemment, Lily luttait elle aussi contre le désir. Il fit un pas vers elle. Puis un autre.

— Dis-moi que tu es prête à céder, chuchota-t-il en maudissant l'émotion qui lui nouait la gorge. Dis-moi que ça vaut la peine de se battre pour nous deux...

Il vit les doigts de la jeune femme se refermer nerveusement sur les draps. Elle respirait vite et il se rapprocha encore d'elle pour venir lui prendre les mains.

— Ou alors dis-moi que je n'ai aucune chance avec toi, reprit-il. Mais tant que j'aurai le plus infime espoir je ne renoncerai pas. Je suis convaincu que tu n'es pas prête à tout laisser tomber, car dans ce cas tu serais déjà partie.

Les yeux bruns de Lily s'emplirent de larmes et elle se mordit la lèvre.

— Je ne peux pas te dire ça, c'est impossible...

Un vif soulagement l'envahit à ces mots. Même si tout n'était pas encore clair.

— Je sais que nous avons beaucoup de choses à régler, toi et moi, continua-t-il. Je sais que je ne mérite rien, que je te demande beaucoup. Mais je veux t'avoir dans ma vie, Lily. Je veux que nous fondions une famille. Ça m'est égal de devoir vivre à L.A. une partie de l'année et de ne revenir ici que pour les vacances. Je te laisserai décider...

Il se pencha vers elle et elle leva les yeux vers lui.

— Je n'ai jamais rien ressenti d'aussi puissant, poursuivit-il. Ce n'est pas une excuse pour tout le mal que je t'ai fait, mais je te jure que je ne te ferai plus jamais souffrir. Je veux passer le reste de ma vie à te chérir, Lily. Je veux être à la hauteur de ton amour, de celui de nos enfants, pour toujours.

Les yeux de Lily étaient emplis de larmes lorsqu'elle glissa les doigts dans ses cheveux.

— Je risque gros en te laissant revenir dans ma vie.

— Moi aussi, tu sais. Mais si tu me quittais encore je ne m'en remettrais pas. Je t'aime, Lily. Je t'aime tellement que c'est une souffrance physique que j'éprouve quand nous sommes séparés.

Un sourire illumina le visage désormais mouillé de larmes de la jeune femme.

Alors il se pencha davantage pour venir poser le visage contre son ventre arrondi. Contre leur bébé. Lily lui caressa la nuque alors qu'il humait enfin son parfum familier.

— Je ne te cacherai plus rien, promit-il en relevant les yeux vers elle.

— Je te crois. Tu m'as montré l'homme que tu es vraiment. Accordons-nous une seconde chance, déclara-t-elle en le regardant sans ciller, alors qu'il sentait son cœur s'enfler du plus bel espoir. J'aurai cependant une condition.

— Laquelle ?

Elle lui prit le visage entre les mains et lui caressa la joue du bout des doigts.

— Je suis tombée amoureuse d'un barbu qui a su me faire chavirer dès la première nuit dans le grenier à paille... Alors, que dirais-tu d'oublier le rasoir pour quelques jours ?

— Tout ce que tu voudras ! s'exclama-t-il en riant. De toute façon, je vais être trop occupé pour me raser.

— Ah bon ? s'étonna-t-elle en haussant les sourcils. Et qu'est-ce qui va t'occuper ainsi ?

Il remonta les mains sur la nuisette et vint enfermer dans ses paumes les seins généreux.

— Je prévois de te garder au lit pendant les prochains jours.

Il la sentit frémir sous ses paumes.

— C'est très bien, le médecin m'a recommandé de me détendre, répondit-elle avec un sourire.

A ces mots, il fit glisser les bretelles et lui dénuda la poitrine pour mieux la pétrir.

— Oh ! ça, tu vas te détendre ! Fais-moi confiance, je connais une méthode infaillible : il te suffira de rester allongée sur le lit et je m'occuperai de toi.

Déjà, Lily avait rejeté la tête en arrière et se cambrait sous ses caresses.

— Quelle merveilleuse idée...

Épilogue

Les pelouses du ranch étaient plus verdoyantes que jamais. La cérémonie, intime, bénéficiait d'un soleil radieux en ce début d'automne. Le marié, très élégant, tenait la main de son épouse alors qu'ils échangeaient un sourire. Tout était d'une sobriété parfaite. Une arche décorée de fleurs blanches et de verdure dominait l'allée de pierres recouverte de pétales de roses qui débordaient jusque sur le gazon. L'heureux couple était entouré de toute sa famille.

Tenant la main de Lily dans la sienne, Jake s'aperçut qu'elle tentait de retenir des larmes. Il se pencha vers son oreille.

— Je t'aime, lui chuchota-t-il en posant l'autre main sur le ventre désormais bien arrondi. Et j'aime notre petite fille. Je suis tellement impatient de faire de toi mon épouse...

Décidément, cet homme savait mettre ses hormones en ébullition... Lily inclina la tête contre son épaule alors que le pasteur déclarait solennellement le couple qui se tenait devant eux mari et femme.

Damon embrassa alors Linda, sa nouvelle épouse, devant l'assemblée, qui se résumait à Tessa, Grant, Cassie, Emily, Ian, Jake et Lily. Ce mariage au charme suranné frôlait la perfection. Pour une fois, Linda n'avait pas levé le petit doigt : Tessa, Cassie et Lily s'étaient chargées de tout organiser. Les sœurs Barrington avaient en effet tenu à ce que la nouvelle femme de leur père puisse profiter pleinement de cette journée.

Comme tout le monde se relevait, Jake prit Lily dans ses bras.

— J'ai hâte d'être à samedi prochain pour te dire oui à mon tour, murmura-t-il.

Ils avaient en effet décidé d'organiser leur propre cérémonie après celle de Damon et Linda, histoire de ne pas leur faire concurrence. Mais ils tenaient à ce que leur mariage soit célébré avant l'interview télévisée que Lily devait donner dans une dizaine de jours : elle aurait alors tout le loisir d'y révéler sa grossesse et son mariage ! A presque deux mois du terme, elle débordait d'énergie. Et ils venaient d'avoir la confirmation que leur bébé était bien une fille, comme elle le pressentait depuis le début.

Dès qu'ils l'avaient su, un prénom s'était naturellement imposé à eux : Rose. En hommage à la première femme de Damon, celle qui, par un tour du destin, avait conduit Lily au ranch.

Si Lily appréciait la vie calme qu'elle menait avec Jake depuis plusieurs mois, elle était également impatiente de le faire entrer dans son monde à elle, de le présenter à ses proches et de démontrer à ceux-ci que le grand amour existait.

Elle avait déjà présenté Jake à sa mère, qui s'était entendue à merveille avec lui. Et Lily, quant à elle, faisait désormais bel et bien partie du clan Barrington. Tout comme Jake, d'ailleurs. Avec Damon, il travaillait déjà à une stratégie pour les saisons hippiques à venir. Ce n'était pas parce que les filles arrêtaient la compétition pour ouvrir une école d'équithérapie pour enfants handicapés que Damon se retirait complètement du circuit ! Surtout maintenant que son fils s'occupait de Don Pedro… Bref, la famille Barrington s'agrandissait de la plus belle des façons.

Linda et Damon se tournèrent vers leurs invités pour recevoir accolades et félicitations. Quel bonheur ! Chaque couple ici présent avait su triompher des obstacles qui lui barraient la route.

Et, avec les deux prochains bébés qui viendraient bientôt tenir compagnie à la petite Emily, Lily savait que la dynastie des Barrington avait de beaux jours devant elle…

CARA COLTER

Une bonne étoile

SECONDE CHANCE POUR L'AMOUR

Traduction française de
PHILIPPE WANTIEZ

HARLEQUIN

Titre original :
HER SECOND-CHANCE MAN

Ce roman a déjà été publié en 2020.

Prologue

Ingrédients du philtre de Jessica, destiné à séduire Brian :

Jasmin : son pouvoir enivrant est connu depuis longtemps par les fabricants de parfum. En Amérique du Nord, la variété *evergreen jasminium polyanthum*, avec sa senteur douce et ses cascades de fleurs blanches, est la plus connue. On estime qu'il a une action stimulante sur le système nerveux, qu'il accroît l'attention et aiguise les sens.

Huile de rose : composant du plus ancien des philtres. Les Romains faisaient l'amour sur des lits couverts de pétales de roses. Cléopâtre aurait utilisé le parfum de son huile essentielle pour séduire Marc Antoine et coucher avec lui. On considère que les meilleures variétés pour les philtres sont les hybrides qui fleurissent seulement une fois par an.

Menthe poivrée : cet ingrédient, largement utilisé dans les tisanes, stimulerait la passion amoureuse.

Coriandre : les potions médiévales en contenant étaient servies aux jeunes mariés avant leur nuit de noces pour rendre celle-ci plus active et plus heureuse. Elle joue également un rôle important dans *Les Mille et Une Nuits*.

1

L'espace d'un instant, Brian crut que le chiot était mort.

Il jeta un coup d'œil vers sa nièce, assise sur le siège passager de sa camionnette Ford, modèle 1964. Ses cheveux teints d'un noir dépourvu de naturel retombaient comme un voile, cachant son visage. Elle portait un débardeur, noir lui aussi, dévoilant ses épaules resserrées, comme si elle cherchait à se protéger d'un coup.

Même après avoir eu une adolescente sous son toit pendant six mois, Brian Kemp, qui était célibataire, n'en savait guère plus sur le sujet mystérieux des très jeunes filles.

On lui avait dit qu'elles surmontaient remarquablement les chocs psychologiques, et pourtant sa nièce, penchée sur le chiot avec une tension perceptible, donnait plutôt une image de fragilité telle qu'il n'en avait encore jamais vu.

Il émit un long soupir quand le chiot respira bruyamment, et c'est seulement à cet instant qu'il se rendit compte que lui aussi avait retenu son souffle.

— Nous sommes arrivés ? demanda Michelle.

Le ton de sa voix avait perdu de son insouciance habituelle.

— Presque, répondit-il.

Il espérait que sa réponse ne fût pas un mensonge et qu'il se souviendrait du chemin.

La route entre Victoria et Duncan, qui suivait les échancrures de la côte, était particulièrement sinueuse. Il avait vraiment fallu qu'il soit à court de solutions pour affirmer connaître une personne susceptible de les aider.

Ils suivaient à présent le chemin forestier bordé de grands arbres, devant lesquels s'échelonnaient des roses. Il y en avait des deux côtés. Elles étaient magnifiques, véritables cascades de jaunes, d'orangés et de rouges. Brian n'en avait gardé aucun souvenir, ne s'étant plus aventuré sur cette route depuis un certain jour d'hiver.

A présent, on était en juin. Les fleurs débordaient de vitalité et d'exubérance. Elles imprégnaient l'air d'un parfum si puissant qu'il remplissait son esprit, lui infusant ce sentiment dangereux : l'espoir.

L'espoir ! Ce sentiment auquel le vétérinaire avait dit de renoncer. Le chiot ne survivrait pas. Il avait conseillé l'euthanasie.

Michelle s'était détournée en entendant le verdict. Ses larmes avaient fait couler son épaisse couche de mascara. Elle avait enveloppé le chiot de ses bras, comme pour le protéger, avant de courir se réfugier dans la camionnette, sans un mot.

Brian n'était pas homme à prier Dieu. Pourtant, en regardant sa nièce blottie sur le siège, il se rendit compte qu'elle était encore une enfant. Elle n'avait que treize ans, et il sentit d'un coup l'amertume de l'échec, de l'impuissance face à une situation qui le dépassait.

N'aurait-il pas dû refuser ce rôle de tuteur ?

Il n'était pas fait pour cela. Jamais il n'avait rendu heureuse une personne du sexe opposé.

Victoria, capitale de la province canadienne de la Colombie-Britannique, n'était pas une gigantesque métropole où il côtoyait régulièrement l'horreur. Il était policier, son métier l'avait endurci, et il pensait avoir oublié depuis longtemps ce qu'était la sensibilité. Mais voilà que tout à coup il se rendait compte que l'accoutumance aux choses tragiques ne l'avait nullement préparé à consoler le cœur brisé d'une fillette de treize ans, à un point tel qu'il lui avait avoué ne pas savoir quoi faire.

Il était pénible, pour un homme, de devoir admettre son

impuissance. A plus forte raison, quand on est fier de savoir faire face aux situations les plus difficiles.

En réalité, les catastrophes dont Brian avait eu à s'occuper ne l'avaient jamais concerné directement, et il avait toujours réussi à éviter de s'engager dans tout ce qui ressemblait à une relation personnelle.

Un homme si peu habitué à l'intimité de ses semblables ne pouvait pas faire un bon tuteur.

Six mois auparavant, suite au décès de ses parents, Kevin, le frère de Brian, et son épouse Amanda, Michelle était devenue orpheline. Brian était tout ce qu'il lui restait comme famille. Il avait alors découvert que l'enfant, à qui il offrait des cadeaux de Noël, était devenue une jeune fille empreinte de cette attitude hostile que provoquent des pertes trop lourdes à supporter.

Ne sachant pas quelle attitude avoir dans cette situation, il lui avait offert le chiot deux semaines plus tôt, avec l'espoir que l'animal l'occuperait pendant l'été qui approchait rapidement et qu'il lui apporterait une sorte de solution aux difficultés de leur relation. Curieusement, son initiative avait fonctionné.

Après cinq minutes d'une indifférence mesurée, Michelle avait appelé le chiot O'Henry, puis ils étaient devenus inséparables. L'animal dormait au creux de ses bras. Brian avait même surpris Michelle tentant de le cacher dans son cartable. Parfois il l'entendait rire, mais jamais devant lui, comme si la gaieté était pour elle synonyme de culpabilité.

Fallait-il à présent que ce chiot, ce cadeau qui semblait lui avoir rendu la vie, lui soit enlevé, lui aussi ?

— Si tu sais quoi faire, fais-le.

Il avait prononcé ces paroles à haute voix, comme une prière. Un vieux souvenir lui avait effleuré la mémoire. Celui d'une autre jeune fille, penchée elle aussi sur un chien, très longtemps auparavant.

Habitait-elle encore au bord de cette route ?

Il n'y était plus venu depuis quatorze ans. Tous deux avaient fréquenté le même lycée. Il avait dû s'en passer des choses au cours d'une aussi longue absence.

Une clairière s'ouvrit devant eux, remplie de fleurs poussant en tous sens, s'emmêlant, se dépassant, se cachant les unes derrière les autres. De hautes herbes étaient couronnées de pétales jaunes. Des nuées rouges et orange étaient surmontées par des tours bleues et indigo…

Si Brian reconnaissait, parmi toutes ces fleurs, le violet profond des campanules, ou le blanc outrancier des pâquerettes, la plupart d'entre elles lui étaient inconnues.

Il eut le souffle coupé. C'était bien le même endroit, mais transformé.

Par le temps ? La différence de saison ?

Il n'aurait su le dire.

A côté de cette abondance paradisiaque, encadrée par le vert plus profond des cèdres puissants, se dressait une maison. Elle était posée sur une base de pierre et se fondait harmonieusement dans le décor.

Même Michelle en oublia momentanément sa détresse.

— Oh, mon Dieu, c'est fantastique ! s'émut-elle.

— On s'attendrait presque à voir les sept nains en sortir, commenta Brian.

Il réalisa aussitôt son erreur. Une de plus !

Le regard de sa nièce exprimait ce reproche désormais coutumier, signifiant qu'il ne la comprendrait jamais.

Son allusion à Blanche-Neige lui laissait-elle croire qu'il la prenait encore pour un bébé ?

Il aurait aimé lui poser la question et traverser ce mur qui les séparait, mais elle avait déjà reporté toute son attention sur le chiot.

Une camionnette miniature, rouge et brillante, marquait l'emplacement où garer les voitures. Brian s'y arrêta et coupa le moteur. Des chants d'oiseaux, exubérants, remplissaient l'atmosphère. Un papillon traversa le véhicule, d'une vitre à l'autre.

— C'est elle ? demanda Michelle.

Il se tourna vers sa nièce, suivant le regard qu'elle dirigeait vers la vitre. Malgré la tranquillité de la scène, il ressentit alors la douleur de l'espoir anéanti.

Elle n'était visiblement pas là. Il aurait dû s'en douter. Quatorze ans, c'est très long, et elle avait largement eu le temps de partir. Une autre était venue prendre sa place, une personne avec un don remarquable pour conférer la beauté à l'endroit où elle habitait. Ses souvenirs d'un lieu broussailleux et plein de mauvaises herbes devaient être plus fidèles.

Ce ne pouvait être Jessica Moran qui sortait ainsi des fleurs, un chapeau de paille posé de travers sur la tête. Jessica était une fille plutôt petite, enveloppée, au physique quelconque et aux cheveux roux, longs, parsemés de mèches rebelles et d'ondulations mal placées.

La femme qui émergeait d'entre les fleurs avait une silhouette élancée, d'une légèreté et d'une grâce dignes d'une sylphide. Son débardeur dégageait ses épaules minces et bronzées, collant à sa poitrine menue et à son ventre plat. Elle portait un pantalon s'arrêtant juste au-dessus du mollet.

« Un corsaire », avait corrigé Michelle, l'air réprobateur, quand il avait un jour appelé ce vêtement un cuissard.

En tout cas, il était blanc, ou, plus exactement, il l'avait été à l'origine, car il était noirci aux genoux.

La jeune femme enleva son chapeau en s'approchant d'eux, libérant ses cheveux qui dansèrent en un déferlement d'ondulations brunes lorsqu'elle tourna la tête.

Elle portait un panier débordant de verdure. En d'autres circonstances, Brian aurait apprécié sa beauté et celle de la scène. Mais tout ce qui lui venait à l'esprit était qu'il ne s'agissait pas d'elle.

Il descendit de la camionnette.

Elle s'arrêta et ouvrit de grands yeux.

Brian était grand, musclé, et son apparence pouvait être intimidante, surtout pour une femme isolée.

— Excusez-moi, dit-il en s'appuyant sur la portière, de manière à ce que celle-ci forme une barrière rassurante entre cette femme et lui. Peut-être pourriez-vous m'aider à trouver...

Sa gorge se serra. Il cessa de parler et observa son visage, troublé par le vert profond de ses yeux. Il donnait l'impression de plonger dans une étendue d'eau paisible.

Aucun homme ne pourrait jamais l'oublier.

A l'époque, quand elle était lycéenne, avec quelques kilos de trop et un physique des plus ordinaires, ses yeux avaient déjà eu sur lui cet effet enchanteur. Suffisamment pour qu'il lui promette de la rappeler. Mais il était ensuite revenu sur terre, sans jamais l'avoir contactée.

Il vit ce même souvenir apparaître fugitivement sur son visage et comprit pourquoi elle voulait se sauver. Ce n'était pas par peur d'un étranger, mais parce qu'elle savait précisément qui il était.

Elle continua pourtant de s'approcher, jusqu'à ce qu'il puisse sentir son parfum plus fortement que celui des fleurs. Elle accomplit les derniers pas avec une grâce et une confiance qui supplantaient sa maladresse de lycéenne.

Elle avait un visage fin, dominé par des yeux inoubliables. Des taches de rousseur embellissaient son nez. Quant à ses lèvres rouges et sensuelles, elles donnaient envie de les goûter, comme s'il s'agissait d'un fruit mûr. Elles n'avaient pourtant pas toujours été ainsi...

Ou peut-être ne l'avait-il jamais remarqué ?

Elle posa son panier et lui tendit la main.

— Brian, le salua-t-elle, d'une voix claire et mélodieuse ; je suis désolée, pour ton frère et Amanda.

Même son timbre avait conservé ce côté enchanteur.

Sa main était petite, mais remplie d'énergie. Il ressentit un vague désir de la garder dans la sienne, mais elle la retira après un bref contact.

Amanda avait été dans la même classe que Jessica, de même que Lucinda, sa meilleure amie. Et c'était à cause de cette dernière que Brian n'avait plus donné signe de vie. Amanda et Lucinda n'avaient jamais eu que des sarcasmes à offrir à Jessica.

Elle était pourtant si charmante, qu'il en avait du mal à parler.

Des souvenirs lui venaient brusquement à l'esprit, alors qu'ils auraient dû se libérer en parcourant cette route.

— Jessica, dit-il enfin en essayant de dissimuler son malaise face à cette métamorphose, je ne t'ai pas reconnue.

— J'ai dû beaucoup changer depuis la dernière fois que nous nous sommes vus. Qu'est-ce qui t'amène ici ?

Elle était polie, mais sans plus.

Il hésita.

Le moment était venu d'admettre qu'il avait fait une erreur en empruntant cette route.

— Te rappelles-tu ce chien que j'avais blessé en démarrant devant chez toi, et que nous avions ramené ici ? s'entendit-il lui répondre.

Elle le dévisagea.

Une lueur traversa son regard, comme une douleur.

Que lui prenait-il de venir jusqu'ici ?

A son grand soulagement, Michelle choisit cet instant pour descendre du véhicule, son chiot dans les bras.

— Vous pouvez le soigner ? l'implora-t-elle.

Jessica se tourna vers l'adolescente, surprise.

La nièce de Brian lui tendit l'animal, et son oncle ne put s'empêcher de penser qu'elle avait refusé qu'il le touche. Il put toutefois constater la douceur avec laquelle Jessica l'enveloppait de ses mains.

Elle ferma les yeux, avant de les rouvrir pour lui décocher un regard foudroyant de colère.

Il ne pouvait l'en blâmer. Il l'avait mise dans une situation impossible. Il était évident, à voir l'expression de son visage, qu'elle n'avait pas grand espoir de sauver le chiot Elle savait qu'à travers cet animal, c'était le cœur d'une adolescente en détresse qu'il avait placé entre ses mains.

Mais cette colère s'estompa lorsqu'elle invita Michelle à la suivre le long de l'allée qui menait à la maison.

— Je m'appelle Jessica, lui dit-elle.

Brian leur emboîta le pas, écrasant au passage quelques-unes des violettes dont l'allée était bordée. La silhouette de la nouvelle Jessica l'avait tellement étonné qu'il en avait oublié de faire les présentations.

— Tu ressembles tellement à ta mère, poursuivit cette dernière à l'intention de la nièce. Je l'ai connue au lycée. Tu es aussi belle qu'elle.

Le compliment était si sincère que l'adolescente en rougit.

Pourtant, au regard de Brian, Michelle était loin d'être belle. Elle était trop maigre, abusait du maquillage, teintait ses cheveux d'un noir assez vulgaire et subissait une éruption d'acné.

Entendre ainsi parler Jessica lui fit toutefois voir sa nièce sous un jour différent. Il remarquait pour la première fois le bleu profond de ses yeux, l'arrondi harmonieux de ses joues et l'aisance de ses mouvements.

Jessica était-elle magicienne, au point de lui faire voir ce qui n'existait pas ?

— Comment s'appelle ce chiot ? demanda cette dernière.

— O'Henry.

— Comme le célèbre écrivain ?

— Oui ! s'enchanta Michelle.

Jessica avait trouvé du premier coup.

Brian, lui, avait cru qu'il portait le nom d'une marque de barres chocolatées. Il avait même été assez bête pour croire que sa nièce les aimait et en avait glissé dans le sac qu'elle emportait à l'école pour déjeuner.

— Et parmi toutes les nouvelles de O'Henry, laquelle préfères-tu ? poursuivit Jessica.

— *Le cadeau des Rois mages*, répondit Michelle, après quelques secondes de réflexion.

Elle était aux anges. Son interlocutrice avait su établir, sans se tromper et en quelques mots, la meilleure relation possible.

Brian se souvint qu'au lycée, Jessica était baptisée « la sorcière ». Bien qu'il en connût la raison, et surtout le manque de fondement, il n'était jamais intervenu pour la défendre.

Elle n'était ni sorcière ni magicienne. Elle était guérisseuse.

Il eut l'étrange impression de ne pas être venu pour le chiot. Sans réellement le comprendre, il sentait que son besoin d'aide l'avait amené ici pour sa nièce, ou peut-être tout simplement pour lui.

Il chassa cette réflexion en présumant que c'était ce jardin, ses oiseaux et ses senteurs qui troublaient son esprit. Il devait se débarrasser de pensées aussi peu concrètes.

« Cette journée merveilleuse est complètement gâchée », songea Jessica en ouvrant la porte d'un coup d'épaule, le chiot dans les bras.

Brian Kemp ! Son pire cauchemar faisait de nouveau irruption dans sa vie ! Comment pouvait-il avoir l'insolence d'être encore plus beau qu'avant ?

Il avait perdu son insouciance d'adolescent et semblait plus sombre. Physiquement, il était devenu l'homme qu'elle avait imaginé : puissant et musclé. Sa coiffure était toujours la même, et l'on discernait dans ses yeux noisette la trace d'une maturité nouvelle. Sa bouche avait perdu cette légère courbe ascendante, comme s'il était prêt à rire. La ligne qu'elle formait à présent s'était durcie. Il y avait également d'autres lignes sur son visage : un léger pli sous les yeux et la naissance d'un sillon sur son front. Il avait embelli physiquement, malgré tout, et quelque chose dans ses traits suggérait une grande force de caractère...

Mais elle devait rester prudente. Car elle avait cru voir ces mêmes qualités dans le passé, et elle s'était trompée.

Elle promena son regard autour d'elle et réprima un soupir.

La maison était vieille. Elle avait essayé de lui donner bonne allure, mais la peinture pervenche des placards ne cachait pas les fissures. Quant au plancher fraîchement poncé et astiqué, il restait inégal.

La pièce où ils se trouvaient à présent était son lieu de travail. C'était là qu'elle gérait son affaire de vente de plantes et de graines par correspondance. Des herbes séchées pendaient au plafond. Des bouquets de menthe et de sauge encombraient ses plans de travail et la table de cuisine. Ses chaises dépareillées, l'une peinte en jaune, l'autre en rouge vif, étaient placées en retrait pour qu'elle puisse se déplacer aisément. Le bureau dans le coin, seul meuble de qualité, était couvert de commandes et de papiers divers.

Le décor et le désordre n'offraient pas véritablement une bonne impression, mais elle s'en moquait. Elle avait cessé de se préoccuper des apparences depuis longtemps. Tout comme elle avait quitté l'âge difficile de l'adolescence, rempli d'angoisse existentielle, de doute et de douleur, à tel point qu'elle se demandait parfois comment ce temps avait pu exister... Enfin, jusqu'à ce qu'une haute silhouette en resurgisse. Elle aurait presque juré que la camionnette était la même.

Elle dévisagea Michelle.

L'adolescente lui faisait penser à un oiseau à l'aile brisée.

— Pourquoi as-tu amené ce chiot ici ? lui demanda-t-elle.

— Mon oncle m'a dit que vous aviez fait un miracle, un jour.

Sa voix était davantage celle d'une enfant qui croyait à l'impossible que celle d'une jeune femme qui avait tout perdu.

Jessica s'efforça de cacher son irritation.

— Si j'avais de tels pouvoirs, j'aurais fait de ton oncle un crapaud.

Michelle la fixa avec un air pince-sans-rire.

— Vous voulez dire que vous ne l'avez pas fait ?

Malgré la gravité de la situation, ou peut-être à cause d'elle, Jessica laissa échapper un sourire auquel l'adolescente répondit, avant que toutes deux n'éclatent franchement de rire.

— Je ne trouve pas cela amusant, maugréa Brian.

Sa réflexion les fit rire davantage.

Il tenta de prendre un air offensé, mais Jessica voyait bien qu'il était soulagé d'entendre rire sa nièce. Toutefois, elle se sentit mal à l'aise d'éprouver un soupçon de tendresse à son égard.

Tout aurait été si simple, s'il était resté le garçon que toutes les filles désiraient. Ce garçon qui avait oublié sa promesse de téléphoner à la fille la moins courtisée du lycée.

Mais il avait l'air tellement plus humain, à présent. Ses yeux exprimaient un chagrin bien réel. Et d'après les regards en coin qu'il lançait vers sa nièce et le chiot, on devinait d'où venait ce sillon qui naissait sur son front.

Il avait perdu son frère et sa belle-sœur et était devenu le père d'une adolescente. La vie s'était vengée, mais Jessica ne trouva aucun réconfort dans cette pensée.

Elle libéra un peu de place sur la table et posa le chiot sur une serviette.

— Le vétérinaire a dit qu'il ne voulait plus vivre, expliqua Michelle. Comment est-ce possible, alors que je l'aime tant ?

« Comme si l'amour pouvait rendre les choses conformes à nos désirs », songea Jessica, sans pouvoir s'empêcher de jeter un coup d'œil à Brian.

De nombreuses années auparavant, elle était tombée amoureuse de lui, mais toute la force de l'amour n'avait pu le persuader de tenir sa promesse et de lui téléphoner. Elle était pourtant sûre, à l'époque, qu'il l'aurait aimée si elle avait pu l'amener à mieux la connaître. Au lieu de cela, il lui avait préféré Lucinda Potter, à en croire les fougueux baisers qu'ils échangeaient.

Elle avait malgré tout tiré un avantage de cette déception et appris qu'elle ne devait pas attendre de preux chevalier sur un destrier blanc. Elle devait s'aimer elle-même, au risque que personne ne le fasse à sa place. Et c'était cela qu'elle devait maintenant partager avec cette adolescente de treize ans.

— Le vétérinaire a tort, assura-t-elle. Toute créature veut vivre.

— C'est ce que je pense aussi, acquiesça Michelle.

Jessica ferma les yeux, tentant de mettre en ordre ses pensées. C'était plus difficile que d'habitude. Sa cuisine semblait trop petite pour contenir la forme massive de Brian. Elle percevait sa présence, au milieu des odeurs de sauge et de menthe. Elle sentait sa puissance, sa virilité...

Elle rouvrit les yeux et le vit tourner comme un lion en cage.

— Brian, pourquoi ne pas attendre dehors ? suggéra-t-elle.

Plus que vexé, il parut soulagé de cette excuse pour quitter la pièce.

Elle se concentra sur le travail à accomplir.

Peu à peu, son esprit se vida de toute autre pensée pour s'emplir d'une lumière pure et brillante, de tout un spectre de couleurs irisées. Seule subsistait l'énergie qui allait d'elle au petit chiot.

Elle le caressa avec affection.

— Il va vivre ? s'inquiéta Michelle.

— Je ne sais pas. Mais il y a un remède que j'aimerais essayer.

Elle choisit un petit pot parmi d'autres et fit tomber quelques gouttes d'un liquide dans la gueule du chiot.

— C'est un médicament ? s'enquit l'adolescente.

— Si l'on veut. Nous allons cueillir des herbes dans le jardin et préparer une potion.

Brian était assis sur le banc favori de Jessica. Il imaginait le bassin qui serait là, un jour. Les matériaux attendaient que la maîtresse des lieux ait le temps et l'énergie de se consacrer à cette tâche.

Jessica, de son côté, espérait que le souvenir de Brian, de son visage sous le soleil, de ses cheveux au vent, ne gâcherait pas le plaisir qu'elle prenait à vivre dans cet endroit.

Comme il ne semblait pas les remarquer, elle prit Michelle par la main et lui expliqua quelles étaient les plantes.

Puis il vint finalement les rejoindre.

— Qu'en penses-tu ? demanda-t-il.

— Il est trop tôt pour le dire, jugea-t-elle. Je voudrais le garder un jour ou deux.

— Qu'est-ce qu'il a ? Que peux-tu faire de plus que les vétérinaires ?

« Pourquoi es-tu venu ici, si c'est pour faire preuve d'un tel cynisme ? » eut-elle envie de le sermonner.

— Il y a différentes possibilités. Mais tu peux le reprendre et le ramener chez le vétérinaire, si tu préfères.

— Non ! s'écria Michelle. Le vétérinaire voulait le tuer !

Brian les observa. Jessica comprit, à son regard, qu'à elles deux elles formaient une combinaison dangereuse. Et ce qu'il ajouta confirma ses craintes.

— Michelle, pourquoi ne pas laisser O'Henry chez Jessica ? suggéra-t-il. Nous reviendrons dans un jour ou deux, et bien sûr, nous téléphonerons.

L'expression de son visage montrait clairement qu'il regrettait d'être venu.

Jessica partageait également ce sentiment. Elle avait une vie tellement agréable, à présent, sans imprévu. Un homme comme lui pouvait tout bouleverser.

Elle attendit qu'il emmène sa nièce, mais à son grand étonnement, Michelle croisa les bras sur sa poitrine et se raidit avec une stupéfiante impression de résolution.

— Michelle, je dois être à mon travail dans une heure, insista-t-il.

— Je ne m'en irai pas d'ici, s'entêta-t-elle. Je reste avec O'Henry et Jessica.

2

— Monte dans la voiture ! ordonna Brian, sur un ton qui n'admettait pas de réplique.

Jessica avait entendu dire qu'il était policier à Victoria, et si sa voix était empreinte d'une autorité indiscutable, elle ne produisait, toutefois, aucun effet sur sa nièce.

— Non, di-t-elle, résignée.

Jessica pensa que le moment était opportun pour intervenir dans la dispute et dire à Michelle qu'elle devait partir avec son oncle, mais elle n'était pas à l'abri de petites faiblesses. Voir l'homme qui l'avait autrefois humiliée éprouver à présent quelques difficultés avec sa nièce n'était pas pour lui déplaire.

Elle eut presque envie de rire, mais Brian était visiblement prêt à attraper sa nièce, qui ne devait pas peser plus de quarante kilos, pour l'embarquer dans la camionnette.

L'irritation aurait enlaidi les traits de tout autre homme, mais pas de Brian. Les paupières baissées et le visage tendu, il ressemblait vraiment à un guerrier.

Jessica devinait, sous ce masque de dureté, quelque chose de stupéfiant. Il ne savait comment réagir. Lui qui d'ordinaire était un modèle de sang-froid, capable de faire face aux situations les plus inattendues, ne savait absolument pas comment s'y prendre avec sa nièce.

« Dis à Michelle d'aller avec son oncle », lui ordonna une voix intérieure.

Plus vite il serait sorti de son espace personnel, mieux cela vaudrait pour elle. D'un autre côté, elle n'avait nulle envie de l'aider. Il n'y aurait aucune malice à s'amuser de son désarroi : un tel sentiment était simplement humain.

— Tu ne peux rester avec une étrangère, se fâcha Brian. En plus, tu n'as pas été invitée. Je dois aller travailler, alors, monte. Exécution !

— Ce n'est pas une étrangère, s'opposa l'adolescente.

Pour le peu qu'elle avait entrevu d'elle, Jessica avait compris que Michelle n'était pas du genre à exécuter un ordre quel qu'il soit, mais s'abstint de tout commentaire.

— Je ne la connais pas ! s'exaspéra Brian.

— Si, tu la connais, riposta Michelle. Tu sais où elle habite, tu connais son nom, tu connais...

— Rien d'important sur elle ! coupa-t-il.

— Mais encore ?

Le débat faisait rage dans les yeux de Brian.

Fallait-il la raisonner, ou l'empoigner ?

Il opta pour la discussion, mais d'extrême justesse. Il n'avait pas l'habitude de voir son autorité mise en question.

— Je ne sais même pas si elle est mariée, dit-il. Je ne sais pas comment elle gagne sa vie.

« Pourquoi soulève-t-il cette question ? s'interrogea Jessica. Je n'ai pas cherché à le savoir en ce qui le concerne. »

La réponse était pourtant évidente. Non seulement il ne portait pas d'alliance, mais tout en lui dénotait le célibataire, jusqu'à son indépendance, qu'il portait comme un bouclier invisible.

« Sa seule liaison doit être avec cette vieille camionnette, probablement celle qu'il avait déjà au lycée », supposa-t-elle.

Ce constat renforçait l'image de cet homme complètement seul dans ses démêlés avec sa nièce.

— Elle n'est pas mariée, affirma Michelle. As-tu vu la trace d'un homme dans cette maison ? Des bottes boueuses de taille quarante-cinq près de la porte de derrière ? Des empreintes de doigts sales à côté des interrupteurs ? De la vaisselle dans le four ? Du linge qui attend dans le salon ?

— C'est bon, ça suffit, la stoppa-t-il.

Jessica se sentit un peu embarrassée de voir l'univers personnel de Brian ainsi exposé sur la place publique.

— Et as-tu vu l'état de sa baignoire ? continua Michelle.

— Non, et je m'en contrefous !

— Je suis sûre qu'il n'y a pas de cercle sombre autour de l'écoulement.

— Il n'y a rien de tel chez moi, non plus !

— Si, chaque fois que tu bricoles cet affreux camion !

— Cette camionnette est d'époque. Et d'autre part, je ne fouille pas chez les gens pour prétendre en tirer des renseignements sur leur caractère.

Jessica avait du mal à rester à l'écart, et cet aperçu de la vie de Brian était loin de ce qu'elle avait imaginé. Elle l'aurait plutôt vu roulant en Ferrari, entourée de créatures de rêve, prenant le champagne au bord d'un…

— Eh bien, va regarder dans le four ! s'emporta Michelle. Tu n'y trouveras pas de vaisselle. Pas comme chez toi !

— Comme chez nous ! corrigea-t-il.

— Peu importe, s'en moqua-t-elle.

Jessica remarqua combien cette indifférence le blessait.

Pourquoi se formalisait-il de ce qu'elle pensait alors que c'était son caractère à elle qui était au centre du débat ?

La remarque l'avait pourtant touché à un point sensible. Il lança un regard noir à sa nièce.

— Tu refuses de comprendre ! Tu n'arrêtes pas de détourner la conversation ! Ce n'est pas une question de four ou de baignoire ! Je ne la connais pas suffisamment pour te laisser chez elle ! Et, je te le répète : tu n'es pas invitée !

— Tu n'en as pas vu assez ? Tu as dit toi-même que la maison ressemblait à celle des sept nains ! Et dans ce cas, ce n'est pas celle d'une personne au caractère douteux !

— Tu vas devenir avocate. Je le sens.

Curieusement, Jessica remarqua que le fait qu'il ait pu parler de contes de fées l'embarrassait. Un homme qui voulait donner une telle image de lui n'était pas familier de ce genre d'univers…

— Même si Grincheux ou Atchoum apparaissaient avec une lettre de références signée Disney, tu n'es pas invitée, donc...

— Une lettre de références signée Disney ? s'offusqua Jessica. Quel culot ! Puis-je te rappeler que c'est toi qui es venu ici ? Dans quel but ? En espérant un miracle ? Pour qui te prends-tu, pour exiger une telle lettre d'une personne à qui tu vas demander un miracle ?

Malgré son désir de rester en dehors de cette dispute, elle se rendit compte qu'elle brûlait d'envie de l'assommer avec une pelle de son jardin.

— Mes propos n'ont rien de personnel, dit-il pour tenter de l'apaiser. Mon métier me rend soupçonneux, c'est tout.

— Ce n'est pas le genre d'endroit où vit un assassin, renchérit sa nièce. Je parie qu'elle cultive des plantes pour gagner sa vie.

Elle avisa Jessica.

— J'ai raison ?

— Oui, je suis horticultrice, confirma cette dernière.

— Tu ne connais strictement rien aux assassins, reprit froidement Brian.

— Et toi, oui ? En distribuant des contraventions et en avalant des beignets au bureau ?

Il s'efforça de rester calme.

Jessica observa la tension de sa mâchoire et sut instinctivement qu'il n'en resterait pas là.

Michelle, elle, sembla réaliser qu'elle dépassait les bornes, mais elle n'adoucit le ton que très légèrement.

— Tu as peur qu'elle cultive du chanvre parmi ses roses ? C'est ça ? Tu vas braquer ta torche pour me demander si mes pupilles sont dilatées ?

Elle se tourna de nouveau vers Jessica.

— Il me l'a fait une fois, vous savez.

Jessica était consciente que prendre la défense de Michelle n'était pas une bonne idée, mais elle se laissa emporter par le ressentiment qu'elle éprouvait envers Brian.

— Vraiment ? C'est horrible, s'indigna-t-elle.

Brian répliqua d'un regard, dont le sens était on ne peut plus clair, avant de reporter son attention sur sa nièce.

Jessica se dut d'admirer la retenue dont il faisait preuve.

— Je m'étais excusé pour cette histoire, observa Brian. Tu ne tournes jamais la page sur rien ?

« Pas sur une chose qu'elle peut utiliser à son avantage », comprit Jessica.

Elle trouvait cette scène très révélatrice, mais son inaptitude à faire preuve de détachement la mettait mal à l'aise. Elle avait envie de donner ce coup de pelle sur la tête de Brian tout en étant désolée de le voir dans cette situation.

En tout cas, une chose était certaine : ce genre de complication était un danger pour sa tranquillité personnelle.

Brian semblait incapable de trouver la bonne méthode, et sa nièce n'était certainement pas le genre de fille à accepter son autorité sans discuter.

Combien d'affrontements de ce type avait-il vécus, ces derniers mois ? En avait-il gagné un seul ?

— Tu as connu Jessica au lycée, continua l'adolescente. Tu as même dit que tu l'avais vue accomplir un miracle. Si tu voyais Moïse ouvrir la mer Rouge, tu lui demanderais de se justifier par de solides références !

— Oui, je les exigerais, probablement.

Michelle changea brusquement de tactique.

Elle sourit aimablement et prit le bras de son oncle pour le tirer doucement vers elle.

— S'il te plaît, tonton, minauda-t-elle. Je ne la gênerai pas. Je lui donnerai même un coup de main, et je dormirai sur le plancher. Je serai avec O'Henry. Il le faut.

C'était une erreur de prendre parti, autant que d'accepter une solution qui la mettrait en contact quotidien avec Brian, mais Jessica ne put se retenir. Le besoin exprimé par Michelle n'était que trop évident. Cette dernière devait rester avec son chiot. Et elle devait l'y aider.

Certes, elle avait été blessée un jour par l'homme qui lui faisait face, mais ces blessures devaient-elles la rendre insensible à la détresse de cette enfant ?

Michelle et son chiot avaient besoin de son aide. Elle ne pouvait refuser, même si tout cela s'avérait source de difficultés.

— D'accord, concéda-t-elle. Michelle peut rester.

Brian la considéra, stupéfait.

— Pardon ? C'est à moi qu'appartient cette décision !

Malgré son ton calme, il était furieux. Ses yeux brillaient de colère.

— Je pense que ce serait une bonne idée qu'elle reste, insista Jessica. J'ai une chambre de libre.

Elle le regarda fixement. Elle n'avait nullement besoin de son accord. S'il croyait lui faire peur, elle allait lui montrer qu'il se trompait.

— A présent, je suis invitée ! s'enthousiasma Michelle.

Brian fusilla sa nièce du regard avant d'en faire de même avec Jessica.

« Heureusement que je n'ai rien à me reprocher, il me passerait les menottes en un éclair, songea cette dernière. Je me demande s'il me fouillerait. »

L'idée n'était pas des plus agréables et rappelait à Jessica à quel point il avait été judicieux d'éviter de mêler sa vie à celle de cet homme.

— Puis-je vous parler un instant en privé, mademoiselle Moran ? lui demanda-t-il.

— Il va vous assaillir de questions, prévint la nièce. Il l'a fait avec la mère de mon amie Monica, avant de m'autoriser à passer la nuit chez elle.

Elle le parodia.

— Madame Lambert, avez-vous des armes chez vous ? Prenez-vous de la drogue ?

— Comment sais-tu cela ? s'étonna-t-il.

— Elle me l'a dit. Elle a trouvé cela amusant, mais pas moi.

Cette fois, Brian en avait vraiment assez. L'expression de son visage força sa nièce à baisser les yeux.

Jessica sentit les doigts de Brian sur son bras. Elle aurait dû être révoltée de se faire empoigner ainsi, mais ce furent des pensées moins avouables qui s'immiscèrent dans son esprit. Des pensées qui soulignaient davantage la menace que représentait l'irruption de Brian dans son petit monde bien ordonné.

Il l'entraîna à l'écart et la lâcha.

Elle continua pourtant à avoir mal, là où il avait posé ses doigts. Elle le fixa droit dans les yeux et eut brusquement l'impression d'avoir de nouveau seize ans. Son cœur était tellement chargé de désir qu'elle en éprouva une douleur.

Elle avait pourtant chassé cette partie d'elle-même qui désirait toujours l'impossible.

Mais pourquoi fallait-il qu'il sente si bon ? Qu'il se dégage de lui une telle virilité ? Pouvait-elle obtenir aujourd'hui ce qu'elle n'avait pu recevoir autrefois ? Certes, elle était devenue plus élancée, plus gracieuse, mais était-ce assez pour qu'elle ait des chances de le séduire ? En ayant une relation avec lui, ne trahirait-elle pas ce qu'elle était à présent, et même ce qu'elle avait été ? Il était physiquement beau, grand, musclé, mais qui était-il vraiment ? N'était-il pas resté aussi égocentrique qu'avant ? Dans ce cas, pourquoi vouloir lui plaire ?

« Juste pour le plaisir », lui murmura une voix intérieure.

Mais il y avait là un danger. Cette éventualité pouvait anéantir toute l'estime qu'elle se portait à elle-même, qu'elle avait construite peu à peu en quatorze ans. Il pouvait la détruire d'un sourire ou d'un baiser.

— Non, fit-elle instinctivement.

— Pardon ?

— C'était juste une pensée qui me venait à l'esprit.

— J'espère que c'est ton dernier mot, concernant ton invitation, dit-il.

C'était vrai ! Michelle devait partir ! Si elle restait, Jessica ferait rentrer dans sa vie un homme à qui elle ne pourrait sans doute pas résister. Il suffirait du contact de ses lèvres sur sa bouche, de ses doigts... Et pourtant, même si elle devait se protéger elle-même, elle ne pouvait annuler l'invitation faite à Michelle.

Elle percevait le besoin d'aide, la solitude de cette adolescente.

Refuser qu'elle reste serait tourner le dos à sa propre adolescence, à tout ce en quoi elle croyait.

Sa devise n'était-elle pas de ne jamais faire de mal à personne ? En ne l'aidant pas, elle serait en contradiction avec elle-même.

— Ta nièce est la bienvenue, répondit-elle.

L'expression de Brian s'assombrit, et elle éprouva presque de la satisfaction. Son animosité enlèverait tout espoir de réaliser ces rêves ridicules qui couraient dans sa tête.

— Ce n'est pas une bonne idée de la laisser gagner sur ce point, tenta-t-il de lui expliquer.

— Vraiment ?

Elle marqua un court temps avant de poursuivre :

— J'ai l'impression que la laisser gagner de temps en temps lui ferait du bien. A moins, bien sûr, que cela ne te soit insupportable.

— Ma fierté personnelle n'a rien à voir là-dedans.

— Alors c'est de moi qu'il s'agit. Pour une raison qui m'échappe, tu as décidé que tu pouvais me faire confiance pour ce chien, mais pas pour ta nièce. Aurait-elle raison ? Te figures-tu que je cultive du chanvre ?

— Ce n'est pas ça ! s'énerva-t-il. Je ne me souviens pas que tu aies eu un caractère si difficile !

— Tu as passé moins de deux heures avec moi, il y a quatorze ans. Tu ne m'as jamais laissé la moindre chance de montrer quel était mon caractère.

Jamais elle n'avait montré un caractère difficile. Au contraire, elle s'était donné beaucoup de mal pour montrer qui elle était. L'espace d'un fol instant, elle avait cru y être arrivée. Elle avait vu cette lueur dans ses yeux, quand il avait dit qu'il l'appellerait.

— Jessica, je ne t'ai pas laissé ta chance parce que j'étais un jeune imbécile, superficiel et égoïste, confessa-t-il. Je n'ai pas dû m'améliorer, j'en ai peur. Mais si cela peut te faire plaisir, il y a une justice. Tu vis entourée de fleurs alors que je passe ma vie à ramasser les poivrots, ou parfois pire encore. Tu sais quelle est la réalité ? Aucun de nous autres, lycéens, qui nous prenions pour le centre du monde, n'a ce que tu possèdes.

— Quoi donc ?

Il hésita.

— Michelle l'a vu tout de suite sur ton visage. Une paix que l'on ne trouve nulle part ailleurs.

« C'était sans doute vrai, jusqu'à cette dernière demi-heure », eut-elle envie de lui faire remarquer.

— Alors, puisque je semble être la sœur de mère Thérésa, où est le problème ? s'étonna-t-elle.

— Je n'ai pas oublié ce que tu as fait pour le chiot ce soir-là et j'ai besoin que tu aides ma nièce à garder le sien, si c'est possible. Ne crois pas que je ne te fasse pas confiance. Dans mon métier, il faut savoir juger les gens au premier coup d'œil, et manifestement, on peut te faire confiance.

— A quoi le devines-tu ?

— Il y a des expressions qui ne trompent pas. Considère cela comme un compliment. Il n'y a pas tant de gens qui cherchent à faire le bien autour d'eux.

Il s'arrêta un instant.

— Je ne veux pas qu'elle reste avec toi pour voir ce chien mourir, poursuivit-il en baissant la voix. Elle en a déjà assez subi. Il y a des limites à ce qu'elle peut supporter.

Jessica soupira.

Brian n'était pas mû par une fierté mal placée. Elle discernait une inquiétude dans son regard.

— Brian ! observa-t-elle avec fermeté. Ce n'est pas à toi de décider ce qu'elle peut supporter ou non.

— C'est à moi de la protéger ! protesta-t-il.

Son ton lui donna envie de faire preuve d'un peu de gentillesse à son égard, le temps qu'elle obtienne ce qu'elle voulait.

— Tu ne peux pas la protéger contre la vie, à moins de l'enfermer dans une armoire, fit-elle remarquer. Laisse-la ici. Que ce chiot vive ou meure, c'est une expérience par laquelle elle doit passer.

— D'accord, céda-t-il après réflexion.

— Très bien.

— Peut-être vaut-il mieux qu'elle reste ici. Je n'aime pas la laisser seule quand je suis de quart, le soir. Et elle prétend être trop grande pour avoir une baby-sitter.

— Pour l'amour du ciel, Brian ! Ta nièce a l'âge de faire du baby-sitting !

— Pas pour des gens qui aiment leur bébé !

— Elle ne se comporte pourtant pas si mal avec ce chiot.

— C'est peut-être moi qui suis dur.

— Probablement.

Il esquissa un sourire.

— Mademoiselle Moran, avez-vous des armes chez vous ? Prenez-vous de la drogue ?

Elle lui retourna son sourire.

— Je suis une personne qui fait le bien, tu te souviens ?

Il effleura sa joue du bout des doigts, et ce geste inattendu fit battre le cœur de Jessica.

— Crois-tu vraiment que je sois le genre de femme à avoir de la drogue chez moi ?

Sa question dissimulait la sensation qu'avait fait naître en elle le contact de ses doigts. Celle d'être féminine... et belle.

— Je suis idiot, je n'aurais pas dû te poser cette question, s'excusa-t-il en laissant retomber sa main. J'ai un livre sur la psychologie des adolescents selon lequel il ne faut pas avoir peur de poser ce genre de questions.

— Il n'est pas bon de faire le policier avec ta nièce, l'avisa-t-elle. Je comprends que tu veuilles la protéger, mais tes réactions prouvent que tu ne fais pas assez confiance à son jugement. Ton livre n'aborde pas ce point ?

— Je... Je ne suis pas encore arrivé là, je lis peu, avoua-t-il. Je ne savais même pas que le nom qu'elle avait donné à ce chiot était celui d'un écrivain. Je croyais que c'était une marque de barres chocolatées.

Il se donnait du mal pour essayer de bien faire.

Jessica avait presque pitié de lui.

Une pensée la fit soudain frémir. Elle la repoussa aussitôt.

Non ! Elle ne lui devait rien. Elle ferait de son mieux pour le chiot et pour Michelle. Mais lui permettre à lui de surmonter ses difficultés n'était pas à sa portée.

Néanmoins, quel mal y avait-il à donner une opinion ?

— Je pense sincèrement que tu t'en sortirais mieux avec elle en lui disant tout simplement la vérité, dit-elle.

— Sur quoi ?

— Ce que tu ressens pour elle. Au lieu de faire subir des interrogatoires à ses amies et de la regarder dans les yeux avec une torche électrique, dis-lui que tu l'aimes plus que tout au monde et que tu te fais du souci pour elle.

— Elle m'enverra promener. Ensuite, elle se teindra les cheveux en vert pour me demander si je l'aime toujours autant.

— Et tu lui dirais oui ?

— Non... Je ne sais pas... Peut-être...

— Alors fais-le.

— Elle s'en servira contre moi.

— Un grand gaillard comme toi ? Tu arriveras bien à y survivre.

— Dire la vérité n'est pas toujours la meilleure méthode. Mentir peut parfois conduire à un résultat positif. Quand on interroge un suspect, on lui dit toujours que son complice a avoué, que nier ne sert plus à rien. C'est un mensonge total, mais il fonctionne.

— Je n'en doute pas, mais ta nièce n'est pas à assimiler à cette sorte de gens !

— C'est à moi qu'elle les assimilerait volontiers. Tu n'as pas vécu avec nous depuis six mois. Elle ne m'aime pas beaucoup.

Solutionner un tel problème n'était pas du ressort de Jessica, mais si elle parvenait à faire quelque chose pour aider la nièce, son action aurait forcément des répercussions sur son oncle.

— Regarde ce qui est arrivé aux dernières personnes qu'elle a aimées, observa Brian. Elles sont mortes.

— Tu veux dire qu'elle a peur d'éprouver de l'affection pour toi ?

— Oui.

— Elle n'a pourtant pas l'air d'avoir peur. Qu'est-ce qui te fait penser cela ?

« C'est que moi aussi, j'ai aimé, lui cacha-t-il. C'était certes un amour d'adolescent, une chimère, mais il m'a communiqué la crainte de donner de nouveau mon cœur. Et c'est certainement bien pire pour elle. »

— Disons… mon intuition, répondit-il simplement.

3

Brian rentra chez lui après une soirée particulièrement mouvementée. Deux ivrognes l'avaient pris à partie, ce qui lui avait valu une lèvre fendue et quelques rudes coups de poing dans les côtes.

Après avoir conduit les deux individus au commissariat, il avait répondu à l'appel d'urgence d'une victime de cambriolage avec effraction et livré une course-poursuite, à pied, jusqu'à ce que son cœur soit sur le point d'exploser. Il avait finalement arrêté le voleur qui devait avoir la moitié de son âge.

Fut un temps où il aimait cette poussée d'adrénaline, qui parfois créait une véritable dépendance, mais également l'action et la satisfaction d'avoir rendu les rues un peu plus sûres. Mais, depuis la mort de Kevin et d'Amanda, le doute l'assaillait dans tous les domaines. A moins que ce ne soit tout simplement parce qu'il vieillissait.

En tout cas, quelque chose le chagrinait depuis quelque temps. Il n'avait pas ressenti le besoin d'en parler, du moins jusqu'à la veille, au moment où il avait expliqué si crûment à Jessica en quoi consistait son travail.

Et pour augmenter davantage son malaise, il y avait ces paroles qu'elle avait prononcées et qu'il était incapable de chasser de ses pensées.

« Dis-lui simplement que tu l'aimes plus que tout au monde… »

Ce n'était là bien sûr que l'une de ces stupidités que la mode recouvrait d'un vernis de psychologie, un exemple de ce qu'il détestait et qu'il était incapable de mettre en pratique. Ses tentatives pour avoir de bonnes relations avec les femmes, quels que soient leur âge et leurs centres d'intérêt, s'étaient toujours soldées par des catastrophes totales.

Tout avait commencé avec sa mère, dont les espoirs ne s'étaient pas réalisés avec lui, mais avec son frère Kevin, devenu avocat, métier de la réussite sociale par excellence en Amérique du Nord.

Alors que sa mère voulait des enfants sages, obéissants et respectueux, il avait été indépendant et rebelle. Le souvenir le plus vivace qu'il avait gardé d'elle était celui d'un visage exprimant une réprobation permanente. Depuis, il s'était attiré la même réaction de toutes les femmes qu'il avait fréquentées.

Il avait été brièvement fiancé à Lucinda, son amour de lycée, avant qu'elle ne le repousse avec horreur en apprenant le métier qu'il avait choisi.

« Jamais je ne serai l'épouse d'un flic », avait-elle dit.

Après avoir recueilli Michelle, il avait une fois invité une femme chez lui. Une superbe blonde qui donnait des cours dans un club de remise en forme.

« Mais où arrives-tu à trouver des filles comme ça ? » s'était aussitôt choquée sa nièce.

Elle avait touché une corde sensible en insinuant qu'il était incapable de nouer une relation avec une femme normale et qui soit attirée par autre chose que ses muscles puissants.

Il n'en avait plus fréquenté aucune depuis, et cette dernière relation remontait à quatre mois auparavant.

Non ! Les femmes ne comprenaient rien ! Ou alors il était impossible de les comprendre !

On n'interrompt pas une finale de football américain sous prétexte qu'il faut discuter immédiatement d'une relation mutuelle. On ne dit pas à un homme de remplacer sa camionnette, surtout quand elle lui est fidèle depuis plus de dix ans, en faveur d'une voiture au nom imprononçable. Sans parler de ces remarques sur un ongle cassé ou des cheveux abîmés...

Non ! Il ne voulait plus entendre ça avant longtemps !

Il n'avait pourtant pas pu s'empêcher d'observer Jessica, de regarder si elle avait ou non une alliance. Elle n'avait ni ongle cassé, ni cheveux abîmés. Par contre, ses yeux étaient remplis d'un calme susceptible d'apporter la sérénité à un cœur perpétuellement tourmenté.

« Mon cœur n'est pas tourmenté », se rassura-t-il.

Il s'arrêta devant sa maison.

Elle était le reflet de sa vie : vide et sans attraits. Une demeure de plain-pied, modeste, avec deux chambres, dans un nouveau quartier d'Esquimalt.

« Cette maison serait plus attrayante avec des fleurs », songea-t-il.

Comment en était-il venu à penser cela ? Sa visite chez Jessica l'avait-elle transformé à ce point ? Voyait-il désormais la vie à travers ses yeux ?

Dans ce cas, le problème aurait été facile à régler. Il lui suffirait de ne plus la revoir. Mais il considéra que c'était là une solution de facilité, voire de lâcheté.

Il entra chez lui et sembla découvrir son intérieur comme si c'était la première fois.

La cuisine n'était pas en désordre, il rangeait toujours la vaisselle dans le four, jusqu'à ce qu'il n'y ait plus de place, mais il comprit soudain combien la pièce manquait de personnalité.

Celle de Jessica n'était pourtant pas un modèle d'ordre, mais elle semblait si pleine de vie et de chaleur.

Sa cuisine à lui était simple et moderne, de style « scandinave », comme on disait. Le réfrigérateur était d'un blanc brillant, entouré d'éléments de style européen et de même couleur. Après que Michelle lui en eut fait le reproche, il remarquait les traces de doigts ici et là, mais la pièce n'en était pas moins propre et agréable.

Néanmoins, il manquait quelque chose.

— Oui, se moqua-t-il à haute voix. Des plantes descendant du plafond et des chaises vieilles de cent ans, peintes en rouge et en jaune.

« Exactement ! » ajouta une voix intérieure en lui reprochant ses sarcasmes.

Comment Jessica pouvait-elle faire sentir sa présence à cinquante kilomètres de distance ? Avait-elle un charme ?

En tout cas, il n'avait pas l'intention d'y céder.

D'accord, sa cuisine avait besoin de couleurs, de quelque chose au-dessus de l'évier, de coussins, de sets de table… On trouvait tout cela dans les grands magasins *Sears*. Tout l'assortiment était fourni sans qu'il soit nécessaire d'être accompagné par une femme pour choisir.

Il s'arrêta devant l'écuelle du chien. « O'Henry » était peint au vernis à ongles, d'une écriture à la fois enfantine et féminine.

Fallait-il l'enlever, au cas où il ne reviendrait pas ? Le chiot avait-il survécu depuis la veille ?

Il n'y avait aucun message sur le répondeur, mais il n'était pas sûr que Michelle aurait eu le courage de raconter la tragédie.

Il jeta un coup d'œil à l'horloge. 7 heures. Il était trop tôt pour qu'il appelle.

D'ailleurs, appeler pour quel motif ? Pour dire bonjour ? Pour demander si le chien était mort ?

Il voulait entendre la voix de Jessica.

Lui avait-elle jeté un sort ?

Il prit l'écuelle et la rangea dans le meuble, sous l'évier, pour ne plus la voir et ne plus penser au chien s'il ne rentrait pas.

« Tu n'aurais pas eu autant de sensibilité quelques mois plus tôt », remarqua-t-il.

Il aurait pu aller dormir, mais un autre plan germait dans son esprit. S'il prenait une douche, il pourrait ensuite aller chez Jessica en apportant le petit déjeuner pour tous les trois. Il y serait pour 8 h 30, et cela lui semblait plus diplomate que de téléphoner.

Il n'avait jamais été très habile, et Jessica n'était pas une pulpeuse monitrice d'éducation physique. Elle serait plus exigeante à son égard. Mais il n'avait aucune envie de se lancer dans une relation avec elle. Elle rendait service à sa nièce.

Que risquait-il à être simplement gentil avec elle ?

Que cela lui fasse mal, peut-être.

« Vivre dangereusement » avait toujours été sa devise. Et que pouvaient les sorts en tout genre contre sa farouche détermination à rester célibataire ?

Comment le voyait-elle ? Rêvait-elle d'une relation intime avec lui ?

Elle l'avait espéré une fois. Il l'avait lu dans ses yeux et l'avait volontairement ignoré.

Ses pensées représentaient sans doute le plus grand danger qu'il ait connu depuis des années, alors qu'il gagnait sa vie en poursuivant des criminels.

Une heure plus tard, un paquet de beignets et trois chocolats chauds encore fumants sur la banquette de son véhicule, il se garait devant les massifs de fleurs.

Il se rendit compte alors que les beignets n'étaient pas un bon choix. Jessica n'avait pas toujours été aussi élancée. Lui apporter des beignets était comme offrir du whisky à un ancien alcoolique.

Les deux femmes étaient sur le perron, entourées de fleurs, le visage baigné de soleil.

Il laissa un instant la sérénité de la scène l'imprégner.

Sa nièce se tourna vers lui et, à sa grande stupeur, lui sourit. Elle avait retiré son maquillage et n'avait visiblement rien trouvé pour le remplacer. Jessica ne s'était pas trompée, elle serait très belle. Elle attirerait sûrement les garçons et il devrait se battre pour la protéger.

— Il va mieux ! s'exclama-t-elle. O'Henry va mieux ! Il m'a même léché les doigts !

Jessica était restée devant la porte, resplendissante elle aussi de beauté naturelle. Elle portait un blue-jean avec une chemise d'homme, blanche, et avait les pieds nus.

L'expression de Michelle se tendit quand Brian approcha.

— Qu'est-il arrivé à ton visage ? s'alarma-t-elle.

— Rien. Juste un petit incident.

— Tu aurais pu te faire tuer ?
— Mais non.
— Hum ! murmura-t-elle, peu convaincue.

La paix qui avait précédé s'estompa, et Brian constata qu'il n'aurait probablement pas besoin de se battre avec les prétendants de sa nièce. Aucun d'entre eux n'aurait le courage de faire face à un regard comme celui dont elle le gratifiait.

Quant à Jessica, pour quelqu'un qui lui aurait jeté un sort, elle n'avait pas l'air tellement heureuse de le voir.

Etait-ce à cause des beignets ? Le prenait-elle pour un imbécile ?

C'était toujours ce pour quoi il passait quand il essayait d'être gentil.

Sa nièce ne perdit pas de temps et dénicha celui qui était rempli de confiture de pommes.

— J'adore ça ! s'écria-t-elle.

— C'est gentil, de la part de ton oncle, d'avoir pensé à nous, observa Jessica.

Peut-être ne voyait-elle pas en lui un idiot.

Le chiot ouvrit l'œil et battit faiblement de la queue. Il n'était pas encore en grande forme, mais le progrès était indéniable.

— Ce n'est pas vraiment un petit déjeuner pour avoir une forme olympique, s'excusa Brian en offrant un beignet à Jessica. J'aurais dû apporter autre chose.

— Non, le rassura-t-elle. C'est une bonne idée.

— Pour elle, tout du moins.

Encore une bêtise. Il n'avait pas pu se retenir. Cela devait encore arriver.

— Et pour toi ? Tu surveilles ton poids ?

— Non, pas d'habitude.

Elle comprit soudain et prit un air un peu gêné.

— Oh, je vois, murmura-t-elle.

— Quoi ? demanda innocemment Michelle.

— Ton oncle s'inquiète que je mange des beignets.

— Mais tu n'es pas grosse !

— Non, s'empressa d'ajouter Brian. Je veux dire... tu es juste comme il faut, Jessica. Tu as une silhouette parfaite.

Il se sentait de nouveau empêtré dans sa maladresse. Un coup d'œil furtif à Jessica le persuada qu'elle ne devait pas souhaiter le rendre amoureux, et l'expérience avait amplement démontré qu'il n'était pas le roi des compliments.

Il ressentit tout de même une légère déception en comprenant qu'elle ne préparait aucune potion pour lui inspirer l'amour. Il était habitué à plaire aux femmes, enfin jusqu'à ce qu'elles comprennent qu'il n'était pas question d'éteindre la télévision lors d'un match de football.

Evidemment, Jessica était intelligente. Bien plus que les femmes avec qui il sortait généralement. Elle avait retenu la leçon depuis longtemps.

Peut-être avait-elle l'intention de lui en donner une, sur les sentiments qui ne sont pas réciproques. Mais pour cela, encore eût-il fallu qu'il en éprouve pour elle, ce qui n'était pas le cas.

Certes, il aimait sa maison, ses fleurs, ainsi que la couleur de ses yeux, mais ce n'étaient pas des sentiments. Tout au plus des observations froides et détachées.

— J'étais plus grosse autrefois, confessa Jessica.

— Vraiment ? s'étonna Michelle. Pourquoi donc ?

— Je mangeais beaucoup parce que j'étais malheureuse. Ce n'est plus le cas maintenant.

— Tu étais malheureuse ?

— Je n'étais pas très à l'aise au milieu des autres, quand j'étais adolescente. J'étais orpheline. Je vivais chez ma tante, pas chez mes parents. Et je n'avais pas les mêmes centres d'intérêt que mes camarades de classe. J'aimais les fleurs, la botanique... Je faisais des expériences...

« De magie », ajouta silencieusement Brian.

— Je ne portais pas de maquillage et j'avais des vêtements affreux, poursuivit Jessica. Ma tante était pauvre, je n'allais jamais au cinéma, je n'achetais jamais de disques et je ne savais jamais de quoi les autres parlaient.

— Vous étiez sans intérêt, compatit Michelle.

— Oui, on peut le dire.

— Et mon oncle ? Comment était-il au lycée ?

— Il était celui qui plaisait le plus aux filles, expliqua-t-elle avec détachement, comme si elle mentionnait une anecdote sans importance.

— On prétend toujours qu'il ne faut pas discuter des goûts et des couleurs, observa Michelle.

Toutes deux partirent d'un petit rire.

— Il te plaisait ? continua l'adolescente.

Jessica resta silencieuse un instant.

— Bien sûr, avoua-t-elle enfin.

— Et tu lui plaisais ?

— Il ne remarquait même pas que j'existais.

— Oh, non...

La nièce dévisagea son oncle.

— Est-ce que tu étais l'un d'eux, tonton ? Un de ces garçons stupides qui se prennent pour le centre du monde ?

— Je crois que oui, convint-il.

Le ton de Michelle n'était pas aussi dur que ses paroles. Elle ne devait pas le mépriser totalement, pour le moment. Mais si Jessica continuait à parler ainsi...

— Il y a un garçon comme ça dans ma classe, reprit Michelle. Je lui ai dit bonjour une fois, et il m'a regardée comme si j'étais une extraterrestre. Je le déteste.

Brian fut surpris d'éprouver le même sentiment à l'égard de celui qui dédaignait ainsi sa nièce.

— Tu as connu ma mère ? s'enquit soudainement Michelle.

— Pas très bien.

Brian remarqua à quel point Jessica faisait attention à ce qu'elle disait.

— Comment était-elle, pour le peu que tu en as connu ?

Brian ferma les yeux.

« Méchante comme une vipère », telle était la réponse que Jessica aurait été en droit de donner.

Mais elle n'en fit rien.

— Je n'ai jamais fait que l'apercevoir, répondit-elle. Elle était très belle. Tous les garçons l'aimaient. Elle était au centre de toutes les attentions.

— Elle était vraiment très gentille, soupira l'adolescente. C'était la meilleure maman du monde.

Brian la dévisagea.

Certes, son frère et sa belle-sœur étaient allés s'installer à Toronto peu avant sa naissance, et il n'avait jamais su grand-chose de leur vie de famille, mais de là à ce qu'Amanda soit la meilleure mère du monde... Non, à moins qu'on lui ait greffé un autre cœur et un autre cerveau.

Il était allé les voir chaque année, à Noël. Amanda lui avait donné l'impression d'être agacée par les besoins de sa fille et d'apprécier un peu trop les cocktails mondains.

Il remarqua le regard que Jessica posait sur lui et se sentit soudainement incapable de cacher quoi que ce soit.

Il finit son chocolat, jugeant qu'il était temps de partir, bien qu'il n'en eût aucune envie.

— Il faut que je m'en aille, dit-il.

A sa grande déception, personne ne tenta de le retenir.

— Tu me rapporteras des vêtements ? lui demanda sa nièce. Des blue-jeans, un T-shirt, mon short blanc, et des sous-vêtements, aussi.

— Combien de temps penses-tu rester ?

— Jusqu'à ce que O'Henry aille mieux.

Ses yeux la contredisaient, il pouvait y lire : « Pour toujours. »

En une journée, Jessica avait réussi là où il avait échoué ces six derniers mois. Elle avait gagné sa confiance, et cette dernière avait changé. Même sans son chien à côté d'elle, il ne constatait plus d'hostilité dans son attitude.

Il avisa Jessica.

— Es-tu d'accord ? demanda-t-il.

— C'est un plaisir de l'avoir avec moi, acquiesça-t-elle. Elle m'a battue deux fois de suite au Scrabble hier soir. Il y a longtemps que je cherche quelqu'un avec qui jouer. J'étais en manque dans ce domaine.

— Le Scrabble ? s'étonna Brian.

— Oui, je sais, cela doit te paraître ennuyeux à mourir.

Il savait combien Michelle adorait ce jeu. Elle devait beaucoup apprécier de pouvoir jouer avec quelqu'un qui s'y connaissait et qui savait sans doute perdre avec le sourire.

Il avait joué deux fois au Monopoly avec sa nièce et voulait toujours être vainqueur. Il comprit alors pourquoi elle répondait systématiquement « non merci » quand il proposait un jeu.

Elle préférait rester là, plutôt que d'être avec lui. Un choix douloureux à admettre pour un homme qui tenait à être le meilleur dans tous les domaines. Il voulait prouver qu'il était à la hauteur, y compris quand il s'agissait de s'occuper de sa nièce. Et à l'évidence, il ne l'était pas.

— Il faut que je te paye…

— Ne t'en fais pas pour ça, se vexa Jessica. Elle ne me dérange pas.

Ce n'était pas ce qu'il avait voulu dire. Il ne voulait pas considérer sa nièce comme un problème.

— Je peux apporter quelque chose, alors, suggéra-t-il.

— Comme des beignets ? répliqua-t-elle d'un ton anodin.

C'était une question piège, il le savait.

— Si c'est ce que tu souhaites…

— Non, merci. Si tu veux vraiment m'aider, je voudrais construire une mare artificielle devant chez moi.

— Je serai heureux de te donner un coup de main, proposa-t-il avec une réelle sincérité.

Il ne ferait que rembourser l'aide qu'elle apportait ainsi à O'Henry et à sa nièce.

Mais il y avait autre chose. En restant quelque temps auprès d'elles, peut-être pourrait-il en apprendre davantage sur le langage ainsi que sur la psychologie féminine.

— Si je reviens demain, Michelle, tu pourras attendre avec les vêtements que tu as là ?

— S'il le faut.

— Très bien.

Il s'apprêtait à partir quand Jessica lui demanda de l'attendre un instant. Elle entra dans la maison et ressortit avec deux pots. Elle en ouvrit un et enduisit sa lèvre enflée d'une pommade de sa fabrication.

— Tu guériras plus vite, murmura-t-elle.

Le contact de son doigt sur sa lèvre lui coupa le souffle. Ce qu'elle appliquait lui donnait une sensation de froid, de glace. Il eut l'impression que sa lèvre se congelait. Et brusquement, plus rien. La douleur était partie.

— Et celle-ci est pour ton bleu, ajouta-t-elle en puisant dans l'autre pot.

— Quel bleu ?

— Celui-ci, répondit-elle en soulevant son T-shirt du côté droit.

Comment avait-elle deviné ?

Elle lui déposa les deux pots dans les mains.

— Je crois que cela fait assez de magie pour aujourd'hui.

Il se retourna et partit avant qu'elle ne puisse lire la confusion sur son visage.

— Ne mélange pas les pots, cria-t-elle.

— Sinon ?

— Tu te transformerais en crapaud.

Jessica et Michelle éclatèrent de rire, et il se sentit étrangement exclu de cette joie, de cette chaleur humaine qui les unissaient.

Il n'y avait eu là aucune magie. Jessica avait remarqué qu'il se déplaçait avec raideur, et comme c'était le côté droit de sa lèvre qui était fendu, il était aisé d'en déduire que son assaillant avait enchaîné gauche et droite avant de porter le coup sur son flanc droit.

De la magie ! Si elle avait vraiment eu ce pouvoir, Jessica songea qu'elle aurait mieux fait de l'utiliser sur elle-même.

« Si tu veux vraiment m'aider, je voudrais construire une mare artificielle... »

Comme si elle avait réellement besoin de son aide ! Elle était parfaitement capable d'y arriver toute seule.

La vérité était tout autre.

Toucher sa lèvre l'avait troublée. Derrière sa dureté, son austérité se dissimulaient la douceur, la tendresse. Elle en avait frémi, au plus profond d'elle-même. Ce geste réveillait en elle un sentiment qu'elle croyait oublié : le désir !

— Veux-tu un autre beignet ? proposa Michelle.

Jessica resta songeuse, quelques instants.

— As-tu remarqué que, parfois, quand la vie est exactement comme on la souhaite, tout est brusquement bouleversé ? observa-t-elle.

— Oui, répondit l'adolescente. Je suis bien placée pour le savoir.

4

Le lendemain matin, Jessica prit le temps de contempler son jardin que le soleil levant baignait d'une lumière dorée.

Michelle était déjà dans l'un des parterres de fleurs, semant des graines qu'elle lui avait données la veille. Le chiot, qui reprenait des forces, tentait d'aider sa maîtresse en creusant maladroitement à côté d'elle, avant de s'écrouler, épuisé. L'adolescente esquissa un sourire et déposa un baiser sur son museau.

Toute la scène respirait la béatitude.

Sans prétendre à une immense sagesse, Jessica avait remarqué certaines choses sur la vie. Par exemple, que le vrai bonheur arrivait souvent à l'improviste et rarement dans les endroits qui le promettaient, comme les parcs d'attractions ou les centres commerciaux. C'étaient plutôt la douce senteur d'une rose ou le sourire d'un enfant qui comblaient son cœur.

Mais cette paix fut soudainement brisée par le ronflement du moteur de la camionnette de Brian. Elle fut surprise d'en reconnaître déjà le bruit.

« As-tu remarqué que, parfois, quand la vie est exactement comme on la souhaite, tout est brusquement bouleversé », avait-elle fait observer, la veille, à Michelle.

Brian était celui qui bouleversait sa vie.

Elle ne l'attendait pas si tôt ce matin. Elle n'était même pas coiffée, et ses mèches déjà rebelles en temps normal partaient dans tous les sens. Elle n'était pas non plus habillée, et portait juste un pyjama qui n'avait rien de sexy, surtout avec un T-shirt proclamant en gros caractères que les jardinières étaient épanouies.

Elle refoula ces pensées se demandant après tout pourquoi elle devrait se changer. Elle avait trente et un ans. Ce n'était plus un âge pour ressentir des émois d'adolescente à l'arrivée d'un homme, même s'il incarnait tous ses désirs.

L'incarnation de ses désirs ! Tout le problème était là !

L'apparition inattendue de Brian dans sa vie l'avait ramenée en arrière, l'obligeant à revivre un passé où elle s'était sentie si mal à l'aise.

Elle réfléchit à la manière de lui réserver un accueil détaché, mais qui ne donnerait pas l'impression d'avoir été préparé.

Il arrêta son véhicule brutalement, en soulevant une gerbe de gravier.

— Il va trop vite, murmura-t-elle. S'il se comporte ainsi avec sa voiture, il le fait certainement aussi avec les gens.

Elle rougit.

Ce qu'elle ressassait à présent était le refus qu'elle opposerait à ses avances.

Il descendit, une pelle à la main et une caisse sous le bras.

Elle lui adressa un signe de bienvenue en espérant qu'il ne soit pas trop enthousiaste. Puis elle essaya de se concentrer sur le tableau du jardin sans réussir à chasser de son esprit l'image de Brian, en dépit du danger qu'il représentait.

Danger était le mot. Il n'avait jamais été plus apparent.

La manière dont ses cheveux retombaient sur son front, son blue-jean presque blanc avec un trou près de la courbe de ses hanches, sa poitrine puissante sous son T-shirt, tout en lui était charme et séduction.

— Bonjour, la salua-t-il en posant son matériel.

— J'espère que ce ne sont pas des beignets, s'amusa-t-elle.

Tout désir d'être désagréable avait disparu, dissous par le parfum qu'il émanait : une odeur typiquement masculine, virile et grisante.

— Non, répondit-il en riant. J'ai mieux que cela.

Que pouvait-il y avoir de meilleur que des beignets, à part des chocolats belges ?

Si sa caisse en était remplie, elle ne pourrait y résister et retrouverait son embonpoint d'autrefois.

« C'est curieux comme le fait d'être grosse peut vous rendre invisible, surtout aux yeux d'un homme comme lui », songea-t-elle.

Il sortit un objet méconnaissable fait de métal et enrobé de graisse.

Jessica supposa qu'il s'agissait peut-être d'un moteur de tondeuse à gazon, encore qu'elle ne vît pas à quoi pouvait servir le câble électrique qui pendait. Seul un homme pouvait déclarer qu'un engin aussi repoussant était meilleur qu'un beignet.

— Regarde ce que j'ai trouvé, dit-il.

Le ton affectueux qu'il avait employé en découvrant cet objet aurait rendu bien des femmes jalouses.

— Dire qu'on allait le jeter ! ajouta-t-il.

— Hum ! Qu'est-ce que c'est ?

Pour un homme toujours pressé, il prenait une voie bien détournée pour tenter de la conquérir. Elle attendait avec impatience qu'il dévoile son jeu pour l'écraser comme une mouche. A la réflexion, elle espérait qu'il ferait une telle tentative, car elle ressentait le besoin de lui plaire.

« Oh, Jessica, se dit-elle. Si tu avais deux sous de bon sens, tu te débarrasserais de cet homme, et vite. »

— Une pompe ! annonça-t-il fièrement. Pour notre bassin.

« Notre bassin » ! Il l'avait dit d'un ton si désinvolte que l'expression lui donna le vertige, lui rappelant que sa vie était liée à la sienne, qu'elle le veuille ou non.

Elle aimait cela. Elle aimait voir cet homme si beau, installé devant sa porte, sortir des choses affreuses d'une caisse. Elle aimait la manière dont le soleil luisait sur ses cheveux, elle aimait le charme de son sourire, elle aimait les courbes des muscles de son bras...

Elle aimait tout cela et se le reprochait mentalement.

Sa propre fragilité lui faisait peur. Si elle ne voulait pas courir le risque d'une nouvelle blessure, elle devait le chasser une bonne fois pour toutes. Et si elle pouvait en plus le remettre à sa place avant de s'en débarrasser, ce serait encore mieux.

Ce n'était en aucune façon leur bassin, mais son bassin !

Et avant qu'elle ne puisse le corriger, son attention fut détournée.

— Mon Dieu, est-ce Michelle ? s'étonna-t-il.

Il se dirigea aussitôt vers le jardin.

L'arrière de son blue-jean était presque aussi usé que son genou, et Jessica sentit sa dignité s'évaporer. Si elle ne se retenait pas, c'était elle qui allait tenter de le séduire.

Considérant son manque d'expérience en ce domaine, une telle tentative lui aurait probablement valu d'être... écrasée comme une mouche.

— Eh bien, je ne savais pas que tu pouvais te lever avant midi, observa Brian en rejoignant sa nièce.

Michelle releva la tête. Ses yeux laissèrent échapper une fugitive expression de bienvenue.

— C'est parce qu'il y a de quoi faire ici, répliqua-t-elle.

— Ne peut-on pas semer des graines partout ?

Elle lui adressa un regard réprobateur en guise de réponse.

Jessica jugea qu'il l'avait bien cherché, mais l'attention de Brian était déjà occupée par autre chose.

— Regarde O'Henry !

A l'appel de son nom, le chiot se mit gaiement sur ses pattes pour parcourir la distance qui le séparait de son visiteur, mais il s'effondra finalement à l'arrivée.

Brian se baissa et le mit sur le dos pour le caresser.

Jessica se sentit attendrie en voyant ce solide gaillard faire preuve d'une tendresse qu'elle n'avait plus vue en lui depuis le jour lointain où il était penché sur un autre chiot.

Elle s'efforça de ne plus y penser.

— A-t-il apporté des beignets ? lui demanda Michelle.

— Mieux ! répondit Jessica.

L'adolescente s'essuya les genoux et bondit vers les marches, devant la maison.

— Qu'y a-t-il de meilleur que les beignets ? s'exclama-t-elle. Des chocolats ?

— Nous avons les mêmes goûts, observa Jessica avant d'ouvrir le carton.

— Oh, les hommes ! bougonna Michelle.

— Tout à fait ce que je pensais, renchérit Jessica.

— Hé, j'ai évité que cette pompe ne soit jetée ! se défendit-il.

Une telle déclaration était tout sauf romantique, et pourtant, en l'imaginant sauvant quelque chose de la poubelle pour son bassin, Jessica se sentit touchée à un point qui l'effraya. Elle devait à tout prix combattre ce sentiment.

— J'ai aussi apporté des beignets, ajouta-t-il. Il y en a à la compote de pommes.

Michelle se précipita aussitôt vers la camionnette.

Brian l'observa un instant et se tourna de nouveau vers Jessica. Le regard qu'il posa sur elle lui fit de nouveau prendre conscience de sa vulnérabilité.

— Ecoute, Brian, dit-elle. Quand j'ai parlé de ma mare artificielle, je n'imaginais rien de plus qu'un petit bassin pour cultiver des nénuphars. Cela te prendrait une heure, deux tout au plus.

— Même le bassin le plus élémentaire a besoin d'une pompe, commenta-t-il. L'eau stagnante attire les moustiques et se couvre de mousse verte.

— Comment en sais-tu autant sur les bassins de jardin ? intervint Michelle. Tu as arrêté un jardinier hier soir ?

— J'ai lu quelques ouvrages sur la question.

— Toi, lire ! Tu n'ouvres même pas le journal !

— Si je choisis de ne pas le faire, cela ne veut pas dire que j'en suis incapable, rétorqua-t-il.

— Et quand t'es-tu renseigné ?

Il dissimula mal son embarras.

— Hier soir.

Cet intérêt soudain pour les bassins de jardin fit naître dans l'esprit de Jessica le même sentiment que son explication sur l'origine de la pompe.

Brian faisait tout cela pour elle, alors qu'elle souhaitait tout le contraire.

— Tu ne serais pas plutôt en train d'essayer de faire bonne impression auprès de Jessica ? le suspecta sa nièce.

Jessica sentit ses joues s'empourprer. Elle se tourna vers Brian, dont le visage était couleur brique.

— Je ne fais que la remercier de prendre soin de toi, protesta celui-ci.

— Oh, je comprends, tu me considères comme un fardeau.

— De toi et de ton chiot, s'empressa-t-il d'ajouter.

Mais il était trop tard.

Michelle prit son beignet et le reste de la boîte pour repartir vers le parterre de fleurs, suivie de O'Henry.

Un lourd silence tomba.

Il était impossible de ne pas remarquer la douleur dans le regard de Brian.

« Ce n'était donc pas pour moi », pensa Jessica.

Ce n'était qu'un avertissement. Elle ne devait pas avoir de rêves romantiques le concernant. Elle ne devait pas attacher trop d'importance à ses paroles ou à ses actions.

« J'appellerai ! » La promesse avait été tenue, après un grand nombre d'années.

— Mon Dieu, dit-il finalement, je me demande comment je fais pour tout rater.

— C'est un don.

— Oui, un don. Ou une malédiction, selon la manière dont on voit les choses.

Son regard se fixa sur l'inscription du T-shirt de Jessica.

Elle croisa les bras sur sa poitrine, ignorant délibérément son regard.

— Je t'ai apporté les livres, poursuivit-il en se retournant pour sortir plusieurs volumes de la caisse.

Ils étaient tous tachés par la graisse de la pompe.

« Cet homme n'a aucun respect pour les livres », observa-t-elle, avec ce besoin de lui faire le moindre reproche.

— Voici celui que je préfère, dit-il en ouvrant l'un d'entre eux.

Elle se sentit soudainement incapable de protester. Elle avait envisagé une petite étendue d'eau, très simple, juste de quoi faire pousser quelques nénuphars... Mais cela !

Le bassin était un enchantement. Construit en pierre par un artiste, il semblait avoir été découvert au détour d'un sentier forestier. En fait, il s'agissait de deux bassins disposés l'un au-dessus de l'autre et reliés par petite cascade.

— C'est bien plus que je n'envisageais, objecta-t-elle. Mon projet suffisait.

Combien de temps cette merveille qu'il proposait le ferait rester dans sa vie ? Des semaines ? Des mois ?

Celui qu'elle désirait n'exigeait que quelques heures de travail.

— Je sais lequel tu veux, déclara-t-il. C'est écrit sur ton visage.

Il lisait à travers elle !

Avait-il également compris combien elle regrettait de n'avoir pas coiffé ses cheveux avant qu'il n'arrive ? Qu'elle avait été troublée par sa musculature ? En enduisant ses lèvres de pommade ?

— Je dois rentrer, prendre une douche et déjeuner, prétexta-t-elle, impatiente de s'éloigner de lui.

— Oui, bien sûr, murmura-t-il, comme s'il devinait de nouveau chacune de ses pensées.

Elle monta prestement l'escalier pour se réfugier dans le sanctuaire de sa petite maison, de sa vie à elle.

Il la héla alors qu'elle arrivait en haut des marches.

S'il lui demandait de rester dehors pour partager les beignets, elle acquiescerait. Elle serait même d'accord pour examiner, avec lui, cet engin répugnant et plein de graisse.

Qu'arrivait-il à la femme résolue qu'elle était ? Cette femme qui voulait se débarrasser de lui en répondant négativement à ses avances ?

C'était simple. Il ne lui avait pas fait, la plongeant dans un profond désespoir.

— Oui ? répondit-elle avec dignité.

— Je n'ai pas vu comment tu t'épanouissais !

Elle le fixa sans comprendre.

— C'est ce que tu proclames, sur ton T-shirt !

La manière qu'il avait choisie pour la taquiner la surprit.

Etait-ce sa façon de tenter sa chance avec elle ?

La méthode était franchement cavalière, même si son T-shirt poussait à ce style plaisanterie. Un homme bien élevé n'y aurait prêté aucune attention, mais il n'en était pas un, comme le prouvait la lueur dans son regard.

Elle ferma le battant si brutalement que la vitre trembla, mais la porte n'était pas assez épaisse pour arrêter la voix de Brian.

— Je sais, c'est un don ! s'en voulut-il.

Décidément, il avait le don de mettre en colère les femmes qui lui plaisaient le plus, et sans se donner de mal.

Pourtant Jessica ne faisait pas partie de cette catégorie, il la connaissait à peine. Non ! Ce n'était pas tout à fait exact, il avait l'impression de la connaître.

Si l'expression de son visage et son menton relevé témoignaient de sa forte personnalité, ses yeux avouaient au contraire et dévoilaient sa vulnérabilité. Ses vêtements larges, eux, confirmaient sa timidité. Une timidité qu'il pensait pouvoir dissiper d'un seul baiser sur ses lèvres sensuelles.

Il l'avait trouvée magnifique dans cette tenue décontractée. Elle lui faisait d'ailleurs beaucoup plus d'effet que n'importe quelles toilettes féminines, destinées à séduire.

« Les jardinières sont épanouies ! »

C'était exactement l'impression qu'elle donnait.

La passion pourrait-elle exister derrière cette façade ? Pourquoi s'était-elle sauvée ainsi ?

Elle n'avait pourtant rien à craindre, elle n'était absolument pas son genre.

Il s'était habitué à un autre style de femme : celles qui regardaient les diamants avec avidité, qui ne rougissaient pas en entendant une plaisanterie grivoise, et qui jouaient le jeu de l'amour sans une once de timidité.

C'était probablement pour cette raison que sa vie amoureuse était devenue si morne, depuis des années. Tout était trop prévisible, et il en avait déjà assez avant de commencer. Les femmes qu'il fréquentait étaient artificielles.

Jessica était différente. Tout en elle était vrai, et enchanteur. Il se souvint l'avoir discerné bien des années auparavant.

Comprenait-il aussi qu'elle avait le pouvoir de l'extraire de son monde superficiel pour l'emmener vers une existence bien différente ?

Oui ! Et c'était bien le problème. Elle n'était pas n'importe quelle femme. Il lui fallait un homme doté de qualités qu'il n'avait jamais eues.

La fuir dès l'époque du lycée avait été la bonne réaction, et il la fuirait de nouveau, dès qu'il aurait payé sa dette, car il en avait une. Pour le coup de téléphone qu'il n'avait jamais donné, pour le bonheur qu'elle avait apporté à sa nièce, et pour le chiot qui allait finalement survivre.

Il lui bâtirait son bassin avant de repartir avec Michelle et O'Henry, avant de disparaître pour de bon de sa vie, tout simplement.

Il entendit alors un ruissellement provenant de derrière la petite fenêtre. Elle se douchait. Il sentit sa bouche s'assécher et se demanda si les choses allaient être aussi simples qu'il se le figurait.

Il redescendit les marches, ramassa sa caisse et s'arrêta près de sa nièce en retournant vers la camionnette.

Elle ne lui prêta aucune attention.

— Je ne voulais pas te froisser, dit-il, après un temps. Je voulais juste dire qu'elle te garde chez elle, qu'elle te nourrit, et que je ne suis pas sûr qu'elle en ait les moyens.

— Je ne savais pas que je coûtais si cher, s'offusqua l'adolescente.

— Michelle, quand les gens me rendent service, je les en remercie.

— Alors c'est un service que d'être débarrassé de moi ?

Il eut vraiment envie de dire oui.

Pourquoi fallait-il toujours qu'elle déforme ses paroles ?

Il se souvint que Jessica lui avait conseillé de toujours lui dire la vérité.

— Tu n'es pas un fardeau, lui assura-t-il. J'ai beaucoup d'amour pour toi. Je regrette les circonstances qui t'ont conduite chez moi, mais pas le fait que tu y sois.

Elle le fixa, stupéfaite. Puis elle esquissa une moue dédaigneuse avant de partir.

Il comprit malgré tout qu'il avait trouvé les mots justes.

A présent, il avait réellement une dette envers Jessica.

Une semaine plus tard, trempé de sueur et n'ayant pas tenu une pelle depuis longtemps, il songea qu'il aurait mieux fait de choisir le plus petit bassin.

Relevant la tête, il vit Jessica approcher, une carafe et des verres dans les mains.

Elle avait changé en une semaine.

Faisait-elle des efforts pour être plus belle ? La voyait-il à présent autrement ?

Elle portait un chapeau de paille, ses épaules nues la faisaient paraître délicieusement féminine, et le soleil qui passait à travers sa robe légère découpait sa silhouette ainsi que ses jambes.

— Elle est vraiment belle, observa innocemment sa nièce en apparaissant près de lui. Et si gentille. Tu devrais lui proposer de sortir avec toi.

Il faillit s'étouffer.

— Elle n'est pas mon genre, éluda-t-il.

— Voilà de la limonade, annonça Jessica en arrivant près d'eux.

— Je disais justement à mon oncle...

— Tiens, prends un verre, coupa ce dernier.

Dans sa hâte de se servir pour faire taire sa nièce, il renversa la carafe sur la robe de Jessica.

Imprégné de limonade, le tissu lui colla au corps en épousant ses formes gracieuses, révélant l'absence de sous-vêtements.

Torse nu pour travailler, Brian l'empoigna aussitôt pour

tenter d'essuyer tant bien que mal la robe. Il la sentit se raidir face à ses efforts maladroits et s'arrêta.

— Laisse, je vais aller me changer, dit-elle. Et j'en profiterai pour rapporter de la limonade.

Elle se pencha, dévoilant davantage son corps.

Il la trouva si belle qu'il en eut le souffle coupé.

— Michelle me disait que je devrais t'inviter à sortir avec moi, s'entendit-il lui dire.

Elle se figea et le fixa avec une expression de stupeur fortement teintée de colère.

— Michelle pensait que tu devrais m'inviter à sortir avec toi ? répéta-t-elle sur ton apparemment dépourvu d'émotion.

— Oui... Enfin, non... Moi aussi, j'y pensais.

— Vraiment.

L'idée n'avait pas l'air de lui plaire, alors qu'au lycée, elle en aurait bondi de joie.

— Oui. Qu'en dis-tu ?

Il avait encore du mal à croire ce qu'il venait de dire, et sa réponse aurait dû le soulager.

— Jamais ! dit-elle, avant de s'éloigner. Même si tu restais le seul homme au monde !

Michelle marqua sa déception d'un profond soupir.

— Que veux-tu ! J'en arrive toujours là, observa son oncle avec philosophie. On ne peut rien y changer.

Il se remit à creuser.

Plus tard, alors que le trou était bien profond, sa nièce se glissa près de lui.

— Tu ne sais vraiment pas t'y prendre avec les femmes, tonton.

Pour toute réponse, il lui renvoya un regard noir.

— Je vais t'aider, décréta-t-elle. Je vais être ta monitrice.

Il fut sur le point de lui hurler qu'il ne souhaitait pas de relation avec cette femme quand l'expression de sa nièce l'en dissuada. Son regard était animé d'une lueur qu'il avait crue disparue à tout jamais.

Michelle avait changé à cause des travaux de jardinage qui

l'avaient amincie, certes, mais aussi parce qu'un sentiment merveilleux était revenu sur son visage.

L'espoir !

Elle s'était mise à croire que les péripéties qui venaient bouleverser la vie pouvaient conduire à une fin heureuse.

Elle voulait vivre une histoire qui se terminerait bien.

Avait-elle tort ?

5

Brian réalisa qu'il devait laisser la raison l'emporter, et non les émotions. Il devait penser à court terme. Il devait encourager cette mince étincelle d'espoir qu'il discernait pour la première fois dans les yeux de sa nièce.

Finalement, qu'espérait-elle exactement ?

Certainement plus qu'un simple rendez-vous. Une fin heureuse, bien sûr.

Même s'il sortait avec cette femme épanouie, et il ne tenait absolument pas à en arriver là, l'histoire ne finirait pas comme un conte de fées, et l'équilibre psychologique de sa nièce en serait d'autant plus perturbé. Et il doutait fort que Jessica apprécie d'être ainsi manipulée, même à des fins thérapeutiques.

Pourtant, ses yeux verts donnaient envie de mieux la connaître, de caresser sa joue, là où les taches de rousseur...

« Arrête ! » se sermonna-t-il.

Il ne pouvait pas sortir avec elle simplement parce que sa nièce le désirait.

— Tu as entendu ce qu'elle a dit, lui fit-il remarquer. Elle ne voudrait pas, même si j'étais le seul homme qui restât au monde.

— Elle ne le pensait pas. Tu l'as froissée, c'est tout.

Ce n'était guère surprenant. Jessica avait passé une semaine à faire semblant de ne pas le voir.

— Et moi, je suis aussi délicat qu'un éléphant dans un magasin de porcelaine.

— Je peux t'aider sur ce plan-là, proposa-t-elle. Tu dois être plus attentionné. Les femmes aiment la délicatesse.

— Tu veux m'apprendre le tact ?

Il n'en revenait pas.

Sa nièce avait tout critiqué en lui, depuis son métier jusqu'à sa coupe de cheveux, en passant par le contenu de son réfrigérateur. Autant demander des leçons de douceur à Attila !

— Non, Michelle, s'efforça-t-il de répondre sur un ton raisonnable. Oublie cette idée. Je ne suis pas fait pour fréquenter des femmes romantiques.

— Ce qui explique Bambi.

— Bambi ?

— La monitrice d'éducation physique !

— Elle ne s'appelait pas Bambi !

— Alors comment ?

Tiffany, peut-être... Il ne s'en souvenait pas.

— C'était il y a quatre mois, se justifia-t-il. Je ne l'ai plus revue depuis. Et il y a une raison à cela. Je ne veux pas sortir avec une femme, tu ne me verrais pas à la maison les vendredis et samedis soir.

Avait-il été assez clair ?

Apparemment non. Sa nièce allait ajouter autre chose.

— Je ne sortirais pas avec elle, même si elle était la seule femme au monde, coupa-t-il.

Michelle le considéra, frustrée, cherchant un argument avant de le foudroyer du regard.

— Tu es vraiment un imbécile, conclut-elle.

— C'est un handicap avec lequel j'ai appris à vivre.

L'espoir avait complètement quitté le visage de sa nièce. Son expression était résolument hostile.

— Les hommes ! lâcha-t-elle avec mépris, avant de s'en aller.

Jessica avait revêtu un short et son plus vieux T-shirt, comme par volonté de déplaire à qui la verrait ainsi.

Elle s'affairait à laver la robe étalée devant elle.

Pourquoi avait-elle mis cette robe ? Et pourquoi l'avait-elle achetée d'ailleurs ?

Elle en avait fait l'acquisition, un an plus tôt, estimant qu'elle la rendrait sexy alors qu'elle n'avait aucune raison, ou plus exactement aucun désir, de paraître ainsi.

Pour une femme qui n'avait nulle envie de ce genre d'artifice, il était délibérément absurde qu'elle ait choisi de se promener ainsi dans son jardin.

Où croyait-elle aller ?

Elle connaissait pourtant la vérité !

Après avoir été surprise dans son informe pyjama, elle avait voulu montrer à Brian combien elle avait changé. Et tout cela pour exposer finalement bien plus qu'elle ne l'avait voulu.

Où était passée sa résolution de se débarrasser de lui ?

Elle avait manifestement fondu comme neige au soleil.

Cette fois, c'était bien fini. On ne l'y reprendrait plus. Ce petit manège était terminé. Le passé ne pouvait être changé. Inutile de vouloir modifier une impression qui s'était fondée quatorze ans auparavant. Elle ne parviendrait qu'à se tourner en ridicule. De plus, cette scène en avait révélé davantage sur lui que sur elle. Brian était un rustre, et il était bien dommage qu'il soit si beau sans sa chemise, au point de faire perdre la tête à une femme.

Non ! Tout cela ne se produirait plus. Elle allait rester à l'abri, chez elle, en attendant qu'il s'en aille. Elle sortirait la nuit pour s'occuper de son jardin, même si cela devait durer des mois.

N'avait-elle donc pas mûri, en quatorze ans ?

Il avait proposé ce rendez-vous parce que sa nièce pensait que c'était une bonne idée, et elle avait eu envie de l'accepter.

N'avait-elle donc plus la moindre fierté ?

Si ! Elle avait eu juste assez de forces pour le lui refuser. Quant à l'épisode de sa robe, elle n'en conservait qu'un seul souvenir : son regard horrifié.

Elle se repassait sans cesse cet instant dans sa tête avec un immense plaisir. Il n'avait pas pu croire qu'elle refusait.

— Jessica ?

Elle aurait voulu se cacher du monde entier, y compris de Michelle.

— Je suis là, répondit-elle sur le ton le plus neutre.

L'adolescente entra dans la chambre et inspecta la robe.

— Tu vas pouvoir la rattraper ?

Quoi ? Sa vie ou sa robe ?

— Le citron est une lessive naturelle, répondit-elle.

— Tu sais, j'ai cru que je ne dirais jamais cela... Mais j'ai de la peine pour mon oncle.

« Retiens-toi », se raisonna-t-elle.

Un coup d'œil à Michelle lui prouva toutefois qu'elle éprouvait une véritable détresse.

— Qu'y a-t-il ? s'enquit-elle.

— Depuis la mort de mes parents... il a changé. Quand il venait nous rendre visite, il riait, il plaisantait, et il fréquentait des femmes vraiment jolies.

« Tout ce que j'avais envie d'entendre ! » maugréa silencieusement Jessica.

— Maintenant, il est devenu sombre, poursuivit Michelle. Il ne sort plus avec personne. La dernière fois qu'il a donné rendez-vous à une femme, c'était une blonde, et l'on aurait cru que toutes les plaisanteries sur les ravissantes idiotes avaient été imaginées pour elle. C'était il y a quatre mois, même si bien des femmes lui téléphonent encore.

Pourquoi Jessica éprouvait-elle un léger malaise, en apprenant cela ? Devait-elle pour autant se jeter sur lui, sans retenue ?

Une *Bimbo* pouvait sans doute se permettre un tel comportement, mais ce n'était pas le cas des autres femmes, y compris elle.

— Je crois, reprit Michelle, qu'il a peur d'être heureux. Et moi aussi.

Jessica observa que c'était là une observation bien profonde pour une personne aussi jeune.

— Quand il m'a donné O'Henry, poursuivit l'adolescente, quelque chose en moi a dit : « D'accord, je vais accorder mon

Une semaine plus tard, Jessica regrettait amèrement cette décision. Le rendez-vous avait été fixé. Vêtue de sous-vêtements de dentelle neufs, elle essayait une tenue après l'autre.

Elle glissa un coup d'œil par la porte de la salle de bains. Michelle était assise sur le lit de sa chambre, plongée dans le magazine *Femmes du monde*, que Jessica détestait pour donner une image bien trop superficielle de la femme. O'Henry était à son côté. Il n'avait pas le droit de monter sur le lit, mais c'était visiblement le cadet de ses soucis.

— Il t'emmène à l'Antre du Pirate, le restaurant très chic sur le front de mer de Victoria, lui assura l'adolescente.

— Le McDonald's m'aurait suffi ! grommelait-elle.

Michelle se leva pour la rejoindre et inspecter sa garde-robe. Elle roula des yeux en voyant la nouvelle tenue de Jessica.

— Un pantalon couleur pèche ! Non, vraiment, tu sais ce qu'on dirait ?

— Il vaut quarante dollars au supermarché !

— Et il est totalement ringard ! Pourquoi ne pas aller faire des achats ? S'il te plaît ! On ne dépensera pas beaucoup. Je t'aiderai à choisir.

Jessica aurait dû se rappeler que c'était elle qui l'avait mise dans cette situation, mais encore une fois, elle ne sut résister à l'expression de son regard. D'autant que ses vêtements usés et trop courts confirmaient qu'elle n'avait pas eu envie de faire du shopping depuis longtemps.

— D'accord, accepta-t-elle. Mais à une condition : si j'achète quelque chose, toi aussi.

— Pas de problème. Mon oncle m'a laissé sa carte de crédit.

— Tu avais organisé tout cela à l'avance ?

— Qui, moi ? fit-elle innocemment.

Elles éclatèrent de rire.

Brian regarda avec stupéfaction les vêtements étalés sur son lit : un pantalon noir avec un pli si net qu'il semblait tranchant, une ceinture de cuir noir, une chemise de sport grise avec un logo discret, mais qui précisait à quel point tout cela avait dû coûter cher.

Il devait faire comprendre à sa nièce qu'elle ne devait pas dépasser certaines limites. Elle était déjà allée suffisamment loin en le persuadant de réserver une table à l'Antre du Pirate, alors qu'un repas chez McDonald's lui aurait suffi. Il ne se donnerait pas l'apparence d'un autre pour lui faire plaisir.

— Michelle ! l'appela-t-il. Explique-moi cela !

Elle entra dans la chambre.

— Les vêtements ? Oh, c'est un cadeau que je te fais.

— Un cadeau ! répéta-t-il, en perdant aussitôt sa volonté de marquer les limites.

C'était la première fois que sa nièce était revenue à la maison depuis une semaine. Elle était rayonnante, ne portait presque plus de maquillage, et ses yeux brillaient.

Etait-ce le miracle de la survie du chiot ? Les bienfaits d'une semaine au grand air ? A moins que ce ne soit l'effet de sa tenue : un short rouge et un T-shirt rayé rouge et blanc, juste ce à quoi l'on s'attendrait de la part d'une fille de treize ans.

Non ! Il savait quelle était la vraie raison de ce changement. Elle venait de son amitié avec Jessica. Depuis le chantier du bassin, il avait pu les observer de loin et entendre leurs rires.

Il s'efforçait de penser que cette relation faisait du bien à sa nièce, qu'elle guérissait, mais il se sentait exclu du duo qu'elles formaient.

— Tes vêtements aussi sont nouveaux ?

— Habituellement, tu ne fais pas attention à ce genre de détails, dit-elle en riant.

— On ne peut que remarquer la différence, à partir du moment où tu abandonnes le noir.

— Tu n'aimes pas ce que je t'ai apporté ?

— J'aime les blue-jeans et les sweat-shirts. Comment t'es-tu procuré cela ? Ton argent de poche n'y a pas suffi.

— J'ai emprunté. Avec ta carte de crédit. Tu te souviens ? Tu me l'as laissée pour faire des achats.

— Pour toi, précisa-t-il. Je ne t'ai pas autorisée à acheter tout cela.

— Je les paierai. Ce sont des cadeaux.

— Il doit y en avoir pour des centaines de dollars.

— Jessica m'a appris à faire des bouquets. J'en ai emporté au supermarché du coin, et on m'a tout acheté. J'ai déjà gagné quinze dollars.

Il dut masquer ses sentiments. Elle gagnait de l'argent pour la première fois de sa vie et le dépensait pour lui.

— Je suis impatiente de les voir sur toi, poursuivit-elle. Ils ne te plaisent pas ?

— Mais si, la rassura-t-il. Sors de ma chambre.

Il s'habilla et se regarda dans un miroir.

Ce n'était pas du tout son style. Il ressemblait à un médecin allant jouer au golf. Mais il n'avait pas le cœur de le dire à sa nièce qui lui répétait ses dernières instructions à travers la porte.

— N'oublie pas de tirer la chaise ! Et ne parle pas de ton camion ou de la pompe du bassin !

— Tu m'as déjà dit tout cela !

Il ne s'était jamais trouvé dans cette situation. Il se sentait comme un adolescent, timide, mal à l'aise, ignorant totalement que faire, et il détestait cette sensation.

Comment en était-il arrivé là ?

Brian se présenta devant la maison de Jessica.

Aurait-il dû apporter des fleurs ? Cela n'aurait-il pas été ridicule ? Des chocolats ? Pourquoi Michelle n'avait-elle pas songé à cela ?

Il frappa à la porte.

Il y eut un bruit, puis le silence.

— Jessica ?

Il entendit des pas, et la porte s'entrebâilla.

— Vraiment, je ne peux pas, murmura-t-elle avant de refermer.

C'était exactement ce qu'il voulait entendre. Elle non plus

ne prenait aucun plaisir à toute cette mise en scène. Il ne serait pas nécessaire d'aller plus loin.

Il tourna néanmoins la poignée pour aventurer sa tête à l'intérieur.

— Jessica ? appela-t-il timidement.

Devant l'absence de réponse, il avança dans la pénombre.

— Jessica ?

Ses yeux s'habituèrent peu à peu au manque de lumière, et il la vit, assise sur le divan. Il en resta bouche bée. Jamais il n'avait vu une telle beauté.

Elle lui faisait face, manifestement mal à l'aise, dans une robe turquoise. Une de ses épaules était nue. La robe épousait parfaitement la forme de son corps, mettant en valeur ses courbes parfaites. Une chaînette d'or entourait son cou, soulevée par les battements rapides de son cœur.

— Tu es superbe, s'émut-il.

— Je suis heureuse de te l'entendre dire, parce que j'ai l'impression d'être une idiote.

— Vraiment ?

— Absolument. J'ai passé l'âge de ce genre de choses. Il y a longtemps que je ne rêve plus d'être Cendrillon.

— Je ne suis pas non plus un prince. Et je ne le deviendrai jamais, même si tu m'embrasses.

Elle esquissa une expression de panique.

— Oublie cela, se reprit-elle. Ça n'a pas d'importance, puisque je ne sors pas avec toi.

— Pourquoi donc ?

— Je voulais juste faire plaisir à Michelle. Mais j'ai repris conscience de la réalité. Je me rends compte que je ne peux pas utiliser ma vie pour la rendre heureuse. D'ailleurs, cela ne marcherait pas.

— Moi aussi, je suis venu parce qu'elle me l'a demandé.

— N'avons-nous pas eu cette conversation ? Elle était déjà embarrassante la première fois.

— Elle l'était autant pour moi que pour toi, dit-il. Aucun

homme n'aime s'entendre dire qu'une jolie femme accepte de sortir avec lui pour rendre sa nièce heureuse.

— Si ce n'est que je ne suis pas jolie. Ce n'est pas moi que tu vois.

— Crois-tu ? répondit-il doucement.

Il effleura du bout des doigts le coin de sa bouche, puis l'arrondi de ses lèvres, qui tremblèrent à son contact...

Ce frémissement lui rappela qu'il avait le don de détruire ce qui était fragile. Il retira sa main.

— Ne rêve pas, murmura-t-elle. Je ne suis pas une princesse, je ne porte pas de pantoufle de vair.

Il porta son attention sur ses pieds menus et chaussés d'escarpins à haut talon lui donnant une stature de déesse.

— Tu sais, je n'ai pas l'habitude d'être ainsi habillée, poursuivit-elle. Pourquoi ne pas nous mettre en jeans et aller au McDonald's ?

— C'est toi qui le diras à Michelle ?

— Non, je n'aurai pas un tel courage.

Il eut alors soudainement envie de l'emmener à l'Antre du Pirate.

En lui dévoilant qu'elle avait abandonné depuis longtemps son rêve d'être Cendrillon, il avait été profondément touché. Longtemps auparavant, il avait fait partie de ceux qui avaient brisé ses rêves. Le destin l'avait peut-être bien ramené devant sa porte, avec un chien malade, pour réparer le mal qu'il avait fait, pour lui rendre ce qu'elle n'avait pas eu, les occasions manquées depuis les bals de lycée auxquels elle n'avait pas participé.

Des bals dont il n'avait pas gardé de bons souvenirs, finissant chacun d'entre eux affalé par terre, assommé par l'alcool, sous le regard effaré de sa cavalière du moment. Mais elle n'avait pas besoin de savoir cela.

Il lui offrit son bras.

— Gente demoiselle, parodia-t-il, permettez-moi de vous escorter jusqu'à mon équipage.

Elle hésita, puis lui donna le bras, titubant légèrement sur ses escarpins neufs.

Elle retrouva toutefois son assurance quand ils parvinrent à la camionnette.

— Ta camionnette ressemble davantage à une citrouille qu'à un attelage, observa-t-elle.

— Normal ! répliqua-t-il. Je tiens plus du crapaud que du prince charmant.

— Certainement pas, Brian, le rassura-t-elle en caressant sa joue.

La sincérité avec laquelle elle avait prononcé ces mots changea tout. Il devina aussitôt qu'ils allaient passer une merveilleuse soirée, d'autant qu'en arrivant à l'Antre du Pirate, elle sembla éblouie par le décor composé de plantes savamment disposées entre des roches.

Ils prirent place à une table qui surplombait le Pacifique, et Brian remarqua qu'un nombre non négligeable de visages se retournaient sur le passage de Jessica.

Quand le serveur eut apporté la commande, elle prit son verre de vin, but une gorgée, et le fixa droit dans les yeux.

— Et maintenant ? demanda-t-elle.

— Parlons.

— De quoi ?

« De toi ! Dis-moi tout sur toi », eut-il envie de répondre.

Il avait déjà posé la même question à quantité de femmes, sans être pour autant réellement intéressé. Mais cette fois, la situation était différente. Il souhaitait tout savoir d'elle, comment elle avait survécu psychologiquement à ces années de lycée, comment elle avait acquis une personnalité aussi forte. Il désirait connaître le nom des fleurs qu'elle cultivait, aussi bien que le contenu des rêves qui précédaient son sommeil.

Ce désir de tout savoir sur elle l'effraya, tout comme le souvenir de la douceur de ses lèvres sous son doigt. Des lèvres pour lesquelles il imaginait le plaisir qu'il éprouverait à les embrasser.

Mais il savait aussi qu'elle ne s'engageait pas à la légère, qu'elle prenait à cœur tout ce à quoi elle se consacrait. Il avait pu en juger à la relation qu'elle entretenait avec sa nièce.

On ne demandait à une telle femme de parler d'elle que dans une intention précise, et qui n'était pas du tout la sienne.

« Sauve-toi ! » lui répéta une voix intérieure.

— Parlons de moi, dit-il enfin.

Elle se pencha en avant, visiblement intéressée, comme s'il avait des choses très importantes à révéler. Mais ce n'en fut pas le cas.

Alors il lui raconta des anecdotes de policier où il se dépeignait comme plus macho et insensible qu'il ne l'était. Et cette... Bambi avait probablement écouté ces récits avec ravissement.

Mais Jessica était loin d'avoir cette réaction. Elle serrait son verre de vin un peu trop fort, devinant dans son regard que quelque chose n'allait pas.

Il en était conscient. Si quelqu'un pouvait lire en lui, c'était bien elle.

Etait-il prêt à cela ?

Il la décevait, il s'en rendait compte. Tout cela faisait partie de ses intentions. Il fallait la désenchanter tout de suite, et non plus tard. Son plan fonctionnait, bien qu'au fond de lui-même il dût combattre un regret.

Alors qu'il était sûr que la soirée ne pouvait être plus catastrophique, il vit un homme serrer brusquement sa main sur sa poitrine et tomber de sa chaise, à la table voisine.

Il se leva si brusquement qu'il renversa la bouteille de vin sur la robe de Jessica.

« Et encore une catastrophe ! Mon cadeau personnel ! » songea-t-il en se penchant sur le corps de l'homme.

6

Quand Brian avait touché ses joues et ses lèvres, avant de partir de chez elle, Jessica avait perçu dans ce contact une certaine force à laquelle se mélangeait de la tendresse. Elle en avait presque perdu le sens des réalités et s'était sentie impuissante à lui résister.

Dans cet instant de douce folie, elle avait même laissé divaguer son imagination vers les contes de fées de son enfance et les princes charmants qui les peuplaient. Mais celui-ci la ramenait sur terre, à présent.

Pourquoi était-elle déçue ?

Il l'avait prévenue, elle aurait dû être soulagée.

Elle avait cru que l'homme resté présent dans son esprit durant quatorze ans était bien celui de ses rêves. Mais ce n'était qu'une illusion qu'elle avait entretenue en le voyant torse nu pendant la semaine écoulée.

« Si tu veux fantasmer sur de tels hommes, cherche-les plutôt dans les magazines ! » s'était-elle reproché amèrement.

Brian semblait prendre plaisir à se trouver dans une bataille rangée, livrée à coups d'armes à feu, où des vies, la sienne y compris, étaient en péril. Il se figurait pouvoir l'impressionner avec des récits d'agilité et de vitesse, comme s'il était encore le capitaine de l'équipe de football du lycée. Il allait même jusqu'à trouver amusant d'arrêter une vieille dame pour vol à l'étalage.

Mais derrière cette façade, elle discernait autre chose.

Le problème n'avait-il pas toujours été là, avec lui ?

Elle devinait de la force, de l'intégrité, un sens profond de la repartie, un esprit vif, mais si ces qualités existaient en lui, il semblait déterminé à ne pas les montrer.

A seize ans, lire ces dispositions chez un homme sans les voir confirmées par ses actions pouvait avoir un côté romantique, mais à trente et un ans, elle aurait été naïve d'insister pour voir ce qui n'existait pas.

La pauvre vieille qui volait dans ce magasin avait peut-être perçu dans le regard de l'agent Brian Kemp la bonté qui se cachait dans les profondeurs de son âme, juste avant qu'il ne lui passe les menottes en lui déclarant qu'elle était en état d'arrestation. Il n'était donc pas étonnant qu'elle lui ait assené un grand coup avec un poisson congelé, il le méritait. Et si Jessica avait eu le même sous la main, elle en aurait fait autant...

Mais le poisson qui était dans son assiette n'avait pas la même consistance. Elle s'était contentée d'en reprendre une bouchée en s'efforçant de ne pas marquer sa stupeur alors qu'il racontait la poursuite d'un adolescent qui avait dérobé une radiocassette.

Comment pouvait-il se vanter de tout cela sans être embarrassé ? Ce gamin n'était tout de même pas l'ennemi public numéro un !

Elle en éprouvait presque de la sympathie pour les délinquants.

— Et alors, le gamin est passé par-dessus le bord de la falaise avec son vélo ! avait-il expliqué. Je n'arrivais pas à le croire ! Je suis allé voir, il était tombé d'une demi-douzaine de mètres sur un éperon rocheux. Je me suis dit que, s'il l'avait fait, je pouvais aussi le faire. Alors j'ai sauté...

Il s'était brusquement arrêté au milieu de sa phrase et avait bondi de sa chaise. Malheureusement, ses genoux avaient heurté la table, et la bouteille de vin s'était renversée.

En voyant le vin se répandre sur sa robe, Jessica n'avait pu faire autrement que de constater que c'était là la conclusion parfaite d'une soirée désastreuse.

Elle remit la bouteille debout, mais le malheur était fait. Si elle commandait un jus de citron immédiatement, elle arriverait peut-être à faire partir la tache. Ou alors il valait peut-être mieux la laisser pour lui rappeler que les contes de fées n'étaient que de pures fictions...

— Appelez une ambulance !

Elle pivota sur sa chaise.

Il était agenouillé près d'un homme visiblement inconscient. Sa voix était calme, mais pleine d'autorité.

A demi hystérique, le serveur composait un numéro sur un téléphone portable alors que des membres du personnel accouraient de tous côtés. A la table voisine, une dame d'un certain âge était en larmes.

Jessica se leva si rapidement qu'elle renversa la bouteille une nouvelle fois. Elle n'y prêta aucune attention, n'arrivant pas à croire qu'elle ait pu être à ce point perdue dans ses pensées pour ne pas remarquer le drame qui se déroulait sous ses yeux.

Brian était entièrement concentré sur ce qu'il faisait. Ses mains posées sur la poitrine de la victime, il appuyait très fort, comptait, puis recommençait.

Jessica respira profondément, elle avait besoin des forces de Brian pour conforter les siennes. Puis elle se baissa, plaça une main sur l'épaule de l'homme, l'autre sur son front, ferma les yeux et fit le vide dans son esprit.

Elle sentit venir autour d'elle une lumière pure et brillante. Ses doigts se mirent à trembler, et elle sentit la chaleur rayonner de ses paumes. Derrière ses paupières closes, elle vit des prismes de couleurs extraordinaires. L'énergie faisait vibrer ses doigts, elle la percevait tout autour de la victime. Elle se concentra totalement sur cette lumière et s'y abandonna oubliant la présence de Brian, mais percevant à quel point leurs énergies s'étaient unies.

Elle élimina mentalement tout ce qui les entourait, jusqu'à avoir conscience du moment exact où la lumière se répandit dans le corps inanimé devant elle.

Elle laissa alors une paix indescriptible l'envelopper.

— Le cœur bat ! s'écria brusquement Brian.

Elle ouvrit les yeux et fut subitement écartée du tourbillon des ambulanciers quand ils arrivèrent.

Brian leur expliqua ce qui s'était passé. Puis il se retourna vers elle et lui prit la main. Ils se regardèrent intensément, droit dans les yeux.

Lorsqu'il était penché sur cet homme, elle avait vu ce qu'elle avait besoin de voir. Il n'était pas le macho primaire qu'il essayait de dépeindre dans ses histoires. Au contraire, il correspondait tout à fait à ce qu'elle avait cru deviner dans ses yeux, bien longtemps auparavant : l'image d'un homme calme et solide.

Il avait choisi ce métier non parce qu'il était passionnant comme il avait tenté de le faire croire, mais parce qu'il pouvait y mettre en pratique le courage et le sang-froid dont il faisait preuve.

Elle avait devant elle le vrai Brian, captivant, envoûtant, et non ce lycéen aux plaisanteries faciles qui embrassait les filles derrière le distributeur de Coca-Cola ou qui conduisait sa camionnette beaucoup trop vite.

— Tu vas bien ? s'inquiéta-t-il. Tu es toute tremblante.

— Je vais bien, acquiesça-t-elle.

— Monsieur, je ne sais comment vous remercier, minauda le maître d'hôtel en les rejoignant. Vous avez sauvé la vie de ce monsieur ! Comment vous appelez-vous ? Je vais en parler aux journaux ! Bien sûr, nous vous offrons le repas. Puis-je vous apporter une autre bouteille de vin ?

Cet excès de remerciements était une intrusion dans la bulle qu'ils avaient formée et où ils s'étaient enfin vus tels qu'ils étaient réellement.

Brian se tourna vers leur interlocuteur et lui parla calmement avant de passer son bras autour des épaules de Jessica.

— Allons prendre l'air, lui proposa-t-il.

Quelques instants après, ils descendaient l'escalier, face à la mer.

Ils débouchèrent sur une plage de sable fin où les vagues baignées de clair de lune venaient mourir sur la grève argentée.

Jessica s'assit à même le sol.

Brian prit place derrière elle, l'enveloppant de ses jambes et l'attirant contre le rempart de sa poitrine en passant ses bras autour de sa taille.

— Je vais te tenir chaud, murmura-t-il.

C'était ce que sa présence promettait : chaleur et sécurité.

— Le sable va salir ta robe, mais elle l'est déjà de toute façon, observa-t-il.

Il voulait la ramener dans le monde réel, mais elle n'était pas prête, et encore moins décidée à y retourner.

— Parle-moi de cette vieille femme, répondit-elle. Cette voleuse de quatre-vingt-trois ans...

— Non, parlons de ta robe.

— Non.

Il resta silencieux, comme s'il refusait l'intimité qu'elle lui offrait.

Elle ne le pressa pas.

— C'était triste, dit-il enfin comme à regret.

— Et ce hold-up à la banque ?

— Je n'ai jamais eu aussi peur de ma vie. Et lorsque j'ai poursuivi ce gamin en vélo, je me suis senti vieux et fatigué.

Elle hocha la tête, reconnaissant la vérité.

— Jessica, reprit-il après un silence, je ne pouvais pas sauver ces gens-là. Il vaut mieux éviter de telles considérations. Dans mon métier, la sensibilité est un défaut qui ne pardonne pas.

Cette confession n'était pas un aveu de faiblesse, mais plutôt une preuve de solidité intérieure.

— Tu as sauvé quelqu'un ce soir, souligna-t-elle.

— S'il passe la nuit. Les probabilités ne sont pas en sa faveur.

— Je crois qu'il survivra.

— Est-ce une certitude ou un espoir ?

— Un peu des deux.

— En tout cas, n'appelle pas l'hôpital pour avoir de ses nouvelles. C'est comme cela que l'on survit, en restant détaché. On fait de son mieux et la suite ne nous concerne plus.

— Je ne suis pas sûre de pouvoir considérer les événements de cette manière.

— Tant mieux, c'est ce que j'aime en toi. Mais ne pose pas ta candidature pour entrer dans la police.

— Ce n'était pas sur la liste de mes projets, sourit-elle.

— Tu sais, beaucoup de femmes aiment les histoires de mon métier.

— Je n'en doute pas, Brian, mais je ne suis pas comme la majorité des autres femmes.

— Ne tente surtout pas de changer. Tu perdrais ce qu'il y a de meilleur en toi, y compris ce qui a sauvé cet homme. Je sais que ce n'est pas vraiment mon massage cardiaque qui l'a sauvé, mais toi.

— Non, protesta-t-elle. C'est toi, Brian.

— Une fraction de seconde avant qu'il ne commence à respirer, j'ai regardé ton visage pour y trouver cette lumière radieuse. Tu souriais déjà, comme si tu savais.

Elle haussa les épaules.

Ce qu'elle avait vécu avait été d'une grande intensité, mais elle ne souhaitait pas en discuter.

— C'est toi qui l'as guéri, Jessica, insista-t-il. Tu lui as insufflé quelque chose, comme tu l'avais fait avec ce chiot, il y a des années.

Elle revécut soudain toute la scène... Le crissement des pneus, la plainte du chiot, le beau garçon qu'elle avait vu si souvent à l'école sortant de sa camionnette, l'air affolé par ce qu'il venait de faire.

Il n'avait même pas prêté attention à elle, juste au chien.

— Je l'ai tué, avait-il dit.

— Je ne pense pas, l'avait-elle rassuré. Tu peux venir chez moi ?

Il y avait un vieil abri de jardin, où ils avaient emmené le chien. A mesure qu'elle s'était occupée de l'animal, elle s'était rendu compte qu'il l'observait, qu'il la remarquait. Brian Kemp, ce bourreau des cœurs, avait fait attention à elle. Non pour voir en elle la fille rejetée par ses camarades de classe, mais pour distinguer ce qu'elle était réellement. Et elle s'était aperçue qu'il aimait ce qu'il voyait.

Ensuite, ils s'étaient assis dehors pour contempler les étoiles.

— J'appellerai, avait-il promis.

Ces mots avaient alors ressemblé à un vœu, à un moyen de sortir de son existence malheureuse. Ses parents étaient morts, elle était élevée par une tante pauvre et excentrique, elle était trop grosse, elle était différente des autres, on se moquait d'elle, et cette rencontre lui avait fait croire qu'elle pouvait être aimée. L'étincelle d'intérêt qui était passé dans le regard de Brian avait été synonyme d'espoir.

Elle avait attendu. Même quand il était passé devant elle au lycée, sans lui prêter la moindre attention, elle avait gardé espoir. Jusqu'au jour où elle l'avait vu avec Lucinda Potter derrière le distributeur de Coca-Cola.

Lucinda était tout son contraire, grande, mince, d'une beauté insolente, et sans inhibitions. Il l'avait embrassée avec une ardeur tout à fait déplacée dans un couloir de lycée, et elle en avait toujours conservé un souvenir amer...

— Je suis désolé, dit-il.

Sa voix la sortit brusquement de ses pensées. Elle le fixa presque ahurie.

— De toutes les choses que je regrette dans ma vie, t'avoir blessée est au début de la liste, poursuivit-il.

Elle ne répondit rien au risque de perdre toute défense en renonçant à ce reste d'amertume.

— J'ai ressenti exactement ce que j'éprouve maintenant, continua-t-il. Tu étais particulière, profonde et authentique. Bien plus que toutes celles que j'ai pu rencontrer.

Elle demeura silencieuse.

— J'essaie de ne pas réouvrir les anciennes plaies, Jessica, mais ne pourrions-nous pas oublier ces années de lycée ? J'étais jeune, je n'avais aucune idée sur la manière de m'y prendre avec une fille comme toi. Je ne réalisais pas combien tu étais précieuse et quel don tu représentais. Ce soir-là, j'ai senti en moi une vie dont je n'avais pas conscience. Je t'ai dit que je t'appellerais. Je ne l'ai pas fait, pour des raisons qui tenaient uniquement à moi, pas à toi.

— Je sais.

— Ce que je voudrais te faire comprendre est que tu as eu de la chance que je n'appelle pas. Je ne t'aurais fait que du mal. Tu es tellement douce.

Inconsciemment, sa main glissa sur son épaule dénudée.

— Je suis plus solide que tu ne le penses, Brian.

— C'est possible, mais à cette époque, je savais que tu attendrais de moi plus que l'on ne m'avait jamais demandé. J'aurais dû devenir meilleur que je ne l'étais. J'aurais dû apprendre à voir les choses différemment, de manière plus profonde. Il m'aurait fallu abandonner les certitudes que j'avais à l'époque. Je n'étais pas prêt, Jessica.

Elle retint son souffle.

— Et je ne suis pas sûr d'être prêt aujourd'hui.

Autrefois, elle était une adolescente effrayée par la force de ce qui était arrivé entre eux. Elle n'était pas sûre d'être assez jolie, assez intelligente, assez maîtresse de ses réactions, pour tenter d'être l'élue de son cœur. Alors, elle l'avait laissé prendre les initiatives. Elle avait abandonné avant même d'avoir commencé à jouer la partie. Elle s'était crue incapable de faire face à des concurrentes comme Lucinda Potter.

Elle ignorait si cela était une erreur, mais une chose était sûre : elle ne permettrait pas au même scénario de se dérouler une seconde fois. Elle n'était plus cette fille qui attendait que la vie veuille bien remarquer sa présence. Elle avait découvert Brian Kemp, le vrai. Celui qui, penché sur cet homme, avait laissé entrevoir la partie la plus profonde de lui-même. Elle n'allait pas fuir devant la magie de cette découverte. Non ! Il n'en était pas question !

Elle effleura sa bouche du bout des lèvres et découvrit un monde inconnu, fait de sensualité, de passion et de promesses. Ses lèvres avaient un goût de paradis !

Il parut tout d'abord surpris et répondit avec hésitation, puis avec une tendresse exquise.

Elle perçut alors l'accélération de son rythme cardiaque. Ses mains devinrent plus fermes, ses lèvres plus agressives, exigeant une réaction plus vive de sa partenaire.

Elle la lui donna avec empressement, unissant au feu de son amant son propre embrasement intérieur.

Jamais elle n'avait connu de torture si exquise.

Puis sa langue sépara ses lèvres pour pénétrer l'intérieur de sa bouche, alors que ses mains abandonnaient ses épaules dénudées pour caresser ses flancs, son ventre...

Elle répondit à ses caresses et promena une main le long de ses cuisses, de sa poitrine, de ses bras...

Il écarta le tissu léger au-dessus de sa poitrine et elle se figea sous l'emprise d'un désir sans limites.

Brisant alors l'étreinte de ses lèvres, elle inclina légèrement la tête et le regarda. Ses yeux étaient emplis de passion, et la chaleur rayonnait de tout son être.

— Je te veux, souffla-t-elle, étonnée de sa propre audace.

Elle n'était plus celle qui avait attendu passivement ce coup de téléphone. Elle glissa une main le long de sa chemise, puis à l'intérieur de son pantalon.

— Enlève-le, ajouta-t-elle.

Elle esquissa un sourire en le voyant passer sa chemise au-dessus de sa tête. Puis elle passa ses lèvres sur sa poitrine et le sentit trembler, tout en étant gagnée par l'ivresse de son nouveau pouvoir.

— Je ne vais pas te faire l'amour ici, sur cette plage, murmura-t-il.

Faire l'amour ? Bien sûr, c'était ce que son « je te veux » signifiait, même si elle avait voulu lui donner un sens plus profond.

Pourquoi se sentait-elle tout à coup stupéfaite, comme si elle avait été emportée contre sa volonté ?

Ses réflexions s'estompèrent lorsqu'il captura de nouveau ses lèvres. Il l'aida à se mettre debout et essuya le sable collé sur sa robe. Ses mains s'attardèrent sur ses hanches, jusqu'à ce qu'elle en tremble. Puis il l'écarta un instant, le temps de remettre sa chemise. Il la prit enfin dans ses bras, comme si elle ne pesait guère plus qu'une plume et la porta jusqu'en haut de l'escalier où ils évitèrent le restaurant pour revenir directement à sa camionnette.

Il lui ouvrit la portière, mais avant qu'elle ne puisse entrer, leurs lèvres se trouvèrent de nouveau dans l'obscurité. Il la repoussa contre le siège en continuant à l'embrasser, et ils ne se séparèrent qu'au moment où quelqu'un, venant du restaurant, projeta la lumière de sa torche électrique au milieu du parking.

Elle devina alors son visage encore empli de chaleur et de passion.

Elle s'installa à l'intérieur du véhicule et attendit qu'il la rejoigne, mais il ferma la portière et resta dehors un long moment à contempler les étoiles.

Lorsqu'il revint dans la camionnette, il lui sourit avec une expression de regret.

Elle se rendit compte que l'équilibre du pouvoir était modifié, qu'elle perdait celui qu'elle avait détenu et qu'il regagnait le sien.

Une question lui traversa alors l'esprit : pouvait-elle lui abandonner avec confiance le contrôle de ce qui se passait entre eux ou la délaisserait-il comme la première fois ?

La partie rationnelle de son cerveau savait qu'il fallait trouver la réponse avant que l'irrévocable ne se produise, mais la partie irrationnelle observait ses lèvres.

Elle se glissa près de lui et passa la pointe de sa langue sur son oreille.

— Nous n'allons pas jouer la partie comme cela, objecta-t-il, en la repoussant doucement.

— Quoi ? haleta-t-elle. Que veux-tu dire ?

— Jessica, je peux embrasser n'importe quelle femme au monde, et c'est généralement ce que je fais.

Ses effusions avec Lucinda près du distributeur de Coca-Cola lui revinrent à la mémoire, sans qu'elle puisse en faire abstraction.

— Je ne te comprends pas, se raidit-elle.

— Aide-moi à devenir un homme différent.

— Comment ?

— Apprenons d'abord à nous connaître.

S'il avait eu le malheur de répondre : « Soyons simplement amis », ses collègues auraient pu enquêter sur un meurtre, le lendemain matin, sur le parking de l'Antre du Pirate.

Mais il ne prononça pas ces mots et continua ainsi :

— Si tout cela n'avait pas été orchestré par Michelle, qu'aurais-tu décidé de faire ? Où aurais-tu aimé sortir ? J'ai le sentiment que tu n'aurais pas choisi ce restaurant.

Sa tentative n'avait pas marché, et elle avait l'air à présent ridicule dans cette robe… Elle s'était montrée maladroite dans ses démonstrations d'amour, mais il semblait toutefois ne pas vouloir la fuir.

— Où irais-tu, si l'on devait tout recommencer ?

Elle hésita, ferma les yeux et tenta de repousser le souvenir de ses lèvres sur les siennes. Le goût de ce baiser était encore trop frais.

— D'abord, je voudrais que cela ne ressemble pas du tout à un rendez-vous amoureux, dit-elle. Ni repas fastueux, ni vêtements chics…

— Ni baiser volé ? se moqua-t-il.

— Tu as déjà volé ton baiser !

Considérant qu'il aurait pu lui en voler davantage, elle ne le trouva d'ailleurs pas très audacieux en la matière.

— Je me suis un peu emporté, avoua-t-il ; mais j'essaierai de me rattraper. Alors, que ferais-tu si nous recommencions tout à zéro ?

— Ce qui me plairait vraiment serait de travailler à tes côtés pour la construction du bassin. De t'aider à choisir les roches, à les placer, et ensuite, quand nous serions trempés de sueur, d'aller à la rivière, derrière chez moi, pour flotter au soleil.

L'homme le plus séduisant de l'île de Vancouver lui proposait de sortir avec lui, et elle lui parlait d'être trempés de sueur…

Avait-elle réellement changé ou restait-elle encore cette adolescente maladroite dont il n'y avait rien à espérer ? Elle était différente physiquement, certes, mais intérieurement ?

— Ferions-nous cela avec ou sans tenue de bain ?

— Avec ! s'écria-t-elle.

La rapidité et l'indignation avec lesquelles elle avait répondu déclenchèrent leur éclat de rire.

— D'accord, nous sortirons ensemble, convint-il.

Il la raccompagna en sifflotant.

Manifestement, ce baiser ne le dévorait pas de l'intérieur comme c'était le cas pour elle.

Quand ils arrivèrent devant chez elle, il sortit du véhicule, lui ouvrit la portière et l'embrassa tendrement sur les lèvres.

Elle se serra contre lui, avide d'autres baisers, mais il l'écarta.

— Pour une fois dans ma vie, je vais faire ce qui est bien, se justifia-t-il.

Elle le regarda remonter dans la camionnette, parcourue par un délicieux frisson.

— Alors, tonton ? Comment les choses se sont-elles passées ? s'enquit aussitôt sa nièce.

— Bien, répondit-il.

— Bien ? C'est tout ? se désola-t-elle.

— Michelle...

— Je veux tout savoir ! Qu'avez-vous mangé ? coupa-t-elle.

— Michelle ! insista Brian. Je ne vais pas tout avouer de ma vie amoureuse à une fille de treize ans. Ce ne sont pas tes affaires.

— Ta vie amoureuse ?

— Ne me fais pas dire ce que je n'ai pas dit.

— Quoi donc ?

— Tu as très bien compris. Je ne suis pas amoureux, je ne l'ai jamais été et je ne le serai jamais.

— Non ?

— Non !

Sa nièce le considéra un instant, puis secoua la tête.

— C'est bien triste... Tu peux au moins me dire si vous avez passé un bon moment.

« Oui, c'est le moins que l'on puisse dire », songea son oncle en repensant aux lèvres de Jessica.

— Un client a eu une crise cardiaque, répondit-il ; et j'ai renversé du vin sur Jessica en me levant pour l'aider.

Il lui était visiblement plus facile d'exposer quelques faits que de disséquer la confusion qui s'était emparée de lui quand elle était venue s'agenouiller près de la victime et qu'il avait regardé son visage en y trouvant une lueur qui lui avait fait prendre conscience à quel point sa vie était vide et dépourvue de sens.

— Ça a été la catastrophe totale ? demanda Michelle.

— L'homme a survécu.

— Ce n'est pas ce que je voulais dire.

— Alors, la catastrophe n'a pas été totale, comme tu dis.

Sa nièce parut soulagée.

— Nous allons essayer de nouveau, confia-t-il ; mais cette fois nous fixerons nous-mêmes les règles du jeu. Ce qui signifie : ni arrangements, ni manipulations.

— Comme si j'étais capable de choses pareilles ! fit mine de s'offusquer Michelle.

Puis son expression s'illumina à l'idée de pouvoir détourner la conversation.

— Oh ! Tante Lucy a appelé ce soir ! annonça-t-elle.

— Que voulait-elle ?

— Nous rendre visite ! Elle va prendre l'avion pour venir m'aider à constituer ma garde-robe pour la rentrée, comme la bonne marraine de Cendrillon.

Lucinda avait été la meilleure amie de sa défunte belle-sœur et de ce fait la marraine de sa nièce, mais Brian avait du mal à l'imaginer dans un rôle de fée, d'autant que celle du conte était petite, ronde, avec des cheveux gris et des lunettes.

Lorsqu'il l'avait revue le jour de l'enterrement, Lucinda était plus belle que jamais. Ils avaient échangé quelques baisers passionnés après le service sans que les choses aillent plus loin, tous deux recherchant consciemment une libération temporaire de la douleur qu'ils éprouvaient sur le moment.

« Elle n'aurait pas pu choisir un plus mauvais moment pour nous rendre visite », songea-t-il.

Qu'avait-il fait pour mériter cela ? Qu'avait-il fait pour avoir deux femmes sur les bras, chacune avec une relation qui n'était pas terminée ?

7

Brian dut attendre plusieurs jours avant d'avoir une journée de repos lui permettant d'aller voir Jessica.

Entre-temps, il se sentit presque embarrassé tant il pensait à elle. Les chansons entendues à la radio lui rappelaient son sourire, le soleil lui ramenait à l'esprit l'image de ses cheveux, et il se retournait sans cesse dans son lit en songeant à ses lèvres, à ses hanches, à son corps tout entier...

La première fois qu'il lui téléphona de nouveau, il avait l'estomac noué.

— Je... je voulais juste dire bonjour, bafouilla-t-il avec la maladresse d'un adolescent.

Il appelait une femme, juste pour lui dire bonjour, et ne pouvait se dépêtrer de la sensation désagréable que cette situation allait le mener trop loin, vers des matchs de football interrompus et une camionnette reprise par un garage en échange d'une voiture neuve.

Mais quand il entendit le bonheur dans la voix de son interlocutrice, son estomac se dénoua. Il comprit alors qu'élever le football au rang d'une religion était le comportement stupide et désespéré d'un homme seul.

Cependant, s'il se sentait prêt à accorder moins de place à ce sport, un doute plus inquiétant l'assaillait. Il savait qu'il ne pouvait sérieusement accepter la responsabilité d'une chose aussi fragile que le bonheur d'une femme, et pourtant cela ne l'empêchait pas d'aller de l'avant.

— J'ai trouvé des nénuphars pour le bassin, aujourd'hui, lui apprit-elle.

Elle les décrivit en détail.

En temps ordinaire, il n'y aurait trouvé aucun intérêt, mais tout ce qu'elle disait le passionnait.

Certaines femmes auraient réservé leur attention à des diamants, d'autres à la maison idéale ou à des billets d'avion pour une destination romantique, mais son adorable interlocutrice parlait de nénuphars.

« Son adorable interlocutrice... »

Il fut stupéfait par cette pensée.

— Qu'as-tu fait aujourd'hui ? demanda-t-elle.

— Comme d'habitude. J'ai arrêté une vieille femme et poursuivi un gamin à peine sorti du berceau.

— Vraiment ? dit-elle en riant.

Il lui raconta sa journée. Une journée terriblement ennuyeuse, excepté lorsqu'il était intervenu après un accident de voiture pour aider le conducteur complètement désorienté et pris de panique.

Leur conversation était aussi spontanée que s'ils s'étaient continuellement parlé pendant quatorze ans.

— Tiens, que penses-tu de ma camionnette ? lui demanda-t-il soudainement.

— Je l'aime bien.

— Tu plaisantes ?

— Pas du tout.

— Alors, dis-moi ce que tu lui trouves.

Il la mettait à l'épreuve, les femmes donnant parfois l'impression de tout aimer chez l'autre, jusqu'à ce qu'elles l'aient amené là où elles veulent.

— Je sais qu'elle est différente de tout ce qu'on trouve sur la route, répondit-elle. Ce n'est pas un simple tas de ferraille, sinon tu ne la conduirais pas.

« Très juste », approuva-t-il.

— Je sais qu'elle est vieille, poursuivit-elle ; mais elle est si bien entretenue qu'elle semble solide et fiable. Elle est très confortable et... j'aime te voir passer les vitesses...

Avant qu'elle ne poursuive, il choisit de lui poser la question la plus importante.

— Si je la revendais pour la remplacer par... disons une Lamborghini, quelle serait ta réaction ?

— Je n'en aurais aucune. Je ne t'adresserais plus la parole.

Il sut, à cet instant précis, qu'il tombait amoureux d'elle.

Cette pensée chassa de son esprit l'arrivée impromptue de Lucinda, d'autant qu'il était impossible de placer cette information dans la conversation.

Après avoir raccroché, il y réfléchit.

Aurait-ce été utile de mentionner sa venue ?

Il semblait plus rationnel de passer ce fait sous silence. Lucinda venait pour voir sa filleule, elle séjournerait à l'hôtel et, en s'organisant habilement, il ne la croiserait peut-être même pas.

Pourquoi Jessica aurait-elle eu besoin d'être au courant ?

Lucinda faisait partie d'un monde qu'elle avait laissé derrière elle.

A quoi bon lui renvoyer un tel souvenir en plein visage ?

Quand Brian gara sa camionnette devant la maison de Jessica et qu'il la vit venir vers lui, il ne put s'empêcher de ressentir un léger soupçon de culpabilité en gardant pour lui le fait que Lucinda était arrivée la veille. Il lui était difficile de garder à l'esprit une pensée négative tout en dévisageant la femme qui absorbait ses pensées.

Elle était habillée pour le travail, avec un short kaki qui dévoilait les courbes gracieuses de ses jambes. Les mèches de ses cheveux étaient en partie dissimulées sous un bandana. Elle portait également le débardeur blanc qu'il appréciait tant, celui qui dévoilait ses épaules et le plat de son ventre.

O'Henry sortit du véhicule en frétillant.

Le visage de Jessica s'illumina d'un large sourire, mettant Brian mal à l'aise.

Elle réservait ce rayonnement au chiot et non à lui !

L'éventualité qu'elle ne partage pas ses sentiments lui traversa l'esprit, mais quand elle releva les yeux, il fut aussitôt soulagé. Devant son expression, il se sentit devenir un géant, que rien ne pouvait atteindre.

— Michelle n'est pas venue ? s'étonna-t-elle.

— C'est nous qui avions rendez-vous !

D'abord le chien, puis Michelle...

Il n'avait nulle envie de la partager avec quelqu'un. Et ce qu'il souhaitait faire avec elle ne serait pas envisageable sous le regard d'un chien et encore moins sous celui de sa nièce.

— Mais nous ne devions pas donner l'impression d'un rendez-vous amoureux, lui fit-elle observer. Tu aurais pu l'amener.

Combien de femmes auraient eu sa générosité d'esprit ? Combien auraient accepté la présence d'une nièce de treize ans dans cette situation ?

— Michelle est occupée, répondit-il. Sa marraine est venue lui rendre visite.

N'était-ce pas là l'occasion de lui révéler qui elle était ?

Non ! S'il ne voulait pas partager ce moment avec un chiot ou sa nièce, il était encore moins question de le gâcher en mentionnant Lucinda.

— Oh, oui, elle m'en a parlé, se souvint-elle. Tante Lucy, c'est cela ? Michelle m'a dit qu'elle avait fait cinq mille kilomètres pour lui rendre visite.

En quelque sorte, mais ce qu'elle ignorait était que Brian avait rencontré brièvement Lucinda à son arrivée et qu'il avait distingué dans son regard une lueur signifiant clairement qu'elle n'était pas seulement venue pour sa filleule. Mais lui avouer ce point aurait gâché sa joie et détruit la magie de cette matinée. Il était inutile de provoquer le désastre qu'il avait su éviter jusqu'alors.

Ils marchèrent ensemble jusqu'au bord du bassin.

— Qu'as-tu donc fait ? s'étonna-t-il.

Un monceau de rochers occupait la place où se trouvaient seulement quelques pierres, lors de sa dernière visite.

— Je voulais que tout soit prêt à ton arrivée, expliqua-t-elle.

Il fut un peu vexé que ce petit bout de femme ait fait un tel travail alors qu'elle l'avait à sa disposition.

— Jessica, tu dois me laisser les travaux de force. Un homme sert à cela.

— Je vis seule depuis longtemps, se défendit-elle avant de tapoter sa tempe de l'index. Je dois me servir de ma cervelle.

Il retira sa chemise. Et comme elle lui avait avoué avoir un faible pour ses bras, il lui montra son biceps.

— Le muscle et la matière grise : la combinaison parfaite, ajouta-t-il.

Il en imaginait d'autres, comme l'alliance de sa force avec sa douceur de femme, ou encore la rencontre de leurs lèvres, prélude à une union plus brûlante.

Elle venait de déclarer être seule depuis longtemps. Elle devait avoir des envies qu'il entendait bien satisfaire.

Ils se mirent au travail, mais il ne parvint pas à se concentrer sur sa tâche, troublé par la senteur de citron et d'épices qu'elle promenait autour d'elle, tout comme par la forme délicate de ses bras, de ses épaules...

Elle n'était pas de ces femmes qui veulent rivaliser avec les hommes pour prouver quelque chose. Elle lui laissa les tâches lourdes sans pour autant jouer la comédie des ongles cassés ou des cris, en trouvant un ver de terre.

Elle faisait partie de ces rares femmes qu'il était possible d'emmener camper ou pêcher. Elle était totalement à l'opposé de celle qui était venue rendre visite à sa nièce. Elle le mettait à l'aise. Son monde personnel en était retourné, et malgré tout il y prenait plaisir.

Tout en travaillant, ils bavardèrent avec le plus grand naturel. Elle lui parla d'une importante commande de graines d'herbes avec lesquelles elle mettait au point une préparation et lui demanda son avis sur les nénuphars qu'elle avait rassemblés.

Il se surprit l'imaginant assise sur un banc, à côté de la mare, lisant un journal, O'Henry s'ébattant gaiement à ses pieds. Et dans cette image, il était à côté d'elle, aussi heureux.

Pour la première fois dans son esprit, le mot « avenir » se superposait à un visage du sexe opposé.

Il n'avait encore jamais connu de femme comme elle, prête à prendre la pelle, à se salir. Une femme qui serait une partenaire...

A midi, le gros œuvre était fini. Le revêtement du fond du bassin était posé, et Jessica choisissait les roches comme si toute sa vie était suspendue à cette décision.

— Est-ce qu'on ne peut pas simplement les jeter ? suggéra-t-il.

Elle secoua la tête négativement et continua à examiner les pierres, une par une.

Il remarqua à quel point elle était concentrée, puis réalisa qu'il avait faim.

Il alla chercher le déjeuner dans sa camionnette, Jessica n'ayant manifestement pas conscience que les grands costauds comme lui avaient besoin d'être nourris, et rapporta des hamburgers et du Coca, mets peu diététiques qu'elle fut néanmoins très heureuse de partager avec lui.

Ils mangèrent en silence.

Il sentit un bien-être extraordinaire l'envahir, puis les jappements du chiot résonnèrent vers la parcelle de terrain où Jessica suspendait son linge.

— Qu'est-ce que... ? commença Jessica.

— Quoi ?

— Rien, coupa-t-elle.

L'expression de son visage laissait penser qu'elle ne se félicitait pas d'avoir sauvé O'Henry.

— Il joue avec ton linge, c'est ça ? devina Brian.

— Ce n'est pas grave, j'en ai suffisamment de rechange...

Elle dissimula mal son embarras et sentit ses joues s'empourprer.

Brian le remarqua et trouva cela plutôt charmant.

— Je vais te le rentrer, la rassura-t-il.

Il se leva et la précéda vers le chien.

Alors qu'ils s'approchaient, O'Henry détala.

Jessica le poursuivit à travers les massifs de fleurs sans montrer la moindre contrariété pour les dégâts occasionnés.

Brian se mit en embuscade et attrapa le chiot au moment où il déboulait hors des massifs, mais O'Henry parvint à s'échapper d'une cabriole.

— Ce chien est incroyable ! s'exclama-t-il.

O'Henry pouvait tourner sur lui-même en l'air, s'arrêter et bondir avec plus de vivacité qu'un trois-quarts de rugby.

Jessica était tout aussi extraordinaire. Légère et pleine de vigueur, elle avait l'énergie d'une adolescente, et il appréciait la manière dont son petit débardeur moulait son corps quand elle courait.

Elle admit finalement sa défaite et s'allongea sur le dos, contemplant le ciel. Le chien se fatigua, lui aussi. Brian parvint à l'attraper et le déposa à côté d'elle.

— Traître ! Judas ! Vilain chien ! le réprimanda-t-elle.

O'Henry se plaignit piteusement, et le cœur de Jessica fondit. Pour toute correction, elle lui donna une caresse sur la tête.

Brian s'assit à côté d'elle et brandit la lingerie qu'il avait réussi à sauver des dents du chiot. Les sous-vêtements n'avaient rien d'affriolant. Ni soie, ni dentelle. Ils étaient la pureté, l'innocence mêmes. Et pourtant il les trouvait plus sexy que tous ceux qu'il avait vus auparavant.

— Arrête de les regarder ainsi, lui intima-t-elle en les lui arrachant des mains. On dirait un archéologue qui vient de découvrir une chambre au trésor dans je ne sais quel tombeau égyptien.

C'était exactement ce qu'il ressentait. Grâce à O'Henry, il venait de découvrir un trésor.

Elle roula les sous-vêtements en boule pour les enfouir sous son T-shirt.

— Dis-moi plutôt ce que tu vois dans les nuages ? dit-elle.

— Des sous-vêtements, la taquina-t-il.

— Arrête ! se vexa-t-elle. Je sais ce que tu penses ! Que je suis rétrograde, asexuée et que tu me verrais bien passer une audition pour jouer dans *La petite maison dans la prairie* !

— Stop ! l'interrompit-il. L'homme qui te trouverait asexuée serait vraiment le dernier des idiots. Tu es plus sexy en blue-jean que beaucoup de femmes en Bikini, et je le pense sincèrement.

Elle s'appuya sur son coude et le considéra d'un air soupçonneux.

— Tu penses réellement ce que tu dis ?

— Etre sexy inclut l'image que l'on donne de soi et la manière dont on aborde la vie. Je n'ai jamais vu de femme plus sexy que toi quand tu poursuivais ce chien...

— Arrête, répliqua-t-elle en lui frappant le bras.

Derrière son semblant de contrariété, il devina sans difficulté qu'elle était heureuse d'entendre ses propos.

— Tu es sexy à un point tel que nous devrions aller prendre un bain maintenant, poursuivit-il. Et avant que je ne perde la tête.

Il fixa ses lèvres sans pouvoir résister, et son baiser confirma ses propos.

Elle était sexy sans avoir besoin de s'en donner la peine.

Rien n'avait semblé manquer dans la vie qu'elle avait menée jusqu'à présent. Et aujourd'hui, elle se rendait compte des vides énormes qu'elle renfermait. Avec lui, la moindre chose devenait merveilleuse. Il la mettait en face de ce qu'elle n'avait jamais voulu voir : la solitude, qui ôtait toute une dimension à son existence.

— Je vais me mettre en maillot, dit-elle.

— En Bikini ?

— Non, désolée. Quelque chose de plus sage, comme tout ce que j'ai toujours eu.

Elle mentait. Elle avait commencé à chercher la tenue de bain parfaite tout de suite après leur premier rendez-vous et s'était finalement décidée pour un maillot blanc une-pièce, dont la coupe mettait en valeur sa silhouette menue, ainsi que son teint. Elle avait également acheté un paréo rouge et blanc qu'elle attacha autour de sa taille.

Il l'attendait à la porte, vêtu d'un short. Ses jambes étaient aussi bronzées et puissantes que le reste de son corps.

— Tu pourrais faire couler à toi seule l'industrie du Bikini, observa-t-il.

Elle éclata de rire.

Peut-être était-il temps de changer l'image qu'elle avait d'elle-même ?

Traverser la forêt pour rejoindre la rivière au côté de Brian cessa d'être une action habituelle pour devenir une expérience inédite, une entrée dans un monde nouveau.

Tomber amoureuse ! N'était-ce pas la plus merveilleuse aventure que la vie puisse offrir ?

Il mit la main sur son épaule.

Elle tourna la tête vers lui et lui sourit.

Ce n'était pas n'importe quel homme qui était l'objet de ses passions. C'était Brian Kemp, si beau, si sûr de lui, si amusant...

Tomber amoureuse...

Elle eut peur d'aller trop vite, mais son cœur lui souffla que non. C'est ce qu'elle attendait depuis quatorze ans, en espérant qu'il reviendrait. Et c'était ce qui se produisait.

Il était l'homme de sa deuxième chance. Son homme à elle.

Elle réfléchit à ces mots, à leur côté possessif.

« Son homme... »

Ce qu'ils avaient éprouvé ensemble, ce soir-là, trouvait sa réalisation concrète. C'était comme si la magie avait été à l'œuvre... Oui, la magie existait. Les miracles se produisaient, pour qui savait les voir.

Et le plus grand de tous n'était-il pas l'amour ?

Une partie d'elle-même avait peur de ce qu'elle découvrait, mais elle prenait tout à coup conscience que la crainte l'avait retenue trop longtemps.

Sa vie n'avait pas été si malheureuse, mais il lui avait manqué cette étincelle. A cause de cette peur, elle s'était résignée à vivre sa vie à moitié. A présent, elle avait décidé de ne plus obéir à ce sentiment. Prendre le risque d'être blessée valait mieux que de mener une vie à demi manquée.

Ils arrivèrent au bord de la rivière.

Elle enleva son paréo, perçut son regard admiratif et entra

dans l'eau. Puis elle se tourna vers lui. Il était encore sur la rive, sous le charme de l'agréable vision qu'elle lui offrait.

— Tu es encore plus belle mouillée, lui dit-il en souriant.

Elle l'éclaboussa pour exprimer sa joie et le provoquer.

Il sauta d'un rocher à l'autre pour éviter les gerbes d'eau et sauta enfin dans l'eau.

Ils se regardèrent droit dans les yeux, et, à l'instant où elle crut qu'il allait l'embrasser, il la renversa dans l'eau.

Elle se releva, l'aspergea de nouveau et put admirer son grand corps puissant ruisselant d'eau.

Ils jouèrent ainsi jusqu'à ce que la fatigue les surprenne. Puis ils s'allongèrent sur les matelas gonflables qu'ils avaient amenés et se laissèrent dériver au fil de l'onde paresseuse.

Ils parlèrent de tout et de rien, riant de la forme des nuages ou de l'audace des poissons qui venaient parfois leur frôler les pieds. Puis Jessica retrouva l'énergie suffisante pour se glisser dans l'eau, passer sous le matelas de Brian et le renverser.

Comme ils étaient dans un méandre où la rivière était presque immobile, ils en profitèrent pour nager. Puis il l'enlaça et l'attira vers lui. Ses lèvres capturèrent les siennes sans leur donner la moindre chance de s'échapper, ce dont elle n'avait d'ailleurs nulle envie.

— Nous allons nous noyer ! suffoqua-t-elle.

— Ce serait une agréable manière de disparaître, observa-t-il, avant de l'embrasser de nouveau.

Leurs têtes disparurent sous l'eau. Puis, quelques secondes plus tard, tous deux réapparurent à l'air libre en respirant profondément.

— Tu prétendais vouloir aller doucement, fit-il remarquer.

— J'en ai assez d'aller doucement.

Elle allait le séduire, c'était aussi simple que cela.

Elle n'avait jamais pratiqué le jeu de la séduction, mais elle était étonnée de voir à quel point il lui venait naturellement.

Ils sortirent de l'eau et se poursuivirent le long des sentiers dans la forêt, s'arrêtant pour échanger rires et baisers. La main de Brian trouva la poitrine de Jessica, l'effleura doucement, puis ils se remirent à courir.

Ils débouchèrent enfin dans la clairière, derrière la maison de Jessica.

— Je ne m'étais pas rendu compte que nous avions dérivé si loin, murmura-t-il. Combien de temps nous a-t-il fallu pour revenir ?

— Quatorze ans.

— Une éternité.

Ils firent une dernière course pour arriver sur le gazon, devant sa maison où ils s'arrêtèrent brusquement.

Michelle était là, face à la porte, arrangeant savamment en bouquets des fleurs éparpillées autour d'elle. Une femme était assise derrière elle, de dos, le visage dissimulé par une superbe chevelure qui tombait en cascade.

— Où étais-tu ? s'enquit aussitôt l'adolescente.

Son oncle la dévisagea sans répondre, encore surpris par sa présence.

— Le commissariat a appelé pour une urgence, poursuivit Michelle. J'ai essayé de te joindre au téléphone. Comme ça ne répondait pas, j'ai cru que tu travaillais au bassin. Nous avons décidé de t'attendre.

La peau encore mouillée de Jessica sembla soudain prise par la glace.

La femme se retourna et avisa Brian.

— Bonjour, Brian.

Ses yeux se portèrent ensuite sur Jessica. Des yeux aussi beaux mais aussi froids que des saphirs.

Brian poussa un soupir et s'avança tel un homme résigné à ce que les choses finissent par tourner mal.

— Jessica, tu te souviens de Lucinda ? demanda-t-il.

Lucinda Potter !

Jessica eut la brutale sensation que son rêve tournait au cauchemar.

8

Brian était au moins sûr d'une chose : quel que soit le problème auquel la police était confrontée, il ne pouvait être pire que celui qu'il avait en face de lui. Et si quelqu'un lui avait demandé d'imaginer son pire cauchemar, il n'aurait rien trouvé qui égale la scène qui s'offrait à ses yeux.

Jessica avait lâché sa main comme si elle était devenue brûlante, comme si, en un clin d'œil, il était devenu un monstre. Il essaya de lire l'expression de son visage, mais elle s'était détournée pour ne s'intéresser qu'au nœud du paréo qui lui entourait la taille.

Lucinda, quant à elle, le contemplait avec ce plissement d'yeux et ce demi-sourire qu'il avait toujours trouvés si séduisants. Seulement, à présent, il n'y voyait plus la séduction, mais une certaine niaiserie.

Un homme peut-il revenir à ses anciennes passions après avoir goûté à la fraîcheur de l'innocence ?

Sans aucun doute, Jessica avait saisi chaque nuance du regard de Lucinda.

Il soupira. La situation ne lui laissait guère le temps à la réflexion. Il savait qu'il fallait quelque chose d'extrêmement grave pour qu'on l'appelle en dehors de ses heures de service.

— Je peux utiliser ton téléphone ?

Jessica acquiesça.

Il se dirigea vers la cuisine, où les trois femmes le suivirent sans un mot.

Il essaya de parler à Jessica en passant devant elle, mais elle se tourna pour faire entrer O'Henry dans la maison. Il eut juste le temps de remarquer la pâleur de son visage. Elle était visiblement ébranlée et son regard était devenu terne.

Il la faisait souffrir sans le vouloir. Il ne provoquait pas de catastrophes : elles survenaient toutes seules, partout où il allait.

Comment avait-il pu croire qu'ils formaient un couple harmonieux ?

Lucy était probablement plus son genre : il ne risquait pas de la blesser. Tout glissait sur elle comme l'eau sur une plume.

— Tu n'es pas forcé de rappeler, observa cette dernière d'un ton détaché. Après tout, je ne suis là que pour quelques jours. Tu peux faire comme si tu n'avais pas reçu le message.

« Non, c'est impossible », songea Brian.

De plus, il n'appréciait guère qu'elle se permette une telle suggestion en présence de Michelle.

Il essaya de nouveau de discerner l'expression du visage de Jessica, mais elle était à présent entièrement absorbée par O'Henry.

— Je ne voudrais pas qu'un imprévu vienne gâcher tes plans, Lucinda, dit-il d'un ton sarcastique.

— C'est justement ce que je pensais.

Il se rendit compte qu'il donnait malgré lui l'impression d'être prêt à suivre ses conseils. Décidément, il ne savait pas garder son équilibre sur cette corde raide.

Il observa de nouveau Jessica. Elle caressait si fort le dos du chiot qu'elle allait l'écorcher. Il se retint de le lui faire remarquer, considérant qu'il avait déjà assez de dégâts à limiter.

— Je dois me changer, annonça Jessica en disparaissant dans sa chambre.

Il faillit la suivre, mais renonça et décrocha le téléphone.

— Je t'avais dit qu'il appellerait, observa Michelle à l'intention de sa tante.

Ce qui se passait en ville était au moins aussi grave. Ses collègues avaient livré une course-poursuite en voiture, et le malfaiteur avait percuté une pompe dans une station-service, projetant en l'air un geyser de carburant. Mais la situation était passée en un éclair du burlesque au tragique. L'individu s'était retranché à l'intérieur de la station, menaçant de tirer sur tout ce qui bougeait, incluant apparemment toute personne qui tenterait d'arrêter l'écoulement du carburant.

La scène se passait sur l'un des carrefours les plus fréquentés de la ville. La police bouclait la zone, barrait les routes et évacuait les habitants du quartier. Derrière la station, un groupe de vingt-trois adolescents réunis dans une église était pris entre le tireur fou et le risque d'une explosion.

Tous les policiers disponibles étaient appelés en renfort pour sécuriser la zone, aider aux évacuations et détourner la circulation.

« Ou rechercher les corps des victimes », anticipa Brian.

Il n'avait pas le temps de s'occuper de ce qui se passait chez Jessica. Au moins, de ce côté-là, il n'y avait pas de vie humaine en péril.

— Il faut que j'y aille, annonça-t-il en raccrochant. Merci d'être venues me prévenir. C'était exactement ce qu'il fallait faire.

— Pourquoi faut-il que tu ailles travailler ? lui demanda sa nièce.

Elle avait l'air sincèrement préoccupée. Son visage portait de nouveau du maquillage, appliqué d'une main experte, et ses vêtements étaient un peu trop voyants pour une fille de treize ans...

Il faudrait qu'il lui en touche deux mots. A elle ou à Lucinda, mais ces reproches devraient attendre.

— Ce n'est qu'un accident ordinaire, mentit-il.

— Non ! répliqua sa nièce. Ils ne t'appelleraient pas un jour de congé. N'y va pas.

— Elle a raison, n'y va pas, renchérit Lucinda.

Il la foudroya du regard, espérant qu'elle comprendrait le message. Elle prit malheureusement un air supérieur lorsque Jessica revint dans la pièce, comme pour montrer qu'il lui appartenait.

— Je dois y aller, répéta Brian.

Il dévisagea les trois femmes.

Jamais il n'aurait imaginé un tel tableau. Michelle le fixait, furieuse, Lucinda faisait de son mieux pour paraître insultée, et Jessica semblait avoir le cœur brisé.

Il la prit par le bras et sentit sa résistance.

Comme il n'avait pas le temps de la traiter avec douceur et prévenance, il la tira littéralement jusqu'à la porte de derrière.

— Ecoute, je suis désolé. Je n'ai pas le temps de t'expliquer la raison de sa présence, s'excusa-t-il.

— Tu ne me dois aucune explication.

Elle s'efforçait de donner l'impression que la présence de Lucinda n'avait pas d'importance et dissimula son trouble aussi vite qu'elle l'avait laissé entrevoir.

— Ecoute-moi, la pria-t-il. Lucinda est incontrôlable, mais essaie d'empêcher Michelle de regarder la télévision. Ne les laisse pas non plus partir de chez toi, elles écouteraient la radio aussitôt dans la voiture, ou elles tomberaient sur un barrage. Elles apprendraient tout.

Le fait qu'il connaisse si bien Lucinda ne jouait pas en sa faveur, mais il n'avait pas pu s'empêcher de la mettre en garde.

— Tu veux que je m'occupe de ton ex-petite amie, c'est bien cela ?

Il voulut protester, prétendre qu'elle n'était pas son ex-petite amie, mais ç'aurait été un mensonge. Le souvenir de leurs baisers fougueux ne remontait qu'à quelques mois et ne brillait que trop bien dans les yeux de Lucinda.

Il aurait des incendies à éteindre dans sa vie privée, mais cette fois sa vie professionnelle devait passer en priorité.

Il éprouva le besoin de l'embrasser, comme pour remplacer toutes les explications qu'il n'avait pas le temps de lui donner. Mais quand il se pencha vers elle, elle se baissa, passa sous son bras, et revint vers la porte.

— Fais-moi confiance, la supplia-t-il.

Elle se retourna et le fixa avec des yeux pleins de douleur.

Il eut la très nette impression d'avoir déjà utilisé son joker avec elle, longtemps auparavant.

La porte claqua d'une manière qui lui sembla définitive.

Il courut vers sa camionnette.

Jessica s'appuya contre la porte. Sa tête tournait. Elle avait failli abandonner toute retenue, toute prudence, pour céder à l'enchantement qui s'emparait d'elle et faire l'amour avec lui…

Une telle folie ne lui ressemblait pas. La vérité était que seule une catastrophe aurait pu l'arrêter et le destin venait de s'en charger en provoquant non pas une, mais deux catastrophes.

La première se déroulait en ville, et son cœur battait la chamade à l'idée qu'il puisse se précipiter au-devant d'un tel péril. L'autre s'appelait Lucinda Potter, elle était la marraine de Michelle, et il avait négligé de le lui apprendre.

Lucinda Potter était dans sa maison, assise à sa table, dans sa cuisine, vêtue d'une robe haute couture totalement saugrenue dans un tel décor, et Brian venait d'être appelé pour une mission pleine de dangers, avant même qu'elle ait pu lui demander de s'expliquer sur ce point.

Comment éprouver de la colère contre un homme dont la vie était en péril ? Un homme qui allait tout risquer pour la sécurité de ses concitoyens ?

Si elle avait voulu s'inventer un cauchemar, elle n'aurait pas trouvé pire.

Elle avait toujours su faire passer Michelle en premier, et c'était ce qu'elle allait devoir faire de nouveau. Elle devait laisser de côté ses sentiments personnels et faire ce qu'il lui avait demandé. Elle devait surmonter le désir de se réfugier dans sa chambre, de fermer la porte à clé et de laisser libre cours à son chagrin. Elle devait empêcher Michelle d'allumer la radio ou la télévision, même si cela signifiait supporter la présence de Lucinda Potter.

Mais comment faire ?

Lucinda n'avait guère changé pendant toutes ces années, et les deux femmes n'avaient rien en commun.

Comment la retenir ? En lui parlant d'horticulture ?

Incertaine mais résolue, elle entra dans sa cuisine.

— Voulez-vous du thé ?

Lucinda émit un grognement signifiant a priori un refus.

« Ne te laisse pas désemparer », se motiva Jessica.

— Désirez-vous autre chose, alors ?

— Avez-vous plus fort que du thé ?

— Oui, bien sûr...

Elle alla chercher une des vieilles bouteilles d'alcool de pêche fabriqué par sa tante. On ne trouvait pas plus fort, à moins de se rabattre sur l'une de ces fabrications artisanales de l'époque de la Prohibition, réputées pour rendre les buveurs aveugles en attaquant leurs nerfs optiques. La spécialité de la tante Hetty n'avait pas le goût d'une boisson aussi dévastatrice. Elle était douce et fruitée, et ne libérait sa force qu'une fois avalée.

Malgré la réprobation silencieuse de Michelle, Jessica lui servit un verre, comme ceux que l'on utilise pour le whisky. Un seul de ces verres suffisait habituellement à étancher la soif d'alcool d'un solide bûcheron, et elle présuma qu'il n'en faudrait sans doute pas plus pour l'empêcher de reprendre le volant.

Lucinda scruta le verre d'un œil soupçonneux, goûta du bout des lèvres, et avala sa gorgée aussitôt.

— Qu'est-ce que c'est bon ! dit-elle. Vous faites ça vous-même ?

Pour la première fois, Jessica sentit qu'elle avait quelque valeur aux yeux de son interlocutrice.

— C'est une vieille recette de famille, expliqua-t-elle.

— C'est délicieux.

Lucinda but une seconde gorgée.

Michelle fusilla Jessica du regard.

— Tu tenais la main de Brian quand vous êtes arrivés ? observa-t-elle.

N'appréciant visiblement pas que Jessica ait ignoré ses avertissements à propos de l'alcool servi à sa marraine, elle semblait décidée à le lui faire payer.

— La main de Brian ? répéta Lucinda, stupéfaite, qui leur tournait le dos quand ils étaient arrivés.

Elle dévisagea Jessica comme si elle ne l'avait jamais vue et avala une troisième gorgée d'alcool.

— Pas exactement, mentit leur hôtesse. J'ai glissé sur une marche de l'escalier, Brian m'a retenue.

— Il m'a semblé que vous étiez en train de rire, insista Michelle, sceptique. A moins que vos visages n'aient rougi pour une autre raison.

— Non. Certaines personnes réagissent ainsi quand elles tombent.

Lucinda dévisagea Jessica, puis détourna les yeux avec dédain.

— Franchement, vous n'êtes pas le genre de Brian, souligna-t-elle. Il aime les femmes qui savent se mettre en valeur.

— Tu aurais dû voir Bambi ! s'exclama Michelle.

— Qui ?

— Peu importe, se ravisa sa filleule.

Lucinda préféra concentrer son attention sur une adversaire qu'elle connaissait. Une adversaire qui n'avait pas été de poids autrefois et qui l'était visiblement encore moins à présent.

Toutes deux venaient de mondes différents, et la question était de savoir à quel monde appartenait Brian.

« Au mien », eut envie de répondre Jessica.

Mais cela ne signifiait pas qu'il choisirait le sien, il ne l'avait déjà pas fait la première fois.

— Comment avez-vous connu Brian ? Et ma filleule ? s'enquit Lucinda.

— Oncle Brian connaît Jessica depuis le lycée.

— Le lycée ? fit-elle mine de s'étonner. Non, ce n'est pas possible. Jessica... Non, je n'ai jamais connu personne portant ce prénom-là.

Jessica aurait préféré qu'elle se souvienne. Etre oubliée à ce point était encore plus humiliant. Toutes ces petites cruautés n'étaient donc même pas dirigées contre elle, à titre personnel.

— Non, dit-elle. Nous ne nous sommes pas connues.

— Jessica préférait rester à part, souligna Michelle.

— Oh, ceci explique cela.

Lucinda poussa un petit rire, et Jessica s'aperçut qu'elle avait déjà bu la moitié de son verre.

— T'ais-je raconté quand ta mère et moi sommes allées dans les toilettes des garçons, Michelle ? C'était à mourir de rire.

Sa nièce et Jessica attendirent toutes deux l'explication, mais apparemment Lucinda jugea qu'elle n'était pas nécessaire. Elle but de nouveau et se lança dans un autre souvenir de lycée qui se conclut par : « Amanda était vraiment merveilleuse, n'est-ce pas, Michelle ? »

— Absolument.

Le ton de l'adolescente exprimait toutefois une certaine inquiétude.

— Brian et moi sortions ensemble, au lycée, poursuivit Lucinda. Le saviez-vous ?

— Oui, répondit Jessica.

— Et moi, je l'ignorais, assura Michelle en ouvrant de grands yeux.

— Nous nous sommes presque mariés, ajouta Lucinda.

— Vraiment ? s'étonna Michelle. Que s'est-il passé ?

Le visage de l'adolescente s'était plissé sous la perplexité.

— Ma petite chérie, il ne faut pas faire cela à ton beau visage. Tous ces plis vont te défigurer. Hum... Oui, c'est l'une des erreurs de ma vie... Ne pas avoir épousé Brian. Décidément, c'est vraiment bon, cette liqueur... Encore un peu. Ah oui, Brian. Je voulais qu'il devienne avocat, comme Kevin. Je n'ai pas réussi à le convaincre, alors j'ai suivi Kevin et Amanda à Toronto. Finalement, j'ai trouvé l'avocat que je cherchais... Je me suis mariée avec lui... Encore une autre erreur.

Elle but encore une gorgée avant de se mettre à tousser.

Michelle jeta de nouveau un regard réprobateur à Jessica. Cette dernière tenta aussitôt de changer le cours de la conversation.

— Est-ce que tu as du succès avec tes bouquets de fleurs ? lui demanda-t-elle.

— Elle fait les plus beaux bouquets que j'aie jamais vus ! s'écria Lucinda d'une voix éraillée. Et cet endroit est magnifique !

— Merci.

— Mais je vous en prie. Vous ne m'avez pas dit comment vous aviez retrouvé Brian.

— Sans vouloir vous offenser, je préférerais que cet événement reste privé.

— Il faut que j'aille nourrir O'Henry, dit alors Michelle.

Sachant pertinemment que le chiot ne mangeait jamais dehors, Jessica la suivit néanmoins.

— Je ne savais pas que mon oncle et elle… Tu crois que c'est pour ça qu'elle est ici ? Pour le reprendre ? s'alarma brusquement Michelle.

— Je n'en sais rien.

— Pourquoi as-tu fait ça ?

— Quoi ?

— Lui servir de l'alcool.

— Elle me l'a demandé, rappela Jessica.

— Elle ne sait pas s'arrêter, reprocha Michelle. Comme ma mère.

Elle marqua un temps, se rendant compte du ton sur lequel elle avait parlé.

— Je ne voulais pas…

— Oh, ne t'en fais pas, la rassura Jessica. Je suis sûre que ta mère était comme nous tous, avec quelques petits défauts.

— Non ! Ma mère n'en avait pas ! Elle était merveilleuse !

L'adolescente appela son chien et disparut derrière les parterres de fleurs.

Jessica la vit reparaître et s'asseoir sur un banc, tenant le chiot contre sa joue. Elle savait qu'elle pleurait, mais il y avait des moments où il valait mieux ne rien faire.

La laissant épancher son chagrin, elle reprit à contre-cœur le chemin de la cuisine.

Lucinda s'était versé un deuxième verre et en avait déjà bu une bonne partie. Elle commençait à loucher.

Jessica éprouvait un vague sentiment de honte.

— C'est une agréable petite fille, non ? observa Lucinda en se penchant en avant. Mais elle ne sait pas comment s'habiller.

Elle marmonna alors une longue tirade sur tout ce qui faisait d'elle un arbitre de l'élégance, et lorsqu'elle arriva à la fin de son discours, le verre était terminé lui aussi.

« Tu dois mettre un terme à cette situation », songea Jessica.

Elle tendit une main pour attraper la bouteille, mais Lucinda fut plus rapide.

— Juste encore un petit peu, hoqueta-t-elle.

Jessica devinait à peine les mots qu'elle prononçait, et à son grand regret, son interlocutrice se versa un nouveau verre. Elle la regarda faire, épouvantée. Elle ne voulait pas devoir répondre du sort de celui ou de celle qui buvait trois verres de la liqueur de tante Hetty.

— Je ne pense pas que ce soit une bonne idée, objecta-t-elle.

— Vous, la petite souris...

Elle hoqueta plus fortement.

— Pourquoi est-ce que ce ne serait pas une bonne idée ? reprit-elle.

« La petite souris... »

Cette fois, c'en était trop !

Jessica eut vraiment envie de lui apporter une deuxième bouteille, la première étant à présent finie, mais personne n'avait jamais entamé une deuxième bouteille de l'alcool maison de tante Hetty, ou du moins personne n'avait survécu pour le raconter.

Une petite souris...

Qu'est-ce que Brian aurait pensé de cette image ?

Il n'avait pas donné l'impression de chasser ce genre de gibier dans la forêt...

Jessica comprenait mal les hommes et leurs motivations, et elle n'était que trop encline à peindre Brian sous des couleurs dorées.

— Je vais vous dire, moi, ce qui serait une bonne idée, reprit Lucinda d'un ton sentencieux. Ce serait que j'essaie encore avec Brian. La petite a besoin d'une mère. Qui ferait l'affaire mieux que moi ? Je suis déjà sa marraine. J'étais la meilleure amie de sa mère. Brian et moi, on s'est toujours aimés. Vous n'imaginez pas avoir une chance avec lui, tout de même ?

— L'idée ne m'était pas venue, mentit Jessica.

— Tant mieux...

Elle fondit brusquement en sanglots.

— Je l'ai laissé partir. Je ne peux pas croire que je l'ai laissé partir, gémit-elle.

Ses yeux se fermèrent, son corps s'affaissa et sa tête roula brusquement sur la table. Sa main agrippait toujours la bouteille, et quand Jessica essaya de la lui retirer, elle resserra son emprise.

— Je ne vais pas le laisser partir cette fois-ci, continua-t-elle de se lamenter. Je n'ai pas encore commencé...

Sa phrase se termina en un ronflement.

Elle allait s'effondrer par terre. Jessica parvint à contrôler sa chute et l'amena sur le divan où elle l'allongea avant de la couvrir d'un plaid.

Puis elle alla jeter un coup d'œil à la fenêtre. Allongés sur le gazon, Michelle et O'Henry regardaient le ciel.

Elle alluma enfin la radio. L'émission se faisait en direct depuis les abords de la station-service. Les vannes avaient été fermées et les enfants évacués, mais le reporter expliquait que l'affaire était loin d'être terminée.

Quand la silhouette de l'adolescente se profila dans l'ouverture de la fenêtre, Jessica éteignit aussitôt la radio.

— Où est tante Lucy ?

— Eh bien... elle dort.

— J'avais essayé de te prévenir, lui reprocha-t-elle de nouveau.

— Je suis désolée.

Pas assez, toutefois, pour ne pas avoir envie de lui réserver le même sort afin de pouvoir allumer la télévision pour savoir ce qui était arrivé à Brian.

— Veux-tu parler ? demanda-t-elle.

— Non.

— Alors, que dirais-tu d'une partie de Scrabble ?

Michelle réfléchit quelques secondes, puis capitula.

— D'accord, répondit-elle sans enthousiasme.

Elles jouèrent jusqu'à minuit.

Lucinda ne bougea pas.

— Je vais aller me coucher, décréta finalement Michelle. Tu crois qu'il n'est rien arrivé à oncle Brian ?

— J'en suis sûre.

— Tu es sûre ou tu devines ?

— Si quelque chose lui était arrivé, je le sentirais.

— Moi aussi.

L'adolescente prit le chiot dans ses bras et se dirigea vers la chambre qui devenait peu à peu la sienne.

Jessica attendit aussi longtemps qu'il était humainement possible avant d'aller vérifier, sur la pointe des pieds, qu'elle dormait. Puis elle revint allumer la télévision.

Un reporter expliquait que tout était terminé et qu'un policier avait été sérieusement blessé quand des coups de feu avaient été échangés.

Quelle absurdité de prétendre pouvoir sentir si quelque chose était arrivé à Brian !

Elle était au moins sûre d'une chose : elle l'aimait. Toute la question était de savoir si ce n'était pas à la folie.

Le téléphone sonna.

Elle se précipita pour décrocher.

— Oui ?

— Je ne suis pas blessé, je vais bien, la rassura-t-il.

Elle ferma les yeux de soulagement. Il se doutait qu'elle écoutait les nouvelles, et il avait deviné son inquiétude.

— Comment va Michelle ?

— Elle dort. Elle ignore ce qui s'est passé.

— Merci, Jessica.

Elle eut envie de lui dire que la femme qu'il avait presque épousée était allongée sur le divan, dans un état d'éthylisme avancé, mais elle s'en garda.

— Bonne nuit, Brian, dit-elle simplement.

Elle raccrocha aussitôt, avant qu'il ne puisse répondre.

Elle avait raccroché la première : un geste qui ne sembla pas de bon augure à Brian. La situation était épouvantable. Il en était certain. Non seulement il ne l'avait pas prévenue, mais il avait laissé Lucinda avec elle.

Comment réparer une pareille catastrophe ?

Il devait lui faire comprendre que cette femme ne comptait

pas pour lui. Il devait lui dire la vérité et que c'était elle qu'il aimait.

Il hésita à la rappeler.

Et si elle lui raccrochait au nez encore une fois ?

Ce soir-là, au moment terrible où des coups de feu avaient retenti et où Lance, son collègue, était tombé à côté de lui, il s'était préparé à mourir.

Un regret l'avait alors assailli : celui de ne pas avoir donné sa vie à cette femme longtemps auparavant.

Jamais il n'aurait dû perdre toutes ces années à vivre dans un monde terne et sans saveur. Il s'était rendu compte qu'il avait été prêt à lui faire l'amour, cet après-midi-là, sans s'engager envers elle.

Peut-être n'était-il pas trop tard ?

Pour la première fois de sa vie, il n'allait pas s'écarter d'une femme qu'il avait déçue. Il lui parlerait. Il ferait tout ce qui serait en son pouvoir pour réparer ce qui n'allait plus entre elle et lui.

Il réfléchit aux mots qu'il devrait prononcer, mais rien de convaincant ne lui vint à l'esprit. Il n'était pas doué pour parler aux femmes. Ce n'était pas ainsi qu'il réparerait les dégâts. Du reste, il faudrait plus que des mots.

Pourquoi pas un geste plus significatif ? Pourquoi ne pas lui demander de partager le reste de sa vie ?

« Une bague ! » comprit-il enfin. Oui ! Il lui faudrait une bague !

Le calme revint dans son esprit, il avait la solution, et, pour la première fois depuis des semaines, il sombra dans un sommeil paisible.

9

Brian se réveilla et sentit immédiatement que quelque chose était différent. Le soleil entrait par la fenêtre et il entendait le joyeux gazouillis des oiseaux.

Le bonheur ! Il ressentait une impression de bonheur !

Il avait un plan, un but, une mission, et il était amoureux !

La pensée de Jessica fit naître un sourire sur ses lèvres.

Il se souvenait d'elle en maillot de bain, il se rappelait le goût de ses lèvres, l'éclat de ses yeux...

Il devait remédier à certaines choses, mais il était sûr que la surprise qu'il préparait apporterait la solution.

Il sauta du lit en sifflotant. Il avait beaucoup à faire. Cette journée allait être la plus importante de sa vie. Il ne devait surtout pas commettre d'erreur.

Il prit une douche et se demanda quels vêtements porter.

Devait-il s'habiller comme un médecin allant jouer au golf ?

Non, elle l'aimait tel qu'il était. Du moins, elle l'avait aimé ainsi, jusqu'à l'après-midi de la veille. Et ce sentiment reviendrait, dès qu'il aurait remis les choses en ordre.

Il enfila un T-shirt et un jean avant d'entendre la porte d'entrée s'ouvrir.

Michelle apparut, suivie de Lucinda, dont le visage était dissimulé derrière des lunettes noires.

— J'ai tout entendu à la radio ! lança sa nièce, sans même lui dire bonjour. Un petit accident, tu parles ! La moitié de la ville aurait pu exploser ! Tu aurais pu te faire tuer !

L'homme qu'il avait été aurait discuté avec elle pour essayer de la convaincre, mais celui qu'il était à présent laissa parler son cœur.

— Mais je ne l'ai pas été, répondit-il.

A la grande surprise de sa nièce, il la prit dans ses bras et la souleva en la balançant comme lorsqu'elle était petite.

Michelle, comme en ce temps-là, éclata de rire.

— Un peu moins de bruit, s'il vous plaît, les supplia Lucinda en plaçant sa main sur sa tempe.

— Elle a trop bu hier, expliqua Michelle.

— Ton amie m'a soûlée ! Qui aurait pu croire ça d'elle ?

Brian trouva assez amusant que Lucinda, dont le penchant pour la boisson n'était plus à démontrer, reporte la responsabilité de son ivresse sur Jessica qui ne devait pas boire plus de trois ou quatre verres de vin par an.

Lucinda s'étonna manifestement qu'il ne prenne pas son parti.

— Cet alcool n'est probablement même pas légal. Tu devrais aller vérifier.

— Oh, j'en ai bien l'intention, déclara-t-il en souriant.

Elle fronça les sourcils.

— Qu'est-ce que ça signifie exactement ?

Il réalisa qu'il lui fallait aller chez Jessica pour tourner une page nouvelle. Il devait mettre les choses parfaitement au point avec tous les acteurs de cette histoire.

— Viens, Lucy, dit-il. Je t'offre à déjeuner.

Elle avait toujours détesté qu'il l'appelle ainsi. Et il comprenait pourquoi, à présent. Ce diminutif rappelait à Lucinda le personnage de Lucy dans la bande dessinée *Charlie Brown*, cette fille très sûre d'elle qui faisait toujours passer ses intérêts en premier.

Il était temps de lui dire clairement qu'ils n'étaient pas un couple et qu'ils ne le seraient jamais. Ensuite, il serait libre d'aller voir Jessica pour lui déclarer son amour.

— Je peux venir ? demanda Michelle.

— Pas cette fois, dit-il. Lucinda et moi allons déjeuner au nouveau restaurant du centre commercial. Tu peux aller manger un hamburger avec tes amies.

— Un restaurant dans un centre commercial ? s'offusqua Lucinda.

Brian n'allait pas payer une addition comme celle de l'Antre du Pirate pour avoir le plaisir de lui apprendre la mauvaise nouvelle. D'autant qu'elle n'allait probablement pas manger son repas. Et si elle était toujours la même, elle lui enverrait sans doute son plat à la figure.

Lucinda avait toujours eu ce qu'elle voulait, seulement cette fois elle désirait Brian, et il était pris. Pris par une femme qui personnifiait la douceur, la tendresse et la sincérité. Pris par une femme qui aimait les choses simples et qui ne dédaignerait pas un repas dans un petit restaurant.

Le doute le traversa un instant.

Et si Jessica disait non ? Qu'est-ce qui lui laissait croire qu'il méritait une femme comme elle ? Avait-il lu un semblant de promesse dans ses yeux ? Ne lui avait-elle pas raccroché au nez la veille ?

Il balaya mentalement ce doute.

Bien sûr qu'elle accepterait !

Il allait tout expliquer. Elle avait le don de discerner ce qu'il y avait réellement dans le cœur des gens. Il savait qu'elle avait toujours deviné ses sentiments. Peut-être avant que lui-même ne s'en rende compte.

Michelle appela l'une de ses amies au téléphone et les rejoignit.

— Je vais passer l'après-midi avec mes copines, mais il faut que je les retrouve au centre commercial.

Elle admettait mal d'avoir été écartée de l'invitation.

— C'est très bien, ma chérie, approuva Lucinda. Ton oncle et moi devons parler de problèmes d'adultes.

Ils sortirent.

La camionnette était devant l'entrée. La BMW louée par Lucinda était juste derrière.

— Franchement, Brian, observa cette dernière, que trouves-tu à cette couleur ? Tu ne crois pas qu'il est temps de choisir quelque chose d'un peu plus raffiné ? Cet engin doit bien avoir dix ans de plus que moi !

— Ça en fait, du temps ! nota Michelle, s'attirant aussitôt un regard foudroyant de sa tante.

Brian éclata de rire. Il était pris par une femme qui aimait les vieilles camionnettes orangées.

— Que diriez-vous si je vous suivais ? proposa-t-il.

Cette éventualité lui éviterait de devoir reconduire Lucinda après le déjeuner, et il ne perdrait pas de temps, ensuite, pour acheter une bague pour Jessica.

Une demi-heure plus tard, il regardait Michelle retrouver ses amies à travers la grande baie vitrée du restaurant.

Lucinda étudiait le menu qui ne lui plaisait pas. Elle demanda une salade modifiée, ajoutant et enlevant deux fois des suppléments au menu, sans se soucier le moins du monde de l'expression agacée de la serveuse.

Jessica se serait volontiers contentée du plat du jour et aurait certainement su nommer la fleur que la serveuse portait sur l'oreille…

Lucinda enleva ses lunettes. Michelle avait raison. Elle avait été belle, mais beaucoup de temps s'était écoulé depuis.

— Je ne dois pas avoir bonne mine, après une soirée pareille.

Elle ne se trompait pas, mais se méprenait sur les causes.

Heureusement, elle n'attendit pas de réponse. Sa main se posa sur celle de Brian.

— Il nous faut réfléchir à la meilleure solution pour Michelle, dit-elle.

— Comment cela ? s'étonna-t-il. N'a-t-elle pas l'air épanouie pour une adolescente de treize ans ?

« Surtout ces derniers temps… »

Pendant les semaines qui venaient de s'écouler, elle avait retrouvé la joie de vivre grâce à Jessica. Et Brian aussi.

— Il lui faut une influence féminine dans sa vie, soupira Lucinda.

Il n'avait pas réfléchi au fait que sa décision d'épouser Jessica serait bénéfique à sa nièce. Et Lucinda ne se doutait pas à quel point elle avait raison.

Jessica ferait une mère idéale pour Michelle. Elle lui apprendrait à être une femme, une vraie, pas une couverture de magazine. Une femme qui soit aimable avec les serveuses, qui connaisse la valeur d'une vieille camionnette, qui ne se mette pas en colère pour des poils de chien et qui sache apprécier un après-midi d'été au bord de la rivière.

— Je pense que le choix est évident, continua Lucinda.

« Je suis bien d'accord », approuva-t-il silencieusement.

— C'est moi, annonça-t-elle avec assurance. Nous aurions dû le faire, il y a des années.

Brian la fixa, sidéré.

Comment avait-il pu ne pas imaginer un instant qu'elle parlait d'elle ?

— Nous y avons pensé, il y a longtemps, répondit-il finalement. Tu as juré tes grands dieux que tu ne voulais pas être la femme d'un policier.

« Et ce n'était pas plus mal, en fin de compte, poursuivit-il mentalement. Ce refus m'a permis de croiser de nouveau la route de Jessica. »

— Je sais que j'ai gâché ma première chance, confessa-t-elle ; mais j'ai compris, après l'enterrement, que tu m'avais pardonné cette erreur de jugement. Nous sommes encore jeunes, Brian. Nous pouvons encore avoir du bon temps ensemble.

L'expression de son regard montrait clairement ce qu'elle entendait. Elle souligna ses propos en se penchant en avant, offrant une vue plongeante sur son remarquable décolleté.

— Nous serons heureux. Nous sommes faits l'un pour l'autre. Bien sûr, je ne veux pas d'enfant, à part Michelle. Les bébés sont une telle charge ! Heureusement, tu ne m'as jamais semblé avoir un désir de paternité.

Il n'avait pas encore envisagé en ces termes une union avec Jessica, mais il se rendit soudain compte que cette éventualité ne serait pas pour lui déplaire. Cette perspective le remplissait même de joie. Il allait être le père des enfants de Jessica. Elle en désirerait certainement. Au moins trois...

Il songea à toutes ces années qu'ils avaient devant eux. Il ferait le Père Noël...

La propriété de Jessica serait-elle assez grande pour qu'ils aient un poney ?

— J'aurais dû dire oui la première fois, poursuivit Lucinda, sans s'apercevoir que l'esprit de Brian était ailleurs. C'était une erreur de ma part.

Il revint à la réalité.

Même si Jessica refusait sa demande, les femmes comme Lucinda avaient désormais perdu tout attrait à ses yeux. Ne voyant pas de belles phrases appropriées aux circonstances, il jugea le moment opportun pour lui dire la vérité, sans détour.

— Lucinda, nous n'avons pas d'avenir ensemble, et nous n'en aurons jamais.

— Tu ne veux pas m'épouser ? dit-elle en sursautant.

Elle était si sûre du pouvoir qu'elle détenait sur les hommes qu'un refus lui paraissait totalement inconcevable.

On ne lui avait jamais opposé un « non » de toute sa vie, et avoir ce qu'elle voulait n'avait jamais été rien d'autre qu'une simple formalité.

— Non. Ni maintenant, ni jamais.

Elle resta un instant muette de stupéfaction.

— Et ne me jette pas ta salade au visage, la pria-t-il.

— Comme si j'en étais capable ! lâcha-t-elle d'un ton suffisant. Je ne faisais que suggérer ce qu'il y aurait de mieux pour Michelle.

Elle essayait de ménager son amour-propre, sa nièce étant restée jusqu'à présent un élément secondaire dans son plan.

— Michelle a besoin d'un couple partageant un amour réciproque et avec assez de stabilité pour pouvoir assurer tous ses besoins, observa-t-il.

— A t'entendre, tu sembles avoir quelqu'un en tête.

— Oui.

— Il ne s'agit pas de cette Bambi, dont parlait Michelle ?

— Tu me connais vraiment mal.

Elle scruta son visage avec la plus grande attention. Puis son expression se figea en une moue incrédule.

— Oh non ! Tu n'es quand même pas amoureux de cette péquenaude qui habite dans cette cabane ?

Jessica ! Une péquenaude !

Il eut envie de lui envoyer le contenu de son verre au visage, mais se rappela qu'elle ne savait pas voir au-delà des apparences.

Lucinda était une personne dont il fallait avoir pitié.

Sa colère se dissipa.

— Je vais épouser Jessica, assura-t-il.

— Mon Dieu, tu… tu ne plaisantes pas, balbutia-t-elle, effarée. Allons-nous-en. Tu as gâché tout le repas.

Durant toute sa vie, Brian avait dû supporter la pression de gens exigeants, quel que soit son comportement pour les rendre heureux. Quand il n'agissait pas comme on le lui demandait, on le traitait d'égoïste, mais, cette fois il venait de recevoir une leçon inattendue. Et cela uniquement parce qu'il avait refusé de se laisser manipuler par Lucinda, aussi maîtresse dans cet art que sa propre mère autrefois.

Après tant d'années de solitude, la récompense était là, sous les traits d'une femme telle que Jessica, passée par le même exil pour en ressortir, non pas brisée, mais plus forte.

— Tu diras au revoir pour moi à Michelle ? demanda Lucinda.

Cette dernière requête confirmait les soupçons de Brian. Sa nièce n'avait été qu'un moyen au service de ses désirs. Il acquiesça néanmoins, laissa un généreux pourboire à la pauvre serveuse et suivit Lucinda dans l'allée principale du centre commercial.

Il remarqua une bijouterie en face du restaurant, et, dans l'une des vitrines, un bijou qui lui plaisait.

Son regard avait dû manquer de discrétion, car Lucinda le dévisagea, stupéfaite.

— Tu as perdu la tête ! s'exclama-t-elle.

— Oui, complètement.

Elle le prit par le bras et le tira vers une seconde vitrine sur laquelle on pouvait lire : « Henri, votre partenaire pour la vie. »

— J'adore les bijoux de chez Henri, ils sont merveilleux. Je suppose que tu vas lui en offrir un ?

— Non, je ne crois pas. Je suis agent de police, pas P.-D.G. d'une multinationale. Et puis, de toute façon, elle n'aimerait pas.

Il retourna vers la première vitrine.

— Il faut plutôt quelque chose comme ceci.

Lucinda s'approcha de la vitrine, se pencha et se redressa, consternée.

— Oui, elle est jolie, convint-elle à contrecœur.

Ce terme n'était pas le plus approprié, la bague étant de bon goût, simple et délicate, comme Jessica.

— Je vous souhaite beaucoup de bonheur, ajouta-t-elle d'une voix rauque.

Brian la remercia en se demandant quelle intention elle dissimulait derrière cette fausse bienveillance.

— Juste pour le plaisir, spécifia-t-elle avant de poser un baiser sur ses lèvres.

Il fut étonné de voir à quel point on pouvait être embrassé ainsi sans ressentir le moindre désir.

Quand il l'écarta, elle releva la tête, rejetant ses cheveux en arrière, et ricana.

Au moins trois hommes qui passaient près d'eux faillirent rentrer dans le mur, faute de regarder où ils allaient, et Brian en conclut que Lucinda n'avait guère de souci à se faire pour son avenir.

Elle s'éloigna, et il ne perdit pas de temps pour revenir aux bagues.

— Celle-ci, désigna-t-il à la vendeuse.

— Un excellent choix, monsieur.

Il sortit du magasin avec une impression de plénitude. C'était la première fois qu'il dépensait un mois de salaire pour une chose aussi délicate tenant dans un écrin, et il était heureux de l'avoir fait.

Il aperçut sa nièce en compagnie de ses amies et la héla.

— Michelle !

L'adolescente continua à marcher, ne l'ayant sans doute pas entendu.

Il décida de revenir la chercher plus tard, avec Jessica, pour lui apprendre la bonne nouvelle.

Jessica était allongée sur son divan, un linge froid sur la tête, à croire que c'était elle qui avait abusé de l'eau-de-vie de la tante Hetty.

Lucinda s'était éclipsée sans montrer le moindre soupçon de remords.

Lucinda ! Chez elle ! Quel culot avait eu Brian !

Non seulement il ne lui avait pas dit qu'elle était la marraine de Michelle, ce qui signifiait qu'elle ne disparaîtrait jamais de sa vie, mais il l'avait déposée chez elle.

Quelle chance avait-elle contre cette femme si celle-ci voulait Brian ?

O'Henry vint lui lécher la main. Il était resté là, Lucinda n'ayant pas voulu de lui dans la voiture car il sentait le chien.

Pourquoi aimait-il une femme pareille ?

« N'abandonne pas comme cela, lui murmura une voix intérieure. Si tu veux Brian, bats-toi. »

Après ce qui s'était passé la veille dans la forêt, elle avait ses chances. Et n'était-ce pas elle plutôt que Lucinda qu'il avait appelée après que tout fut terminé autour de cette station-service ?

Elle n'allait pas abandonner, pas cette fois. Elle devait le convaincre qu'elle était bien la femme de sa vie.

Quel dommage qu'elle n'ait pas eu de Caméscope pour enregistrer les ronflements peu distingués de Lucinda, la veille. Encore que, si Brian avait besoin de telles preuves pour être convaincu, il valût peut-être mieux le laisser partir.

Elle fouilla son armoire pour trouver les vêtements appropriés, choisissant un débardeur blanc et un short assorti.

Elle ne serait pas prise de court cette fois, et elle était en train de se coiffer quand le téléphone sonna.

« Brian ! » espéra-t-elle.

— Allô !

— Je... Jessica... ?

— Michelle ? Où es-tu ? Qu'est-ce qui ne va pas ?

De toute évidence, l'adolescente était en larmes.

— Il... Il va se marier avec elle...

— Quoi ?

— Oncle Brian... Il va l'épouser...

Jusqu'à présent, Jessica avait éprouvé de la colère envers lui pour ne pas lui avoir fait part de l'existence de Lucinda dans sa vie. Mais elle préférait croire qu'il avait simplement éprouvé des difficultés à le lui dire sans pour autant que cela remette en cause le bien-fondé de ses propres choix. Elle avait tenté de se persuader qu'elle savait discerner les bons et les mauvais côtés des hommes ; seulement, à présent, tout cela lui apparaissait comme une illusion.

Brian était-il si stupide ? Allait-il gâcher sa vie avec une créature aussi superficielle, égoïste, cynique, et qui plus est portée sur la boisson ? Etait-il comme tous les autres, aveuglé par son physique ?

Cette fois, elle ne placerait pas la responsabilité où il ne fallait pas. Elle ne se reprocherait pas de ne pas avoir réussi à gagner le cœur de Brian pour la deuxième fois.

— Comment le sais-tu ? demanda-t-elle.

— Je les ai vus faire des achats au centre commercial, expliqua Michelle. A la bijouterie. Ils ont acheté une bague et il... il... l'a embrassée.

Jessica resta silencieuse.

La trahison était trop énorme. La veille encore, il l'embrassait elle, lui offrant un espoir immense pour l'avenir, et le lendemain, il offrait brusquement sa vie à une autre femme !

« Rassure Michelle », songea-t-elle immédiatement.

Mais comment ?

Une bague achetée dans cette bijouterie ne pouvait avoir qu'une seule signification.

— Vois le côté positif des choses, Michelle, la raisonna-t-elle. Tu vas de nouveau avoir une famille.

Prononcer une telle phrase était comme s'enfoncer une dague en plein cœur.

— Tu es ma famille, protesta Michelle. Je les déteste, tous les deux.

Que répondre à cela ?

— Elle... Elle est très belle, reconnut Jessica.

— Elle est comme cette Bambi, à part qu'elle a un cerveau, ce qui la rend deux fois plus dangereuse.

Même si elle avait envie de l'être tout autant, Jessica ne pouvait l'encourager à se montrer caustique. Elle devait changer de sujet.

— Où es-tu ? demanda-t-elle.

— Au centre commercial, mais je m'en vais.

— Attends, je viens te chercher, nous en parlerons.

— Non.

— Allons, tu verras, les choses vont bien se passer.

Elle savait que sa voix n'avait rien de convaincant.

— Non, tout ira mal, objecta l'adolescente. Je ne veux pas de Lucinda comme mère. Elle va toujours me dire comment me coiffer, comment me maquiller, quels vêtements choisir, comme si je ne connaissais rien à rien.

— Elle se préoccupe de toi...

— Elle ne s'intéresse qu'à elle, comme...

« Comme sa mère », continua mentalement Jessica, ne devinant que trop bien ce qu'elle pensait.

— Reste où tu es, j'arrive, lui recommanda-t-elle.

— Pas la peine, je m'en vais, conclut Michelle en raccrochant.

Jessica fut prise d'un tremblement.

Michelle allait faire une fugue. Il fallait la retrouver avant qu'elle ne soit trop loin du centre commercial.

Elle reprit le contrôle d'elle-même, attrapa son sac à main et sortit.

Brian n'avait jamais été aussi nerveux depuis son adolescence. Il répétait sans cesse la phrase qu'il allait prononcer à Jessica.

« Jessica, je t'aime. Veux-tu m'épouser ? »

Elle sonnait mal et ne rendait pas la profondeur de ses sentiments. N'importe qui pourrait en dire autant.

Il était là, fonçant sur la route, sans savoir quels seraient les mots appropriés à la situation.

Il n'avait pas encore fait la moitié du chemin lorsqu'il vit la petite camionnette de Jessica arriver à toute allure dans le sens opposé.

Il baissa sa vitre et lui fit signe.

Elle s'arrêta sur le bord de la route.

Il en fit de même de l'autre côté.

Elle descendit et se précipita vers lui. Elle avait l'air bouleversée, ce qui étrangement la rendait encore plus belle.

L'écrin était à côté de lui, mais il n'avait pas l'intention de révéler trop vite sa surprise.

Jessica monta et claqua la portière.

— Michelle m'a appelé du centre commercial ! souffla-t-elle. Retourne là-bas, vite !

— Mais j'en reviens. Elle est avec...

— Repars tout de suite !

Il fit demi-tour sans bien comprendre.

— Que se passe-t-il ?

— Elle va faire une fugue !

— Qu'est-ce que tu racontes ? Tu dois avoir mal compris. La situation n'a jamais été aussi harmonieuse...

— C'est à cause de Lucinda.

— Lucinda ? Mais que veux-tu dire ?

— Elle t'a vu l'embrasser et lui choisir une bague. Elle m'a dit qu'elle ne supporterait pas de l'avoir comme mère.

Malgré la gravité de la situation, il ne put s'empêcher d'appuyer sur le frein et de stopper sur le bas-côté.

— Je ne vais pas épouser Lucinda ! Jamais de la vie ! cria-t-il. Tu dois me croire.

Tout allait de travers. Ce n'était pas ainsi qu'il avait imaginé lui proposer le mariage. Il ne pouvait pas formuler une telle demande en de telles circonstances, alors qu'il devait se défendre contre une si grave accusation.

— Alors Michelle a inventé ce baiser ?

— Non. Il y a eu un baiser, c'est vrai. Mais c'est elle qui en est à l'origine, pas moi !

— Je croyais qu'il fallait être deux pour un baiser.

— Lucinda m'a embrassé sur une impulsion et sans que je le veuille.

— Ça doit être terrible d'avoir des femmes qui se jettent sur toi, comme ça, sur une impulsion.

— Terrible, c'est bien le mot qui convient, crois-moi.

Il commençait à comprendre ce qui s'était réellement passé. Comme Michelle l'avait dit, Lucinda avait un cerveau. Elle avait donné ce baiser en sachant que l'adolescente les observait.

Toutes les apparences étaient contre lui. Néanmoins, dans son esprit, la conduite à tenir ne faisait aucun doute. Il devait retrouver sa nièce et l'apaiser en lui expliquant tout. Puis il ferait de même avec Jessica. Et enfin, une fois qu'ils seraient revenus chez elle, il pourrait appliquer son plan initial : offrir la bague et proposer le mariage à celle qu'il aimait.

Une heure plus tard, cette belle assurance avait fondu comme neige au soleil. Tous deux avaient passé le centre commercial au peigne fin. Michelle avait disparu.

— Il faut appeler ses amies, décida Jessica.

— Mieux vaut aller directement chez elles. Au téléphone, elles pourraient me dire qu'elle n'est pas là, mais elles n'oseront pas me mentir en face.

— Nous la retrouverons, le rassura-t-elle.

Sa bonté était stupéfiante. Elle s'efforçait de le réconforter alors qu'il lui avait fait tant de mal pendant les dernières vingt-quatre heures.

Il avait imaginé un moment parfait pour faire sa déclaration d'amour, mais les circonstances l'obligeaient à modifier ses plans.

— Jessica, murmura-t-il, ce n'est pas Lucinda que j'aime. Ce n'est pas elle que je veux épouser.

Il était comme un pilote de chasse tombant en vrille vers le sol et tentant de redresser son appareil de toutes ses forces.

Ce n'était pas le moment idéal...

10

Au moment où il appuya son front contre le sien, il lui sembla qu'elle connaissait chaque secret de l'univers, chaque petite chose sacrée dans la relation entre un homme et une femme. Elle savait la réponse aux questions qu'elle n'avait même pas posées et percevait ce qui était au plus profond d'elle-même.

Brusquement, trop vite même, il s'écarta d'elle.

— Qu'as-tu dit ? demanda-t-elle.

Il venait de dire qu'il n'aimait pas Lucinda, il avait parlé d'union, qu'il allait se marier.

Elle avait deviné que son amour était pour elle, mais elle voulait l'entendre prononcer ces mots, si beaux, si doux, si importants...

— Qu'as-tu dit ? répéta-t-elle.

— Rien. Oublie ce que j'ai dit. Je n'aurais pas dû. Le moment était mal choisi, comme toujours dans ma vie. Ma nièce de treize ans fait une fugue et je suis bien placé pour savoir ce qui arrive aux filles de cet âge quand elles font une bêtise pareille...

Il s'accablait de reproches, et ses mots s'enchaînaient les uns aux autres sans qu'elle comprenne réellement où il voulait en venir.

Elle posa un doigt sur ses lèvres.

— Arrête, le pria-t-elle.

Elle fixa ses yeux bruns et y découvrit l'étonnante vérité. Elle vit la force et la tendresse entremêlées. Elle perçut le courage en conflit avec une certaine maladresse romantique, ainsi que de l'inquiétude pour sa nièce. Elle se rendit compte toutefois que l'espoir qu'il entretenait était plus grand que sa peur.

Elle vit tout simplement dans ses yeux de grandes promesses.

Dès lors, elle décida de lui faire confiance et de s'en remettre à son jugement. Quand il serait prêt, il lui dirait ces secrets que ses yeux avaient déjà révélés.

— Allons retrouver Michelle, déclara-t-elle.

Eprouvant une immense gratitude à ces mots, il lui prit la main, sans rien ajouter, et la serra.

Elle vit alors la vérité. Elle la vit quand ils firent agrandir la photo qu'il avait de Michelle, quand ils cherchèrent ceux qui avaient pu la voir, quand il parla à ses collègues en leur distribuant à chacun un exemplaire du tirage. Elle la vit dans toute l'apparence extérieure de Brian. Et cette vérité était si claire à ses yeux qu'elle se demanda pourquoi elle avait attendu des mots.

Toute sa vie, elle avait su voir ce qui échappait aux autres. Elle avait toujours su discerner le pouvoir vivifiant de l'amour le plus pur. A présent, elle comprenait le défi qu'elle devait relever. Elle devait accepter ce pouvoir comme un cadeau.

Longtemps auparavant, quand ses parents étaient morts, elle était devenue incapable de faire confiance. Et quand Brian n'avait pas tenu sa promesse, des années plus tard, il n'avait fait que renforcer le message qu'elle avait reçu et qui lui assurait que l'amour, tel qu'on le connaît dans cette vie, ne lui ferait que du mal.

Mais aujourd'hui, elle comprenait qu'il n'y a pas de vie digne de ce nom sans amour. Elle réalisait que confiance et amour allaient de pair et ne devaient jamais être séparés.

Elle s'était continuellement posé la question de savoir si elle pouvait lui faire confiance, mais tout était différent à présent. Il était évident que l'essentiel était ailleurs.

Pouvait-elle faire confiance à elle-même ? A son cœur ?

Les apparences le condamnaient de l'avoir trompée avec Lucinda, mais son cœur lui disait qu'il était sincère, tout comme la lueur qui éclairait ses yeux. Cet homme qui venait de parler humainement à tous ces gens ne pouvait trahir quelqu'un volontairement. Il suffisait de le voir pour se rendre compte qu'il était incapable de mentir et de manipuler les autres.

Elle devait le croire, même si cela semblait irrationnel. Elle vivait dans un monde où les gens se méfiaient de tout ce qui n'était pas concret.

Les choses les plus importantes ne sont-elles pas celles que l'on ne peut voir ou toucher ? Celles que l'on perçoit avec son cœur ? Ne vivait-elle pas, depuis toujours, selon des règles que les autres ne pouvaient pas comprendre ? N'était-il pas irrationnel de poser ses mains sur un chien en espérant qu'il guérisse ?

Le doute n'était jamais entré en elle quand elle faisait ces choses, et à présent il quittait totalement son esprit pour faire place à la plus claire des certitudes.

— Pourquoi ne pas m'avoir dit que Lucinda venait ? lui demanda-t-elle.

Curieusement, il sembla soulagé.

— Il faut que tu comprennes que j'ai toujours été doué pour les gaffes et les catastrophes, surtout avec les femmes, se défendit-il. J'ai toujours eu peur de ne pas être à la hauteur, de ne pas rendre les autres heureux. J'estimais que t'annoncer sa venue ne te ferait que du mal.

— Parle-moi des autres fois où tu n'as pas réussi à rendre les autres heureux.

Il lui raconta, tout en conduisant. Il lui confia comment sa mère avait toujours voulu qu'il soit ce qu'il ne pouvait être, calme, obéissant et dépourvu d'esprit d'indépendance. Il lui expliqua comment les jeunes filles, puis les femmes, étaient venues vers lui avec des exigences sans qu'il sût les satisfaire.

— J'ai simplement pris l'habitude de me mettre à l'abri des déceptions des autres, poursuivit-il. Je me suis bâti un petit monde, avec le football, ma camionnette et mon travail. Un monde où je pouvais faire des erreurs sans déranger personne.

Il respira profondément.

— Il y a des mots que je n'ai jamais appris à dire, comme « excusez-moi ».

Il la dévisagea.

— Lucinda et moi avons eu une liaison quand nous étions au lycée. Nous avons été fiancés, brièvement. Quand nous nous sommes revus à l'enterrement de Kevin et d'Amanda, nous nous sentions si seuls, tous les deux, que nous avions eu l'idée de reprendre cette relation où nous l'avions laissée. Lucinda aurait été la solution la plus facile, nous n'aurions jamais connu grand-chose d'autre qu'une attirance physique et je n'aurais jamais risqué qu'elle me fasse souffrir. J'aurais pu accepter cette situation si je ne t'avais rencontrée. Tu as été la première personne avec qui j'ai découvert une intimité profonde, sur le plan psychologique. Après avoir fait cette expérience avec toi, la solitude m'aurait tué si j'avais accepté une relation plus superficielle avec une autre femme. Tu n'es pas d'accord avec moi ?

Elle acquiesça, elle avait deviné ses mots avant même qu'il ne les prononce.

— La solitude m'a consumé depuis la première fois que je t'ai rencontrée, poursuivit-il. J'ai cherché cette intimité partout où je ne pouvais pas la trouver. J'ai tenté de devenir un homme digne de tels sentiments. Et lorsque le destin m'a ramené vers toi, je n'ai pas voulu te faire de mal.

Il la fixa de nouveau.

— Je suis désolé, Jessica. Je suis désolé de ce que j'ai fait quand Lucinda est arrivée.

Elle ne perçut que force et sincérité dans ses excuses.

— J'accepte tes excuses et suis désolée de ne pas t'avoir fait confiance, Brian, répondit-elle. Il est facile de voir en toi ce que tu es vraiment, et j'ai préféré croire autre chose à cause de l'insécurité que j'éprouvais.

Elle sentit une lumière familière la pénétrer en prononçant ces mots. Elle ferma les yeux alors qu'ils se remplissaient de larmes et laissa cette lumière l'envahir totalement.

Elle acceptait finalement de recevoir ce cadeau. Celui de l'amour, fort, pur, capable d'accomplir des miracles et de guérir les blessures. Et en ce moment de lumière, elle devina la solution de l'énigme qu'ils essayaient de dénouer.

Il y aurait ensuite beaucoup de temps pour découvrir toute la beauté de ce qui apparaissait entre eux. Mais d'abord, il fallait dissiper toutes les peurs, définitivement, car si l'amour avait un ennemi, c'était bien la peur.

— Michelle est chez moi, dit-elle. C'est là que nous la trouverons.

— Tu habites loin de tout. Comment y serait-elle allée ? Il n'y a même pas de bus.

— Elle y est, assura-t-elle.

Brian fit demi-tour.

Quand ils arrivèrent devant la maison de Jessica, le crépuscule tombait. Les jardins étaient étrangement silencieux. Il n'y avait pas le moindre mouvement à l'extérieur, ni de lampe allumée à l'intérieur.

— Elle n'est pas là, dit Brian, une note d'appréhension dans la voix.

Mais Jessica était certaine du contraire.

Ils entrèrent, fouillèrent la maison, pièce par pièce, sans résultat.

— Où est O'Henry ? s'inquiéta-t-elle alors.

En temps ordinaire, le chien se serait précipité à leur rencontre.

Elle entendit un grognement plaintif lorsqu'elle prononça son nom.

Le chien se trouvait devant la remise du jardin et refusait de bouger de cet endroit. La tête sur les pattes, il semblait particulièrement malheureux.

— Elle est là, soupira Brian. Elle n'a probablement pas voulu laisser entrer le chien par peur qu'il trahisse sa présence.

— Elle n'avait pas idée de la fidélité de O'Henry.

— Eh bien, laissons-la passer la nuit dans cet endroit, ça lui servira de leçon.

Jessica secoua la tête.

— Tu ne peux pas la punir parce qu'elle agit comme toi. Elle a fui ce qui lui faisait mal. Elle n'a pas supporté de te voir embrasser cette femme.

— D'accord, d'accord, elle ne passera pas la nuit dans cet endroit. Tu as toujours fait appel au bon côté de ma nature.

Ils allèrent ensemble ouvrir la remise.

Michelle était tapie dans le coin le plus sombre, pleurant silencieusement.

Au lieu de lui demander de sortir, son oncle se mit à genoux et se fraya un chemin entre les outils et les ustensiles de jardin. Puis il la serra contre lui.

Si Jessica avait conservé le moindre doute, ce qu'elle voyait à présent suffisait pour le dissiper.

Après avoir suivi Brian, elle s'assit à côté de lui et posa sa tête contre son épaule.

Le chien les rejoignit et se coucha sur ses genoux.

Aucun d'entre eux ne dit le moindre mot. Certaines choses, telle une profonde gratitude, ou l'amour le plus pur, n'avaient pas besoin d'être exprimées.

L'obscurité les enveloppa, jusqu'à ce que l'adolescente se décide à parler.

— Je suis désolée de vous avoir causé autant d'inquiétude, s'excusa-t-elle.

— N'en parlons plus, répondit Brian. Dis-moi seulement pourquoi tu t'es sauvée au lieu de venir me voir, pour tout me confier.

Michelle hésita. Ce qu'elle avait sur le cœur n'était pas facile à dire.

— Lucinda ressemble tellement à ma mère, avoua-t-elle. Elle me fait peur, je ne peux plus vivre comme ça.

Elle dévisagea son oncle.

— Je préfère vivre avec toi, plus qu'avec mon père et ma mère… Et en même temps, je me sens coupable de penser cela.

— Continue, la rassura-t-il.

— Mon père et ma mère gagnaient beaucoup d'argent, mais ils n'avaient jamais de temps pour moi. Ils ne faisaient jamais ce qu'ils disaient, même quand ils le promettaient. Ils buvaient tout le temps, ils étaient toujours à des soirées, ils ne me demandaient jamais où et avec qui j'étais, et ils ne fixaient jamais d'heure pour mon retour à la maison. Ma mère ne me remarquait que lorsque je portais quelque chose qu'elle n'aimait pas.

Elle marqua un temps.

— Et puis je suis venue habiter avec toi, reprit-elle. Tu as fixé toutes ces règles idiotes et tu as commencé à interroger la mère de chacune de mes amies. Tu n'as jamais été méchant avec moi quand je l'ai été avec toi. Quand j'ai teint mes cheveux en noir, tu ne m'as jamais dit que j'étais laide.

— Comment es-tu venue jusqu'ici ? demanda-t-il.

— Si je te dis que je suis venue ici en auto-stop, tu m'interdiras de sortir de la maison pendant un mois.

Brian laissa échapper un juron.

Il était bien placé pour savoir que l'auto-stop était réputé beaucoup plus dangereux en Amérique du Nord qu'en Europe. Toutes les polices, qu'elles soient canadiennes ou américaines, le déconseillaient fortement, quand il n'était pas purement et simplement interdit, comme dans certains Etats américains...

— Un an ! hurla son oncle Un an, oui !

— Tu vois ! Tu te fais du souci pour moi ! observa-t-elle. Rassure-toi, c'est la mère d'une amie qui m'a conduite ici.

— Tu as de la chance.

— Non, dit-elle en se remettant à larmoyer. Tout va changer si tu épouses tante Lucy.

— Michelle, je ne vais pas l'épouser...

— Ne me mens pas ! Je vous ai vus au centre commercial ! Je ne suis plus un bébé !

— Très bien, dis-moi ce que tu as vu.

— Je n'ai pas pu vous accompagner au déjeuner parce que tu allais lui proposer de l'épouser. Je vous ai vus regarder les bagues. Je t'ai vu l'embrasser comme si vous étiez seuls dans la galerie. Je t'ai vu sortir de la bijouterie avec un sac.

— Oui, j'ai bien acheté quelque chose à la bijouterie, mais ce n'était pas pour elle.

Michelle s'arrêta un instant de pleurer et le fixa, incrédule.

— Tu veux voir ce que c'est ? poursuivit-il.

— Tu veux dire que tu... que tu l'as acheté pour moi ? s'étonna Michelle.

— Non, je veux juste te demander ce que tu en penses.

Puis il se tourna vers Jessica.

— Je préférerais que tu attendes dans la maison, lui demanda-t-il.

Elle fit de son mieux pour paraître offensée, mais sans réelle conviction. Puis elle déposa un baiser sur le front de l'adolescente, croisa le regard de Brian, et se demanda si elle avait déjà eu l'air si heureuse.

Son tour, sa seconde chance se profilait, et elle entendait bien la saisir.

Brian mit son bras autour des épaules de sa nièce et l'accompagna jusqu'à la camionnette.

Il ouvrit la portière, puis la boîte à gants, sortit l'écrin acheté à la bijouterie et le lui tendit.

— Ouvre-le, dit-il.

L'expression de l'adolescente se figea en une moue de stupéfaction quand elle découvrit le bijou.

— Je croyais que ce n'était pas une bague !

— Je n'ai jamais prétendu cela. J'ai juste dit que ce n'était pas pour Lucinda.

Elle leva les yeux vers les étoiles et les ferma, comme pour faire un vœu, comme si elle remerciait son ange gardien pour la réalisation d'une prière.

— Tu as raison, ce n'est pas le genre de bijou qu'elle aimerait, observa-t-elle enfin. Et je sais qui voudrait d'une bague comme celle-là.

Lorsque sa nièce se précipita dans ses bras, il sentit qu'il était devenu un autre homme, digne de son estime et de l'amour d'une femme comme Jessica.

— J'ai besoin d'un service, dit-il.

— Tout ce que tu voudras, tonton !

L'espace d'un instant, il voulut lui rappeler sa proposition d'être sa conseillère pour tout ce qui concernait la manière de s'y prendre avec les femmes, mais il se rendit compte soudainement qu'il n'en avait pas besoin. Il savait quoi faire. Il l'avait toujours su. Simplement, il n'avait jamais rencontré celle qui le justifierait.

Toute sa vie, il avait connu des femmes qui lui demandaient toujours plus, comme si quelque chose était incomplet en elles, comme s'il devait fournir la pièce manquante du puzzle.

Jessica était différente. Elle ne lui demandait rien. Elle possédait la plénitude. C'était à cause de cela qu'il voulait la rendre heureuse, en faire plus qu'il n'en avait jamais fait, être plus que ce qu'il n'avait jamais été.

— Peux-tu prendre le tuyau d'arrosage et remplir le bassin pour moi ? demanda-t-il. Il faut que je retourne en ville. Quand tu auras fini, occupe Jessica dans la maison de manière à ce qu'elle ne s'approche pas des fenêtres.

Ses préparatifs lui prirent du temps.

Lorsqu'il revint et qu'il jeta un coup d'œil à sa montre, il était minuit. Une heure bien étrange pour une demande en mariage.

Peut-être pas, après tout...

Depuis qu'il était entré dans ce jardin, pour revenir dans la vie de Jessica, il avait été sous l'emprise d'un enchantement.

Quelle autre heure pouvait mieux convenir pour y apporter la touche finale ?

Après un dernier coup d'œil à son ouvrage, il frappa à la porte, et sa nièce vint lui ouvrir.

— Oh ! c'est si beau ! s'exclama-t-elle.

Jessica apparut derrière elle.

Brian lui tendit la main et la mena dans le jardin.

Il l'avait totalement transformé. Des torches illuminaient l'eau dont le bassin venait d'être rempli. Des dizaines de bougies donnaient à la scène un aspect féerique. L'obscurité était chassée du jardin par cette accumulation de petites flammes, comme elle l'était de son âme, et cela, grâce à Jessica.

— Brian, c'est magnifique ! s'émut-elle.

Il se mit à genoux et improvisa une déclaration, l'écrin dans la main.

— Jessica, la vie est une question d'équilibre. Parfois, on rend les autres heureux, parfois, on reçoit le bonheur, et dans le meilleur des cas, on se trouve dans les deux situations en même temps...

D'un large geste du bras, il désigna son œuvre.

— Tout ceci est le symbole de mon amour pour toi.

Il respira profondément.

— Jessica, veux-tu m'épouser ? Veux-tu être ma femme ?

— Oui, murmura-t-elle.

Il n'en revenait pas.

— Qu'as-tu dit ?

— Rien. Oublie ce que j'ai dit. Je n'aurais pas dû. Le moment est mal choisi, comme toujours dans ma vie.

Elle s'amusait au moment le plus romantique de leur vie.

— Tu ne vas tout de même pas être aussi contrariante le reste notre vie ?

— Notre vie ? le taquina-t-elle. Pour cela, il faudrait que tu aies la certitude que j'ai bien dit oui.

Au ton de sa voix, il n'avait aucun doute sur sa réponse finale, mais il fallait qu'il l'obtienne.

Il posa la bague et, ignorant ses protestations, il la prit dans ses bras pour la porter jusqu'au centre du bassin.

— Dis oui ! ordonna-t-il.

Elle fut prise d'un rire incontrôlable.

— Dis oui ! supplia-t-il.

Elle continuait de rire.

— Tu comptes attendre jusqu'à l'aube ?

— J'ai attendu quatorze ans, tu pouvais bien attendre quelques minutes. Oui ! s'époumona-t-elle. Je veux bien être ta femme !

Il éclata de rire à son tour et se lança dans une ronde folle, éclaboussant tout autour de lui. Puis il l'embrassa, sentant le vertige le gagner.

O'Henry le rejoignit dans l'eau, puis Michelle.

Quelques instants plus tard, Jessica, Brian et sa nièce se pourchassaient dans l'eau, riant et s'aspergeant joyeusement.

Une heure plus tard, enroulée dans une couverture, Michelle buvait une boisson chaude.

— Nous ne serons jamais une famille normale ? demanda-t-elle gaiement.

Brian ne savait plus ce que le mot « normal » signifiait. Il s'était appliqué à ce que sa mère attendait de lui, ainsi qu'à la vie de succès extérieur et de vide intérieur menée par son frère et sa belle-sœur.

Ce qui était normal était peut-être ce qui s'était passé au milieu du bassin…

Michelle alla se coucher et, après une aussi folle journée, elle s'endormit aussitôt.

Jessica et Brian la regardèrent, se tenant par la taille.

— Brian ? murmura-t-elle.

— Oui, Jessica ?

— Je t'aime à la folie.

— Je m'en doutais un peu…

— Nous allons nous marier.

— Dieu soit loué !

— Nous aurons des enfants.

— C'est ce que j'espérais.

— Je veux laisser éclater ma joie face à cette deuxième chance !

Elle prit sa main et le mena dans le couloir, puis ferma doucement la porte de la chambre de Michelle.

Il ouvrit ses bras. Elle s'y engouffra.

« Normale… »

Qui voudrait d'une vie normale après avoir connu un tel enchantement dans un endroit où la magie semblait opérer ?

Il l'embrassa.
La transformation était complète.
Il était devenu prince.
Il ne leur restait qu'à se marier et à avoir beaucoup d'enfants.

MICHELLE REID

La fiancée d'Enrico Ranieri

SECONDE CHANCE POUR L'AMOUR

Traduction française de
CÉLIA VAL

HARLEQUIN

Titre original :
THE RANIERI BRIDE

Ce roman a déjà été publié en 2020.

1

Perdu dans ses pensées, Enrico Ranieri entra en trombe dans le hall de la société Hannard. Il était en retard pour la réunion qu'il devait diriger et son expression préoccupée reflétait sa contrariété. Tête baissée, il avançait sans même s'apercevoir que lui et le groupe qui le suivait étaient les points de mire du personnel.

C'est alors qu'un léger bruit perça soudain le silence. Un bruit infime, mais qui se répercuta sous son crâne comme un coup de tonnerre. Il leva brusquement la tête et se figea. Plans, projets, tout ce qu'il remuait en pensée se trouva soudain évacué pour ne laisser place qu'à la vision qui se reflétait dans ses yeux sombres.

Elle était là, debout, à cent mètres à peine, devant l'ascenseur dont elle venait de sortir. Il sentit son estomac se contracter, comme lors d'un trou d'air en plein vol. Etait-ce possible ? Ses yeux ne pouvaient le tromper, mais tout son être refusait cette réalité. Cela faisait des années qu'il ne l'avait pas vue. Pourtant, il avait suffi qu'elle exhale un soupir, à peine perceptible dans le brouhaha ambiant, pour qu'il se retrouve cloué sur place, incapable de mobiliser la moindre fonction de son cerveau. La seule information que celui-ci lui communiquait était l'évidence de sa présence…

Incapable de détacher son regard de la svelte silhouette, il la contempla, fasciné. Le chignon sobre qui retenait la somptueuse masse de ses cheveux roux réveilla en lui la folle envie d'y plonger les doigts. Il avait toujours aimé en ôter les épingles, libérer la cascade de ses boucles... Aujourd'hui comme hier, la sévérité affichée de sa coiffure était pour lui un défi, et l'excitation que cela faisait naître se transmit à toutes ses terminaisons nerveuses.

Freya...

L'écho de son nom se propagea en lui comme une traînée de poudre, mettant le feu à ses sens en un mélange inextricable de haine et de plaisir.

Trois ans plus tôt, il l'avait évincée de sa vie. Dans le domaine des affaires comme dans celui du plaisir, il appliquait la même politique, beaucoup s'en souvenaient à leurs dépens. Elle avait travaillé pour lui. Il avait placé en elle toute sa confiance. A aucune, avant ou après elle, il n'avait accordé une telle liberté d'action. Elle avait vécu chez lui, partagé son lit. Il dormait seul à présent et ses relations sexuelles avaient lieu à l'extérieur de chez lui.

D'amour, il n'était plus question. Elle lui avait tout pris... Le sentiment de haine qui grésillait en lui n'avait rien pour l'étonner.

Mais — *Dio* — qu'elle était belle ! Même dans ce costume gris, peu flatteur et trop grand d'au moins une taille, elle allumait en lui le souvenir précis de ce qui se cachait derrière cette tenue citadine sans éclat.

Cela lui rappela la manière qu'elle avait de s'habiller avant de le connaître... avant qu'il ne transforme la pauvre bergère en princesse de conte de fées.

Le souvenir chemina jusqu'à sa poitrine, l'étreignant d'un étrange inconfort quand il se rappela comment elle l'avait quitté après qu'il lui eut signifié son renvoi : sans sourciller, elle avait laissé derrière elle tous ses atours princiers.

Mais voilà qu'elle se dirigeait vers lui à présent, fendant la foule qui se pressait dans le hall, inclinant la tête comme sous le poids de pensées trop lourdes. Le regard d'Enrico se fit plus perçant. Une fine nuée de gouttelettes perla à son front : la frange dorée des cils de Freya n'allait pas tarder à se relever, lui dévoilant son iris vert que le choc allait assombrir.

Il voulait voir ce choc dans son regard, il en avait besoin, de façon presque vitale, pour se dédouaner de sa propre confusion.

Travaillait-elle ici, chez Hannard ? Se pouvait-il que sa dernière transaction lui donne l'occasion inespérée de faire payer la belle mais traîtresse Freya Jenson ?

Il serra les dents, attendant le moment où elle lèverait les yeux vers lui. Il ne voyait pour l'instant qu'un nuage de boucles rousses. Elle n'était plus qu'à quelques pas... Le corps d'Enrico s'emballa. Bon sang, si elle continuait sur sa lancée, elle allait le heurter de plein fouet ! A cette idée il sentit ses sens s'aiguiser, comme un loup prêt à l'attaque.

Elle pila soudain et le maelström de sentiments contradictoires qui agitait Enrico se figea : avait-elle enfin perçu sa présence ?

Ce fut alors qu'il l'entendit parler.

— Non, Nicky, inutile de te tortiller ! Tu sais que maman ne te lâchera pas la main.

Comme un homme pris dans une tornade et brutalement rejeté à terre, Enrico eut l'impression qu'il allait tomber. S'il avait cru vivre un trou d'air en apercevant Freya, ce n'était rien à côté de ce qu'il ressentait à présent, en découvrant le garçonnet vêtu de jean qui tirait sur la main de sa mère pour lui échapper.

Une touffe bouclée de cheveux noirs couronnait une jolie frimousse. De ses yeux sombres comme l'encre, le garçonnet fixait sa mère d'un regard très déterminé.

Nicky ?

Nicolo...

Elle avait nommé son fils Nicolo.

En plein milieu du hall de Hannard, l'homme d'affaires froid et impitoyable qu'était Enrico Ranieri tituba, écrasé par l'incontournable réalité.

Petit monstre, ne put s'empêcher de songer Freya en luttant pour retenir son fils auprès d'elle. A la moindre opportunité, il s'échappait, semant panique et désordre sur son passage. Une seconde d'inattention suffisait à ce qu'il se mette en danger.

Il lui aurait fallu une paire de menottes ! Si au moins il ne se débattait pas si fort... En lui serrant un peu trop la main, elle risquait de lui faire mal.

— Pense au parc, dit-elle tout haut, utilisant le mot magique qui calmait habituellement son fils. Si tu marches gentiment à côté de moi, nous irons au parc...

— Veux voir les singes. Les gros gorilles.

— Non, répliqua fermement Freya. Les singes sont au zoo, pas au parc, et le parc est plus près.

— J'aime les singes.

— Ça ne m'étonne pas, rétorqua sa mère en riant, j'ai l'impression d'en tenir un à la main ! Si tu te tiens bien aujourd'hui, nous pourrons aller les voir demain quand j'aurai le temps de...

— Comment as-tu osé me le cacher ! l'interrompit une voix rauque, exhalant un souffle râpeux sur sa nuque.

Le sang de Freya ne fit qu'un tour. Avant même de se retourner et de heurter un regard noir brillant d'hostilité, elle s'était mise à trembler.

Son cœur faillit s'arrêter. N'était-ce pas le pire des cauchemars qu'elle était en train de vivre ? Enrico la toisait du haut de son mètre quatre-vingts, exsudant l'agressivité et la menace. Ses cheveux de jais, ses yeux d'encre, son costume sombre comme la nuit, tout en lui semblait crier vengeance, comme si le diable en personne venait réclamer son dû...

— Non, murmura-t-elle, égarée, refusant de croire que, brutalement issu des fantômes du passé, c'était bien lui qui se trouvait devant elle, à quelques centimètres à peine.

— *Madre di Dio*, tu mens, c'est sûr : je vois bien que c'est le mien ! siffla Enrico, contenant à peine sa fureur.

Freya cligna des yeux, encore trop sous le choc pour comprendre qu'il s'était mépris sur le sens de sa dénégation. Puis elle vit le regard d'Enrico se poser sur son fils et s'enflammer d'une rage possessive.

Nicky lui-même en ressentit toute la sauvagerie. Il se calma instantanément et s'accrocha à sa mère, se glissant derrière ses jambes pour se dissimuler. Ce fut la réaction apeurée du garçonnet d'habitude si téméraire qui fit revenir Freya à la réalité. La colère fusa en elle, l'arrachant à sa léthargie.

Relevant le menton d'un air de défi, elle attira vers elle le regard de l'homme pour qu'il cesse de fixer son petit garçon.

— Non, répéta-t-elle froidement, ce n'est pas le tien.

D'un mouvement animal, Enrico se coula près d'elle.

— Tu mens, gronda-t-il, et je te le ferai payer...

Ses lèvres serrées montraient qu'il ne plaisantait pas, constata Freya en frissonnant. Des lèvres qu'elle avait à l'époque trouvées attirantes. Et habiles... Tout comme lui : diaboliquement sexy et arrogamment conscient de l'être.

— Je ne comprends pas de quoi tu parles, mentit-elle.

Les yeux noirs étincelèrent et l'espace d'un terrible instant, Freya crut qu'il allait laisser éclater sa colère. Sa bouche s'arrondit sous l'effet de la crainte et elle recula, bousculant presque son fils.

— Enrico...

Quelqu'un venait de placer une main apaisante sur son bras. Enrico prit soudain conscience qu'il faisait sensation. La foule du hall s'était tue et des dizaines de visages curieux se tournaient vers eux. C'était l'un des membres de son entourage qui venait de le ramener au sens des réalités.

Il jeta un coup d'œil furieux alentour, ses cils sombres battant rapidement au-dessus de ses pommettes saillantes. Son visage séduisant, aux contours fermes, était transformé par la violence de ce qu'il ressentait. Tout le hall semblait vibrer de cette rage qu'il contenait à peine... Il la détourna de Freya en la reportant sur l'homme qui lui avait touché le bras.

— Laisse-moi !

Freya frissonna. L'étreinte qu'elle maintenait sur son fils dut se relâcher sous l'effet du soulagement car Nicky en profita pour lui échapper. La fraction de seconde qu'il lui fallut pour réagir permit au garçonnet de filer vers la sortie avec la frénésie d'un otage enfin libéré.

Nicky connaissait bien les portes électroniques : il suffisait d'approcher pour qu'elles s'ouvrent comme par magie, lui offrant tout un monde d'interdits excitants.

— Nicky, non ! cria Freya, se lançant à sa poursuite.

Nicky émit un gloussement ravi et poursuivit sa course, ses petites jambes de deux ans le portant à toute allure vers la liberté. L'étroite bande du trottoir serait bientôt sa seule protection contre les dangers de la rue, une des plus passantes de Londres... Freya voyait déjà son petit corps écrasé par un bus. Son cœur faillit exploser sous la pression de l'angoisse.

Soudain, le petit garçon se trouva enlevé dans les airs par un bras puissant. Derrière le voile de terreur qui brouillait sa vue, Freya reconnut un visage familier. Trop familier...

Fredo Scarzi, le garde du corps qui protégeait Enrico depuis toujours, serrait Nicky contre son torse musclé de lutteur. Le petit garçon s'agitait en tous sens, hurlant sa frustration, ce qui n'avait pas l'air d'émouvoir la masse de muscles de son sauveur qui le regardait avec une tranquille curiosité.

Fredo était en train de prendre conscience de la ressemblance, se dit Freya, paniquée, pilant devant le garde du corps.

— Rends-le-moi, fit-elle d'une voix altérée par la course, en tendant les bras vers son fils.

Fredo se contenta de la dévisager sans le moindre geste. L'angoisse saisit Freya. Son fils avait arrêté de crier, la curiosité l'emportant sur sa volonté de protester. Quel était ce géant qui l'avait soulevé comme une plume ?

Autour d'eux, les gens commençaient à murmurer, mal à l'aise, ne sachant comment interpréter la scène qui se déroulait devant eux.

— S'il te plaît, reprit Freya d'un ton insistant.

Le tremblement perceptible de sa voix ramena vers elle l'attention de Nicky. Il fronça les sourcils, sans comprendre ce qui motivait l'inquiétude de sa mère. Celle-ci tremblait de tous ses membres et une sueur glacée perla à son front quand elle vit Fredo se retourner, car elle savait ce qu'il cherchait du regard : l'assentiment de son patron... Une simple injonction de ses yeux noirs et il faudrait le concours de l'armée pour dégager son fils des bras d'acier qui le retenaient.

— Gorille ? interrogea soudain Nicky, ramenant vers lui l'attention du garde du corps.

Le mot, innocemment employé pour le désigner, arracha à ce dernier un sourire.

— Chut, *bambino*.

Nicky sourit à son tour, charmeur, et les petites perles de ses dents resplendirent dans un visage soudain joyeux.

— Rends-moi mon fils, répéta Freya dont la voix n'était plus qu'un souffle.

— Fais ce qu'elle dit, acquiesça froidement Enrico.

Avec l'obéissance d'un automate, les bras musclés de Fredo se tendirent vers elle. Elle reçut son fils qu'elle serra si fort qu'il émit un petit cri de protestation, mais Freya n'aurait pu relâcher son étreinte.

Sans demander son reste, elle quitta l'hôtel précipitamment, son précieux fardeau entre les bras.

— Suis-la, ordonna Enrico en s'adressant à son garde du corps, qui obtempéra avec une vélocité étonnante pour un homme de cette stature.

Alors Enrico se retourna, dévisageant la foule du hall qui l'observait avec stupeur. Il avait retrouvé son sang-froid et le volcan qui venait de s'ouvrir en lui avait été aussitôt dompté, ne laissant qu'une lave incandescente mais soigneusement enfouie. La poignée d'assistants qui le suivait ne semblait pas encore remise du choc : leur patron avait-il perdu l'esprit ? Les autres, les inconnus, laissaient transparaître leur fascination pour ce que représentait Enrico Ranieri.

Le pouvoir… Un pouvoir sans limites.

N'était-il pas celui qui rachetait les entreprises en faillite pour en faire des mines d'or, ne s'embarrassant d'aucun scrupule pour faire tomber les têtes, dirigeant tous ceux qui restaient d'une main de fer ?

Sa présence était obligatoirement synonyme d'ennuis pour la direction… Car il frappait toujours par surprise. Le jour où

Enrico Ranieri débarquait quelque part, non seulement c'en était fini des jours paisibles, mais il était temps aussi de se mettre à trembler.

La scène dont les employés venaient d'être témoins allait encore ajouter à la réputation de tyran d'Enrico...

Ils doivent penser que je déteste les enfants, se dit Enrico, ou croire que je m'apprête à congédier la responsable de la crèche, ce que je ferai peut-être, se dit-il avec un regain de fureur, jetant un regard si glacial autour de lui que chacun jugea bon de vaquer prestement à ses occupations.

Il traversa le hall au pas de charge, suivi de ses assistants médusés qui s'engouffrèrent après lui dans le premier ascenseur. Personne n'ouvrit la bouche, le bon sens dictant le plus parfait silence à tous. Enrico lui-même se sentait changé en statue de sel. Rien ne semblait plus vivre en lui, rien d'autre ne frémissait que cette constatation :

Freya avait donné naissance à son fils.

L'ascenseur s'arrêta à l'étage de la direction où l'attendait un groupe obséquieux et craintif, prêt à l'accueillir dans les formes.

Mais Enrico se moquait bien des politesses. Il ne voulait rencontrer personne. Au diable les affaires ! Ce qui le préoccupait, pour l'heure, était d'une tout autre nature...

Soumis à l'assaut glacé de son regard, le petit groupe s'écarta et les sourires de bienvenue s'effacèrent.

— Par ici, monsieur Ranieri, fit un cadre un peu plus courageux que les autres.

Il répondit d'un sec hochement de la tête et se dirigea dans la direction indiquée. Tous lui emboîtèrent le pas en silence. Enrico fut introduit dans un bureau dont le mur de verre, donnant sur le ciel de Londres, inondait la pièce de lumière. Pendant quelques secondes, il oublia où il était, mais la tension silencieuse de son entourage le ramena à la réalité.

Ignorant tous les visages sauf celui de Carlo, son assistant personnel, il décréta :

— Il me faut le profil personnel de tous les employés dans dix minutes. Envoyez-les-moi sur mon portable.

Les cadres de Hannard laissèrent percer un frémissement de malaise. L'équipe d'Enrico eut la sagesse de ne montrer aucune réaction.

— Remettez le conseil d'administration à demain. D'ici là, je veux tous les responsables dans mon bureau.

Il délivrait ses instructions sèchement, arpentant en rond la pièce comme un requin encercle sa proie.

— Ce sera tout, conclut-il.

Personne ne s'attarda après ce qui sonnait comme un renvoi. Enrico tourna le dos à ceux qui se retiraient et se dirigea vers le bureau de bois poli qui avait appartenu à Josh Hannard, mais était à présent le sien.

— Je croyais qu'on devait avoir un déjeuner de travail destiné à se présenter, murmura une voix dépitée dans son dos. Du temps de M. Hannard...

— Ce temps n'est plus, rétorqua un des assistants d'Enrico. A votre place, je me préoccuperais moins de déjeuner que de trouver les bonnes raisons qui justifient votre salaire. Ou mon patron va vous dévorer tout cru...

Enrico sourit en entendant cette réponse. Il s'était gagné une réputation de tueur. Puis son regard se perdit au-delà du mur de vitres. Le cœur de Londres luisait sous le soleil diffus. Le sourire d'Enrico mourut.

Son fils...

— Chienne, murmura-t-il. Tu vas me le payer.

Lui, Enrico Ranieri, ne ferait qu'une bouchée de la délectable Freya Jenson, et quand il en aurait fini avec elle, elle n'aurait même plus assez d'énergie pour déplorer sa traîtrise !

Freya était assise sur l'herbe du parc, entourée des canards que son fils nourrissait avec les miettes du sandwich qu'elle ne pouvait finir. En dépit du soleil qui filtrait entre les nuages, elle frissonnait.

La seule pensée d'Enrico lui donnait froid dans le dos. Les

blessures, la haine et le mépris pouvaient transformer la plus chaleureuse des femmes en bloc de glace.

De même que la peur... Peur de l'inconnu. De ce qu'Enrico envisageait de faire.

Ses yeux verts clignèrent, et elle revint à la réalité. Nicky distribuait les morceaux de pain, très à son aise au milieu des canards, tout le portrait de son père... C'était un choc de s'en rendre compte aujourd'hui, car auparavant, Freya s'était refusée à constater cette ressemblance troublante.

Mais après l'avoir revu, elle ne pouvait nier que Nicky était très exactement une version miniature d'Enrico. C'étaient les mêmes yeux noirs, le même regard têtu, le même menton déterminé...

Enrico ne s'y était pas trompé. Il s'était reconnu en Nicky avec une rapidité qui avait sidéré Freya. Comment osait-il? Après tout ce qu'il avait fait pour refuser ses responsabilités!

Elle l'avait haï pour cela.

— Sors d'ici, avait-il ordonné trois ans plus tôt, et ses paroles lui avaient déchiré le cœur. Tu n'es qu'une marie-couche-toi-là et je ne veux plus te revoir de ma vie.

Amer, froid, sans cœur, sourd à tout argument, voilà ce qu'était Enrico. Arrogant, supérieur, tranchant...

A court d'adjectifs, elle se contenta de soupirer.

Peut-être pensait-il à Nicky, maintenant qu'il avait constaté leur ressemblance. Mais les traits distinctifs des Ranieri se retrouvaient aussi chez son cousin Luca, altérés par la nature vile de ce dernier, ce qui n'empêchait pas qu'il soit aussi beau qu'Enrico... Enrico qui aurait tôt fait de se conforter dans son opinion première puisque Nicky pouvait aussi bien ressembler à Luca qu'à lui-même!

Les pensées de Freya s'arrêtèrent, bloquées par ce qu'elle refusait d'envisager jusqu'à présent : que faisait Enrico dans le hall de la société? Il n'avait pas racheté Hannard, tout de même? Il n'allait pas... devenir de nouveau son patron?

Elle se raidit à cette idée et crispa nerveusement les poings. Non, se rassura-t-elle, il ne fallait pas imaginer le pire. Peut-être était-il en relation avec Josh Hannard. Dans ce cas, il pouvait tout simplement passer déjeuner avec lui… Et les poules pouvaient aussi avoir des dents, se tança Freya. Que n'inventerait-elle pas dans sa hâte à se leurrer ? Il fallait voir les choses en face. Quand Enrico Ranieri faisait son apparition en compagnie d'un escadron d'assistants, il y avait toujours une bonne raison.

Il rachetait l'affaire et, fidèle à sa tactique habituelle, prenait tout le monde à contre-pied par une de ces visites surprises qui évoquaient un coup de tonnerre dans un ciel serein.

Un frisson parcourut Freya et elle enfouit la tête dans les genoux. Comment aurait-elle la force de tenir s'il avait de nouveau la possibilité de ruiner sa vie ?

Une deuxième fois…

Comme si la première ne suffisait pas.

Il y avait une éternité de cela — trois ans plus tôt — elle détenait le poste d'assistante personnelle d'Enrico Ranieri. Elle vivait dans l'éblouissement de partager sa vie et son lit. Ils ne se quittaient pas d'une minute, ne supportaient pas la moindre séparation. Passionnés tous deux, d'un tempérament également possessif, ils vivaient une relation bouillonnante et sexuellement explosive.

Jusqu'au jour où elle avait rencontré son cousin Luca. Trois semaines plus tard, c'en était fini de l'idylle entre elle et Enrico.

— Le gorille, dit soudain Nicky tranquillement.

— Il n'y a pas de singes dans ce parc, chéri. On ira voir les gorilles demain, promit Freya, ramenant son regard vers celui qui était la prunelle de ses yeux, qui que fût son père.

— Non, pas au zoo, insista son fils, désignant de l'index quelque chose dans son dos, le gorille, ici.

Freya se retourna : la masse musclée de Fredo Scarzi se tenait à vingt mètres d'eux, mal dissimulée par un bouquet d'arbustes. Comme elle le fixait, il inclina la tête en signe de reconnaissance et Freya comprit : Enrico les faisait surveiller par son plus fidèle employé.

Eh bien, s'il voulait jouer à ce petit jeu, il y jouerait seul, décida-t-elle en se remettant sur pied. Nicky était son fils à elle et elle seule. Si Enrico prétendait le contraire, il allait devoir prouver ses dires.

S'il s'intéressait assez à son fils pour cela...

L'amertume et la colère soutinrent sa détermination alors qu'elle tendait la main à son fils.

— Viens, mon cœur. Il est temps de rentrer.

Nicky obéit sans discuter. Il était habitué à la routine qu'il connaissait depuis l'âge de trois mois, lorsque Freya avait eu la bonne fortune de décrocher ce poste chez Hannard, société qui disposait d'une crèche où inscrire son fils.

Le travail était basique et le salaire dépassait à peine ce que lui coûtait la garde de Nicky, mais au moins, elle pouvait le voir chaque jour, puisqu'il se trouvait dans le même bâtiment qu'elle.

L'appartement qu'elle avait loué était petit et sans grand confort, mais ils se débrouillaient, heureux chacun de la présence de l'autre. Ils n'avaient pas besoin d'un homme comme Enrico dans leur vie. Une fois qu'Enrico aurait dépassé le choc que lui causait sa découverte, il comprendrait qu'il n'était pas dans son intérêt de les intégrer à sa vie.

— Le gorille... Y nous suit, l'informa Nicky.

— Ce n'est pas un gorille, chéri... C'est un homme, précisa Freya sans prendre la peine de se retourner.

Mais le savoir sur leurs talons ramena le frisson qu'elle avait réussi à chasser. Elle se mentait en espérant qu'Enrico la laisserait s'en tirer sans connaître la vérité. Toute la vérité.

Car il était non seulement impitoyable mais aussi prodigieusement tenace.

2

Hypocrite, menteuse, traînée…

Enrico, assis à son nouveau bureau, énumérait silencieusement les insultes adressées à la photo qui s'affichait sur son ordinateur portable, extraite des documents fournis par le département du personnel.

Freya avait l'air si doux et innocent qu'on lui aurait donné le bon Dieu sans confession. Et l'on aurait eu tort.

D'un clic, il élimina la photo pour faire surgir celle du petit garçon, sortie des registres de la crèche. Une fois de plus, il ressentit cette explosion au fond de lui, comme si on lui écrasait le cœur.

— Qu'en penses-tu ? fit-il à l'adresse de son garde du corps. Est-il de moi ou de Luca ?

Fredo haussa les épaules d'un air dubitatif.

— S'il est de Luca, fit-il enfin d'une voix sèche, le *bambino* a eu la chance d'échapper aux gènes paternels, au moins pour le caractère. Il a vos yeux, votre bouche, votre… entêtement. Et votre sens de l'humour.

Fredo se rappela la façon mutine dont le petit garçon l'avait dévisagé pendant sa filature, un malicieux sourire au coin des lèvres. Et quand ils étaient revenus chez Hannard et que sa mère avait franchi l'entrée, il avait lancé un jovial : « au revoir, gorille ! » avant d'être entraîné à l'intérieur par Freya qui, elle, avait obstinément refusé de se retourner.

Son sens de l'humour… En avait-il encore un ? En tout cas,

Enrico ne trouvait rien qui prêtait à sourire dans la photo de ce petit bonhomme dont les yeux noirs semblaient s'accrocher aux siens. Comme s'ils établissaient un pont entre eux...

— Il est de moi, conclut-il d'une voix brusque, remué jusqu'aux tripes.

— *Sì*, approuva Fredo.

Pourquoi la sombre confirmation de son fidèle garde du corps eut-elle le don de retourner le couteau dans la plaie, il ne le comprit pas.

— Descends à la crèche et garde l'œil sur lui.

Pour la première fois depuis qu'il était à son service, Fredo marqua sa surprise.

— Vous voulez que je passe la journée à la crèche ? Avec les *bambini* ?

Enrico leva les yeux. Le pauvre Fredo semblait horrifié.

— Peux-tu me dire à qui je peux faire confiance pour ce genre de mission ? grommela-t-il. Il me faut du temps pour mettre de l'ordre chez Hannard avant de m'occuper de lui !

— Mais, protesta Fredo, il est tout petit... Il ne peut aller nulle part sans sa mère...

— Justement !

Enrico s'était levé, tout d'énergie rentrée et de muscles tendus.

— Elle pourrait vouloir filer. Je ne peux les laisser échapper avant de connaître la vérité.

Cette fois, Fredo garda le silence. Qu'il aime ou pas la tâche qu'on lui confiait, il venait d'en comprendre la nécessité. Avec un haussement fataliste de ses larges épaules, il se dirigea vers la porte.

La voix d'Enrico l'arrêta en chemin.

— Où se cache Luca, en ce moment ?

— La dernière fois que j'ai entendu parler de lui, il bronzait à Hawaii. En compagnie de sa dernière conquête. Aussi *puta* que les autres... Et aussi riche.

— Débrouille-toi pour qu'il y reste. Menace-le, paie-le, fais ce qu'il faut.

Cela lui retournait le cœur de devoir donner un seul euro à son cousin, mais il y allait de sa tranquillité.

— Pas besoin qu'il vienne mettre son nez dans mes affaires, précisa-t-il, si jamais il entend dire que Freya m'a donné un fils.

— Comment l'apprendrait-il ? demanda Fredo, stupéfait. Depuis que la famille Ranieri l'a banni, il n'a même pas repris contact avec sa propre mère !

— Il saura ce que tout le monde connaîtra bientôt : que j'ai un fils et que je compte épouser sa mère.

Il y eut une pause, puis Fredo fit prudemment observer :

— Vous allez un peu vite en besogne, patron, si je peux me permettre...

Le regard noir que lui lança Enrico aurait dissuadé tout autre de poursuivre.

— ... Il vous faut au moins une preuve de paternité.

— Ce garçon est de moi, s'entêta Enrico. Je le veux. Sa mère fait partie du lot.

— Allez expliquer cela à la *signorina*, soupira Fredo.

— C'est exactement mon intention.

Freya aurait tout donné pour habiter à l'autre bout de la planète.

Mais elle habitait Londres... et travaillait chez Hannard, qui était en révolution pour satisfaire les exigences du nouveau propriétaire. Debout dans le sous-sol de l'hôtel, elle passait toute une rame de documents au scanner afin de transférer les informations requises à l'ordinateur qui les centralisait, puis les envoyait à un certain Enrico Ranieri...

Elle était coincée, songea-t-elle, la gorge serrée. Coincée par le besoin de gagner sa vie. Et apeurée. Car elle ignorait les intentions d'Enrico.

Tout le personnel savait qu'il venait de racheter la société. Et tous savaient aussi qu'Enrico l'avait accostée dans le hall et qu'une scène très désagréable s'en était suivie.

Son téléphone portable vrombit dans sa poche. Il avait sonné tout l'après-midi, l'inondant de messages de collègues à l'affût de ce que M. Ranieri avait bien pu lui dire... Les commérages devaient aller bon train ! Il avait suffi d'une brève apparition d'Enrico pour que tout soit chamboulé. Pas un membre du personnel qui ne brûle de curiosité et ne tremble pour son devenir... surtout s'il avait un enfant en garde à la crèche. Que pouvait-elle répondre à toutes ces sollicitations, sinon mentir ? Elle avait nié la confrontation et expliqué que le nouvel arrivant se renseignait simplement sur la qualité des services offerts par la crèche.

Car la vérité, elle n'osait même pas se la chuchoter. Quel bouleversement cette rencontre fortuite allait-elle induire dans sa vie et dans celle de son fils ?

Elle porta le téléphone à son oreille, une réponse déjà toute prête sur ses lèvres.

— Un certain M. Scarzi vient de s'installer ici, annonça la voix familière de Cindy, qui dirigeait la crèche. Il dit qu'il a des instructions de notre nouveau patron et qu'il doit surveiller Nicky ! Peux-tu m'expliquer ce qui se passe ?

Freya ferma les yeux, une nouvelle vague de peur lui crispant l'estomac.

— A-t-il tenté de s'approcher de Nicky ?

— Non. Et s'il essayait, je ne le laisserais pas faire.

La fermeté de Cindy ne pourrait, hélas, pas arrêter ce bulldozer, songea Freya en se rappelant comment Fredo avait intercepté son fils à midi.

— Il reste debout dans un coin de la crèche et se contente de garder l'œil sur ton fils, reprenait Cindy. Sans compter qu'il fait peur à tout le monde... Tu l'as vu, Freya ? Une véritable armoire à glace ! Débrouille-toi, mais je ne veux plus d'un épouvantail pareil dans ma crèche !

— Très bien, répondit Freya, tentant de contrôler le tremblement de sa voix. Et Nicky ? A-t-il peur, lui aussi ?

— Tu plaisantes ? Il est allé le narguer en le traitant de gorille et en demandant s'il voulait jouer avec lui ! Est-ce qu'il le connaît ?

La question était délicate : si Freya répondait non, elle allait déclencher une panique générale dans la crèche. Mais un oui entraînerait une infinité d'interrogations auxquelles elle ne tenait pas à répondre... en admettant qu'elle le puisse.

— Je vais régler le problème, fit-elle en esquivant l'obstacle.

Quelle stratégie Enrico mettait-il en œuvre ? se demanda-t-elle en coupant la communication. Essayait-il de l'intimider par l'intermédiaire de son fils ?

— C'est l'heure de ta pause, Freya, intervint une voix désagréablement froide. Mais considérant que tu es restée l'oreille collée à ton portable tout l'après-midi, j'ai l'impression que tu en as déjà pris plusieurs...

Freya leva la tête vers sa chef de secteur, une grande blonde aux cheveux teints dont la bouche se crispait en parlant et qui adorait jouer les tyrans.

— Veille à gérer ta vie personnelle en dehors des heures de bureau, conclut celle-ci d'un ton acide.

Cette femme avait peur, comprit Freya, comme tout le reste du personnel...

— D'accord, désolée, murmura-t-elle en attrapant son sac et se hâtant de sortir.

Il fallait qu'elle parle à Enrico, et tout de suite ! Elle sortit en coup de vent et, une fois dans le corridor, reprit son portable. Adossée au mur, la gorge serrée, elle composa promptement le numéro de la réception. Parler à Enrico la terrorisait, mais c'était inévitable. Mieux valait le faire au téléphone pour éviter un face-à-face.

Elle remonta jusqu'à son assistant personnel, lequel l'informa froidement que M. Ranieri était en conférence. Comme Freya avait occupé ce poste avant lui, elle savait très bien le sens de cette supposée « conférence » : Enrico ne prenait aucun appel, trop occupé, sans doute, à manigancer sa vengeance.

— Ne me servez pas d'excuse bateau, rétorqua-t-elle impatiemment, trop stressée pour se montrer diplomate. J'ai besoin de lui parler et c'est urgent, alors dites-lui que Freya le rappellera dans cinq minutes et que s'il est toujours en « conférence », je n'hésiterai pas à monter !

Elle interrompit l'appel avant que l'assistant ait pu répliquer quoi que ce soit et passa les cinq minutes suivantes dans les toilettes des dames à se rafraîchir.

Enrico reçut le message avec une expression impassible. Elle paniquait déjà... Très bien. C'était ce qu'il voulait. Il la maintiendrait dans cet état pour le restant de ses jours.

Au sortir des toilettes, Freya se saisit de nouveau de son portable. Pendant les deux minutes qu'il fallut à la réception pour établir la connexion, elle sentit l'angoisse la gagner.

— Je vous le passe, mademoiselle Jenson, fit la voix distante de l'assistant.

L'homme connaissait son nom... Freya se mordit la lèvre. A qui d'autre Enrico avait-il parlé d'elle ? Et en quels termes ?

— Je veux que tu me laisses tranquille, murmura-t-elle d'un ton urgent dès qu'elle fut en ligne. Mon fils n'est pas le tien, alors rappelle ton garde-chiourme !

— Pourquoi parles-tu si bas ?

— J'essaie de te dire des choses importantes sans mettre tout le bâtiment au courant ! chuchota-t-elle. Tu ne peux pas te conduire ainsi, Enrico. Tu ne peux pas resurgir dans ma vie et prendre les commandes ! Nous avons besoin de temps pour affronter la nouveauté de la situation. Tous. Même toi !

Il y eut un silence à l'autre bout du fil, si profond qu'il trouva un écho en Freya. Elle se sentit remuée sans comprendre pourquoi.

— Monte, fit brusquement Enrico. Tout de suite, ou tu regretteras de m'avoir fait attendre.

La communication était coupée... Freya regarda sa montre. Il lui restait à peine cinq minutes de pause !

Mais il fallait arrêter cette folie avant que sa vie ne soit bouleversée !

Comme si sa vie lui appartenait encore... Grommelant quelques jurons bien sentis, elle se dirigea vers l'ascenseur. Tous ceux qu'elle croisait la dévisageaient avec curiosité et ses joues se mirent à brûler. Elle ne savait que trop le fond de leurs pensées...

— Tu le connais ? demanda une collègue, déviant de son chemin pour l'escorter.

— Non, mentit-elle en souhaitant de toutes ses forces que ce fût vrai.

— Tu lui plais peut-être, alors ? Est-ce que le séduisant Enrico Ranieri t'a arrêtée dans le hall pour te draguer ? Tu as dû l'envoyer balader comme tu fais d'habitude et du coup, ça expliquerait sa fureur après que tu t'es sauvée !

Il avait donc montré ses sentiments ? Il s'agissait sans doute d'une de ces colères froides dont il avait le secret et qu'elle connaissait bien. Enrico combinait de manière incroyablement excitante le sang bouillant des Italiens et la maîtrise de soi la plus glaçante. Provoqué, il pouvait pencher d'un côté ou de l'autre, glacial ou si volcanique qu'on en venait à craindre pour sa vie... ou pour autre chose.

Et c'était cette autre chose que Freya sentait frémir, au souvenir de ce qu'elle connaissait d'Enrico. Elle s'obligea à serrer les cuisses. *Et cesse de penser à lui comme cela !* s'intima-t-elle.

— Ce n'était quand même pas la vue de ton petit garçon qui l'a énervé ? reprit sa collègue d'une voix soudainement inquiète. Si les enfants l'agacent et qu'il décide de fermer la crèche, je ne sais pas comment je...

— Ne t'affole pas, il n'est pas archaïque à ce point, répliqua Freya d'un ton si sarcastique qu'elle regretta immédiatement d'avoir ouvert la bouche.

Sa collègue avait sursauté :

— Tu le connais, alors, c'est bien ce que je disais !

— Non, protesta Freya sans pouvoir s'empêcher de rougir.

— Il a pilé net quand il t'a aperçue ! J'étais là, tu sais... J'ai tout vu ! A un moment, j'ai même cru qu'il allait t'étrangler !

— Moi aussi, murmura Freya, sauvée par l'arrivée de l'ascenseur. Je te laisse, j'ai rendez-vous.

Maudit soit-il, maugréa-t-elle en s'engouffrant dans la cabine. Il ne lui avait pas fallu plus d'une demi-journée pour affoler l'ensemble du personnel ! Il pouvait être satisfait !

Enrico n'était pas content de lui. Pas du tout. Pourquoi sa mémoire lui imposait-elle des images dont il ne voulait pas ? La voix sourde de Freya au téléphone, son timbre voilé lui rappelaient d'autres circonstances… C'était ainsi que dans une autre vie elle avait gémi sous ses caresses. Et quand il avait, dans le hall, croisé son regard interloqué et tremblant, cela avait ressuscité une autre scène, restée gravée dans son esprit. C'était avec le même regard effarouché que Freya avait accueilli sa demande lorsqu'il l'avait encouragée à pratiquer certaines caresses dont, dans son innocence, elle n'avait pas imaginé qu'elles puissent agrémenter la relation érotique à laquelle il l'initiait.

Assis dans son fauteuil directorial, les jambes allongées devant lui, Enrico caressait distraitement sa lèvre du pouce, rejouant le film que sa mémoire invoquait complaisamment. Malgré son étonnement initial, elle n'avait pas tardé à devenir experte, si habile à jouer de la langue qu'il n'avait plus depuis accepté cette privauté d'aucune femme. Il la revoyait assise, généralement nue alors que, debout devant elle, il se délectait du contact de sa bouche moite et enveloppante…

Le souvenir en était si précis qu'il ressentit un spasme de désir. Furieux, il bondit de son siège. Comment une femme qu'il méprisait autant gardait-elle un pareil pouvoir sur lui ? Debout, face au mur de vitres qui lui découvrait Londres, il regarda la ville à ses pieds, tâchant de maîtriser sa libido.

— *Dio*, murmura-t-il.

Ce n'était pas le moment de s'en souvenir, mais elle était si douée pour l'amour qu'au bout de quelque temps, il ne pouvait même pas la regarder sans avoir envie de lui faire exercer ses nouveaux talents.

Ce qu'il n'avait pas imaginé, c'était qu'elle irait les exercer sur quelqu'un d'autre... Et, entre mille, sur son cousin !

Ex-cousin, rectifia-t-il mentalement, ravalant son amertume. Le jour où il avait chassé Freya de sa vie, son cousin avait suivi.

Luca partageait avec lui le charme sombre qui caractérisait les Ranieri, songea Enrico avec une pointe de cynisme... Il n'était pas en peine de conquêtes. Quel besoin avait-il eu de jeter son dévolu sur Freya ?

Mais peut-être Freya avait-elle fait les premiers pas...

Il l'ignorait, ayant refusé d'en parler avec aucun des deux. Tout ce qu'il savait tenait en un fait indiscutable. Il était parti un beau matin avec la vague sensation que Freya avait quelque chose sur le cœur et il s'était promis de la questionner au retour. Ce qu'il avait découvert à ce moment-là avait signé la fin de leur engagement, et de toute relation avec son cousin.

Et si tu tiens à te repasser des extraits du film, conclut-il sans ménagement envers lui-même, choisis donc celui où tu l'as surprise à demi nue dans ta chambre, les jambes écartées et Luca couché sur elle.

Un martèlement à la porte l'arracha à ses sombres pensées. Quel sens de l'opportunité ! Freya avait vraiment choisi son moment...

Il retourna à son siège directorial avant de lancer un ordre froid :

— Entre !

Freya prit une discrète bouffée d'air avant de tourner la poignée, très consciente du regard fixe que l'assistant personnel d'Enrico dardait sur elle. Comme tout le reste du personnel, il se demandait ce que son patron pouvait vouloir à une secrétaire aussi subalterne.

Le visage de Freya avait rosi dans sa précipitation à monter et son regard s'animait en un mélange d'agressivité et de peur qui le rendait étincelant.

Elle lissa ses cheveux d'une main nerveuse et entra.

La première chose qui la frappa fut le flot de lumière qui inondait la pièce. La seconde fut la vision d'Enrico derrière son bureau, exactement le même qu'au jour où elle l'avait vu pour la toute première fois, quatre ans plus tôt, quand il avait racheté l'entreprise où elle travaillait alors.

Il dégageait une indéniable aura de sexualité, et son élégance fluide soulignait son allure de play-boy. Rougissant comme une enfant, elle avait fait appel à tout son courage pour avoir l'air professionnel alors que la timidité la dévorait face à ce magnat des affaires.

Cette rencontre avait aussi représenté son premier contact avec l'attirance sexuelle. Jusqu'à ce moment-là, elle riait quand certaines de ses amies lui confiaient leurs secrets :

— Oh, tu devrais le voir ! disaient-elles, toutes excitées en parlant de leur nouvel ami. Il me fait un tel effet que j'ai envie de lui arracher ses vêtements !

C'était exactement ce qu'elle avait ressenti en voyant Enrico. Elle lui aurait volontiers arraché ses vêtements et les siens propres. Ce nouveau patron était trop beau pour être vrai et Freya se trouvait totalement déconcertée par l'intensité de ses réactions.

Les mêmes sensations l'envahirent contre son gré alors qu'elle refermait la porte. Assis à son bureau, Enrico était un concentré d'énergie pure. Sexy et intimidant, il alluma en elle des étincelles qui n'auraient jamais dû naître. Pas pour lui, pas pour cet homme qui, pour être un amant extraordinaire, avait amplement prouvé qu'il n'était bon à rien d'autre.

Elle redressa le menton avec un mélange de défiance et de défi qu'Enrico ressentit comme une provocation. Il s'en réjouit, laissant la sensation s'insinuer au plus profond de ses tripes. L'attitude de Freya exsudait la peur et l'insoumission. On aurait cru une employée prise en faute qu'on aurait traînée dans le bureau du patron.

Quel paradoxe, songea-t-il en regardant ses joues brûlantes et l'indifférence affichée dont elle masquait sa crainte. Nul n'était plus efficace qu'elle, il l'avait lu dans les rapports, et le savait d'ailleurs d'expérience. Jamais en retard, jamais malade, jamais rebutée par les conditions de travail misérables qu'on lui offrait aujourd'hui chez Hannard. Elle n'avait pas une seule fois, en deux ans, demandé une augmentation.

Pourquoi, se demanda Enrico, quand on savait de quoi elle était capable ? Pourquoi une telle modestie alors qu'il était visible, en regardant la méchante tenue qu'elle portait, qu'elle avait à peine de quoi subvenir à son existence ? Pourquoi ce chignon strict, si ce n'était pour dissimuler que ses cheveux avaient besoin d'une bonne coupe ? Il avait adoré leur souplesse vibrante sous ses doigts...

Son fils, lui, était bien habillé et ses chaussures n'étaient pas d'occasion. Ses cheveux bouclés étaient disciplinés par une coupe à la mode. Freya se débrouillait au mieux avec le peu qu'elle avait.

D'ailleurs, elle avait toujours été ingénieuse. Ce qui rendait d'autant plus surprenant le travail obscur auquel on la cantonnait, cachée dans les entrailles du bâtiment pendant que son fils recevait les meilleurs soins à la crèche et jouissait d'une terrasse en plein air...

Visiblement, ce dernier était une forte tête qui n'obéissait à rien, à moins que l'ordre ne vînt d'une mère qu'il adorait. Le personnel de la crèche désespérait de lui imposer un minimum de règles, mais finissait par craquer devant ses pitreries. Au moment où tous les animateurs rêvaient de le passer par la fenêtre, Nicky se débrouillait pour les faire crouler de rire.

Il avait donc le sens de l'humour... Le même que celui de son père, lui avait rappelé Fredo qui, pour les avoir partagées, se souvenait de ses jeunes années. Tout petit, il était capable de rendre son entourage fou furieux jusqu'au moment où, averti par un instinct très sûr qu'il allait dépasser les limites, il se tirait d'affaire par une pirouette tellement drôle que tout le monde éclatait de rire et lui pardonnait.

Freya aimait le fils qu'ils avaient fait ensemble. Chacun pouvait s'en apercevoir et savait qu'il n'existait pas de meilleure mère au monde.

Pourtant, elle l'avait privé de père... Etait-ce la marque d'une mère aimante ?

— Assieds-toi, fit-il sèchement.

— Je préfère rester debout.

— Tes préférences m'importent peu, rétorqua-t-il, incisif.

Le sang se mit à courir plus vite dans ses veines alors qu'il anticipait un nouveau refus de Freya.

Mais elle obtempéra et ce fut presque une déception. Car à l'instant, il aurait tout donné pour l'étrangler à mains nues.

Les yeux soigneusement baissés, elle avançait de sa démarche souple, un mètre soixante-dix de trésors cachés sous le tissu de son minable tailleur. Rejeté contre le dossier de son fauteuil, Enrico l'observait, laissant filtrer à travers ses cils un regard froid. Mais c'était bien une envie mêlée de colère qui brûlait ses entrailles.

Jamais il ne le lui laisserait deviner. N'adorerait-elle pas découvrir que le corps d'Enrico ne l'avait pas oubliée, même si son esprit avait réussi jusqu'alors à se débarrasser d'elle ?

La bouche pleine et rose de Freya était crispée, mais elle ne pouvait en cacher le léger tremblement.

Elle est mal à l'aise ? Parfait, se dit-il en la regardant s'asseoir, le dos droit et les genoux modestement serrés.

Rôle de composition pour quelqu'un qui aimait tant les ouvrir, à lui comme à n'importe quel autre bâtard, son cousin répondant parfaitement à cette définition.

Quelle menteuse effrontée avait-il devant lui ! A regarder les cils dorés, baissés, qui effleuraient ses joues satinées, il eut envie de lécher le contour de ses pommettes pour le plaisir de voir ses paupières frémir.

Car elle était sexuellement réceptive des cheveux à la pointe des pieds, programmée pour tous les plaisirs de la chair. Et pourtant, assise ainsi, les lèvres pincées, elle donnait l'image d'une sage maîtresse d'école avec son chignon plat et son tailleur à deux sous.

Comédienne, songea-t-il, laissant le silence s'éterniser jusqu'à ce qu'elle se mette à remuer inconfortablement sur sa chaise.

— Tu as exigé de venir, fit-il enfin. Parle.

— Rappelle Fredo. Je veux qu'il cesse de surveiller mon fils, répliqua-t-elle instantanément.

— Il n'en est pas question.

— Il effraie les enfants et...

Il haussa un sourcil noir.

— Mon fils a peur de lui ?

Freya se raidit.

— Il ne s'agit pas de ton fils.

— Tu veux parler de celui de Luca, alors ?

Le menton de Freya se releva légèrement, ses lèvres roses esquissèrent une moue dégoûtée. Mais elle ne répondit pas et ses yeux étaient calmes quand elle affronta les siens.

Chaque seconde de silence était comme un coup d'épingle pour Freya alors qu'elle soutenait le regard dur d'Enrico. Elle le haïssait d'avoir osé demander cela, mais...

Seigneur, qu'il était beau, soupira-t-elle intérieurement, malheureuse d'y rester sensible en dépit de tout. Il avait la perfection d'une statue romaine, avec ses cheveux noirs qu'il ne laissait jamais boucler comme ceux de Nicky, sauf quand il se réveillait d'une nuit d'amour. Ses yeux sombres, à demi cachés par ses longs cils, avaient ce regard lourd et sexy sur lequel elle aurait pu se méprendre si elle n'avait su Enrico aussi vif qu'un requin sur la piste du sang. Et sa bouche... Ferme et veloutée, elle pouvait vous faire mourir de plaisir si on n'y prenait garde. Car une fois qu'elle se posait sur vous, c'en était terminé du réel : le délire des sens qu'elle vous procurait balayait tout.

Cette bouche si tentatrice renfermait des dents blanches qui pouvaient à loisir vous déchirer le cœur ou marquer votre peau, et une langue habile à insulter autant qu'à expédier au septième ciel...

Les mamelons de Freya se raidirent. Cela ne l'étonna pas. Rien qu'à revoir la bouche d'Enrico, en colère ou déchaînée dans le plaisir, elle revivait les instants d'absolue félicité qu'il avait su lui procurer.

Elle aspira avidement une goulée d'air frais.

— Je travaille ici, l'informa-t-elle, et ce qui s'est passé ce matin dans le hall a fait sensation. Pas besoin d'y ajouter Fredo montant la garde à la crèche. Les rumeurs vont déjà bon train.

— Il veille sur mon fils.

— C'est ce que tu prétends. Mais il n'est pas ton fils, répondit-elle, décidée à nier aussi longtemps qu'il le faudrait.

Un éclair sauvage passa dans le regard d'Enrico. Avait-il connu femme plus têtue ? S'il n'avait pas à l'instant vu ses seins pointer sous la veste de son tailleur, il aurait pu la gifler pour la faire changer de refrain.

— Que portes-tu sous ton tailleur ? se contenta-t-il de demander.

Les yeux de Freya s'agrandirent de surprise et une vague houleuse remua dans son bas-ventre.

— Tu crois que tu peux te permettre n'importe quoi sous prétexte que nous avons été amants ?

— Oh, ce sont d'anciens souvenirs qui remontent... Te rappelles-tu les affreux dessous de coton que tu adorais avant de me rencontrer et que je t'initie au plaisir de la dentelle ?

— En quoi cela te regarde-t-il, ce que je porte ou pas ? s'insurgea Freya, trop consciente de l'entrelacs de dentelle qui habillait son entrejambe et des bas qu'elle n'aurait jamais adoptés sans l'intervention d'Enrico, préférant à l'époque le côté pratique des collants.

— Simple curiosité. Et tes soutiens-gorge de nourrice, les as-tu ressortis pour allaiter mon fils ?

— Ce n'est pas ton fils ! martela-t-elle d'une voix furieuse.

Il se dressa avec la souplesse d'une panthère.

— Tes seins ont-ils gonflé alors ? interrogea-t-il en se penchant vers elle. Et pendant que tu le nourrissais, ta conscience élastique t'a-t-elle tourmentée une seule fois, à l'idée que tu le privais de père ?

3

Freya se leva d'un bond, tremblant de colère et d'angoisse devant le ton menaçant qu'il avait adopté. Ce qu'elle lisait dans les yeux noirs d'Enrico lui commandait de fuir. Il lui fallut tout son courage pour ne pas céder un pouce de terrain.

Le cœur battant, elle plaça ses deux mains sur le bureau et lui rendit son regard, opposant le granit au granit.

— Pas une fois, articula-t-elle avec une précision glacée. Je n'ai pas pensé une seule fois à toi, Enrico. Pourquoi l'aurais-je fait ? Après tout, tu n'étais qu'un de ces types qui obtiennent ce qu'ils veulent et se défilent une fois rassasiés !

— C'est toi qui as filé. Parce que je t'ai mise à la porte !

— N'étais-tu pas ravi de me voir partir ? contre-attaqua Freya. Peut-être même as-tu utilisé Luca comme prétexte à me chasser ?

— Tu aurais pu lui dire non !

Il n'avait pas nié l'accusation...

— Et vous priver du sport favori des Ranieri ? Au moins, Luca a eu l'honnêteté de déclarer qu'il n'y avait que le sexe qui l'intéressait chez moi !

Enrico avait pâli, mais elle était plus pâle encore et aucun ne rompait le contact. Ils étaient comme aspirés par un typhon d'électricité statique. Les ondes de colère déferlaient, rejaillissant de l'un à l'autre et leurs yeux jetaient un pont d'étincelles au-dessus du bureau qui les séparait.

— J'espère que je ne serai jamais assez vulgaire pour déclarer cela à une femme, siffla Enrico entre ses dents. Comment peux-tu louer une telle attitude ?

La flèche atteignit son but. Freya dut se raidir pour ne pas trembler.

— Essaie de te mettre à ma place, répondit-elle d'une voix rauque, et tu verras que de mon point de vue, la vulgarité n'est pas là où tu crois.

Elle se retourna en croisant les bras, s'appuyant au bureau car ses jambes chancelaient. Tout s'était si vite enflammé entre eux alors qu'elle était déterminée à rester calme !

Elle l'entendit contourner le bureau et cessa de réfléchir. Ses cheveux se hérissaient sur sa nuque. Qu'allait-il faire à présent ? C'était affreux de se le rappeler, mais elle avait aimé cet homme, s'avoua Freya en combattant les larmes qui menaçaient. Elle l'avait aimé si profondément qu'elle croyait alors que rien ne pourrait tuer cet amour.

En dépit de l'inqualifiable conduite d'Enrico, peut-être restait-il une braise encore incandescente… En tout cas, le cœur de Freya se serrait à lui faire mal, comme si tout cet amour nié, sciemment rejeté, menaçait soudain de l'étouffer.

Démoralisée, elle baissa les yeux et son regard effleura sa jupe froissée. Machinalement, elle se mit à lisser le tissu, mais sa main tremblait si fort qu'elle cessa immédiatement et dissimula la coupable derrière son dos. Enrico apparut dans son champ de vision sous la forme d'une paire de jambes impeccablement habillées d'alpaga. Un tissu qui ne se froissait jamais, Enrico ne l'aurait pas permis.

— Tu veux prendre quelque chose ? offrit-il alors qu'elle entendait le bruit d'un glaçon dans un verre.

— Non, je dois retourner à…

— Ton passionnant travail de photocopie ?

L'ironie mordante de sa phrase lui fit lever des yeux verts pleins de dignité.

— Cela paie mes factures, Enrico.

— Maigre salaire… Tu gagnais dix fois plus en travaillant pour moi. Josh Hannard ne savait pas quel diamant se terrait au fond de son sous-sol. Tu aurais pu gérer cette entreprise dix fois mieux que lui !

— Tu m'as mise à la porte, lui rappela-t-elle opportunément. Cela n'arrange pas un curriculum vitæ...

— Ton renvoi n'avait rien à voir avec tes qualités ! Je n'ai pas supporté ta collusion avec mon cousin. Luca avait fait bien des erreurs dans sa vie et je les avais épongées, mais celle-là lui a valu de se retrouver au ban de la famille. Estime-toi heureuse, tu n'as été virée que de ton poste...

Et de ta vie, ajouta silencieusement Freya.

— Sans certificat, j'étais inemployable.

Enrico se contenta de sourire. Il prit une gorgée d'alcool, avant de rétorquer :

— Je pouvais difficilement te fournir autre chose qu'un certificat d'aptitude sexuelle... universelle.

Mordant, froid, arrogant !

Prenant conscience que ces adjectifs, en admettant qu'elle les lui lance au visage, ne lui feraient pas même battre un cil, Freya soupira.

— Je n'ai rien fait. Luca m'a tendu un piège. Je l'ai surpris avec les mains dans ton coffre et je l'ai menacé de tout dire à la police.

— Et tu en es restée à une simple menace ?

Les sourcils d'Enrico s'étaient arqués en une expression cynique.

Il avait tout de suite relevé sa seule erreur, celle qui avait provoqué sa chute... Luca faisait partie de la famille. Elle vivait avec Enrico depuis assez longtemps pour savoir que chez les Ranieri, on ne livrait aucun membre du clan à la police sans en avoir conféré d'abord.

— J'ai pensé qu'il t'appartenait de prendre cette décision plus qu'à moi. Je suis donc retournée à l'appartement pour t'attendre et t'en informer. Luca est arrivé complètement soûl. Il avait une clé. Il m'a dit que tu la lui avais remise pour qu'il puisse entrer quand il le voudrait, parce que tu te lassais vite de tes maîtresses. Tu comptais me passer à lui, en seconde main en quelque sorte, à l'entendre… Je sortais du bain et j'étais drapée dans un peignoir. Il s'est déshabillé en riant, disant que ma tenue légère allait lui épargner du travail. Il a ajouté qu'après avoir couché avec lui, je serais tellement conquise que j'en oublierais cette histoire de vol et qu'à nous deux…

— Je ne veux rien savoir de cela, je ne l'ai jamais voulu, coupa Enrico d'un ton glacial. Pourquoi en reparles-tu ?

Freya tenta d'oublier la suite de la répugnante scène.

— Pour la simple raison que j'ai le droit de me défendre, comme n'importe quel être humain, puisque les Ranieri ont jeté le discrédit sur ma personne.

— Je ne t'ai pas écoutée à l'époque, pourquoi le ferais-je aujourd'hui ?

— Parce qu'aujourd'hui, tu attends de moi quelque chose que je ne suis pas prête à te donner sans cela. Je veux réparation pour ce que ton cousin et toi m'avez fait subir.

— Ce que j'attends de toi… tu veux parler de notre fils ?

— Il n'est pas ton fils, insista Freya alors qu'Enrico se raidissait.

— Il est de moi !

— Prouve-le.

— Pardon ? s'exclama Enrico. Ne serait-ce pas à moi d'exiger des preuves ? J'ai l'impression que tu te trompes de réplique ! N'inversons pas les rôles, veux-tu !

Freya croisa les bras et refusa de le suivre sur le terrain du sarcasme.

— Je n'ai pas à prouver quoi que ce soit. Et comme je ne veux pas de toi pour père de mon fils, je conteste ta demande. Si tu es si sûr de toi, tu n'as qu'à te soumettre à une analyse ADN, bluffa-t-elle.

— J'espère que c'est une plaisanterie ?

— N'oublie pas que je suis une marie-couche-toi-là, qui saute du lit d'un Ranieri à celui d'un autre Ranieri…

— Veux-tu arrêter de prononcer mon nom comme s'il te salissait la bouche ?

C'était exactement ce qu'elle ressentait en le prononçant.

— Si je suis aussi volage que vous l'avez clamé, reprit-elle sans daigner répondre, alors je ne sais pas de quel Ranieri Nicky peut bien être le fils... Donc, j'exige des preuves avant de te laisser approcher mon enfant.

— Il suffit de le regarder pour savoir qu'il est de moi ! s'insurgea Enrico.

— Ou de Luca, insinua-t-elle, sombrement satisfaite de voir le visage altier d'Enrico se fermer. A moins, bien sûr, que tes allégations ne soient qu'un tissu de mensonges auquel il t'a plu de croire pour...

— Cela ne m'a plu en rien, répondit-il avec raideur. Loin de là.

— Quoi qu'il en soit, aucune mère ne voudrait laisser son fils aux mains d'un homme qui croit cela d'elle. Tu lui transmettrais la vision cynique que tu as de moi et cela empoisonnerait son jeune esprit.

— Je n'agirais pas ainsi.

— Rien ne me force à te croire, je sais d'expérience que tu peux être impitoyable. Donc, je réitère ma demande : prouve que Nicky est ton fils. Moi, je ne t'y aiderai pas.

Le verre de cristal claqua sur le plateau du bar.

— Tu sais bien que Nicky est mon fils !

— Vraiment ?

— Cesse ce jeu stupide, Freya, ordonna Enrico avec impatience. C'est ridicule. Je sais qu'il est de moi, même si tu ne peux en être sûre.

— Bravo, Enrico, rétorqua Freya avec un mince sourire. Toujours aussi fin stratège... Je te coince et tu retournes l'accusation contre moi ! Mais tu ne fais que confirmer à quel point tu sais te montrer cynique. Alors laisse-moi te dire les choses en face...

Elle se redressa, quittant l'appui du bureau avant de reprendre :

— Je ne veux pas que tu aies la moindre influence sur mon fils, je ferai tout pour t'écarter de lui. Je te combattrai par les moyens que la science met à ma disposition et ensuite, s'il le faut, devant les tribunaux.

— Oh... Tu dois être assez riche, alors ? Ces petites arguties légales coûtent fort cher.

— L'aide juridique gratuite existe dans ce pays, répliqua-t-elle en se dirigeant vers la porte. Alors rappelle Fredo, ou j'informe la police qu'un homme suspect rôde autour des enfants.

— Où crois-tu aller de ce pas décidé ?

— Je pars, fit-elle sans pouvoir s'empêcher de se retourner.

— Tu démissionnes, donc ?

Le poids de la menace la paralysa.

— Je n'ai pas dit cela, murmura-t-elle.

— Tu en as besoin, non, de ce maigre salaire ? fit-il d'un ton persifleur. Il paie l'excellente crèche dont ton fils bénéficie.

— Oui, dut-elle avouer en un souffle.

— Et c'est bien parce qu'il s'agit d'une crèche d'entreprise que tu peux offrir à ton fils de telles prestations ! Maintenant, imagine que cette crèche vienne à disparaître...

Freya vacilla : chacune des flèches d'Enrico portait en plein cœur. Soudain, elle se sentit au bord de la nausée. Pour défier un homme de sa trempe, il fallait avoir d'autres moyens financiers que les siens...

Enrico venait de lui rappeler à quel point elle était démunie.

Il s'appuyait au bar, les chevilles négligemment croisées, incroyable d'arrogance, son élégance patricienne le faisant ressembler à la moderne statue d'un dieu romain. Il incarnait le pouvoir dans toute sa splendeur. La confiance qu'il avait en celui-ci réduisait à néant les faibles défenses de Freya. Le soleil de cette fin d'après-midi joua sur le profil d'Enrico, en soulignant les angles durs. Sa bouche s'étira en un sourire empreint de défi.

Freya avait pâli, remarqua-t-il non sans satisfaction. Qu'elle relève la tête, après cela, si elle l'osait encore !

— Tu ne ferais pas une chose pareille, fit-elle d'une voix sourde.

— Pourquoi pas ? Je suis l'ignoble personnage qui t'a cédée à son cousin pour qu'il s'amuse un peu, ce qui me prouve capable de tout...

Il s'amusait à la torturer pour se dédommager du défi qu'elle lui avait lancé, se dit Freya pour se rassurer, mais il n'avait pas vraiment l'intention de fermer la crèche !

— Cela mettrait tant de mères dans l'embarras, plaida-t-elle, faisant appel à sa raison. Tu ne peux pas...

— Allons, Freya, l'interrompit-il, tu as travaillé à mes côtés et tu connais l'envers du décor. Si tu voulais réduire les coûts de gestion de cette entreprise, que commencerais-tu par supprimer ?

— Pas la crèche ! lança-t-elle, presque désespérée.

— Parce que tu y as un intérêt personnel. Moi pas.

La peur avait remplacé le défi dans ses yeux, nota Enrico, satisfait.

— Tu... tu...

Elle ne put continuer et Enrico enchaîna, légèrement penché vers elle :

— Tu allais dire quelque chose, *cara* ? Allais-tu m'expliquer que moi aussi, j'ai un intérêt personnel à ce que cette crèche demeure ouverte ?

— Non, fit-elle d'une voix étouffée.

— Examinons la situation, fit-il en se réadossant au bar. Admettons que nous conservions cette crèche. Si tu étais à ma place et qu'il te faille ramener les coûts à un niveau plus raisonnable, quel autre poste considérerais-tu superflu ? Le département des archives, peut-être ? Tout ce papier entassé au sous-sol, qui mobilise pour rien un espace si facilement convertible dont on pourrait tirer meilleur profit...

— Chaque entreprise doit garder des archives, argumenta Freya, tentant de lutter contre l'angoisse qui la dévorait.

— Toutes les entreprises bien gérées n'ont pas besoin d'autant d'employés pour scanner de vieux documents. Un service de nettoyage me débarrasserait le sous-sol en huit jours et ensuite, il me suffirait de sous-traiter l'archivage. Ce qui rend ton poste et celui de tes collègues inutiles. Tu vois bien que j'ai raison...

Freya tremblait, à présent. Ou plutôt, elle frissonnait, glacée jusqu'à la moelle par ce qu'il s'apprêtait à faire. Non seulement Enrico menaçait son emploi, mais aussi celui de tous les employés du sous-sol. Et en prime, il risquait de priver trente-quatre autres mères des services de la crèche...

— Tu ne mérites pas d'avoir un fils, lui jeta-t-elle au visage. Tu ne mérites pas plus ce bureau de directeur ! Tu es sans cœur et froid comme un serpent !

Blindé contre les insultes, Enrico se contenta de hausser les épaules.

— Mon travail consiste à sauver des entreprises au bord de l'asphyxie. Rien ne dit que je doive sauver le personnel ! Et je peux te dire que Hannard survit par miracle. Personne ici ne mérite le salaire qu'il touche et si je suivais mon instinct, je mettrais tout le monde à la porte !

— Moi la toute première, murmura Freya, au bord de l'écœurement. Je crois que je te hais...

— Que faudrait-il pour modifier cet état d'esprit ? De l'argent, peut-être ? Un poste plus sûr ? Une nourrice privée pour ton fils ?

Les yeux de Freya lancèrent des étincelles émeraude. Elle était si pâle qu'Enrico se demanda si elle n'allait pas s'évanouir.

— Mon fils est très bien soigné ici, il n'a besoin de rien d'autre !

— Viens t'asseoir et nous en discuterons...

Mais Freya ne voulait pas s'asseoir. Elle voulait quitter cette pièce, au plus vite et surtout sans se retourner. Un nouveau silence s'installa. La tension qui l'accompagnait égratigna les nerfs à vif de la jeune femme. Elle sentait le regard d'Enrico rivé sur elle, attentif à ses moindres réactions pendant que son impitoyable cerveau calculait ce qui serait nécessaire à la faire céder.

— Je crois, mademoiselle Jenson, qu'il serait bon, à ce point de notre discussion, de vous rappeler qui je suis exactement.

On y était... A présent, il allait faire jouer le poids de la hiérarchie. Freya pressentait ce que serait sa prochaine attaque et pourtant, elle ne pouvait se contraindre à sortir. Ses jambes lui semblaient coulées dans le plomb.

— Ne me menace pas, Enrico, parvint-elle à articuler.

Pour toute réponse, Enrico traversa la pièce. Deux secondes

plus tard, il décrochait le téléphone de son bureau sans quitter des yeux le visage livide de Freya.

— Carlo, fit-il d'un ton égal, le contrat de travail de Mlle Jenson prend fin à cet instant. Fais débarrasser son bureau et monter ses affaires personnelles.

Freya se décomposa sous la noirceur de son regard.

— Voilà, conclut-il tranquillement. A la rue, pour la deuxième fois...

Impassible, il s'adossa au bureau, attendant que le poids de ses paroles pénètre Freya.

— Tu peux revenir t'asseoir, maintenant, suggéra-t-il sans élever la voix.

Comme si elle se mouvait en rêve, Freya avança. Elle avait la pâleur d'un fantôme, constata Enrico.

L'avait-il vraiment mise à la porte ? se demanda-t-il. Bon sang, il ne savait pas lui-même s'il était sérieux. Pouvait-on se montrer d'une telle dureté envers une femme dans sa situation ? Lui le pouvait sans aucun doute, s'avoua-t-il honnêtement. Mais il y avait une différence avec les renvois auxquels il procédait d'habitude. Cette fois, il connaissait personnellement celle dont il se débarrassait sans état d'âme.

Freya savait qu'un repreneur d'entreprise ne pouvait prendre en compte les situations individuelles. Donc, elle se croyait licenciée pour de bon, même si lui doutait encore du sérieux de ses intentions. Et c'était pour cela qu'elle revenait s'asseoir. Vaincue...

Elle s'arrêta. Les longues jambes d'Enrico, étendues devant lui tandis qu'il s'appuyait au bureau, l'empêchaient d'accéder au siège. A quelques centimètres d'elle à peine, il vit le léger tremblement de sa mince silhouette. Elle se tenait les yeux baissés et les bras repliés autour d'elle, comme si cela pouvait lui fournir une quelconque protection.

C'était loin d'être le cas.

— Ne me mets pas dehors, murmura-t-elle. S'il te plaît... J'ai besoin de ce travail.

Sans qu'Enrico comprenne pourquoi, cette supplication tremblante inonda ses veines d'un flot de chaleur.

C'était agréable et il laissa la sensation s'épanouir en lui.

Les senteurs du parfum de Freya caressaient son odorat, légères et tentatrices... Sous le tissu de son tailleur sans grâce, il imaginait aisément ce qui se dissimulait : les seins fermes, à peine rosés, et leurs mamelons merveilleusement sensibles, l'ovale minuscule de son nombril où elle aimait qu'on glisse la langue, comme au cœur de... S'il permettait à son imagination de voyager plus bas, il cherchait les ennuis, comprit Enrico en rivant fermement les yeux sur le visage de Freya. *Bella*, s'avoua-t-il, malgré ses joues trop pâles et son regard rongé d'anxiété. *Molto bella*...

S'il défaisait son ridicule chignon, lui en voudrait-elle ? S'il se penchait et déposait un baiser sur ses lèvres tremblantes, est-ce qu'elle mordrait ?

Il l'avait acculée et elle le savait. Tout en elle admettait la défaite. Pourtant, elle se refusait à prononcer l'aveu qu'il voulait lui arracher : *oui, Nicky est bien de toi*. Cela viendrait, tôt ou tard, question de patience. Soudain, l'urgence de la confession se dissipait, chassée par la sensation bien plus pressante et agréable qui se répandait en lui.

Pouvait-il se permettre de la désirer ? *Et pourquoi pas ?* lui répondit une voix insouciante, venue du fond de lui-même. N'avait-il pas appris, ces trois dernières années, à déconnecter le plaisir physique de tout sentiment ? Il avait bien fallu qu'il s'y résolve ! Depuis, il profitait sans complexe de ce qu'avaient à offrir les semblables de cette traîtresse, cette menteuse de Freya qui, pendant douze merveilleux mois, avait satisfait toutes ses demandes physiques et émotionnelles.

Mais pendant ces trois ans, il n'avait plus jamais atteint le niveau d'excitation qu'il ressentait entre ses bras, sans même parler d'émotions qu'il avait soigneusement enfouies. A aucune femme il ne s'était livré comme à Freya. La leçon avait été tirée, et bien apprise.

Elle lui paierait ce douloureux apprentissage. A l'idée de

la tenir à sa merci, à celle de lui faire rembourser sa dette, il éprouva une jouissance mentale proche de l'orgasme.

— Quelle bonne raison pourrais-tu me donner de changer d'avis ? avança-t-il doucement.

Elle ne répondit pas, gardant les yeux à terre. Le feu se propagea en lui.

— Et si tu te donnais, toi ? suggéra-t-il. Peut-être es-tu en train de te demander si le corps magnifique que tu caches sous cette toile à sac a encore du pouvoir sur moi ?

En avait-il ?

Freya se retrouva choquée de considérer sa proposition. Est-ce que faire l'amour avec lui lui rendrait son poste ? Une curieuse sensation lui vrilla le plexus. Une sensation encore plus choquante que sa première pensée puisqu'elle avait pour nom « tentation ».

Bats-toi ! s'ordonna-t-elle. Rappelle-toi qu'il est question de ton fils et ne te laisse pas humilier ! Ce n'est pas toi qu'il veut, c'est Nicky...

Mais l'atmosphère entre eux était devenue électrique, rappelant les jours anciens. Tout à coup, elle voyait Enrico comme un être de chair et de sang, sensuel à l'extrême, capable de la porter au pinacle...

Elle aspira une grande goulée d'air. C'est aussi un tyran sans scrupules, se rappela-t-elle. Un macho sans cœur, impitoyable, capable de me licencier en une seconde et la suivante, de vouloir coucher avec moi !

Mais comment lutter ? Que dire pour le remettre à sa place ? Freya avait désespérément besoin de ce travail, qui représentait sa seule source de revenus. Sans cela, il lui était impossible de pourvoir aux besoins de Nicky.

Fais comme s'il bluffait, songea-t-elle. Sors ! Après tout, même lui n'était pas archaïque à ce point ! N'en avait-elle pas assuré une collègue quelques minutes plus tôt, se rappela-t-elle avec amertume ? Il ne pouvait pas la jeter dehors sur un simple coup de tête...

— *L'alimentazione della donna è nel suo silenzio...*

Le pouvoir de la femme était dans son silence, venait de lui murmurer Enrico d'une voix douce, dans la langue sensuelle qu'elle avait appris à comprendre à son contact. Freya, pourtant, ne se sentait aucun pouvoir en cet instant. Jamais de sa vie entière elle n'avait été aussi démunie.

Une main longue et ferme se posa sous son menton, le releva. Leurs regards se heurtèrent. L'intimité resurgit comme la flamme du passé et vint lécher le bord de son cœur. Freya sut ce qui allait arriver.

— Non, protesta-t-elle d'une voix ténue.

Trop tard. Les yeux sombres d'Enrico approchaient déjà, ses lèvres s'écartaient pour prendre les siennes. Ce qu'il fit, de la façon douce et persuasive qu'il avait toujours avant de lui faire l'amour.

Le corps de Freya réagit malgré elle, mais elle refusa de le suivre, se contraignant à l'immobilité, même si elle ne pouvait s'arracher au baiser d'Enrico.

Chaque seconde rendait sa résistance plus difficile. Elle retrouvait le goût de celui qu'elle avait aimé, perdu, mais jamais oublié. Cet homme l'embrassait comme son amour d'antan l'avait toujours fait, avec une lenteur tentatrice, laissant le plaisir infiltrer chacune des fibres de son être. C'était sensuel, somptueux... Enrico glissa le bout de sa langue entre ses lèvres et elle se mit à trembler, sentant tout contrôle lui échapper. Les longs doigts glissèrent de son menton à sa nuque, qu'il inclina légèrement d'un geste séducteur qui le résumait entièrement. C'était bien Enrico qu'elle retrouvait...

Fuis, s'ordonna Freya. Ne le laisse pas faire !

Mais elle ne pouvait bouger. La caresse de sa langue était délicieuse, réveillant des sensations trop longtemps assoupies. Freya les sentait s'épanouir en elle avec un mélange de ravissement et de culpabilité, comme une droguée retrouvant sa substance favorite après une longue abstinence. Soudain, sans qu'elle sache comment, sa chevelure fut libre et se répandit dans son dos, alors qu'Enrico l'attirait tout contre lui. Au moment où elle le toucha, elle sut que toute lutte était inutile.

C'était mal, elle le savait, mais elle ne pouvait que se laisser happer par ce vertige comme la folle qu'elle était, dansant aveuglément au bord du précipice.

Elle gémit alors que ses mains se dénouaient et, d'elles-mêmes, cherchaient Enrico, se glissaient sous le frais tissu de sa veste, trouvaient ses muscles palpitants sous la barrière de sa chemise.

Grondant quelques mots en italien, Enrico écarta les jambes pour attirer Freya dans le cercle de ses hanches. Elle sentit la tension prometteuse de sa virilité. Il durcit contre elle et le choc que cela lui causa libéra une force à l'intérieur d'elle-même : elle se mit à onduler contre lui.

— Le désir est là, murmura-t-il contre la tiède moiteur de sa bouche. Tu le sens, *cara* ?

Elle ne put que gémir car la langue d'Enrico reprenait sa bouche. Des frissons qu'elle ne connaissait que trop bien la parcouraient, impossibles à contrôler. Enrico défit rapidement deux boutons de sa chemise et, prenant la main de Freya, la glissa dans l'ouverture. C'était comme ouvrir une porte sur le paradis que de sentir sa chair sous sa paume, de caresser sa peau bronzée sous laquelle frémissaient les muscles... Enrico se saisit alors de son autre main et la fit descendre le long de sa hanche, la maintenant où il la désirait d'une caresse sensuelle de ses longs doigts. Une lave liquide inonda Freya.

Comptait-il pousser le jeu plus loin ? se demanda Enrico.

Jusqu'au bout ! Comment aurait-il pu en être autrement alors que son corps frémissait, tendu vers la sensation que lui procurait la paume enveloppante de Freya. Le désir l'avait envahi tout entier, obscurcissant sa raison. Il aurait voulu être nu contre elle et la prendre, elle qui embrassait toujours comme si c'était la première fois. Ne lui semblait-il pas tenir une jeune vierge entre ses bras, effarouchée et exigeante tout à la fois ? Car elle était douce et tiède et assoiffée de lui, elle se prêtait délicieusement à son jeu érotique tout en conservant une timidité, une forme de retenue qui la rendait plus désirable encore.

C'était merveilleux, songea Freya, impuissante à lutter. Elle retrouvait Enrico comme au premier jour. Elle avait adoré faire l'amour avec lui, ne se rassasiant jamais des incroyables sensations qu'elle éprouvait dans ses bras. Il était si beau, si expérimenté en matière de sexe... Dès qu'il la touchait, il parvenait même à lui donner l'impression qu'elle lui était indispensable. Alors pourquoi se serait-elle rebellée quand les doigts d'Enrico défirent les boutons de son chemisier ?

Il ne lui fournit qu'une occasion de recouvrer la raison, lorsqu'il abandonna sa bouche pour regarder ce qu'il venait de découvrir : elle ne portait rien sous sa veste, à part un soutien-gorge de fine dentelle.

— Tu n'as pas pu tout à fait te débarrasser de moi, constata-t-il avec un rire rauque qui effleura la peau nue de Freya comme le souffle d'un magicien.

Rougissante et furieuse de l'être, Freya voulut refermer la veste, mais il devança son geste et en écarta les pans sans ménagement. Il souligna du doigt le rebord échancré du soutien-gorge. La chair de Freya frémit, ses seins gonflèrent. Sa réaction fit sourire Enrico et il glissa le pouce sous la dentelle, effleurant un mamelon durci, l'encourageant à s'échapper. Elle trouva le courage de supplier, éperdue :

— S'il te plaît, ne fais pas cela...

— Retrouver son premier amant est un puissant aphrodisiaque, *cara*... La magie opère, quel que soit l'âge. Si nous avions trente ans de plus et que je te prenne dans mes bras, tu fondrais exactement comme aujourd'hui.

— Mais je ne veux pas !

— Je sais, fit-il en riant, passant une langue avide sur la pointe rose qu'il venait de libérer. C'est ce qui rend la situation si excitante !

Il fit jaillir l'autre mamelon et Freya ne put retenir un sanglot de plaisir. Les deux seins tendus vers ses caresses, elle regarda Enrico, vit sur son visage la flamme du désir, mais aussi la colère qui brillait dans ses yeux. Il la désirait comme un fou... et la haïssait avec la même fureur.

N'éprouvait-elle pas le même sentiment à son encontre ?

Si ! Si, bien sûr ! Alors que faisait-elle ici ?

Elle s'apprêtait à l'accueillir en elle, comme une traînée. Enrico n'attendait que cela pour conforter sa flatteuse opinion ! C'était si simple de réduire Freya à merci ! Il suffisait d'un baiser langoureux et elle se donnait. Au premier venu...

La raison lui revint avec la force d'un coup de tonnerre.

— Lâche-moi, souffla-t-elle.

Il retira les mains de ses seins avec un demi-sourire, comme s'il s'attendait à ce qu'elle regrette. Alors elle se rendit compte qu'elle n'avait pas retiré ses propres mains de lui et s'écarta en frissonnant, soudain glacée.

Pourtant, ses joues brûlaient alors qu'elle replaçait maladroitement ses seins à l'intérieur des bonnets. Les pointes raidies distendirent la dentelle en guise de protestation. Jamais Freya ne s'était autant détestée. Enrico la regardait faire, les bras croisés sur la poitrine, sans paraître un instant dérangé par sa proéminente érection.

— Je te hais, chuchota Freya.

— Tu me l'avais déjà dit...

— J'ai envie de te tuer.

— Mais cela ferait de ton fils un orphelin, lui fit doucement remarquer Enrico.

Freya s'immobilisa, les mains agrippées aux pans de sa veste qu'elle s'apprêtait à fermer. Elle baissa la tête, incapable, cette fois, de prononcer le déni qui lui brûlait les lèvres.

— Ah, nous faisons des progrès, constata Enrico d'un ton moqueur, incapable de quitter des yeux la somptueuse chevelure rousse qu'il avait libérée.

Elle était absolument délicieuse, songea-t-il avec une pointe d'amertume, même fagotée dans un tailleur à deux sous, même si ses cheveux réclamaient une bonne coupe. Jamais il n'avait déballé d'aussi somptueux paquet cadeau que Freya Jenson et Dieu savait s'il avait déshabillé de nombreuses femmes depuis ! Mais qu'elle soit vêtue d'une guêpière de dentelle ou d'un simple survêtement, elle était la plus excitante à dévêtir. A une époque, il avait voulu garder ce plaisir à son usage exclusif. C'était à ce moment-là que Luca avait fait son apparition.

— Fini les mensonges ? reprit-il, décidé à ne rien lui épargner. Tu penses enfin à tous ces pauvres gens que tu vas mettre au chômage en refusant d'avouer ?

Freya prit une profonde inspiration.

— Nicky est...

— Nicolo Alessandro Valentino Jenson, la coupa-t-il, son accent italien donnant une saveur exotique à chaque mot. Tu n'as pas pu résister, il a fallu que tu prénommes mon fils comme moi...

4

Il avait raison. Freya se sentit rougir. Les deuxième et troisième prénoms d'Enrico lui venaient de ses grands-pères, Enrico de son père, et le dernier, Nicolo, lui appartenait en propre.

— Nicolas, corrigea-t-elle.

— C'était pour me défier. Tu es une forte tête, Freya Jenson, doublée d'un cœur de pierre. Sans parler de ton goût prononcé pour la vengeance... Mais au pied du mur, tu t'es résolue à appeler ton fils comme son père.

Quelle arme lui restait-il ? Allait-elle ravaler sa fierté et son amertume ? Donnerait-elle à cet homme la victoire qu'il savourait déjà ?

— Tu aimerais que j'en convienne, n'est-ce pas ? Malheureusement, je ne te donnerai pas ce plaisir.

Même au bord de l'abîme, même sous le poids des menaces dont il usait, elle ne pouvait lui faire ce cadeau.

— Cependant, s'il s'agissait de la pure vérité ? Si Nicky était bien mon fils ?

Les lèvres scellées, elle refusa toute confirmation.

— Luca n'a pas la réputation d'être un étalon, poursuivait Enrico. En tout cas, il n'a jamais fait d'enfant à personne. Je ne vois pas comment cela aurait si bien marché avec toi. Il t'aurait fallu déployer des talents bien particuliers pour réussir à...

Freya le gifla. Elle ne sut jamais si la pique venimeuse avait déterminé son geste, mais la joue d'Enrico était bel et bien marquée d'une trace de doigts.

— Je suis... désolée, balbutia-t-elle. Tu as franchi...

Ses excuses arrivaient trop tard. Le regard noir s'enflamma de colère et les mains d'Enrico la saisirent pour la plaquer contre lui. Sa bouche, cette fois, était dure et cruelle. En l'espace des quelques secondes qui séparèrent sa gifle du baiser, Freya parcourut toute la gamme des sensations, du choc au désir en passant par la peur. Soudain ils furent saisis du même embrasement. La sensualité de leur premier baiser avait disparu pour laisser libre cours à la rage, une fièvre de possession qui les dévora alors que leurs bouches s'écrasaient l'une contre l'autre.

Freya se tordit pour y échapper, tira les cheveux noirs d'Enrico pour écarter son visage, mais rien n'y fit, au contraire... Plus elle se débattait et plus il resserrait son emprise, allumant en elle un incendie ravageur. Les mains qui cherchaient à repousser Enrico s'agrippèrent, déclenchant en retour une flambée de désir, nourrie de colère et de l'écho cuisant de la gifle. Ils avaient eu des disputes dans le passé, mais jamais aucune ne s'était dénouée dans une telle passion.

On aurait pu croire que le cerveau de Freya s'était déconnecté. Il n'en était rien. Elle était douloureusement consciente de ce qu'elle faisait, de la stupidité de se livrer ainsi... Elle avait tort, mais c'était si bon ! Elle voulait sentir Enrico affamé d'elle et chacun de ses gestes contribuait à l'encourager.

Sa veste glissa à terre, puis son soutien-gorge suivit. Enrico ne quitta pas sa bouche même lorsqu'il se débarrassa de sa propre veste.

Une frénésie insensée gagnait Freya. Happant une goulée d'air entre deux baisers, elle arracha plutôt qu'elle ne défit la chemise d'Enrico pendant qu'il relevait sa jupe. Le contact de ses mains habiles sur ses bas jarretière puis sur son slip de dentelle l'affola. Quand il trouva ce qu'il cherchait, le sentir au creux de ses jambes la bouleversa, et encore plus le tremblement de son doigt au moment où il écartait la barrière de dentelle. Le bourgeon de son sexe se mit à pulser d'excitation.

Le souvenir de ses caresses l'avait réveillée plus d'une fois au cours des nuits solitaires... Tenaillée par le désir, par la mémoire du plaisir qu'il lui donnait lorsqu'il glissait ses doigts en elle, Freya se roulait en boule dans le lit désert et pleurait toutes les larmes de son corps.

Aujourd'hui, la réalité venait supplanter le souvenir. Jamais elle n'avait été aussi excitée.

— Tu as envie de moi, chuchota-t-il d'une voix rauque, presque hésitante.

Elle le regarda et dans ses yeux sombres, elle lut un mélange de colère et de moquerie, noyé par la sauvagerie du désir. Un frisson la secoua.

— Non ? Préfères-tu que j'arrête ? demanda-t-il d'une voix pressante, suspendant sa caresse.

Elle ne put que gémir en réponse.

— Alors ? insista-t-il, testant son pouvoir jusqu'au bout.

— Non ! sanglota Freya.

Une étincelle de triomphe zébra le regard d'Enrico. Freya entendit coulisser sa fermeture Eclair et il la souleva pour qu'elle le chevauche. Les genoux de Freya trouvèrent l'appui du bureau, elle se cambra pour épouser le corps d'Enrico. Le contact de leurs peaux la rendait folle. Reprenant sa bouche, Enrico l'ajusta à lui et la pénétra d'un coup de reins.

C'était comme s'il se gainait de satin, comme si une langue de feu le parcourait, songea-t-il en fermant les yeux pour mieux savourer l'incroyable sensation qui imprégnait la moindre fibre de son être. Quand il rouvrit les paupières, ce fut pour voir les seins de Freya pointés vers lui, tentateurs. Il souleva Freya un peu plus pour les atteindre du bout de la langue.

Ils avaient parfois fait l'amour dans des endroits curieux, mais jamais avec une telle fureur, jamais à moitié déshabillés dans un bureau en plein jour, comme deux animaux gouvernés par leurs pulsions.

Enrico méprisait Freya, mais il devait s'avouer qu'il ne s'était jamais senti aussi vivant, magnifié par l'excès même de ses sens et c'était elle, elle seulement qui causait ce désordre, bougeant rythmiquement ses hanches, ondulant comme il le lui avait appris pour accroître leur plaisir. Elle avait merveilleusement retenu la leçon. Il quitta un instant les mamelons brûlants pour la contempler. Ses yeux étaient devenus d'encre, plus une trace d'émeraude ne s'y décelait. Il maintint son regard plongé en elle et ce fut une autre manière de démultiplier leur excitation que d'être peau contre peau et les yeux dans les yeux. Les cheveux de Freya les enveloppaient de leur rideau soyeux pendant qu'elle bougeait sur lui, moite et musclée, l'avalant tout entier.

— Tu vas jouir, *amore* ? demanda-t-il alors qu'il sentait les premiers spasmes de son orgasme se resserrer autour de lui.

— Oui, haleta Freya. Oui…

Alors il assura la prise qu'il avait sur ses hanches et la transporta jusqu'au mur le plus proche, l'y plaquant pour reprendre contrôle et plonger rageusement en elle, d'un coup de reins si brutal qu'elle en perdit la tête, criant son nom alors que le plaisir s'emparait d'elle.

Mon nom ! eut-il le temps de penser avant de la suivre dans le paradis éblouissant où elle l'entraînait.

A moins que ce ne fût l'enfer que lui offrait cette étourdissante sorcière aux cheveux roux, rectifia-t-il quelques instants plus tard, les sens apaisés.

Car avec qui d'autre pourrait-il égaler pareil déchaînement ?

La tête de Freya reposait à présent sur son épaule. Elle frissonnait, aussi vulnérable qu'un chaton affolé.

Lui-même se sentit moins solide que d'habitude en se retirant d'elle. Les jambes de Freya se dénouèrent alors et elle reprit pied sur terre.

Enrico avala sa salive, lui trouva un goût amer. Celui qui restait dans la bouche quand on s'était laissé aller auprès d'une femme qui ne vous valait rien… Maintenant que la tornade l'avait déposé sur le rivage, il regrettait cet égarement de toutes les fibres de son être.

Il se recula, rajusta ses vêtements. Freya était adossée au mur, les yeux clos, la respiration inégale.

— *Dio*, murmura Enrico pour lui-même.

Il s'aperçut que ses mains tremblaient et disparut dans la salle de bains adjacente au bureau, où il passa plusieurs minutes le visage sous l'eau froide, tentant de se calmer.

Il n'aurait jamais dû faire cela. Pas avec elle ! Croyait-il que c'était un jeu ?

En reboutonnant sa chemise, il vit que sa cravate était toujours nouée sur son torse nu et se surprit à rougir.

L'image même de la vulgarité, Ranieri, constata-t-il d'un air sombre. On croirait Luca...

Quand il sortit de la salle de bains, Freya se trouvait de dos, raccrochant son soutien-gorge d'une main tremblante.

Et maintenant ? se demanda Enrico sans obtenir le moindre élément de réponse. Il poussa un soupir, enfouit les mains dans ses poches et s'appuya au mur pendant que Freya replaçait sa jupe qui avait tourné.

Slip de dentelle, soutien-gorge affriolant et bas jarretière, se rappela Enrico en la regardant faire. Elle remit sa veste, dégageant d'un geste brusque la masse de ses cheveux, restée prisonnière du col de son tailleur. Enrico frémit à la voir malmener sa somptueuse chevelure.

Elle voulut ramasser son sac. Celui-ci était tombé, répandant son contenu à terre, mais dès que Freya se pencha, elle se sentit au bord du malaise. Comment avait-elle pu céder à cet homme ? Comment avait-elle pu le laisser faire ?

Et pourtant...

Comme au travers d'un brouillard, elle vit Enrico se baisser pour l'aider. Son souffle se bloqua : il venait de trouver une petite Ferrari rouge, tombée du sac. Un des jouets de Nicky...

Enrico en possédait plusieurs, des jouets d'adultes en ce qui le concernait, et il aimait les piloter lui-même. Freya sentit les larmes poindre au bout de ses cils.

Elle sursauta alors qu'on frappait à la porte : était-ce la sécurité qui venait lui faire vider les lieux ? Elle n'avait plus aucun droit d'être ici maintenant qu'elle était renvoyée. D'autant moins qu'elle s'était conduite de façon inqualifiable pendant que son fils profitait des services de la crèche ! Elle se dégoûta tellement qu'elle se mit à trembler.

Enrico s'était brusquement redressé. Il posa le sac de Freya sur le bureau, ce bureau même où quelques instants plus tôt...

— Un moment, fit-il d'une voix sèche en direction de la porte.

Il ramassa sa veste, l'enfila rapidement. Il n'avait pas un cheveu en désordre, pas le moindre pli ne déshonorait son costume alors qu'il venait de lui faire l'amour avec frénésie... Comment était-ce possible ? Sous son masque impassible, se sentait-il comme elle, les jambes tremblantes et suffoquant de honte ?

Il la regarda ou plutôt il la jaugea, les yeux mi-clos. Freya savait que son visage était d'une pâleur mortelle, ses cheveux décoiffés et son tailleur froissé. Jamais elle n'avait ravalé un sanglot aussi difficilement qu'en cet instant.

La sonnerie de son mobile lui fit l'effet d'un électrochoc. Machinalement, elle se dirigea vers son sac, la démarche mal assurée. Enrico ne bougea pas et elle dut le frôler pour récupérer l'appareil.

— Oui, commença-t-elle d'une voix inquiète.

On ne l'appelait jamais que pour des urgences...

— C'est Cindy, fit la voix de sa correspondante. Nous avons besoin de toi à la crèche. Ne commence pas à paniquer, mais Nicky vient de tomber. Il faisait le clown devant le gorille et...

La suite se perdit dans le vide. Freya avait lâché l'appareil et se précipitait pour sortir.

— Que se passe-t-il, pour l'amour de Dieu ? l'interpella Enrico.

Mais elle était déjà à la porte. Derrière se tenait l'assistant d'Enrico, lui bouchant le passage avec le gros carton qu'il tenait dans les bras. Elle reconnut ses affaires, mais c'était bien le cadet de ses soucis, même si cela lui rappelait qu'elle venait d'être mise à la porte. Elle écarta le jeune homme au regard froid et vola vers l'ascenseur, les cheveux en désordre et les pieds nus.

Elle n'avait pas remis ses chaussures ! constata Enrico. Où avait-elle pu les laisser ?

— Place !

A son tour, il écarta Carlo pour se ruer sur les traces de Freya, laissant son assistant complètement décontenancé. C'était le monde à l'envers : un homme tel qu'Enrico ne courait jamais, au mieux, il pressait le pas. Il ne se précipitait pas à la suite des jeunes femmes, c'étaient elles qui se jetaient à son cou !

Mais Carlo ne savait pas qu'Enrico, pour la première fois de sa vie, venait de comprendre qu'était survenu un accident dont son fils était la victime. Aucune autre raison n'aurait pu donner ainsi des ailes à Freya. Leur fils avait un problème...

Leur fils !

Ces mots prenaient soudain tout leur sens... Un frisson glacé parcourut Enrico. Il atteignit l'ascenseur juste au moment où les portes se refermaient sur Freya.

Etouffant un juron, il écrasa le bouton d'appel du deuxième ascenseur, qui se présenta dans la seconde. Quand il descendit à l'étage de la crèche, il vit les cheveux roux de Freya voler au bout du couloir.

Elle pénétra en coup de vent dans la pièce, la passant au scanner de son regard pour trouver son fils. Nicky était tombé au pied du mur d'escalade. Bien sûr... S'il avait voulu impressionner quelqu'un, c'était le meilleur endroit. Et qui aurait-il cherché à impressionner sinon Fredo, qui, accroupi, l'air navré, le serrait dans ses bras ? Le garçonnet, blotti contre lui, s'accrochait à son cou massif comme si le garde du corps était sa seule source de réconfort sur terre.

En entendant Freya approcher, Fredo leva les yeux. A côté de lui, Cindy, accroupie également, tentait de voir le visage de Nicky dissimulé contre l'épaule du garde.

— Il va bien, ne t'inquiète pas, fit-elle en voyant l'air bouleversé de Freya. Il est tombé du mur d'escalade et s'est cogné en atterrissant sur le tapis. Comme d'habitude, il ne veut pas que je vérifie les dégâts...

— Mon grand, commença Freya, tâchant de calmer le tremblement de sa voix, montre à maman ce qui t'est arrivé.

— Non, rechigna Nicky en s'abritant contre l'épaule de Fredo.

— Il est vexé, mais il ne s'est pas fait mal, précisa Fredo.

— Je le vois bien, répondit sa mère, les yeux fixés sur le garçonnet.

Ce qui lui évitait d'avoir à regarder Cindy... Celle-ci ne cherchait même pas à cacher sa surprise devant l'allure défaite et la tenue désordonnée de Freya. Les yeux de Cindy s'écarquillèrent encore lorsqu'un homme de haute stature, l'air impérieux, déboucha à la suite de Freya. Il ne pouvait s'agir que d'Enrico Ranieri, conclut la responsable de la crèche, et si ses yeux noirs n'étaient pas exactement les mêmes que ceux de Nicky, il ne lui restait qu'à mettre son intuition féminine à la poubelle.

— Désolé, patron, s'excusa Fredo d'une voix rauque. Je n'ai pas réussi à le rattraper à temps.

Ce fut à cet instant que Freya comprit qu'Enrico l'avait suivie... Le regard éberlué de Cindy s'expliquait ! Freya rougit violemment et reporta toute son attention sur son fils, qu'elle détacha doucement du cou de Fredo. Nicky enlaça sa mère et, sans plus s'occuper du reste, celle-ci se réfugia dans un coin de la pièce, son fils sur les genoux.

Elle avait agi avec une dignité calme, nota Enrico, ramenant son fils à la raison sans l'obliger à montrer son hématome en public, ce qui lui aurait fait honte. En tête à tête avec elle, l'enfant accepta de montrer sa joue. L'estomac d'Enrico se serra : il se sentait tellement étranger à tout ceci... Soudain, il se demandait pourquoi il avait suivi Freya.

Il ne connaissait rien aux enfants, n'avait jamais mis les pieds dans une crèche. Ses compétences se déployaient dans des bureaux élégants aux couleurs neutres et sophistiquées, pas dans des pièces bruyantes et colorées comme celle-ci !

En revanche, il avait l'habitude du regard des femmes, mais celui que lui jetait la blonde responsable de la crèche le rendait nerveux comme un petit garçon pris en faute. Du diable s'il comprenait pourquoi !

Mais si, bien sûr, il savait... Elle avait détecté la ressemblance entre père et fils, voilà pourquoi elle le dévisageait avec tant d'insistance !

A quelques mètres se trouvait son fils de deux ans, incapable de faire la différence entre lui et un étranger, bercé par son ex-maîtresse, celle dont il ne voulait plus, mais qu'il venait de prendre à la hussarde, comme un homme en manque saisi de frénésie.

Elle était sereine à présent, bien que toujours échevelée, les flots de ses boucles rousses tombant en cascade autour d'elle, et souriait à l'enfant en inspectant tranquillement sa joue. Le bambin l'écoutait en caressant machinalement les beaux cheveux de sa mère.

En l'espace d'un instant, cette déesse sexy pouvait se muer en la plus attentive des figures maternelles...

Et lui, en l'espace d'une heure, il l'avait mise à la porte, menacée, possédée... Malgré cela, elle était aussi calme et belle qu'un ange alors qu'elle parlait à son fils.

Leur fils ! Il avait un fils... Comme c'était étrange... A voir enfin le bambin, il prenait conscience de ce que recouvrait la notion de paternité.

Il devait aller vers l'enfant, il le savait. Comment laisser passer cette chance ? Il lui fallait établir le contact, même si le lieu manquait d'intimité et même si tous les yeux se fixaient sur lui avec une curiosité affichée. Il avait crispé les poings et ne s'en rendit compte que lorsque les ongles lui entrèrent dans la paume.

Son regard accrocha soudain un objet rouge à ses pieds. Une autre petite Ferrari, du même modèle que celui qu'il conduisait lorsque Freya était entrée dans sa vie.

Chaque instant lui révélait une nouvelle connexion entre père et fils. Etablie par Freya... Consciemment ou pas, peu lui importait. La gorge soudain sèche, il dut avaler sa salive.

Fredo le regardait. Cet homme, qui le connaissait depuis l'enfance, pouvait lire en lui comme à livre ouvert. Et lui de même... Les yeux de Fredo lui désignèrent brièvement Freya et son fils, serrés l'un contre l'autre. « Allez-y », semblait dire ce regard sensible et grave.

Il ne pouvait s'y résoudre. Lui qui menait d'une main de fer plusieurs sociétés cotées des millions se sentait incapable de faire un pas vers un petit garçon !

Car Nicky pouvait être le fils de Luca... Dans sa situation, Freya pouvait dire n'importe quoi, mentir même, si cela pouvait l'aider à s'en sortir !

Mais elle n'avait pas menti. Sous la menace, elle s'était contentée de rester muette. Etait-ce parce qu'elle voulait le punir ou parce que mentir sur un tel sujet lui répugnait ?

Il s'obligea à faire un pas, puis deux, vers l'enfant. Il lui semblait que ses pieds étaient pris dans un bloc de béton. La responsable de la crèche ne le quittait pas de son regard bleu, pénétrant. Elle croyait peut-être avoir tout deviné, mais elle ne savait rien de l'existence d'un cousin nommé Luca...

Enrico crispa les mâchoires et continua d'avancer. Freya le vit approcher, sentit la tension qui l'habitait. Quelles étaient ses pensées en cet instant ? se demanda-t-elle. Expérimentait-il l'envie d'être père ? Ou Luca avait-il perverti ses pensées au point de se glisser entre lui et son fils dans ce moment privilégié ?

L'amertume l'envahit et elle baissa les yeux vers son fils.

— Nicky, tu as vu que je m'étais précipitée ici en oubliant mes chaussures ? fit-elle en s'essayant à la légèreté.

Le petit garçon vérifia, puis regarda de nouveau sa mère qui lui adressa une grimace comique. Le visage chiffonné de l'enfant s'éclaira. Un grand sourire s'épanouit sur ses lèvres.

— Je savais bien que tu trouverais ça rigolo...

Elle planta un petit baiser sur sa joue endolorie alors qu'Enrico se profilait à l'arrière-plan.

Elle le vit du coin de l'œil et fit de son mieux pour s'empêcher de trembler. Les muscles de son dos se tendirent puis elle leva le regard vers lui, sur la défensive, prête à le défier s'il le fallait. Elle n'avait pas prévu cette première confrontation père-fils et d'ailleurs, jusqu'à ce jour, elle avait tout fait pour l'éviter !

— Est-il blessé ? demanda Enrico, un peu raide. Lui faut-il un médecin ?

Son accent ressortait plus que d'ordinaire, nota Freya. Visiblement, il aurait tout donné pour être ailleurs.

Elle secoua la tête et dut avaler sa salive avant de pouvoir s'adresser de nouveau à Nicky sur un ton naturel.

— Juste une petite bosse, pas vrai, mon cœur ? Pas besoin d'une ambulance ni des sirènes des pompiers pour t'escorter jusqu'à l'hôpital ?

— Non, maman, t'es bête ! s'esclaffa Nicky, avant de s'intéresser à l'imposante silhouette qui les dominait de toute sa hauteur.

Freya sentit son cœur se briser. A peine Nicky eut-il croisé le regard sombre et sévère de son père que l'inquiétude se peignit sur le visage du petit garçon.

Elle ne pouvait laisser les choses se dérouler ainsi, comprit soudain Freya. Puisque le hasard avait mis père et fils face à face, elle ne pouvait permettre à sa propre amertume de déteindre sur Nicky, au risque de lui gâcher cet instant si important. Et parce qu'elle ne voyait pas d'autre solution, elle fit descendre Nicky de ses genoux et le présenta de face, deux mains protectrices posées sur ses épaules.

Prenant une profonde inspiration, elle se lança.

— Nicky, mon chéri, je vais te présenter...

Elle ne put finir. Le regard d'Enrico s'était allumé d'une sombre flamme, et l'instinct de possession avait transformé ses traits. Père et fils se regardaient intensément...

Comment avait-il pu se leurrer, songea Enrico, comment avait-il pu une seconde envisager que cet enfant était de Luca ? Il était de lui, c'était évident !

Il suffisait de voir les yeux noirs du garçonnet accrocher les siens, établir un contact aussi fort qu'une étreinte, comme s'il s'agrippait à son cœur.

Enrico ne savait comment gérer cela. Personne ne lui avait dit que la vie serait un chemin semé de roses, mais personne ne lui avait non plus appris à sortir indemne d'une telle situation. Le regard de cet enfant plongeait jusqu'au fond de ses entrailles comme une lame de couteau. Cette réplique miniature de lui-même le contemplait, presque apeuré, comme s'il rencontrait une créature venue de l'espace. Aux yeux du petit garçon, il devait apparaître terrifiant. Il aurait dû adoucir son expression, faire un geste gentil...

Il ne savait pas s'y prendre.

Et tous ces gens qui le regardaient, sans même songer à cacher leur curiosité ! *Il n'aime pas les enfants*, devaient-ils tous penser. *Bon sang, il ne parvient même pas à sourire !*

L'étreinte de Freya se resserra sur les épaules de son fils et il sut que ces premiers instants touchaient à leur fin. Il lui fallait agir pour retenir l'enfant, sinon Freya le lui enlèverait et ce serait trop tard.

Il s'accroupit à la hauteur du petit garçon.

— *Ciao...*

Les mots étaient sortis à grand-peine de sa bouche, comme un arrachement. Pourquoi s'était-il exprimé en italien ? *Pourquoi ?* Son esprit ne lui fournit aucune réponse. Il sentit la tension monter et, presque impuissant devant ce sentiment ingouvernable, il tendit la main vers le garçonnet et l'ouvrit.

La petite Ferrari rouge apparut. Nicky lui jeta un coup d'œil puis ses yeux plongèrent de nouveau dans ceux d'Enrico.

— C'est la mienne à moi ?

Enrico hocha la tête.

— *La tua*, confirma-t-il, cette fois encore en italien alors qu'il aurait juré avoir pensé en anglais.

Etait-il en train de devenir fou ? En tout cas, rien de cela n'avait de sens. La salle de jeux aux couleurs vives était tellement silencieuse qu'on aurait entendu une mouche voler et chacun de ses mots résonnait comme dans une grotte.

Une petite main vint récupérer la voiture dans la sienne. Le garçonnet sourit.

Du même sourire que le sien... Même sourire et mêmes yeux ! Comment pouvait-on voir en face de soi la réplique même de ce qu'on était ?

La main d'Enrico bougea de sa propre initiative et caressa les cheveux de l'enfant. Il lui sembla passer les doigts dans ses propres boucles, noires et serrées. Le geste s'acheva en une caresse sur la joue de l'enfant. Si douce...

Il ne put se retenir et attira son fils à lui, brisant le lien protecteur qui le retenait près de sa mère. Il lui fallait embrasser la rougeur de sa joue, l'effacer d'un tendre baiser de père.

Son cœur se serra. Il agissait comme tous les pères italiens, physiquement proches de leurs enfants, toujours prompts à bercer et câliner.

Enrico sentit la tension de Freya. Elle serait intervenue au moindre geste de l'enfant, si elle avait perçu le moindre déplaisir aux caresses d'un étranger.

Mais ils n'étaient pas étrangers l'un à l'autre et Freya devait combattre les larmes qui lui montaient aux yeux. Le petit garçon n'était plus effrayé, ni même intimidé. Il avait repris son air sérieux, concentré. Quelque chose en lui parlait en faveur de cet homme qu'il n'avait pourtant jamais vu.

Soudain, lui aussi tendit la main pour toucher les cheveux d'Enrico, puis imitant le geste de l'homme, il finit par une caresse sur la joue impeccablement rasée.

Freya se mordit la lèvre. Cette fois, les pleurs menaçaient de couler. Jusqu'à présent, elle seule avait eu droit à cette expression attentive et tendre du petit garçon.

Etait-elle jalouse ?

Oui, elle devait se l'avouer. C'était douloureux de devoir partager et l'avenir qu'augurait ce geste lui faisait peur.

Ce fut à cet instant qu'Enrico sourit. Du même sourire que celui de Nicky et qui effaçait toute sévérité de son visage.

Le garçonnet sourit en retour.

Puis, sans prévenir, il échappa aux mains de son père et fila rejoindre ses copains.

Voilà. Tout était dit, la réponse du fils au père avait tenu en un sourire avant que l'enfant ne retourne à ses jeux.

Enrico se releva. Son garde du corps l'observait, de même que la responsable qui rougit lorsque Enrico la fixa.

« Continue à épier, chérie, se dit-il ironiquement, car l'affaire est loin d'être close. » D'instinct, il se retourna vers Freya. L'instinct était la seule ressource qui lui restait, mais à constater l'avance qu'il lui procurait sur ses compétiteurs, Enrico savait pouvoir compter sur lui.

Il attira Freya par les épaules, comme il l'avait fait de son fils, et lui murmura à l'oreille :

— Je sais qu'il est mien. Ton destin est verrouillé, à présent.

Quand il s'écarta, il la vit trembler. Elle avait croisé les doigts et les pressait sur son ventre. La pâleur avait envahi son visage et elle baissait les yeux, les lèvres frémissantes, encore enflées de ses baisers.

— Tu as dix minutes pour dire au revoir à tout ce joli monde et récupérer notre fils, *amore*, poursuivit-il à voix basse avant de reprendre assez distinctement pour que tout le monde puisse entendre : Le temps presse et il faut organiser notre mariage avant de partir pour Milan.

Sur ce, il posa un lourd baiser sur la bouche choquée de Freya et quitta les lieux.

5

Freya fit une pause avant de frapper à la porte du bureau d'Enrico. Il faudrait jouer serré et garder la tête froide.

Nicky était resté à la crèche, comme toujours à cette heure de la journée, sous la garde de Fredo cependant.

Les dix minutes accordées par Enrico étaient depuis longtemps dépassées : Freya avait dû affronter les questions pressantes du personnel de la crèche, faisant de son mieux pour rester évasive et paraître naturelle. Mais intérieurement, elle sentait monter sa colère. C'était la faute d'Enrico si elle avait dû subir cet interrogatoire !

Elle avait passé quelques minutes aux toilettes, tâchant de retrouver une allure respectable. Mais bien qu'elle soit de nouveau tirée à quatre épingles, les cheveux rassemblés en un chignon strict, elle avait eu du mal à regagner son aplomb, d'autant que Cindy l'avait gentiment prévenue que les boutons de sa veste étaient décalés...

Tout le monde devinait donc ce qui s'était passé. La raison pour laquelle elle avait surgi du bureau, échevelée et sans chaussures, devait actuellement faire le tour du bâtiment ! A l'évidence, l'immeuble entier se gaussait d'elle. Elle n'avait pas besoin de beaucoup d'imagination pour entendre les rires sous cape et les exclamations. Le téléphone intérieur devait fonctionner à plein régime !

— Elle était à peine rhabillée ! Et tu sais qui avait assuré le déshabillage ? Notre nouveau patron ! Le crois-tu, c'est le père de Nicky ! En plus, ils vont se marier... Il ne perd pas de temps, le play-boy ! Ah, je donnerais cher pour que mes chaussures soient à la place où elle a oublié les siennes !

Freya aurait voulu disparaître sous terre.

Mais elle se trouvait devant la porte d'Enrico et il lui apparut que malgré sa fureur, elle était encore plus démunie que tout à l'heure. En un rien de temps, il avait bouleversé sa vie. De quelle arme disposait-elle encore ? D'aucune.

Ou plutôt si, il en restait bien une... Un mensonge si odieux qu'elle se crispa à cette simple idée. Ses dents mordirent cruellement sa lèvre inférieure.

Aurait-elle le vicieux courage d'affirmer que Nicky était le fils de Luca ? Et en admettant qu'elle y parvienne, quel profit en tirerait-elle ? A part blesser Enrico...

Elle ne pouvait s'y résoudre. Au souvenir du premier contact entre père et fils, elle sut qu'il était trop tard. Ces deux-là s'étaient reconnus. Elle ne pouvait tuer dans l'œuf ce qui commençait à naître.

La porte du bureau s'ouvrit à la volée. Freya cligna des yeux. Enrico emplissait l'embrasure et une onde de désir incontrôlable la parcourut.

— Si tu restes plantée là un instant de plus, tu vas prendre racine, se moqua-t-il avec un brin d'acidité.

— Comment as-tu deviné ma présence ?

— L'instinct. Tes vibrations de colère traversaient le mur...

Il s'écarta sans sourire, lui faisant signe d'entrer. Elle s'y résolut à regret et ne put retenir un tressaillement quand la porte se referma.

C'était comme revenir sur les lieux d'un crime, songea-t-elle, dévorée de culpabilité à l'idée qu'une heure plus tôt, dans cette même pièce, elle avait...

— Défais-moi ce chignon ridicule.

— Certainement pas.

Il regagna son bureau et en le suivant des yeux, elle aperçut la boîte qui contenait ses affaires. Son sac était posé à côté, contre la sacoche d'Enrico qui abritait son ordinateur portable.

Au pied du bureau, ses chaussures l'attendaient, sagement rangées l'une à côté de l'autre.

Enrico était donc prêt. Il n'attendait plus qu'elle !

Elle allait partir avec lui, et puis ? Quel avenir pouvait-elle espérer ? Un rapide passage à la mairie, dix années de vie commune — de punition plus exactement, en attendant que Nicky soit assez débrouillé pour se passer de mère...

L'estomac de Freya se noua.

— Enrico...

— Tes chaussures, indiqua-t-il avec un mouvement du menton, comme s'il était parfaitement naturel qu'elles se soient trouvées là.

— Ecoute-moi. Au sujet de Nicky...

— J'ai compris, pas la peine de gaspiller ta salive, coupa-t-il sèchement.

— Tu ne sais même pas ce que j'allais dire ! s'insurgea Freya.

— Tu allais mentir, en prétendant que Luca est le père de Nicolo.

La bouche de Freya s'ouvrit, puis se referma. Aucun son n'en était sorti.

— C'était l'idée qui te tourmentait derrière ma porte, ajouta Enrico.

Comment avait-il deviné ?

— Je... je n'allais pas parler de cela.

— Encore un mensonge, fit-il d'un air sévère. Mais comme j'ai eu l'honneur de te le dire, je *sais* que je suis son père et la suite va de soi. Alors mets tes chaussures et filons.

— Il faut plus qu'un spermatozoïde pour faire de toi un père, lança désespérément Freya.

— Il fallait me laisser le devenir. Tu m'as refusé ce rôle.

Freya était sur le point d'enfiler ses chaussures, mais elle releva la tête, choquée de sa réaction.

— Vas-tu prétendre à présent que c'est ma faute ?

— Tu aurais pu m'appeler, grommela Enrico. Dès sa naissance, tu as bien vu qu'il me...

— Il aurait donc fallu que je te supplie de venir vérifier ta paternité ?

— Qu'est-ce que cela t'aurait coûté ?

Freya éclata d'un rire amer. S'il ne comprenait pas...

— J'étais peut-être une oie blanche quand je t'ai rencontré, Enrico, mais j'apprends vite. Ce que tu m'as montré de l'humiliation est bien gravé dans mon esprit ! Je te déteste de m'avoir enseigné cela, fit-elle avec un regain de rage. Je te déteste tellement qu'être dans la même pièce que toi me donne la nausée ! Si seulement je pouvais mettre à bas les murs et m'enfuir...

— Ouvrir la porte est moins difficile, rétorqua Enrico d'un ton égal. Si tu remets tes chaussures, c'est le moyen que nous utiliserons pour sortir.

Freya ne tint aucun compte de sa réplique et poursuivit :

— Quand as-tu, toi, essayé de me joindre ? Je vis toujours au même endroit. Tu savais que je continuais à en payer le loyer lorsque nous avons emménagé ensemble. Je n'ai pas changé de numéro de téléphone. Quand m'as-tu m'appelée ? Quand t'ai-je trouvé à la porte pour me demander des nouvelles de l'enfant ? Je ne me souviens pas que tu te sois enquis de ma santé non plus, même après l'accouchement ! En revanche, je me rappelle très bien avoir vu ta photo en couverture d'un magazine avant d'entrer en salle de travail. Tu souriais en arborant fièrement ta dernière conquête !

— L'accouchement a été difficile ? demanda Enrico avec un soudain froncement de sourcils.

— Est-ce que conduire cette fille jusqu'à ton lit a été difficile ? lui renvoya Freya. Cela te fait plaisir de savoir qu'au moment où je donnais naissance à Nicky, tu t'amusais entre les draps avec une brune sublime ?

— Non, grommela-t-il d'un air sombre. Cela ne me fait pas particulièrement plaisir.

— Et par la suite, alors que Nicky faisait ses dents et que je passais mes nuits éveillée, les mêmes magazines te montraient en compagnie d'une blonde sexy. Tu n'aurais quand même pas voulu que j'interrompe vos ébats par un coup de fil : « excuse-moi du dérangement, Enrico, mais cela te conviendrait-il de venir jouer les pères de famille ? »

— Arrête ce jeu stupide ! Tu crois que cela a été facile pour moi d'apprendre que j'avais un fils de deux ans ?

— Parce que tu crois peut-être que c'était facile d'élever toute seule ce fils... qui n'est d'ailleurs pas de toi, ajouta-t-elle sur une brusque impulsion.

Elle n'avait pu s'en empêcher, Enrico était de trop mauvaise foi et elle avait trop souffert par sa faute.

Il exhala une bouffée de colère et, s'approchant, saisit Freya aux épaules.

— Il est de moi ! Je le sais !

— S'il ne te ressemblait pas tant, cette paternité ne t'aurait jamais effleuré !

Enrico la lâcha et s'éloigna : à cela, il ne trouvait rien à redire. Cette sorcière rousse avait raison...

Dans le lourd silence qui suivit, Freya se rechaussa, tâchant de ravaler ses larmes.

— Laisse-nous tranquilles, je t'en prie. Cette histoire de mariage est une folie. Tu n'y as pensé que par réflexe, mais en fait, tu ne veux pas de moi dans ta vie.

Il tourna vers elle un visage de nouveau dur comme du granit.

— Je veux mon fils et mon fils a besoin de toi. Je vous prends tous les deux, c'est ainsi. Le mariage est une étape obligée.

— Je ne veux pas t'épouser.

— Il le faut, pour lui. Nicolo sait que je suis son père, il l'a senti. Je ne vais pas trancher ce lien pour respecter tes états d'âme. Si tu refuses ce mariage, cela finira au tribunal et crois-moi, je ne te laisserai aucune chance. Je gagnerai, Freya. Que peut offrir une mère célibataire et sans emploi comparé à ce que j'offre à mon fils ?

L'amour, songea désespérément Freya. Mais à l'instant où elle allait formuler sa pensée, elle vit le regard passionné d'Enrico. Il aimait déjà Nicky, avec la même force qu'elle ! Elle aurait voulu s'asseoir et pleurer à en perdre conscience.

Elle se contenta de prendre son sac. Sans un mot, Enrico se saisit de la boîte et de sa sacoche, puis il alla ouvrir.

A l'extérieur l'attendait son assistant personnel, de nouveau aux ordres.

— Appelle Fredo et dis-lui de nous rejoindre à la voiture avec l'enfant.

Freya leva vers Enrico un visage anxieux.

— Je ne crois pas que ce soit une bonne idée de...

— A la réflexion, Carlo, j'appellerai moi-même, décida Enrico.

Il tendit la sacoche à Freya afin de libérer une de ses mains et de prendre son mobile.

Elle l'aida machinalement, comme elle l'avait fait des milliers de fois par le passé et le suivit, étrangement déconnectée de la réalité. En route vers les ascenseurs, Enrico s'entretenait avec Fredo, en italien, comme il en avait l'habitude. Il vérifiait auprès de son garde du corps que Nicky n'aurait pas d'appréhension à le suivre, déjà paternel dans son souci de l'enfant.

Et pourtant, il venait de mettre sa mère au chômage... Comment Nicky et elle survivraient-ils sans un salaire régulier ? Freya frissonna. L'avenir lui paraissait effrayant.

Elle ne pourrait même pas payer une crèche correcte pour Nicky pendant qu'elle chercherait un nouvel emploi ! Il ne lui resterait pas un sou pour emmener son fils au zoo, rien pour le loyer, la nourriture et le reste ! Elle n'avait jamais voulu recourir aux services sociaux car elle savait que leur première question concernerait le père de Nicky. Et si elle ne donnait pas de nom, aucune aide ne lui serait proposée. Parler, c'était admettre qu'il était bien le père, ce qu'elle ne voulait pas qu'Enrico sache. D'ailleurs, si elle révélait qu'un magnat des affaires était le père de son enfant, l'assistante sociale lui rirait au nez ! Ils n'avaient pas d'aide à gaspiller pour le fils du puissant Enrico Ranieri !

Celui-ci s'était soudain détourné d'elle, parlant plus bas et si vite qu'elle ne parvenait plus à traduire. L'ascenseur arriva et il s'y engouffra, débordant d'énergie et de séduction, mince, élégant... Il suffisait que Freya le regarde pour que son cœur s'arrête. Il en avait toujours été ainsi.

Comme si la journée n'avait pas été assez difficile, voilà qu'elle se remettait à penser à lui en termes de sexualité ! Ne s'était-elle pas jetée à sa tête comme une pauvre frustrée, prête à tout pour un peu d'amour ? Allait-elle récidiver ?

Freya se méprisa d'être une proie si facile. Elle avait tout perdu aujourd'hui, dignité, estime de soi... Lui n'avait rien cédé.

Les portes de l'ascenseur s'étaient refermées sur eux sans même qu'elle le remarque, les yeux brillants de larmes, la gorge serrée.

Enrico avait toujours le portable à l'oreille. Il était revenu à l'anglais et s'exprimait sur le ton habituel, froid et précis, qu'il utilisait pour diriger. Freya se rendit compte qu'il avait changé d'interlocuteur et soudain, Enrico lui tendit l'appareil.

— Cindy... Elle attend ton autorisation pour laisser Nicky partir avec Fredo pour nous rejoindre.

Le prénom du garçonnet avait une étrange résonance prononcé par sa bouche, à la fois étrangère et curieusement intime. L'estomac de Freya se serra, mais elle s'efforça de n'en rien laisser paraître alors qu'elle donnait le vade-mecum attendu par Cindy.

Lorsque Enrico lui reprit le portable, elle remarqua ses mains élégantes, longues et fermes. Il lui suffisait d'un claquement de ces mains-là, et le monde se mettait à ses ordres : Hannard, son fils, sa propre vie étaient à sa disposition.

Qu'il s'agisse d'hommes ou d'entreprises ne faisait aucune différence pour Enrico Ranieri. On obtempérait à ce qu'il ordonnait, non seulement intraitable, mais de plus invincible.

Freya étouffa un soupir. Elle ne parvenait à avoir aucune pensée positive concernant Enrico. Tous les adjectifs dont elle usait pour le définir se reliaient aux à-côtés néfastes du pouvoir et elle se remit à en craindre les conséquences pour son fils.

L'ascenseur s'arrêta brusquement. Au bout d'un instant, Freya prit conscience que les portes ne s'ouvraient pas. Elle regarda Enrico et comprit que c'était par sa faute. Il avait arrêté l'ascenseur entre deux étages... Tranquillement, il déposa à terre le carton qui contenait ses affaires et leva sur elle un visage indéchiffrable.

— Que signifie... ? demanda-t-elle.

— Ceci.

Il franchit le faible espace qui les séparait. Freya aurait voulu se fondre dans les parois de métal. Elle recula jusqu'à en sentir le froid contact contre ses paumes.

Son mouvement ne différa que d'une seconde ce qu'Enrico préméditait. Il posa sa bouche sur la sienne.

Pourquoi ne se défendait-elle pas ? Elle le haïssait, alors pourquoi se laissait-elle embrasser ? Surtout de cette façon, passionnée, lente et si sciemment séductrice que sa tête se mit à tourner avant même qu'il ne colle ses hanches aux siennes. Elle sentit son excitation et frémit. La main qu'elle avait posée à plat sur la paroi se trouva soudain sous celle d'Enrico, sa caresse langoureuse démultipliant la sensualité de son baiser.

Il s'amusait d'elle, délibérément, utilisant les techniques de séduction qu'il savait irrésistibles. Par expérience... Avant même d'avoir pu comprendre ce qui leur arrivait, les femmes n'avaient qu'une envie : lui céder. Il se mit à bouger contre elle au rythme où sa main caressait la sienne et une vague de chaleur envahit Freya. Un désir délicieux la gagnait, ses jambes la portaient à peine et bientôt, elle ne sut plus où elle en était.

Une pensée, cependant, surgit de l'océan sensuel où Enrico la noyait : cet homme la soumettait une fois de plus à une démonstration de puissance... N'était-ce pas injuste d'avoir envie de lui à ce point ? Pourquoi était-elle incapable de résister ?

Lorsque Enrico s'écarta, elle dut se servir de la paroi de la cabine comme soutien pour ne pas glisser à terre. Ses yeux s'étaient fermés, sa bouche entrouverte laissait échapper un souffle court. Ses lèvres étaient pleines, humides, tremblant par anticipation...

Bella, songea-t-il. Irrésistible. L'orgueil de la trouver si réceptive à ses caresses lui monta un instant à la tête, avant d'être rabattu par une autre pensée : peut-être Freya se comportait-elle ainsi, chaque fois qu'un homme la touchait. *N'importe quel homme.*

Comme de l'amadou, certaines femmes s'enflammaient au moindre contact...

Il remit l'ascenseur en marche et sa main, d'un geste vengeur et précis, fit sauter les épingles qui retenaient le chignon de Freya. La surprise lui fit rouvrir les yeux en même temps que ses cheveux se répandaient sur ses épaules.

— Voilà, fit-il d'un ton bref. Ainsi tu es digne d'Enrico Ranieri : les cheveux en désordre, le regard embrumé de désir... Tout crie l'envie que tu as de moi et c'est ainsi que je te veux.

Ses phrases claquèrent comme un soufflet. En fait, il n'aurait pu mieux lui rendre la gifle qu'elle lui avait donnée plus tôt. Fidèle à sa stratégie, Enrico prenait sa revanche au moment même où, affaiblie par ses caresses, elle était incapable de réagir ! Mais si le corps de Freya brûlait toujours, son esprit, lui, avait retrouvé son acuité. Elle comprit qu'elle avait réagi comme l'assistante dévouée qu'elle avait été pour lui, prête à tout pour satisfaire ses moindres désirs. Cette pensée la déprima.

Enrico avait ramassé le carton de ses affaires lorsque les portes de l'ascenseur s'ouvrirent. Le hall pavé de marbre était presque vide à cette heure, mais il y avait suffisamment de monde pour témoigner que Freya Jenson avait émergé de l'ascenseur dans un état second. Décoiffée, les lèvres encore marquées de baisers, conduite vers la sortie par un Enrico Ranieri possessif, une main posée au creux de ses reins... S'il avait voulu alimenter les ragots de tout l'immeuble, il n'aurait pu mieux s'y prendre. Freya, incapable d'affronter les regards, garda obstinément les yeux rivés à terre.

— Je...

— ... « te déteste », acheva-t-il pour elle. Je sais. Cependant, il est heureux que tu aies chaussé des talons plats car le baiser de celui que tu prétends haïr t'a mise dans un tel état qu'il serait obligé de te porter si tu avais choisi des talons aiguilles... Tes jambes tremblent encore, *cara*.

Une limousine noire de marque Mercedes les attendait à l'extérieur du bâtiment. Enrico en ouvrit la portière et comme l'automate bien dressé qu'elle était, Freya se glissa sur le siège avant qu'il s'installe près d'elle. Leur fils allait les rejoindre dans la minute, en compagnie de Fredo.

Pourtant, la limousine démarra sans attendre.

— Mais... et Nicky ?

— Il part avec Fredo, fut la réponse d'Enrico.

Freya se raidit.

— Me séparer de lui ? Comment oses-tu ?

Elle se retourna vivement, dans l'espoir d'apercevoir par la vitre arrière une voiture de même style, qui confirmerait les paroles d'Enrico. Mais aucune limousine ne les suivait. Soudain, un pressentiment l'assaillit.

— Tu es en train d'enlever mon fils !

Ses yeux brûlants, accusateurs, dévoraient Enrico. Celui-ci fronça les sourcils.

— Ne sois pas...

— Arrête cette voiture ! cria Freya, saisie de panique. Je veux descendre, immédiatement !

Déjà, elle s'accrochait à la poignée et Enrico dut plonger sur elle pour l'empêcher de se jeter dehors à pleine vitesse.

— Reprends-toi, lui intima-t-il, furieux. Pourquoi irais-je enlever Nicky ? Mon propre fils !

— Où... où est-il, alors ? hoqueta-t-elle, tremblant de la tête aux pieds. Qu'as-tu fait de lui ? Je veux le voir, tout de suite !

De toutes ses forces, elle tentait de se libérer alors qu'Enrico la ceinturait.

— Fredo l'accompagne dans un taxi équipé pour le transport d'enfant ! Au cas où tu ne l'aies pas remarqué, il n'y a pas de siège bébé dans cette voiture ! grinça-t-il en lui immobilisant les poignets.

— Alors, je devrais me trouver avec lui, pas avec toi !

Les yeux de Freya étincelaient de fureur, ses cheveux volaient autour d'elle dans les torsions auxquelles elle se livrait pour se libérer.

— Arrête, Freya, ordonna Enrico, à bout de patience. Tu deviens hystérique. Tu sais très bien que Fredo va prendre soin de lui.

Comment aurait-il pu imaginer qu'un simple détail pratique allait la jeter dans cet état de nerfs ?

— Ce n'était pas à toi de prendre la décision !

— Je vais en prendre plus d'une à l'avenir, *cara*, alors autant t'y habituer rapidement...

Dans un mouvement de colère, il libéra ses poignets et se rejeta en arrière, la laissant se calmer à présent que le flot d'adrénaline était passé.

Mais elle ne s'était pas arrêtée de trembler, comprenant à quel point elle perdait le contrôle de Nicky. Les chocs et les peurs de la journée, la bataille continue qu'elle livrait contre Enrico lui déclenchèrent un violent mal de tête qui l'obligea à fermer les yeux. Raide et crispée, elle fit un effort pour dénouer la tension de ses muscles. Peine perdue... A chaque instant, son cœur lui paraissait exploser dans sa poitrine.

Enrico l'observait entre ses cils mi-clos. Le stress qu'il lisait sur son visage lui donna quelque remords. Il n'avait pas imaginé qu'elle s'effraierait autant de l'organisation du trajet, établie avec Fredo dans la hâte du départ. D'ailleurs, cela l'arrangeait de ne pas voyager avec le garçonnet alors qu'il avait tant de choses à régler avec sa mère.

Enrico ne voulait pas relâcher la pression qu'il exerçait sur elle. S'il laissait à Freya la moindre marge de manœuvre, elle allait le planter là et nier sa paternité. Préférant éviter les procédures interminables des tribunaux, il lui restait peu d'autres armes à sa disposition que la contrainte et l'intimidation psychologique. S'il parvenait à maintenir Freya en état d'insécurité, il réussirait peut-être à la faire ployer.

Car il voulait son fils. De sa vie, il n'avait jamais été aussi bouleversé, si on exceptait l'instant où, trois ans plus tôt, il avait découvert cette femme avec son cousin. Ce jour-là, il avait éprouvé pour la première fois l'envie de tuer.

Après la verdure de Hyde Park, ils abordaient Mayfair, l'un des quartiers les plus chic de Londres. Le silence qui régnait dans l'habitacle était à couper au couteau.

— Te séparer de Nicolo n'était pas volontairement cruel de

ma part, précisa finalement Enrico, se demandant pourquoi diantre il prenait la peine de se défendre.

— Nous n'avons jamais été séparés. Où je vais, il va, il en a toujours été ainsi.

Elle s'était tournée vers lui, les yeux brillants de larmes.

Sa vulnérabilité émut Enrico. Déjà, il ouvrait la bouche pour présenter des excuses… Imbécile, se dit-il en ravalant ses paroles. Le désir qu'il avait de cette femme, et qui lui soufflait de la plaquer sur la banquette sans autre forme de procès, allait-il amollir sa légendaire fermeté ?

C'était déjà en train de se produire, dut-il s'avouer dans un effort de lucidité. Il se reconnaissait à peine, en proie à un tourbillon d'émotions inconnues. Si Freya pensait être seule à se débattre pour garder le cap, elle se trompait. Depuis qu'il avait posé le pied chez Hannard, son subconscient était soumis à une véritable douche écossaise.

L'interlude sexuel qui avait eu lieu à la hussarde dans son bureau, concentré de pulsions crues et violentes, n'avait rien fait pour calmer le jeu, admit-il sombrement. Bien au contraire… Depuis, il pilotait à l'aveuglette, avec son seul instinct pour boussole.

C'était lui qui avait guidé sa main pour stopper l'ascenseur et embrasser Freya, lui encore qui s'attendrissait de la voir bouleversée, son instinct toujours qui lui donnait envie d'elle. S'ils avaient été seuls… Il se rencogna dans l'embrasure de la vitre, furieux contre lui-même. Ce mélange de remords et de désir était détonant, et il s'y mêlait une foule de sentiments encore flous qu'il n'arrivait pas à définir, mais qui devaient être perceptibles car Freya, comme en réponse, exhala un soupir étouffé.

Elle aussi vibrait du courant qui passait entre eux. Elle était moins pâle à présent et reprenait contenance. La couleur qui montait graduellement à ses joues était révélatrice…

La voiture obliqua et Freya détourna la tête pour regarder au-dehors, se raidissant de nouveau.

— Où allons-nous ?

Il fallait revenir à la fermeté, comprit Enrico.

— Chez moi. J'estime qu'il ne faut pas perdre de temps et j'ai fait déménager ton appartement par une entreprise de professionnels. Tes affaires seront arrivées avant nous.

Freya en fut sidérée.

— Mais... Comment as-tu pu faire entrer... ?

— En prenant tes clés dans ton sac pendant que tu t'occupais de Nicolo à la crèche.

Il marqua une pause, le temps de lui laisser digérer la nouvelle avant d'asséner la suivante :

— Fredo a emmené Nicolo au zoo, une histoire de singes qu'il voulait voir, à ce que j'ai cru comprendre. Cela nous laisse environ deux heures pour déballer ses petites affaires. S'il retrouve ses jouets, cela atténuera l'effet de surprise.

Il n'y avait pas que le désir qui pouvait effacer la vulnérabilité du visage de Freya, constata Enrico en voyant ses beaux yeux verts se transformer en pics de glace.

6

— Tu veux toujours tout contrôler, n'est-ce pas ? jeta Freya d'une voix coupante. Tu as tout prévu... Je suis sûre que si tu pouvais me faire disparaître, tu ne t'en priverais pas, pour enfin diriger sans encombre la vie de mon fils !

— La proposition est tentante, rétorqua posément Enrico. Elle vaut qu'on la considère.

— Je peux aussi décider de disparaître sans ton aide, répliqua Freya du tac au tac.

— Sans argent et sans travail ?

Le ton moqueur d'Enrico la révolta.

— J'ai des amis, figure-toi !

Quelque chose de dangereux remua les tripes d'Enrico.

— Hommes ou femmes ? s'enquit-il.

— En quoi cela te regarde-t-il ?

— J'aimerais savoir si dans ton entourage un homme est prêt à financer ta « disparition »...

— Il y en a peut-être un. Ou plusieurs.

L'atmosphère avait changé. Freya se rendit compte que sa réponse irritait profondément Enrico. Tout imprégné d'arrogance, il n'avait pas envisagé qu'elle puisse avoir un homme dans sa vie !

— Je veux un nom, gronda-t-il.

Le triomphe perça dans la réponse de Freya.

— Rien ne m'oblige à te dire quoi que ce soit.

— Oh que si ! La plus élémentaire des prudences te le

conseillera, fit-il avec un regard étincelant, si tu tiens à quitter cette voiture entière !

— Dis à Fredo de me ramener mon fils et nous pourrons discuter du reste.

— Nous parlons de ton éventuelle disparition, pas de celle de Nicolo ! Tu peux t'évanouir dans la nature si cela te chante, mais mon fils reste avec moi !

Il n'aurait pu mieux dévoiler ses intentions, constata Freya avec amertume.

— A moins que l'homme dont nous parlions ait préséance pour réclamer Nicky, insinua-t-elle.

C'était donc à Luca qu'elle faisait allusion ! Enrico l'avait su dès le début. Son visage se ferma et Freya vit son expression changer. Chacun de ses traits harmonieux était comme taillé dans le granit à présent.

L'air devenait difficile à respirer. Freya se mordit la lèvre. Son instinct — douceur naturelle ou faiblesse ? — lui disait de retirer ses paroles.

Mais il lui avait enlevé son fils, se rappela-t-elle avec un regain de vigueur. Enrico pouvait toujours prétendre qu'il n'en était rien, il avait de fait séparé mère et fils pour la réduire à merci ! Cette pensée suffit à lui ôter toute velléité de rétractation.

Comme un fait exprès, la voiture s'arrêta à cet instant précis, ayant atteint le cœur de Mayfair où Enrico avait une résidence. Freya se précipita hors du véhicule, laissant Enrico à l'intérieur ruminer le nom de son cousin.

La propriété où il l'avait conduite datait de la fin du XVIIIe siècle, et la pierre du noble bâtiment luisait doucement au soleil déclinant. Ce n'était pas là qu'habitait Enrico trois ans plus tôt. Cette nouvelle demeure avait des airs de palais.

Enrico la rejoignit et ouvrit la lourde porte d'entrée. De nombreuses questions brûlaient les lèvres de Freya, mais la tension régnante n'était pas propice à la conversation. Ce fut donc le silence, un silence de plomb, qui présida à leur entrée dans les lieux.

Un vaste hall les accueillit, meublé avec raffinement. En

son centre, un bel escalier menait à l'étage. Au fond du hall une porte s'ouvrit et un homme apparut, vêtu d'un jean et d'un T-shirt blanc. Grand et brun, à peu près du même âge qu'Enrico, il était d'une beauté saisissante. Mais les femmes n'étaient pas à son goût, se rappela Freya en reconnaissant Sonny, intendant et cuisinier d'Enrico qui collectionnait les conquêtes masculines à ses heures de loisir.

— Ah, Enrico... Il me semblait t'avoir entendu entrer, commença Sonny avant de reporter son regard sur Freya. *Ciao*, mon chou, ça fait longtemps, non ? Tu as eu un *bambino*, à ce que j'ai appris...

— Oui, un petit Nicky...

Sonny le considérait-il comme le fils d'Enrico ?

Il s'était trouvé en congé le jour où Luca était passé la voir, et n'avait su de l'épisode que ce qu'on lui en avait raconté par la suite. Sonny et Fredo avaient grandi avec Enrico sur la vaste propriété des Ranieri et les deux employés étaient aussi ses amis les plus dévoués. Si Sonny avait cru à la version d'Enrico, alors l'image de Luca flottait entre eux dans le hall, spectre cynique et moqueur.

Comme s'il en était conscient, Enrico rompit brusquement le silence.

— Un café serait le bienvenu, Sonny.

— Tout de suite, répondit l'intendant, adoptant l'expression la plus neutre possible. Les affaires de Freya viennent d'arriver. Je les ai mises de côté en attendant tes instructions.

— *Grazie*.

Ce remerciement sonnait comme un congé et sur un bref signe de tête, Sonny se retira.

Freya sentit la main d'Enrico au creux de ses reins et se raidit pour refuser le contact. Enrico se contenta de plaquer sa paume encore plus étroitement et guida Freya vers un salon dont les baies vitrées donnaient sur un jardin clos. Le soleil de cette fin d'après-midi caressait les murs et jouait dans l'imposant lustre de cristal dont les reflets prenaient toutes les teintes de l'arc-en-ciel.

Il y avait donc des gens pour vivre dans un tel luxe, soupira intérieurement Freya en contemplant les canapés profonds et les meubles cirés, tous pièces d'époque. Enrico semblait parfaitement à l'aise dans ce décor sophistiqué. Mais quelle raison aurait-il eue d'être impressionné, lui qui vivait d'ordinaire dans l'élégance et le raffinement ? La somptueuse propriété qu'il possédait à Milan ressemblait d'ailleurs à celle-ci. Son ancien appartement, celui qu'elle avait connu, exsudait le même luxe, mais dans un style différent, très contemporain, celui-là, auquel elle n'avait eu aucun mal à s'habituer. Tandis qu'ici...

Elle tenta d'imaginer un enfant de deux ans en liberté dans la bonbonnière qu'était cette pièce, avec ses vases de porcelaine et ses consoles aux pieds fragiles. Nicky, lâché ici ? C'était impensable !

Lorsque Enrico referma la porte, Freya découvrit derrière celle-ci une pile de cartons et se figea. C'était toute sa vie qui était contenue dans cette dizaine de boîtes surmontée d'un porteur en forme de camion aux couleurs si criardes qu'elle en eut honte tant l'objet semblait incongru dans un tel cadre. D'ailleurs, étourdie par tout ce luxe, elle commençait à se faire l'effet d'une clocharde recueillie par charité !

— Nous ne pouvons pas vivre ici.

La voix blanche de Freya fit pivoter Enrico, qui ouvrait les baies vitrées. Il s'immobilisa en voyant à son tour les cartons et le camion rouge sur lequel Nicky, certainement, adorait grimper. En un éclair, il comprit ce que ressentait Freya : sa vie à elle ne tenait que dans quelques boîtes, négligemment posées au coin d'un salon où son appartement entier aurait tenu à l'aise. Elle n'avait plus de famille sur qui compter, aucun soutien. L'étalage des richesses déployées ici contrastait cruellement avec son tailleur gris, ses chaussures plates aux talons usés et sa coiffure qui n'avait pas depuis longtemps connu les ciseaux d'un coiffeur.

Et puis il y avait ce camion à roulettes... Enrico visualisa son fils à cheval sur l'assise de plastique jaune et rouge, en train de débouler au milieu des meubles de prix, rayant les parquets de chêne, écrasant les soies anciennes des tapis...

Son fils ? Celui de Luca, peut-être.

L'interrogation était un trait d'acide versé dans ses veines.

Allait-il accomplir la plus grande erreur de sa vie ?

Dans ce cas... Non, se reprit-il fermement. Il ne faisait pas fausse route.

— Vous accueillir ici, c'est pourtant ce que je désire.

La voix d'Enrico sonna étrangement, comme si un autre avait parlé. Peut-être Freya entendit-elle cette curieuse résonance car elle se retourna et le considéra de ses grands yeux d'émeraude, soudain si vulnérable qu'Enrico maudit le pouvoir qu'elle avait de le bouleverser d'un regard.

Elle devait être un peu sorcière... Malheureusement, elle avait aussi eu le pouvoir de faire resurgir le nom de Luca, avec tout son cortège de haine et d'amertume...

— Je dois sortir, décréta-t-il avec brusquerie. Demande à Sonny de te faire visiter les lieux. Tu n'as qu'à choisir une chambre et t'installer comme tu voudras. A plus tard.

La porte claqua derrière lui et Freya se retrouva seule, interdite. Un départ si soudain ressemblait à une fuite. Enrico regrettait-il déjà sa présence ? Voyait-il en elle la petite employée si mal fagotée qu'elle jurait dans le cadre raffiné de cette pièce, ou la maîtresse lascive, jamais rassasiée des hommes ? Dans un cas comme dans l'autre, il devait se demander quelle lubie l'avait pris de l'introduire ici.

Sonny apparut, apportant café et gâteaux sur un plateau, l'air circonspect.

— Si tu as un commentaire désagréable à faire sur la situation, autant que je le sache tout de suite ! attaqua Freya.

Sur ce, elle éclata en sanglots et s'effondra dans le plus proche fauteuil.

Sous ses airs distants, Sonny savait se montrer consolateur. S'il croyait la version d'Enrico concernant Luca, il ne devait pas éprouver pour Freya beaucoup de sympathie, néanmoins, il lui fit boire une tasse d'excellent café, accompagné d'un délicieux gâteau au chocolat confectionné par ses soins. Quelques minutes plus tard, Freya se sentait revivre. Sonny lui proposa alors une visite de la maison.

Celle-ci était immense. A côté du salon se trouvait un grand bureau-bibliothèque aux murs entièrement tapissés de livres. Puis venait une salle à manger d'apparat, suivie d'une pièce à vivre moins ostentatoire, qui donnait sur la cuisine. A l'étage, le même luxe prévalait, avec une chambre de maître à la décoration sublime, que flanquait une élégante salle de bains. Freya n'eut aucune envie de s'attarder. Trop d'objets personnels lui rappelaient Enrico. De chaque côté du couloir elle découvrit deux autres suites, dont l'une était visiblement équipée pour recevoir un enfant. Lorsque Freya s'enquit de cette bizarrerie auprès de Sonny, celui-ci répondit qu'Enrico avait acheté la maison en l'état, avec l'appartement aménagé dans les combles, et le tout sans rien visiter. Il avait emménagé après avoir quitté Freya et ne venait que rarement. Il ne savait sans doute même pas qu'il existait une chambre d'enfant...

Elle s'installa à côté de celle-ci. Sa suite était aussi la plus éloignée de la chambre d'Enrico et une porte la reliait à celle que Nicky occuperait. Sonny fit monter ses cartons et deux heures après, Nicky la rejoignait, porté par les bras musclés de Fredo. Le regard contrarié de ce dernier indiquait qu'il en avait plus qu'assez de jouer les nounous.

Dès que Nicky aperçut sa mère, il tendit les bras vers elle en gémissant :

— Maman...

— Il est temps que vous le repreniez, marmonna Fredo. Il est à bout de fatigue.

S'il n'y avait eu que la fatigue... Nicky s'était sali, et son petit visage froncé exprimait la mauvaise humeur.

— Tu t'es bien amusé, mon chéri ?

— On a nourri les singes, grommela-t-il. Mais papa préfère les tigres...

— Papa ?

Freya jeta un regard interrogateur à Fredo, qui se contenta de hausser les épaules.

— Vous ne vous attendiez quand même pas à ce qu'il se fasse appeler Enrico par le *bambino* ? Il est venu nous rejoindre après avoir fait équiper la voiture d'un siège enfant puis il est reparti chez Hannard travailler quelques heures.

Freya en avait la tête qui tournait. Tout cela allait trop vite pour elle. *Papa*... C'était une façon tellement simple d'officialiser la chose !

— Quand est-ce qu'on rentre, maman ? demanda Nicky, les paupières lourdes.

Freya soupira. Une autre bataille s'annonçait avant qu'elle ne puisse donner libre cours à son chagrin : il fallait familiariser Nicky avec ce nouveau lieu. Enrico croyait-il qu'il suffisait d'un coup de baguette magique pour transplanter un enfant de deux ans dans un cadre inhabituel ? Contempler les singes avec son fils et se faire appeler « papa » ne faisait pas de lui un véritable père.

— Laisse-moi te montrer d'abord ce que j'ai découvert là-haut, fit-elle avec un enthousiasme qu'elle était loin de ressentir. Papa possède une énorme maison avec la plus grande baignoire qu'on ait jamais vue !

— Je veux aller dans ma baignoire à moi, pleurnicha Nicky.

— Mais celle-ci est si large que tu pourras nager dedans, répliqua Freya, affichant le sourire des jours heureux. Et en plus, elle fait des bulles...

Nicky n'aima pas la baignoire à bulles. Il n'aima pas non plus sa nouvelle chambre, ni le repas préparé spécialement par Sonny. Il était épuisé et complètement désorienté. Quand elle eut terminé de laver, de nourrir et d'endormir le petit bonhomme, deux bonnes heures s'étaient écoulées. Freya eut tout juste la force de se traîner jusqu'à sa propre chambre, elle prit une douche rapide et se jeta sur son lit.

Enrico se tenait debout dans l'embrasure de la porte, contemplant la cascade rousse des cheveux de Freya répandue sur l'oreiller. Elle avait dû se coucher avec les cheveux encore mouillés car il sentait des effluves de shampooing dans l'air et la moquette gardait des traces de gouttes d'eau.

Il passa la main dans ses propres cheveux, humides eux aussi de la douche qu'il venait de prendre.

La fatigue le rattrapait. De plus, Sonny lui faisait la tête. Il n'avait pas apprécié d'être tardivement prévenu de l'arrivée de Freya. Il n'était pas déménageur ! Pas plus qu'il n'entrait dans ses attributions, avait-il précisé, de consoler les maîtresses d'Enrico... Quant au petit monstre, on aurait mieux fait de lui trouver une nourrice car lui, Sonny, n'était pas compétent pour l'empêcher de faire la danse du scalp autour de sa mère recrue de fatigue.

Pour l'instant, cependant, le petit monstre dormait comme un ange dans la chambre à côté.

Un ange qui était son fils... En quittant Freya, Enrico n'avait eu qu'une idée : aller le retrouver au zoo et réaffirmer sa paternité. Quand il se trouvait face à Nicolo, chaque fibre de son être lui assurait qu'il en était le père. Les doutes s'insinuaient seulement lorsque l'enfant s'éloignait. Mais en le regardant dormir, comment pouvait-il douter ? Il était resté longtemps à sa porte et maintenant, il se trouvait à celle de Freya, silencieux et contemplatif. Une douce lumière luisait sur sa table de nuit, la même qu'elle avait laissée allumée dans la chambre de son fils. La porte de communication était entrouverte, sûrement pour qu'elle entende Nicolo s'il se réveillait, perturbé par l'étrangeté du lieu.

Enrico sourit. Il prenait un cours accéléré de paternité depuis quelques heures... L'apprentissage était rude, mais il avait compris qu'un bambin de deux ans ne se lâchait jamais du regard et lorsqu'on dormait, il fallait rester vigilant, prêt à bondir à la moindre alerte.

En somme, il lui était impossible de fermer cette porte... Il soupira : une nourrice devrait être embauchée au plus tôt. Car il fallait maintenir la pression sur Freya. Et c'était ce qu'il allait faire, en dépit de son visible épuisement.

Pieds nus, il traversa silencieusement la pièce et se débarrassa de son peignoir pour se glisser dans le lit aux côtés de Freya.

Elle bougea, dérangée par le mouvement du matelas. Enrico l'attira vers lui.

— Enrico…, l'entendit-il murmurer.

Au moins, c'était son nom qu'elle prononçait… Il l'embrassa doucement.

— Chut… Rendors-toi.

A sa grande surprise, elle replongea dans le profond sommeil d'où il l'avait à peine tirée, calant sa joue contre son épaule, ses longues jambes s'enroulant inconsciemment aux siennes.

Lorsque Freya se réveilla au bruit de la porte qu'on poussait, elle eut l'impression de se retrouver sur une autre planète. Un curieux sentiment lui nouait l'estomac, proche de ce que devaient ressentir les personnes prétendant avoir été enlevées à leur insu par des Martiens. Mais c'était seulement Sonny qui se dressait devant elle, les bras chargés d'un plateau fumant.

— *Ciao*, mon chou. J'apporte le petit déjeuner prescrit par ton fils, qui, au fait, est nettement plus aimable maintenant qu'il a dormi. Thé, jus d'orange et toasts, ça te va ?

Nicky… Une nouvelle fois, son estomac se contracta.

— Où est-il ? fit-elle en se redressant d'un bond. Quelle heure est-il ?

— 8 h 30, et ton fils est en route pour le centre-ville en compagnie de son père et de Fredo. Tu avais besoin de dormir tout ton soûl…

Sonny posa le plateau sur ses genoux, l'empêchant de sauter hors du lit.

— Message d'Enrico : tu dois déjeuner avant de te lever et te calmer avant de l'appeler chez Hannard.

Il désigna un feuillet posé à côté de la théière.

— Tu trouveras son numéro personnel, pour t'éviter les intermédiaires. Et puis j'ai pensé que tu aimerais lire ceci, ajouta-t-il en déposant un journal sur le plateau. Bon appétit et bonne lecture !

Il se retira, fermant ostensiblement la porte derrière lui.

Freya regarda distraitement le plateau où s'étalait le journal déjà ouvert à ce qu'elle imagina être la bonne page. Enrico était parti en disposant de son fils, une fois de plus. Elle n'avait rien entendu, pas même les zézaiements matinaux de Nicky qui la tiraient généralement du sommeil. Et pour la première fois en deux ans, elle avait fait la grasse matinée...

Le gros titre imprimé sur la page lui sauta soudain aux yeux. Elle poussa un cri étranglé et déplia le journal en un tournemain. Trente secondes plus tard, elle repoussait le plateau et sautait hors du lit.

Et ce fut seulement alors qu'elle remarqua que l'oreiller à côté d'elle portait l'empreinte d'une tête...

Une soudaine chaleur lui empourpra les joues, accompagnée du vague souvenir d'un rêve qui aurait pris des contours très réels.

Elle se jeta sur son sac, en sortit son téléphone portable et, repoussant ses cheveux en désordre, elle composa en toute hâte le numéro laissé par Sonny. Enrico décrocha immédiatement.

— Tu... tu as dormi dans mon lit ! fut le premier reproche qui lui vint à l'esprit.

Elle en avait tant à formuler ! Mais sa propre voix lui semblait déjà essoufflée, comme après un exercice physique intense.

Enrico se recula dans son fauteuil pivotant, et, tournant sur lui-même, il sourit à la baie vitrée qui offrait une vue imprenable sur le cœur de Londres.

— *Ciao, amore*, murmura-t-il langoureusement. Tu t'es collée à moi comme une pieuvre cette nuit, et c'était délicieux...

— Tu mens ! cria Freya d'une voix étranglée.

— ... et tu t'es mise à me toucher comme si j'étais ton amant de cœur...

— Sûrement pas ! Je ne ferais jamais une chose pareille !

— ... tellement impatiente et audacieuse que si je n'avais pas craint l'interruption de notre fils, je ne t'aurais pas résisté une seconde.

— Je ne t'écoute plus, lança-t-elle, hors d'elle-même.

— Dommage, car tu vas rater le meilleur : quand je t'ai demandé de qui Nicolo était le fils, tu m'as répondu suavement : « de toi, Enrico, bien sûr... »

Seul le silence lui répondit, cette fois. Sombrement triomphant, Enrico attendit qu'elle se remette du choc.

— Je... je n'avais pas conscience de ce que je disais. Je dormais...

— Cela n'empêche pas la franchise, dont j'ai eu un autre exemple extrêmement convaincant quand tu as requis mes caresses à un endroit précis...

Il y eut un drôle de son à l'autre bout du fil, comme si Freya manquait d'air. Avait-elle les yeux clos comme la veille ? Etait-elle debout où encore allongée entre les draps tièdes, à se souvenir du rêve qui n'en était pas un ?

Enrico se leva impatiemment, irrité sans savoir pourquoi. N'avait-il pas réussi à dominer Freya sur tous les points ? Il avait encore sur les lèvres le goût de sa langue, il se rappelait ses mains sur lui, précises, sensuelles, et la façon languide dont elle se frottait à lui, suppliante dans son demi-sommeil. Il lui sembla sentir son souffle alors qu'elle lui murmurait doucement, et pour la première fois, les mots qu'il avait vainement attendus d'elle : « C'est ton fils, Enrico... »

— Tu as fait plus que me solliciter, reprit-il, délivrant l'information avec une brutalité non préméditée. Tu as pris ma main, *cara*, et tu l'as placée là où tu en avais le plus envie... J'ai à peine eu besoin de la bouger pour te faire...

Il ne put achever. La ligne était coupée. Enrico n'aurait pu prétendre que cela l'étonnait, étant donné la manière dont il avait traité Freya. Il se rassit, pivota une nouvelle fois sur son fauteuil et adressa un regard furieux aux murs.

Freya s'était jetée sur ses oreillers, le cœur tellement déchaîné qu'elle pensa un instant défaillir.

Son rêve ! Celui qui l'avait tourmentée tant de nuits consécutives... Seulement, cette fois, il lui était apparu beaucoup plus réel. Et pour cause.

D'un bloc, tout lui revint à la mémoire. Le demi-sommeil, le poids d'Enrico la rejoignant dans le lit, leurs murmures alors qu'il lui enjoignait de se rendormir.

Elle avait essayé, honnêtement. Elle se rappelait avoir dérivé vers les lourdes volutes où l'attendait en général le rêve. *Son* rêve... Mais Enrico s'était penché, et avait goûté ses lèvres du bout de la langue. La suite... la suite avait été tellement honteuse qu'elle osait à peine s'en souvenir.

Et du coup, submergée par la culpabilité, elle n'avait pas même reproché à Enrico d'être parti avec Nicky, ce qui était pire que tout !

Avec un grondement de frustration, elle roula au bas du lit et reprit le téléphone.

— Tu m'as encore pris mon fils, fit-elle sans laisser à Enrico le temps de s'identifier.

— *Notre* fils se trouve au même endroit que chaque matin à cette heure, aux bons soins des animateurs de ma crèche.

Notre fils... *Ma* crèche... Enrico ne perdait pas une occasion d'affirmer son pouvoir.

— Je n'ai pas même pu le voir avant que tu ne l'emmènes !

— En ce qui me concerne, je n'ai pas pu le voir pendant deux ans !

— C'est ta manière de me punir, en nous séparant autant que possible ? Tu ne crains pas de faire payer un enfant...

— Personne ne va rien payer, trancha Enrico d'une voix coupante. J'essaie simplement d'atténuer les effets d'une situation difficile pour tous. Tu avais besoin de sommeil et il l'a très bien compris quand je le lui ai expliqué. Il est venu dans ta chambre, il a déposé un baiser sur ta joue et tu lui as souri dans ton sommeil. Cela lui a fait très plaisir, comme s'il connaissait ce sourire et s'y attendait. Ensuite, je l'ai lavé et habillé, sans qu'il rechigne une seule fois. C'est lui qui a choisi ses vêtements, de même que son déjeuner dans la cuisine avec Sonny. Il semblait parfaitement heureux de partir avec Fredo quand celui-ci l'a mené à la crèche.

— Cela t'amuse de me montrer que Nicky peut se passer de moi ?

— Pas dans le domaine de l'amour maternel, fit remarquer Enrico. Tant qu'il aura besoin de toi, tu seras à ses côtés. Et tant qu'il aura besoin d'un père, je serai aux siens. Autant t'y habituer, Freya, car il en sera ainsi dorénavant.

— D'où l'annonce de notre mariage dans les journaux? *Enrico Ranieri épousera Mlle Freya Jenson dans trois semaines. Ils ont un fils âgé de deux ans.*

— Cacher les faits, c'était s'exposer au scandale. Je tiens à ce que nous présentions un front uni sur ce sujet, la prévint Enrico. Je refuse de faire de Nicolo l'objet de railleries parce que ses parents auraient eu peur de la vérité.

Tout le monde allait gober l'intelligente version présentée par Enrico : amour perdu, amour retrouvé, fils de l'amour, tout était pour le mieux dans le meilleur des mondes. Il n'avait pas son pareil pour transformer vingt-quatre heures de désastre en une histoire follement romantique, dont le nom de Luca était soigneusement écarté.

— Nicky sera très impressionné par ta manœuvre quand il sera assez grand pour comprendre. Mais écoute-moi bien, Enrico, articula Freya avec une colère sourde. Tu peux réussir à faire de moi ton épouse, mais je ne t'appartiendrai jamais, tu m'entends!

Parce que son cœur allait à Luca? Les doigts d'Enrico se crispèrent sur le téléphone.

— Tout comme jamais Nicolo ne saura que sa mère était une tricheuse infidèle, répondit-il avec froideur. Ceci, à condition qu'elle ne recommence pas ses fredaines, bien sûr. Tu peux toujours te consoler avec cette assurance...

Cela sonnait plutôt comme une menace, que Freya eut tout loisir de méditer les semaines suivantes alors qu'Enrico démontrait son entier contrôle de la situation.

Le premier exemple en fut, alors qu'elle revenait avec Sonny après avoir complété sa garde-robe, le retour de son fils en compagnie de Fredo et d'une toute jeune femme qu'on lui présenta comme la nourrice de Nicky.

Elle se nommait Lissa, belle brune d'origine italienne qui

parlait couramment l'anglais comme l'italien. Il s'avéra qu'elle avait passé toute la journée à la crèche pour habituer le petit garçon à sa présence et quand Freya la vit pour la première fois, Nicky lui parlait déjà comme à une vieille connaissance !

Elle découvrit dans la foulée que la chambre qu'elle avait utilisée la veille avait été vidée de ses objets personnels afin que Lissa puisse s'y installer. Freya devait donc dormir dans la chambre de maître... avec le maître de maison, cela allait sans dire. Elle se consola en le battant froid, se tenant à l'écart dans le lit, changée en statue de glace dès qu'il la rejoignait. Cela lui coûtait tellement qu'elle en tremblait, passant une partie de la nuit les yeux grands ouverts et les mains crispées au rebord du matelas. Enrico lui rendit la politesse en ne cherchant pas une seule fois à la toucher. Les nuits étaient interminables.

Au matin, tout le monde se glissait dans le rôle de la famille heureuse, assemblée autour du petit déjeuner. Freya souriait largement en agitant la main lorsqu'ils partaient tous, Enrico, Nicky, Fredo et Lissa, pour aller chez Hannard. A ce moment seulement, sa peine pouvait s'extérioriser.

Lissa ne quittait plus l'enfant, car Enrico avait décidé de le déshabituer graduellement de la crèche, dans le but d'un retour à Milan. Fredo avait pour instruction de ramener Nicky et sa nourrice chaque midi à Mayfair, où Freya était autorisée à jouer à la maman pour l'heure du déjeuner.

Enrico tentait de sevrer son fils, pour l'instant de la crèche, mais par la suite ? Freya avait la consolation de constater que c'était toujours elle que Nicky réclamait quand il avait faim, qu'il était fatigué ou qu'il s'était fait mal.

Mais combien de temps cela durerait-il ? Combien de temps encore Nicky aurait-il besoin d'elle ?

Chaque matin, Sonny la réveillait avec une liste d'instructions et ils passaient la matinée en ville, afin de transformer Freya en personne présentable. Il fallait un certain standing à la femme d'Enrico Ranieri, comme à la mère de son fils...

Leurs sorties devinrent le sujet favori des journaux à scandale. Ils ne pouvaient se déplacer sans un cortège de paparazzi et dans les colonnes des journaux, on ne l'appelait plus que « la rousse sexy ». On la harcelait de questions sur sa relation avec Enrico, mais Freya refusait systématiquement de répondre. Jusqu'au jour où un journaliste plus audacieux que d'autres lui demanda si trois ans plus tôt, Enrico avait rompu avec le même cadeau d'adieu qu'il avait offert la semaine précédente à Sofia Romano...

Sonny la protégeait, dégageant l'entrée d'une boutique de robes de mariées lorsque la question fut lancée.

— Qui est cette Sofia Romano ? interrogea Freya dès qu'ils furent à l'abri à l'intérieur de la boutique.

Le seul fait que Sonny se fige lui apporta une réponse.

— Ce n'est pas à moi de te parler de cela, fit-il d'un ton bref, lui laissant le soin de découvrir la vérité par elle-même.

Freya mit immédiatement fin à la séance d'essayage. Elle en avait assez de se faire mener par le bout du nez. Et quand, à leur sortie, un autre reporter l'apostropha pour savoir si Enrico était aussi incroyable au lit que son ex-partenaire le clamait, elle commenta avec un sourire doucereux :

— Mlle Romano a peut-être un penchant pour l'exagération...

Ravis de ce trait, les journalistes éclatèrent de rire pendant que Sonny grommelait des paroles indistinctes. Sur le chemin du retour, Freya rumina sa colère. Et lorsque Fredo ramena Lissa et Nicky pour le déjeuner, elle profita de la première occasion pour faire sortir son fils par-derrière. Ensemble, ils passèrent une excellente après-midi.

Enrico jugea la réplique de Freya beaucoup moins drôle que ne l'avaient trouvée les journalistes. Le soir même, il franchit la distance qui les séparait dans le lit, dans le but de lui démontrer à quel point elle le sous-estimait.

7

— D'après ce que je lis, la rousse qui va épouser Enrico Ranieri est non seulement sexy, mais dotée du sens de l'humour ?

Enrico citait directement l'article, la voix dangereusement douce, un mince sourire aux lèvres. Il évoquait le requin approchant sa proie.

Le pouls de Freya s'accéléra.

— Mlle Romano en est pourvue, elle aussi, rétorqua-t-elle. Je n'en pouvais plus de rire en essayant ma robe de mariée après avoir lu ses déclarations : trois carats de diamants au poignet, c'est une gentille manière de dire adieu...

— Tu aurais préféré que je lui laisse le soin d'apprendre notre mariage par les journaux ?

— Les adieux sont-ils arrivés après ou avant que nous ayons fait l'amour dans ton bureau ?

— Arrête ! J'ai horreur de cette forme d'agressivité !

— Et moi, je déteste qu'on agisse dans mon dos !

— Je n'ai rien fait dans ton dos avec Sofia, je lui ai signifié son congé, dois-je te le rappeler ?

— *Après* que tu m'as renversée sur ton bureau ! lui lança Freya, au comble de la fureur. Si ce n'est pas du double jeu, tu m'expliqueras ce que c'est ! Garde tes distances, veux-tu !

— Question double jeu, j'en connais une qui est assez forte, répliqua Enrico en la plaquant sur les draps de soie. Elle avait mis dans son lit les deux cousins en même temps...

— Avec ta bénédiction, ne l'oublie pas !

— Ne recommence pas, gronda Enrico.

— Alors laisse-moi tranquille, cria Freya en le repoussant de toutes ses forces. Je te déteste ! Je ne sais pas pourquoi je te laisse prendre un tel pouvoir sur moi, ni même comment je parviens à rester à tes côtés dans ce lit !

— En t'accrochant au rebord des deux mains pour te retenir de me sauter dessus, répliqua Enrico, sarcastique. Et si je ne t'ai pas sollicitée plus tôt, c'était par scrupule. J'estimais convenable de nous laisser au moins une pause avant la nuit de noces, mais j'ai changé d'avis : au diable les principes !

Il repoussa vivement les couvertures et fut à cheval sur elle en une seconde, nu et viril, les muscles tendus à craquer. Elle sentit son excitation à travers sa chemise de nuit tandis qu'il s'employait à la lui arracher.

Elle s'agrippa au tissu pour le rabattre.

— Laisse-moi !

— Dans deux minutes, c'est toi qui me supplieras de continuer.

— Jamais !

Il se pencha et son image se brouilla aux yeux de Freya tandis qu'il prenait passionnément sa bouche.

Faire l'amour n'était pas forcément aller d'un fleuve tranquille à un torrent furieux. Il pouvait arriver que le torrent rugisse d'emblée. Et c'était le cas cette fois, le désir de lutter éperonnant celui de se fondre à l'autre. Leur baiser était devenu un combat pour la suprématie, la chemise de nuit en était l'enjeu, chacun des adversaires sachant pertinemment qu'Enrico allait l'emporter. Son sexe était dur comme la pierre et Freya prit un malin plaisir à l'effleurer, pour sentir Enrico retenir son souffle. Il répondit à sa provocation en tirant en arrière la masse de ses cheveux, pour l'obliger à incliner la tête. Ainsi, il put plonger sa langue plus avant dans sa bouche. Elle se débattit tout en lui rendant son baiser avec une égale frénésie. Leurs cœurs battaient la chamade, leurs respirations s'accéléraient. Quand Enrico la débarrassa enfin de sa chemise de nuit, elle sentit sa peau brûlante contre la sienne et une décharge d'adrénaline courut dans son sang.

— Tu l'as déchirée, hoqueta-t-elle alors qu'il jetait le vêtement.

— Et ça te plaît, rétorqua Enrico, happant la pointe dressée de ses seins frémissants.

Elle cria de plaisir et griffa le dos d'Enrico, dont les muscles se tendirent. Quand il descendit jusqu'à son ventre, ce furent ses cheveux qu'elle agrippa. Le glissement de sa langue était de la soie sur sa peau veloutée. Freya tenta de se cambrer, mais il la maintint fermement en place et lui écarta les jambes.

Des doigts, il se mit à la caresser en même temps qu'il la léchait, explorant son intimité avec une audace telle qu'elle s'entendit râler, soumise à la plus exquise torture jamais expérimentée.

— Enrico, Enrico..., répétait-elle alors que son sexe s'ouvrait à lui comme une fleur.

Il s'accorda une pause pour la regarder, le souffle court, les yeux brûlants de désir. Elle allait jouir, il le sentait à la pulsation du bourgeon sous sa langue. Jamais il ne l'avait vue si belle. Ses boucles rousses éparses autour d'elle, les bras remontés au-dessus de la tête en un abandon plein d'impudeur, les seins haletants, leurs mamelons roses et rigides appelant sa bouche, elle était l'incarnation même du plaisir féminin. Un poignard de feu le transperça : jamais il n'avait ressenti pour une femme l'intensité du désir qu'il éprouvait pour elle.

— Tu me veux ? demanda-t-il d'un ton voilé.

— Oui..., murmura-t-elle en un souffle.

— Comme ça ?

Il avait prestement léché le cœur de son intimité.

Le corps de Freya eut un sursaut brutal.

— Non ! cria-t-elle.

— Comme cela, alors ?

Il glissa sur elle comme un serpent, testant sa chair moite du bout de son sexe.

Les bras de Freya l'emprisonnèrent.

— Oui...

— Je dois donc comprendre que tu me supplies...

Les yeux de Freya s'ouvrirent, émeraudes étincelant d'un désir accusateur.

— Est-ce que tu invites ton ego à la fête ?

— Prends-le comme tu voudras. Je veux quand même t'entendre...

— Te dire quoi ?

— Me supplier...

Elle prit sa bouche avec une ardeur qui manqua défaire la résolution d'Enrico. Freya était parfaitement consciente de son pouvoir car elle attendit le tout dernier moment, celui où il fut à bout de résistance pour rompre leur baiser et murmurer doucement :

— Je t'en prie, Enrico...

Il plongea en elle d'un seul coup, se gainant de sa chaleur brûlante, grognant de sentir ses muscles intimes se resserrer autour de lui.

— Seigneur..., lâcha-t-elle en tremblant.

— *Madre di Dio*, souffla Enrico en réponse.

Il se plaça en elle et Freya noua ses jambes autour de lui, aiguillonnant son plaisir. Il semblait à Enrico que chaque centimètre de sa peau était saturé de plaisir, vibrant de volupté. Il glissa les mains sous les fesses de Freya pour la mouler plus étroitement à lui, reprit sa bouche et entama sa folle chevauchée. Les seins de Freya palpitaient contre la toison de sa poitrine, ses mains s'accrochaient à ses cheveux.

Le temps comme l'espace s'effacèrent, se fondirent dans le rythme forcené qui les collait l'un à l'autre pour les mener à la fusion suprême. Ce moment semblait devoir durer toujours, attente gorgée d'euphorie sensuelle précédant le déchirement brutal du plaisir. C'était cette jouissance extrême qui donnait à l'acte physique toute sa magnitude.

Elle explosa en premier, dans un gémissement qui sépara leurs bouches et, tandis qu'elle labourait son dos, ses sanglots enflèrent, s'accélérant avec son plaisir. L'étau de ses muscles arracha à Enrico sa propre jouissance et il la rejoignit en un long coup de reins qui les laissa tous deux palpitants, épuisés, collés l'un à l'autre.

Ils étaient incapables de bouger. Enrico pesait de tout son poids sur elle, mais sa satiété était telle qu'elle diluait toutes ses forces dans une incroyable léthargie.

Il en avait toujours été ainsi avec Freya.

— La prochaine fois qu'on te demandera si je suis un bon amant, que répondras-tu ? susurra-t-il d'une voix paresseuse.

— Que tu es extraordinaire, répondit-elle obligeamment. Un véritable étalon.

Il sourit. Une étincelle d'énergie se propulsa dans ses veines, lui donnant la force de se hisser sur ses avant-bras.

— A ce point-là ?

— Mieux encore, rétorqua Freya. Monté comme un étalon et déchaîné comme un chat sauvage. Veux-tu que je fournisse un compte rendu détaillé à la presse ?

Il éclata de rire, tout en sachant que sa dernière phrase n'avait rien d'une plaisanterie.

— Et toi, tu es une tigresse qui cumule jalousie et mauvais caractère.

Il poussa un profond soupir avant de continuer :

— Seigneur, cela fait du bien de se débarrasser de sa nuit de noces ! A présent, nous allons pouvoir nous amuser un peu la nuit au lieu de prétendre l'indifférence.

Soudain, il roula sur le côté et quitta le lit.

— Où vas-tu ?

— Nulle part sans toi.

Il la souleva dans ses bras.

— Ce qui ne me dit pas ce que nous allons faire...

— Continuer notre nuit de noces, rétorqua Enrico en installant Freya à califourchon autour de ses hanches. Tu dois compenser une semaine de totale frustration, sans compter cette première nuit où tu t'es laissé caresser sans rien me rendre. Tu ne crois quand même pas que j'allais oublier pareille monstruosité ?

— J'étais endormie, protesta Freya, ça ne compte pas.

— Ho ho... Comme c'est anglais, cela ! Je dormais, Votre Honneur, alors forcément, je suis innocente !

Freya ne put résister et, renversant la tête, elle éclata de rire. Enrico s'arrêta sur le seuil de la salle de bains et ses yeux s'assombrirent de plaisir à voir le rire éclairer les traits superbes de son visage.

— Tu es incroyablement sexy quand tu ris de cette manière, gronda-t-il d'une voix sensuelle.

Freya modifia instantanément son expression pour adopter une moue furieuse qui le fit rire à son tour. Avec plaisir, elle sentit vibrer contre ses seins le bouclier de sa poitrine.

— Si tu crois que tu m'impressionnes avec ton regard noir..., fit Enrico d'un ton faussement sévère. Tes yeux rient toujours !

— Les tiens aussi, lui renvoya-t-elle en se haussant pour l'embrasser sur la bouche.

Freya ne sut pas qui, d'elle ou de lui, était le plus choqué par son geste. C'était une pure impulsion, directement issue du moment de plaisanterie qu'ils venaient de partager. Mais c'était aussi la première fois qu'elle l'embrassait sans avoir été incitée à le faire par ses manœuvres de séduction.

« Tu empruntes une pente dangereuse, se gourmanda-t-elle alors que la tension s'installait de nouveau entre eux. Attention à ne pas retomber dans le piège de l'amour... Il t'y a déjà prise une fois sans pour autant t'accorder sa confiance. Enrico doit rester l'ennemi, n'oublie pas qu'il te croit capable d'un pareil abandon avec n'importe quel homme ! C'est ton fils qu'il veut, pas toi. Si tu ne te méfies pas, tu vas souffrir... »

Elle voulut s'écarter, mais Enrico la plaqua contre lui. Elle retint son souffle alors que ses seins s'écrasaient contre sa poitrine. Avec un grondement rauque, il s'empara de nouveau de sa bouche. Dangereux ou pas, il était l'essence même du mâle et l'excitation se propagea en elle.

Il la porta sous la douche et l'adossa au carrelage du mur, ouvrant les robinets en grand.

— Je ne sais pas comment tu t'y prends pour me faire un

effet pareil, gronda-t-il, mais je pourrais te faire l'amour toute la nuit...

Ce qu'il fit et Freya n'eut aucun mal à le suivre, abandonnant toute raison pour céder à la fête des sens, acceptant de ne pouvoir lutter contre leur mutuelle attirance.

Ils dormirent tard le lendemain, tandis que Nicky faisait tourner Fredo et Lissa en bourrique, Sonny ayant tourné casaque après avoir nourri le bambin.

Si la nuit de noces avait été prématurée, la semaine suivante ressembla à une vraie lune de miel, s'avoua Freya quelques jours plus tard, essayant pour la dernière fois la robe de mariée qu'un grand couturier avait créée pour elle sur les instructions d'Enrico. A quelques pas de là, Sonny discutait de la robe avec Cindy, la responsable de la crèche qui devait faire office de demoiselle d'honneur.

Freya n'entendait pas leurs conciliabules et d'ailleurs elle s'en moquait, perdue dans ses songes. Comment avait-elle pu se laisser à ce point dévorer par la passion et laisser Enrico prendre un tel pouvoir sur elle ?

Etait-elle devenue folle ?

Sûrement. En tout cas, elle se conduisait comme telle. Si les hostilités étaient suspendues, la guerre n'en était pas finie pour autant. Les questions douloureuses n'avaient pas été réglées, elle ferait bien de se le rappeler.

Mais il était si simple de se laisser bercer par la trêve, d'oublier les commencements alors que tout se déroulait comme un rêve merveilleux !

Et Nicky était heureux.

Depuis qu'aucune animosité ne régnait plus entre elle et Enrico, une atmosphère détendue s'était installée dans la maison et son fils s'épanouissait. Il n'était pas loin d'adorer son père comme on idolâtre un héros. Lissa était pour lui une grande sœur jamais fatiguée de jouer. Fredo était devenu son grand ami et Sonny celui de ses papilles, particulièrement quand il proposait son fameux gâteau au chocolat.

Il allait de moins en moins à la crèche et cela ne lui manquait pas. D'ici qu'ils partent pour Milan, il se serait complètement acclimaté à sa nouvelle vie et ne mettrait pas longtemps à oublier la précédente.

Cindy elle-même en convenait. Mais n'avait-elle pas gobé l'histoire romantique concoctée par Enrico à l'intention de la presse ? Elle voyait en lui une sorte de Prince charmant et rien de ce qu'il pouvait faire ne trouvait faute à ses yeux. D'ailleurs, c'était lui qui l'avait invitée à servir de demoiselle d'honneur quand il avait découvert que Freya n'avait personne d'autre à qui s'adresser.

Car elle avait perdu contact avec toutes ses relations trois ans plus tôt, quand ils avaient commencé à vivre ensemble. Par fierté, elle n'avait pas voulu retourner vers eux lorsqu'elle s'était retrouvée seule et enceinte de surcroît.

La naissance de Nicky lui avait fourni tant d'occupations qu'elle n'avait tout simplement pas eu le temps de se créer de nouvelles amitiés.

Et voilà que par un coup de baguette magique, elle se retrouvait avec une meilleure amie en la personne de Cindy, à qui son patron de rêve avait accordé une semaine de congé avant le mariage afin qu'elle puisse aider Freya à se préparer.

Freya était donc l'héroïne d'un vrai conte de fées...

— Ne dirait-on pas une princesse ? entendit-elle Sonny murmurer.

Une princesse ? Cendrillon, alors, à qui l'on donnait une petite chance de goûter au bonheur avant que tout ne s'évanouisse au douzième coup de minuit...

Enrico contempla les bijoux qu'il venait de faire livrer à son bureau, deux alliances en or et les cœurs entrelacés, tout en diamants, qui signifiaient traditionnellement « pour toujours ».

La tradition avait du bon, songea-t-il en pensant au mariage de rêve qu'il s'était efforcé de créer afin que son fils s'en souvienne. Rien n'allait s'accomplir dans l'ordre habituel, mais l'essentiel était que ce mariage ait lieu.

Alors pourquoi n'en éprouvait-il pas plus de contentement ? Pourquoi restait-il là à fixer les alliances comme s'il avait peur qu'elles disparaissent avec tout le reste ? Ce qu'il vivait n'était pas un rêve !

Deux semaines. Il lui avait fallu à peine deux semaines pour bouleverser trois existences dans la manœuvre la plus audacieuse qu'il ait jamais entreprise de toute sa carrière. Il vivait enfin aux côtés de son fils. Il avait dans son lit la femme la plus sensuelle que l'on pouvait imaginer. D'ici peu, elle serait sa femme et il entamerait les démarches légales pour faire reconnaître Nicolo comme son fils.

C'était bien tout ce qu'il voulait, non ?

Non.

Il voulait plus. Il voulait que Freya lui dise clairement qu'il était le père de Nicolo, et pas seulement dans le murmure voilé du sommeil.

Car elle vivait sous son toit, dormait dans son lit, se livrait à lui chaque nuit avec la plus complète impudeur, se laissait nourrir et habiller par ses soins, avait même consenti à devenir sa femme, mais jamais, au grand jamais elle n'avait desserré les dents au sujet de sa paternité. Elle avait fait toutes les concessions possibles, pourquoi lui fallait-il celle-ci en plus ?

Cette nuit-là, Enrico lui fit l'amour avec une ardeur presque désespérée, comme si cela devait être la dernière fois. Le lendemain, au petit déjeuner, il était d'humeur sombre et maussade. Quand Lissa demanda à Freya si sa robe de mariée allait être blanche ou crème, la réponse qu'il entendit ne fit rien pour apaiser sa mauvaise humeur.

— Je croyais avoir précisé que ta robe se devait d'être blanche, dit-il d'un ton pincé, dès que Lissa fut sortie pour préparer Nicolo.

— J'ai un fils de deux ans né hors mariage, se moqua Freya. Il me faudrait être bien hypocrite pour entrer à l'église habillée de blanc !

— Je t'ai dit pourquoi j'y tenais ! Je ne veux aucune tache sur cette cérémonie, pour que mon fils puisse en garder un souvenir impérissable. Il faut que notre mariage soit aussi traditionnel que possible.

Son fils... C'était toujours à lui qu'Enrico pensait, même quand ils parlaient de leur mariage.

— Je ne pense pas le traumatiser à vie en t'épousant en bleu plutôt qu'en blanc.

— Tu as intérêt à faire changer très vite la couleur de cette robe, ordonna Enrico d'une voix grinçante.

Freya releva le menton.

— J'estime avoir le droit de choisir la couleur que je vais porter à mon mariage !

Le regard qu'elle lui jeta déclencha immédiatement son excitation et il s'efforça de maîtriser l'effet qu'elle lui faisait toujours.

— A partir du moment où c'est moi qui paie, tu feras ce que je demande.

Elle pâlit et le chagrin envahit son regard vert. Le silence s'étira... jusqu'à ce que le mobile de Freya ne l'interrompe. D'un geste las, elle établit la communication, rompant le contact visuel avec Enrico.

— C'est moi, fit la voix familière de Cindy. Tu es prête ?

Elles devaient aller faire des courses en centre-ville, mais après ce qui venait de se passer, Freya n'en avait plus aucune envie. Puis elle se rappela qu'elle avait quelque chose d'urgent à faire et, se détournant d'Enrico, elle baissa la voix.

— Ecoute, je ne peux pas te parler pour l'instant. Je te rappelle, d'accord ?

— Qui était-ce ? demanda Enrico, visiblement furieux de sa discrétion.

— Cela ne te regarde pas, rétorqua-t-elle.

Elle poussa un cri alors qu'il l'attirait sans ménagement contre sa poitrine.

— Je veux savoir.

— C'était mon amant, lança Freya avec fureur, celui qui a meilleur caractère que toi et bien plus de tact ! Nous projetons de fuir ensemble dès que j'aurai épuisé les réserves de ta carte de crédit !

Le baiser qu'il lui infligea se voulait punitif. Quand il la relâcha, Freya était pâle et choquée.

— Ne me prends pas pour un imbécile, *cara*, ou tu en paieras les conséquences.

Prenant son attaché-case, il tourna les talons, laissant Freya déstabilisée, la main posée sur ses lèvres douloureuses.

Elle rappela Cindy pour fixer le lieu du rendez-vous et, d'humeur rebelle, quitta la maison sans informer Sonny de son déplacement.

Ce dernier l'appela sur son portable alors qu'elle s'apprêtait à prendre le métro.

— Où es-tu passée ?

— Je me suis échappée, répondit-elle d'un ton caustique, raccrochant sans autre forme de procès.

Enrico avait plusieurs réunions importantes programmées pour la matinée. Lorsqu'il conclut la dernière et que Fredo entra dans son bureau, il était de fort méchante humeur.

Un seul coup d'œil à son fidèle garde du corps suffit à Enrico pour sentir que quelque chose n'allait pas.

— Un problème ?

— C'est Freya, répondit Fredo, visiblement gêné.

Enrico se raidit.

— Que se passe-t-il au sujet de Freya ?

— Personne ne sait où elle est. On a perdu sa trace après que vous avez quitté la maison ce matin.

— Elle doit sans doute faire changer la couleur de sa robe, grommela Enrico, se rappelant leur dispute matinale.

Cette explication avait un côté rassurant pour lui, mais Fredo le détrompa en secouant la tête.

— Sonny m'a dit qu'elle n'avait jamais prévu de bleu pour sa robe. Je crois qu'elle a voulu vous faire marcher.

Et il avait immédiatement mordu à l'hameçon. Freya lui avait fait payer sa mauvaise humeur...

— Sonny n'a pas cherché à...

— Il a appelé son portable, mais elle n'était plus dans la maison et elle lui a raccroché au nez.

Le coup de téléphone… L'incident lui revint à la mémoire. Et elle était partie juste après ! Si seulement il avait pu faire confiance à Freya… Mais il aurait fallu être aveuglé par l'amour pour consentir à une telle sottise.

— Et ce n'est pas tout, poursuivit Fredo, piteux. Il y a quelques jours, elle a aussi disparu plusieurs heures, mais cette fois, elle avait le *bambino* avec elle. Elle nous a dit qu'ils étaient allés nourrir les canards au parc, mais…

— Mais ? insista Enrico, alerté par l'hésitation troublée de son garde du corps.

— A ce moment-là, nous n'avions aucune nouvelle de Luca…

— Je sais qu'il a disparu. J'ai été prévenu.

Luca était l'un de ses nombreux soucis. Les gens qu'il avait chargés de le suivre avaient perdu sa trace après qu'il eut quitté sa riche maîtresse à Hawaii et pris un avion pour New York.

— Mais on sait où il est à présent, s'empressa Fredo. Je viens d'être prévenu à l'instant. Vous n'allez pas aimer ce qui va suivre, Enrico… Il est ici, à Londres, et depuis une semaine.

La gorge d'Enrico s'assécha. Freya ne lui avait-elle pas laissé entendre que Luca pourrait être le père de Nicolo ? Et si ce n'était pas une provocation ?

Non, se dit-il fermement. Il n'allait pas se laisser aller à dévaler cette pente.

— Où Luca est-il descendu ?

— Assez stupidement dans un de vos hôtels.

Ce n'était pas de la stupidité. Luca savait très bien ce qu'il faisait. Il avait toujours envié ce qui appartenait à son cousin : ses richesses, le statut dont il jouissait dans la famille, ses demeures et jusqu'aux femmes qui partageaient son lit… Une image s'imposa à son esprit : des vêtements masculins jetés à terre, le peignoir de Freya grand ouvert comme si ni l'un ni l'autre n'avait eu la patience de l'enlever. Ils haletaient dans leur hâte désespérée, et l'écho de leurs respirations bruyantes résonna dans son esprit. Les cheveux roux de Freya volaient autour d'elle, ses mains agrippaient la tête de Luca alors qu'elle l'embrassait avec la même passion qu'elle mettait à...

Nom de... Il jura intérieurement et ferma les yeux pour couper court au film qui se déroulait sur l'écran de sa mémoire. Il devait absolument stopper cette folie.

— Le type qui le file a observé les alentours de l'hôtel, reprenait Fredo, et il a remarqué qu'une femme rousse, habillée d'un tailleur gris, était entrée.

Rousse ? Enrico lança un regard dur à Fredo, qui se trémoussa, visiblement peu pressé de terminer son rapport.

— Elle s'est rendue directement à la suite de Luca...

Freya regagna la maison, épuisée par le marathon qu'il lui semblait avoir couru. Cindy et elle avaient dévalisé la capitale !

Les pieds douloureux, elle se débarrassa de ses chaussures pour porter à l'étage les nombreux sacs et emballages qui contenaient le butin de leurs courses. Ce n'était pas sans un certain plaisir qu'elle constatait que la mauvaise humeur d'Enrico lui avait coûté cher au cours de la journée.

Un seul article avait été acheté sur ses fonds propres. Ce n'était rien pour un portefeuille comme celui d'Enrico, mais pour le sien, il en allait autrement. Elle avait sabré dans ses maigres économies et dès qu'ils seraient établis à Milan, elle devrait se mettre en quête d'un emploi stable, pour ne plus dépendre des revenus d'Enrico.

— Où es-tu allée ?

Elle était en train de poser ses sacs à terre et se retourna, surprise de trouver Enrico adossé à sa porte, les mains dans les poches de son pantalon, la veste retroussée sur sa chemise immaculée dont le blanc éclatant était souligné par le sombre filet de sa cravate de soie. Il lui apparut incroyablement sexy et elle le contempla, pratiquement hypnotisée. Une étincelle de désir se propagea en elle, lui faisant reprendre contact avec le réel. Il fallait qu'elle parvienne à dominer ses sens car cet homme ne serait jamais rien d'autre qu'un requin. Comment lui faire confiance après ce qu'elle avait vécu ?

— J'étais sortie, fit-elle sans se donner la peine de préciser l'évidence, vu le nombre des sacs qui l'entouraient. Mais toi, pourquoi es-tu rentré de si bonne heure ?

— Il est 16 heures.

— Et je te vois rarement avant 19, d'habitude...

— Ce qui veut dire que tu as passé toute la journée dehors, reprit-il en ignorant le sarcasme de Freya.

— Mes pieds en savent quelque chose, fit-elle en s'asseyant sur le lit.

Ses cheveux brillèrent d'un vif éclat alors qu'elle se penchait pour masser ses pieds douloureux, mais elle releva les yeux, prenant soudain conscience de l'immobilité d'Enrico. Non seulement il n'avait pas bougé d'un millimètre, mais on aurait presque cru qu'il ne respirait pas.

Etait-il toujours froissé par cette histoire de robe bleue ?

Eh bien tant pis ! Il n'avait qu'à lui faire confiance, pour une fois. Il découvrirait la vérité à la porte de l'église. Et bien heureux qu'elle accepte le mariage dans de telles conditions !

« Tu acceptes de l'épouser par faiblesse, se reprocha-t-elle amèrement. Parce qu'en dépit de tout ce qu'il t'a fait vivre il y a trois ans, il te fait tellement craquer que tu ne peux rien lui refuser... »

— Quelque chose ne va pas ? s'enquit-elle innocemment.

Elle n'avait aucune inquiétude pour son fils qu'elle avait croisé sur le chemin du retour, en route pour le parc avec Lissa. Elle les aurait bien accompagnés, mais ses pieds lui avaient refusé ce dernier service... Aussi, voyant qu'Enrico ne répondait pas, elle se détourna de lui et continua à masser la plante de ses pieds.

Qu'il se dresse soudain devant elle la prit par surprise : elle ne l'avait pas entendu avancer. Avant qu'elle ait pu ouvrir la bouche, il lui avait saisi les coudes et la relevait brutalement.

— Que te...

Elle ne put finir. La bouche d'Enrico l'avait bâillonnée sans douceur, lui coupant le souffle.

Elle avait le goût de Freya, le parfum de Freya, elle embrassait comme Freya finissait toujours par le faire, qu'elle soit consentante ou pas, pensa Enrico avec colère. Si seulement il avait pu comprendre pourquoi il la tenait dans ses bras, au lieu de la jeter dehors, comme la première fois qu'elle l'avait trahi !

Avait-elle embrassé Luca aussi passionnément tout à l'heure ? S'amusait-elle à comparer, à jouer l'un contre l'autre ? Avait-elle présenté Nicolo à son cousin dans l'espoir de placer ses pions au cas où elle n'obtiendrait pas ce qu'elle voulait d'Enrico ?

Ou sincèrement, ne savait-elle pas lequel des deux en était le père ?

Lui pouvait répondre à cette question. Il le savait, d'instinct !

Il la repoussa, maudissant son corps qui s'emballait alors même que la colère déversait son flot de glace dans ses veines.

— Que veut dire ce baiser ? demanda Freya, encore sous le choc.

— Je dois partir, lança-t-il en lui tournant le dos, raide comme lui seul savait l'être quand la fureur le possédait. Je ne te reverrai pas avant que nous soyons à l'église.

— C'était donc ta façon de me dire au revoir ?

Il entendit le tremblement de sa voix et eut envie de retourner la gifler. Mais il lui fallait penser à son fils. Le mariage devait aller jusqu'au bout.

— Désolée de le constater, Enrico, reprit-elle d'un ton plus mordant, mais tu n'embrasses pas aussi bien qu'avant.

— Tu n'as qu'à attribuer cela à la nervosité d'avant-mariage, rétorqua-t-il.

— Tu n'as qu'un mot à dire pour tout annuler.

Sa proposition le figea sur le seuil de la chambre. Il avait cru pouvoir se taire jusqu'à la cérémonie, mais il découvrit que c'était au-dessus de ses forces.

Jetant son self-control aux orties, il tourna vers elle un visage ravagé par la douleur et le mépris.

— Je sais tout sur Luca ! aboya-t-il.

— Tout quoi ?

Elle semblait si pure et innocente, avec son grand regard

vert et ses cheveux si vivants, brillant comme de la soie autour de son visage !

Quelle traîtresse ! Il s'en fallait de peu qu'il n'aille serrer cette gorge si parfaite jusqu'à ce qu'elle crie grâce. Le besoin de la haïr était si fort qu'il le sentait couler en lui comme un poison. Hélas, ce n'était pas de la haine qu'il ressentait...

— Tu l'as rencontré aujourd'hui, finit-il par articuler, la gorge nouée.

— C'est faux ! s'insurgea Freya.

— Et une fois encore au moins, pendant la semaine écoulée.

Freya le considérait comme si elle avait eu affaire à un fou.

— Je n'ai pas posé les yeux sur ton détestable cousin depuis le jour où tu l'as chassé de ton appartement il y a trois ans et franchement, il ne me manque pas ! J'espère même ne jamais le revoir ! Qui a pu te mettre cette ridicule idée en tête ?

— Je l'ai fait suivre jusqu'à son hôtel non loin d'ici...

— Si ça t'amuse, le coupa-t-elle. Mais je ne vois pas en quoi cela me concerne.

Il aspira une goulée d'air avec une visible difficulté.

— Une femme est entrée dans sa suite. Une femme rousse.

Freya le regarda, un instant muette d'étonnement.

— Et... et tu as décidé qu'il s'agissait de moi ? fit-elle enfin.

— Ne prends pas ton air de sainte-nitouche ! ragea Enrico. Je ne l'ai pas vue de mes propres yeux, mais la description qu'on m'en a donnée te correspond tout à fait !

8

Enrico se détourna vivement, comme si la vue de Freya lui était devenue insupportable.

— Attends...

Elle le retint par le bord de sa manche et l'obligea à lui faire face, tremblante, au bord de la nausée.

— Es-tu en train de prétendre, poursuivit-elle sans pouvoir affermir sa voix, que j'aurais rencontré ton cousin en secret deux jours avant de t'épouser ?

— Tu l'as vu deux fois, d'après mes informations.

Il se dégagea, comme dégoûté.

L'enfer était de glace, se dit Freya, transie, tandis que son corps se figeait.

— C'est un mensonge, souffla-t-elle.

— Tu as déjà essayé cette chanson une première fois. Ce n'est plus la peine de te fatiguer. Je sais que tu as vu Luca aujourd'hui.

Freya resta muette, et les yeux d'Enrico lancèrent une gerbe de feu.

— Ce n'est pas tout : je sais aussi que tu as emmené *mon fils* lors de votre première rencontre !

Rassemblant l'énergie du désespoir, Freya croisa les bras sur sa poitrine.

— Tu es sûr des faits, bien entendu ?

— Je ne peux tirer d'autre conclusion des preuves que je possède.

— Les preuves peuvent mentir. Mais tu as toujours préféré croire que c'était moi qui mentais.

— Tu crois que cela me fait plaisir de retrouver la vraie Freya, la garce que dissimulent tes grands yeux innocents ?

— N'oublie pas qu'elle te convient assez dans certaines circonstances !

— Tu es aussi avide de sexe que moi, lui rétorqua Enrico.

— Je suis donc une marie-couche-toi-là ?

— Je n'ai jamais prétendu cela, protesta-t-il en fronçant les sourcils.

— Mais tu le penses, Enrico, où tu ne me dirais pas la moitié de ce que tu me dis là !

Blême, il se détourna de nouveau.

— Il ne fallait pas le revoir, souffla-t-il.

Tremblante, Freya revint s'appuyer au bord du lit et fouilla fébrilement ses sacs.

— Et pourquoi pas ? A la réflexion, ne serait-il pas le plus honnête de vous deux ? Au moins Luca sait qu'il est une crapule, il ne s'autorise pas à prendre des postures morales comme tu le fais, Enrico !

Elle dénicha ce qu'elle cherchait et le jeta à la tête d'Enrico.

Le paquet retomba dans son dos, et, se penchant, il découvrit un paquet plat enveloppé de satin crème et fermé d'un ruban doré.

— Ouvre, ordonna-t-elle, et vois par toi-même à quoi je m'occupais à l'heure où j'étais censée m'offrir à ton cousin !

D'une main moins ferme qu'il ne l'aurait souhaité, Enrico ramassa le paquet, et sentit sous ses doigts des bris de verre.

Freya tremblait des pieds à la tête en le regardant dénouer le ruban. Jamais elle n'avait éprouvé tant de colère ni de chagrin. Enrico défit l'emballage et se figea, les yeux baissés. Ceux de Freya, brouillés de larmes, ne pouvaient discerner l'expression de son visage.

— J'ai dû attendre deux heures pour obtenir cette reproduction du certificat de naissance de Nicky, l'informa-t-elle.

J'en ai passé deux autres à courir Londres pour trouver le cadre qui convenait et te le faire monter.

Le verre était en morceaux, mais le cadre doré à l'or fin était intact, ainsi que l'inscription manuelle, à l'encre de Chine, que Freya avait fait ajouter au bas de la reproduction.

« Merci, pouvait-on lire, pour notre si merveilleux fils. »

— Tu m'as désigné comme son père, fit Enrico d'une voix sourde.

— Oui...

Freya tenta d'en rire, mais le résultat sonnait faux.

— N'était-ce pas enfantin de ma part d'essayer de le nier alors que cela s'étalait en toutes lettres sur un registre public ? Le jour où j'ai pensé que tu méritais la vérité, j'ai eu l'idée de... de ce cadeau stupide.

— Ce n'est pas stupide.

— Stupide ou pas, cela importe peu, fit-elle en haussant les épaules. A présent, tu peux constater que tu n'as même pas besoin de m'épouser pour t'assurer une place dans la vie de ton fils. Elle t'est reconnue depuis sa naissance. Je voulais t'offrir ceci en cadeau de mariage, pour sceller notre...

Engagement, allait-elle dire. Mais il était inutile de poursuivre, le mariage allait être annulé.

Depuis qu'elle lui avait jeté le paquet, Enrico ne l'avait pas regardée une seule fois. Il devait se mordre les doigts de n'avoir pas vérifié les registres d'état civil, cela lui aurait évité les préparatifs des noces !

Enfin Enrico releva la tête, mais Freya s'était détournée.

— Je... suis désolé, fit-il, frustré de ne pouvoir mieux exprimer le remords qu'il ressentait.

Freya secoua la tête. C'était trop peu et surtout cela venait trop tard pour qu'elle l'accepte.

— J'ai tout fait pour adopter ton point de vue, j'ai même réussi à comprendre l'opinion que tu avais de moi.

Il avait cru ce que ses yeux lui montraient, tout homme en aurait fait autant...

— Je m'étais convaincue, reprit-elle, que nous pourrions

tourner cette page pour le bien de Nicky, sinon pour le nôtre. Mais cette nouvelle histoire me prouve que j'avais tort. Tu me mépriseras toujours et toujours tu me prendras pour une femme facile, qui passe d'un cousin à l'autre sans l'ombre d'un scrupule.

— Ce n'est pas ainsi que je te vois.

— Oh, si, Enrico ! Et pire, c'est ainsi que je me sens. Mais c'est à toi que j'ai l'impression de m'être vendue.

— Pas à Luca ? lança Enrico, de nouveau en position d'attaque. Pourtant, à l'époque...

— C'était pour toi que j'éprouvais quelque chose, jusqu'à ce que tu piétines à mort ce sentiment, se défendit Freya.

— Tu ne t'attendais tout de même pas à ce que je fasse comme si de rien n'était quand je vous ai vus ensemble ?

— Il y a trois ans, on m'a accusée à tort et refusé tout droit à la parole. J'ai été insultée, humiliée et chassée de ta vie. Aurais-tu oublié mes supplications et mes pleurs, Enrico ? Ne t'avais-je pas dit que j'étais enceinte ? Te rappelles-tu ta moue dégoûtée devant cette révélation, comme si j'en usais pour t'attendrir ? Tu t'es débarrassé de moi séance tenante et tu m'as fait envoyer mes affaires dans un carton marqué « possessions personnelles de Freya Jenson ». Comme si j'étais morte, Enrico ! Morte ! Je l'étais pour toi, à l'évidence...

Enrico pâlissait à vue d'œil. Ce n'était que justice, songea Freya.

— Je n'ai pas organisé personnellement le renvoi de tes affaires.

— Oh, dans ce cas..., ironisa-t-elle d'un ton mordant. Cela t'absout de tout.

— *Per Dio !* J'étais bouleversé ! Tu n'imagines même pas ce que j'ai pu ressentir à l'époque.

— Une blessure, une trahison, l'impression qu'on s'était joué de toi ?

— Exactement ! J'étais profondément blessé, trahi et tu t'étais jouée de moi !

Il avait tendu les mains vers elle en un geste involontaire.

— Regarde-moi bien, Enrico. C'est à moi que tu viens dire

cela, moi que tu as trahie et bafouée ? Tu veux peut-être que je pleure sur ton sort ?

— Je ne peux pas effacer cette image de toi avec Luca, admit Enrico à mi-voix, comme s'il peinait à l'avouer. Chaque fois que je pense à lui, je te revois dans ses bras.

— Et moi, rétorqua Freya, je revois l'homme que j'aimais en train de me condamner au lieu de me défendre, ce qui rend ridicule le mariage que nous nous apprêtions à célébrer.

— Que nous nous apprêtions... ? Que veux-tu dire ? lança Enrico, l'œil étincelant.

Elle aurait voulu le haïr. Oh, comme cela l'aurait soulagée ! Mais le plus tragique, c'est qu'elle ne pouvait s'empêcher de l'aimer.

Pour toute réponse, elle se rendit dans son dressing, et en ressortit avec l'un de ses cartons, encore à moitié plein. N'était-ce pas ironique ? Leur nouvelle histoire d'amour n'avait pas même duré le temps de s'installer...

Une fois qu'elle l'eut posé sur le lit, elle se mit en devoir de remplir le carton avec le contenu de ses tiroirs.

— A quoi est-ce que tu joues, Freya ?

— Je fais mes bagages. Je sors de ta vie.

Cette fois-ci, elle n'attendrait plus qu'il la chasse.

Enrico franchit la distance qui les séparait et la saisit par le bras. Il était livide.

— Tu crois que je vais te laisser partir avec mon fils ?

Son fils ! On en arrivait donc aux choses sérieuses... Car Freya ne se faisait aucune illusion, elle n'avait été pour Enrico que le moyen d'atteindre Nicky et, ce qui ne gâtait rien, une agréable compagne de jeux. Et dire qu'elle s'était laissée aller à rêver, comme une adolescente énamourée, croyant que ses élucubrations allaient devenir réalité !

— Je ne t'autoriserai pas à *lui* faire autant de mal ! reprenait Enrico.

Il avait touché juste. C'était le seul argument capable de faire réfléchir Freya. Nicky adorait son père. Il était heureux ici. Pouvait-elle réellement l'arracher à cette nouvelle vie de famille ?

— Ecoute-moi bien, Freya. Si je peux mettre de côté ce que j'ai vu il y a trois ans pour protéger l'épanouissement de mon fils, tu peux passer sur l'erreur que j'ai sans doute faite aujourd'hui au sujet de Luca...

C'était donnant donnant, songea-t-elle tristement. Enrico ne perdait pas la tête. Vraisemblablement, il vérifierait ses déplacements de la journée avant de croire une seule de ses déclarations !

Les doigts d'Enrico s'enfoncèrent dans sa chair.

— Tu ne réponds pas ? fit-il d'une voix dure. Nicolo mérite que tu fasses cet effort pour lui ! Il a droit à ce que je peux lui offrir alors qu'avec toi...

C'était le coup fatal. Qu'opposer à pareil argument ? Quelle vie pourrait-elle assurer à son fils, en comparaison de ce qu'Enrico lui donnerait ? Comment priver Nicolo d'un tel confort ?

Elle s'écarta de lui comme si son contact la rebutait.

— Sors de cette chambre. Et ne pose plus jamais les mains sur moi.

— Freya...

— C'est moi qui dicte mes conditions, le coupa-t-elle. Je refuse de payer encore pour ce que ce vicieux de Luca a trouvé moyen de te faire croire. Tu veux un mariage de convenance pour le bien de ton fils ? Je te l'accorde. Mais je pose mes limites. Dorénavant, tu restes hors de ma chambre.

Bouillant de fureur impuissante, Enrico sortit. Comment s'était-il débrouillé pour obtenir un tel résultat ?

Fredo était dans le hall au rez-de-chaussée.

— Appelle-moi l'informateur tout de suite ! hurla Enrico avant de se réfugier dans son bureau.

Deux minutes plus tard, Fredo le rejoignait et l'image des caméras de surveillance de l'hôtel s'affichait sur l'écran de son ordinateur.

Un petit silence suivit, puis le garde du corps émit un juron qui résumait bien ce qu'Enrico ressentait.

— Ce n'est pas elle, murmura Fredo, soulagé, en contemplant la silhouette de la rousse.

Enrico, lui, n'éprouvait aucun soulagement, mais une colère encore plus vive. Il s'était totalement aliéné Freya, et par-dessus le marché, s'était rendu ridicule.

Les plans méticuleusement échafaudés pendant ces quinze derniers jours s'effondraient. Que lui restait-il ?

Ses yeux brûlaient en se posant sur le certificat encadré offert par Freya, qui portait le nom de son fils à côté du sien. Il relut l'inscription qu'elle avait fait ajouter. Pour lui... Pour leur mariage. Parce qu'elle en était venue à lui faire confiance. Et lui avait tout perdu d'un seul coup de dés maladroit.

« Je revois l'homme que j'aimais en train de me condamner au lieu de me défendre... »

Les paroles de Freya lui revinrent soudain à la mémoire. *Per Dio*, se pourrait-il qu'elle ait dit la vérité ?

Il revit l'image maudite, Freya, les jambes écartées et le poids de Luca sur elle, les mains agrippant les cheveux de son cousin...

Dans la fureur du moment, il avait pris cela pour un geste de passion. S'était-il trompé ? Tentait-elle, au contraire, de le repousser ?

— Laisse-moi, Fredo, fit-il d'une voix éteinte.

— Enrico, vous croyez vraiment que...

— Sors, dit-il calmement, interrompant la soucieuse requête de son ami.

Il avait besoin d'être seul. Les détails qu'il ne s'était jamais attardé à examiner lui revenaient en nombre : l'expression hagarde du visage de Freya, muée en soulagement quand elle l'avait aperçu ; la façon brutale dont elle avait repoussé Luca, au point qu'il en avait roulé par terre ; sa confusion, alors qu'elle se précipitait vers lui en sanglotant : « Enrico, merci mon Dieu ! »

La porte se referma doucement derrière Fredo. Les larmes brouillèrent la vue d'Enrico, sa gorge se noua : il revoyait à présent les lèvres enflées de Freya, comme si on l'avait mordue. Et les traces de coups sur la chair blanche de ses seins, alors qu'elle refermait hâtivement son peignoir...

Il se revit aussi changé en statue de glace, impitoyable, sourd à ses suppliques.

— *Per Dio*, répéta-t-il d'une voix rauque, couvrant son visage de ses mains.

A l'étage, livide, le regard perdu, Freya tremblait encore de l'horrible scène. Son portable sonna, la tirant de sa léthargie.

Son écran indiquait que l'appel provenait de Cindy : elle n'était pas en état de parler à qui que ce soit, mais pouvait-elle négliger son unique demoiselle d'honneur ?

— Bonsoir, Cindy, fit-elle du ton le plus détaché possible.

— *Ciao, cara*, fit une voix douce comme de la soie. Alors, comme cela, j'apprends que tu as un fils... Je te félicite d'avoir convaincu mon cousin qu'il est de lui... Mais est-il vraiment convaincu ? Je ferais peut-être bien de vérifier que le *bambino* n'est pas de moi...

Freya jeta le portable le plus loin qu'elle put, comme s'il la brûlait. L'horreur avait envahi ses yeux soudain cernés.

C'était impossible ! Pas lui ! Il lui sembla qu'il surgissait des profondeurs nauséabondes qu'elle avait atteintes avec Enrico. Et pourtant, c'était bien le numéro de Cindy qui s'affichait pendant que Luca parlait...

Seigneur... Il s'était approprié le portable de Cindy, Dieu seul savait comment, et maintenant, il la tenait à sa merci !

Un bruit de voix l'avertit que Lissa et Nicky rentraient du parc. Son portable se remit à sonner et elle comprit que la chute de l'appareil avait interrompu la connexion.

Ce fut à cet instant qu'elle réalisa les implications du discours de Luca.

— Ne touche pas à mon fils ! hurla-t-elle en décrochant.

— Allons, Freya... Tu ne me vois pas rater une chance pareille, la seule que j'aurai jamais de couper les ailes dorées de mon cher cousin, se moqua Luca. Combien crois-tu que les journaux à scandale sont prêts à mettre pour s'approprier une aussi juteuse histoire ? Je vois déjà les gros titres : *L'enfant de la honte ! Le cousin d'Enrico Ranieri raconte comment leur maîtresse commune changeait de lit...* Joli cadeau de mariage, non ?

— Pas un mot de tout cela n'est vrai !

— Ne nous a-t-on pas découverts au lit ensemble ?

Freya grelottait de peur à présent. Il lui semblait que des serres de glace se refermaient autour de son cœur. Elle entendit le rire de Nicky dans le jardin, et la voix d'Enrico parlant à son fils.

Son fils !

Suivant une impulsion venue du plus profond d'elle-même, elle se précipita à la fenêtre et vit Nicky se jeter dans les bras de son père. Enrico s'accroupit pour le serrer contre lui.

— Pourquoi ne regagnes-tu pas ton trou à rat, Luca ? Personne ici n'est intéressé par tes mensonges.

— Enrico le sera. Autant que la dernière fois. Toute l'Europe s'y intéresse, d'ailleurs... N'oublie pas qu'il s'agit d'un mariage très médiatisé. La presse sera ravie de décrire nos ébats. Un magnat échangiste, quel régal ! La boue s'accroche aux semelles, *cara*, et il faudra longtemps pour éliminer celle-ci après que je me serai enfui, les poches pleines de ce que les journaux auront payé.

— Dans ce cas, pourquoi prends-tu la précaution de m'avertir ?

— Pour te faire transpirer un peu... Ou peut-être pour te donner une chance de me faire une offre plus alléchante.

— Je n'ai pas d'argent.

— Je le sais. Et ça ne risque pas de changer car Enrico va te tenir en laisse, tant il craint que tu ne retombes dans le lit du premier venu. Il vérifiera chacune de tes dépenses. N'oublie pas à quel point il se défie de toi...

— Viens-en au fait, Luca, ou je coupe cette communication.

— Ça m'étonnerait. Tu es bien trop effrayée pour cela.

Il avait raison : elle mourait de peur à l'idée du mal qu'il pouvait faire subir à son petit garçon. Elle voyait Nicky en contrebas dans l'allée, souriant aux anges dans les bras de son père. Le soleil de cette fin d'après-midi soulignait le profil altier d'Enrico. Le cœur de Freya se serra car sous le sourire chaleureux qu'il adressait à son fils, elle devinait une sombre austérité.

Il fallait le mettre au courant de cet appel, réfléchit-elle. Il était trop dangereux de laisser le champ libre à son cousin. Elle traversa la pièce, et, fermant doucement la porte derrière elle, continua à entretenir la conversation avec Luca.

— Comment t'es-tu procuré le portable de Cindy ?

— Disons que je l'ai... emprunté. Ou qu'une personne de ma connaissance s'en est chargée.

Pour une raison connue de lui seul, il trouva une connotation comique à cette dernière phrase car il la ponctua d'un rire bref.

— J'imagine qu'à cette heure-ci, ton amie est en train de fouiller ses sacs en se demandant ce qu'elle a bien pu faire de son portable...

— Tu n'as pas perdu l'habitude de voler les autres, à ce qu'on dirait, Luca.

Tout en parlant, elle descendait les escaliers d'un pas tremblant, attentive à ne faire aucun bruit.

— Il me fallait te joindre sans passer par Sonny ou Fredo, répliqua Luca d'un ton sec.

— Ou pire... par Enrico ! Tu dis que je suis effrayée, Luca, mais je crois que tu l'es plus que moi. Si tu ne craignais pas ton cousin, ce serait avec lui que tu aurais cette conversation, pas avec moi.

Le silence qui suivit prouva à Freya qu'elle avait touché juste. Tout en parlant, elle avait traversé le salon dont les murs pâles reflétaient l'éclat du lustre de cristal, et elle s'approchait de la baie vitrée donnant sur le jardin.

— Si j'étais toi, je surveillerais mes paroles, *cara*, répondit Luca d'une voix qui n'avait plus rien d'aimable. C'est moi qui détiens le pouvoir. Je peux ruiner tes espérances d'un simple coup de fil. Pense à ton fils !

Elle ne faisait que cela...

Nicky était à cheval sur son camion et paradait pour le bénéfice de son père. Freya franchit le seuil qui la séparait du jardin et le soleil déclinant joua dans ses boucles rousses, réchauffant la pâleur de ses joues.

Enrico dut l'entendre arriver car il se retourna d'un bloc. A le voir si beau et si déterminé, Freya sentit son cœur manquer un battement. Comment les deux cousins pouvaient-ils être si semblables physiquement et aussi différents mentalement ? Bien sûr, leurs traits, leur silhouette étaient les mêmes. Mais Enrico dégageait une énergie, un dynamisme qui faisait de son cousin une pâle copie de ce qu'il était, une ombre vaine, sans aucune substance.

Enrico se dirigea vers Freya. Il ouvrait déjà la bouche pour parler, mais elle posa brièvement les doigts sur ses lèvres.

— Si tu dois recourir au chantage, Luca, fit-elle aussi calmement que possible, il serait temps que tu me dises ce que tu attends de moi en contrepartie de ton silence...

Enrico s'était raidi à la mention du nom de son cousin. Une lueur sauvage s'alluma dans ses yeux.

Dès qu'elle eut terminé sa phrase, Freya, le cœur battant à tout rompre, lui tendit le portable.

— J'attends de toi que tu rejettes mon cher cousin au pied même de l'autel, entendit Enrico. Je ne veux rien de moins que son humiliation publique. Qu'il sache ce qu'on ressent à être traité comme un moins que rien. Et qu'en dépit de sa richesse, il comprenne qu'on peut s'essuyer les pieds sur sa fierté ! Freya ? Tu m'écoutes toujours ?

La qualité du silence devait avoir changé et l'avait alerté. Enrico posa momentanément le récepteur sur l'oreille de Freya.

— Continue, fit-elle.

Enrico reprit le portable tandis que Luca reprenait l'énoncé de son chantage.

— Si tu fais ce que je te demande, tu peux être tranquille du côté de la presse. Les journaux n'entendront jamais parler de vous. Je laisserai même ton fils profiter de son papa... Dieu sait que je n'ai aucune intention de me charger de lui et si l'affaire était portée devant les tribunaux, l'expertise médicale ne me laisserait aucune chance, comme nous le savons tous deux. Mais je veux piétiner la fierté d'Enrico. Ce n'est pas grand-chose en contrepartie de tout ce que je te promets. Tu es d'accord ? Tu feras cela pour moi ?

Enrico tendit de nouveau le portable à Freya, lui faisant signe d'acquiescer.

— Oui, fit-elle en tremblant, se demandant ce qu'elle venait d'accepter.

Enrico interrompit brutalement la connexion. Ils restèrent un instant silencieux. On n'entendait que les roues du camion de Nicky qui grinçaient sur le gravier. Freya fut la première à retrouver ses esprits.

— Que voulait-il ?

— Ma tête, répondit Enrico d'un ton bref.

Sa bouche s'essaya à un sourire qui tenait plutôt de la grimace.

— Tu viens juste d'accepter de me dire non au pied de l'autel...

Sans laisser le temps à Freya de se remettre de sa surprise, Enrico enchaîna :

— Comment Luca s'est-il procuré ton numéro de portable ?

Le doute, toujours, songea instantanément Freya, la gorge serrée. Enrico cesserait-il un jour de la soupçonner ? Il n'imaginait quand même pas qu'elle avait volontairement donné ses coordonnées à Luca ? L'envie de lui mentir la traversa, pour le punir de sa défiance. Mais ce qui concernait Luca était trop sérieux pour qu'elle se le permette.

— Il a volé le portable de Cindy.

— Appelle ton amie.

Décidément, jamais il ne la croirait du premier coup, ragea intérieurement Freya en composant le numéro.

— On m'a fauché mon portable dans le bus, s'exclama Cindy d'un ton aigu avant même de dire bonjour. Une grande rousse a fait tomber le contenu de mes sacs... Et moi qui croyais qu'elle voulait m'aider en les ramassant !

— Sois gentille, redis tout cela à Enrico. Je te le passe.

Freya tendit son portable à Enrico et s'éloigna pour s'occuper de son fils.

Enrico ne fut presque pas surpris d'entendre Cindy mentionner une grande rousse. Partout où son cousin allait, on relevait la trace de cette femme...

Avant d'avoir raccroché, il vit Freya passer avec son fils sur la hanche, riant et bavardant gaiement. Qui aurait pu croire à l'entendre qu'elle venait de traverser l'une des épreuves les plus dures de sa vie ?

Mais qui aurait pu croire en le regardant qu'il venait de commettre l'une des plus graves erreurs de son existence, un faux pas peut-être irréparable ?

Non, réagit-il fermement. Il devait s'interdire de penser ainsi. Tout dommage pouvait être effacé, aussi grave soit-il.

— Il faudra signaler le vol à votre fournisseur, Cindy, termina-t-il. Je fais immédiatement livrer un autre portable à votre domicile.

D'un pas déterminé, il suivit Freya à l'intérieur. Un regain d'énergie le portait à présent que la menace était identifiée. Il était temps de recourir à la méthode forte, celle qui lui réussissait si bien. Il lui fallait redevenir le noir chevalier qui ne reculerait devant rien pour faire de Freya Jenson sa femme.

Sa femme ? Enrico remarqua que pour la première fois, ce n'était plus son fils qui primait. Un sourire mince effleura ses lèvres. Peut-être en avait-il toujours été ainsi... Simplement, il s'était montré trop aveugle et entêté pour s'en apercevoir.

9

Les babillements de son fils le conduisirent dans la cuisine, où Enrico le retrouva en compagnie de Sonny. Ils s'affairaient tous deux à préparer des pâtes fraîches. Mais nulle trace de Freya.

Nicky, tout en récupérant les pâtes au sortir de la machine, lui offrit un grand sourire, que son père parvint à lui retourner sans découvrir son inquiétude.

Le visage d'Enrico se referma dès qu'il eut tourné les talons.

Grimpant l'escalier quatre à quatre, il découvrit Freya dans leur chambre, assise sur son lit au milieu des sacs, exactement comme si rien ne s'était produit entre-temps. Cette fois, cependant, elle cachait son visage dans ses mains...

La poitrine d'Enrico se contracta. Il comprenait ce qu'elle ressentait. Il s'approcha et au bruit de ses pas, elle se retourna. Promptement, elle fut sur pied. Son regard vira du plus profond désespoir à la colère.

— Je croyais t'avoir dit de ne plus franchir...

Enrico se saisit d'elle et l'embrassa. C'était la seule tactique qu'il pouvait adopter à présent, et ses lèvres s'écrasèrent sur les siennes pour l'empêcher de l'invectiver. Il la sentait se cambrer dans son refus, mais en même temps, elle ne pouvait rompre leur baiser et le lui rendait même, sans pouvoir se réfréner.

La seule arme dont il disposait encore pour l'atteindre était celle-là : elle réagissait toujours aussi avidement à ses sollicitations. Quand leurs bouches se séparèrent, Enrico n'avait qu'une envie, la basculer sur le lit et oublier avec elle ces affreux moments en faisant ce qui leur était le plus naturel ! Et sans doute ce qu'ils réussissaient le mieux… Mais la menace que représentait Luca était trop pressante pour être négligée.

— Tu… tu te permets…, commença Freya, reprenant à peine son souffle.

— Ne perdons pas de temps à nous disputer, *cara*, nous avons mieux à faire.

Enrico se dirigea vers le meuble-bureau qui faisait face au lit, ouvrit l'un des tiroirs, glissa sa main à l'intérieur. Un déclic s'ensuivit. Le tableau accroché au-dessus du meuble — un antique portrait de jeune femme — s'écarta du mur pour révéler un coffre-fort. Freya en était bouche bée. Elle ne savait même pas qu'il y avait un coffre caché ici ! Enrico en retira une épaisse liasse de billets.

Un frisson parcourut Freya.

— Si tu comptes te servir de cet argent pour dissuader Luca, c'est peine perdue.

— Tu préfères me dire non à l'église ?

— Il n'est pas question de ce que je préfère, mais de ce qu'il nous reste à faire : ne pas nous marier !

Enrico accusa le coup et les muscles de sa mâchoire se crispèrent. Lentement, il glissa l'argent dans sa poche.

— Ne vois-tu pas que j'ai raison ? reprenait Freya avec véhémence. Si tu le paies pour son silence, Luca ne cessera jamais son chantage ! Tu lui offres une rente à vie. Ce qu'il peut dire aujourd'hui à la presse sera encore nuisible demain ou dans dix ans ! Luca se fiche du mal qu'il peut faire à Nicky et c'est lui qui risque de souffrir. Je veux le protéger.

Elle s'était approchée pour plaider sa cause et ses yeux verts, brillants d'excitation, eurent sur Enrico l'effet qu'ils avaient toujours.

— Tu es belle… Chaleureuse et sexy, tu provoques et tu tiens à distance dans un même regard…

Freya s'arrêta, les jambes coupées. Ce n'était pas le moment de penser au sexe, mais avec Enrico, elle en venait toujours là… Pourquoi ? Pourquoi était-ce ainsi avec lui à l'exclusion de tout autre ? Elle dut se raisonner pour ne pas céder à la langueur qui l'envahissait.

— Laisse-moi terminer, supplia-t-elle. Si tu veux bien réfléchir une seconde, tu verras que cette histoire de mariage n'a jamais été…

— J'ai déjà réfléchi. Nous avions un accord. Notre fils sera heureux de ce mariage. Hannard l'attend, sans même parler de la moitié de l'Europe… Tu vas sacrifier tout cela à Luca ?

— Pour éviter le scandale…

— Nous y survivrons.

— Je ne vois pas comment, si tu crois aussi facilement à ses allégations.

Le désir disparut brusquement des yeux sombres d'Enrico. Il n'était pas si difficile de transformer un séducteur en bloc de granit, songea amèrement Freya.

— Tu pourrais me faire confiance, pour une fois, murmura Enrico.

— Pas plus à toi qu'à lui ! s'indigna Freya. Il me soumet à un chantage pour que je ne t'épouse pas, mais tu as fait de même pour que je t'épouse !

— Dans ce cas, tu es confrontée à un vrai dilemme, lui rétorqua froidement Enrico. Réponse dans deux jours, au pied de l'autel.

Sur ce, il tourna les talons, laissant Freya se débattre avec sa conscience.

Deux heures plus tard, un bouclier de sécurité entourait la maison, ce qui ne rassura nullement Freya. Etait-ce pour les protéger de toute tentative venant de Luca ou pour mieux la garder, elle, qu'Enrico avait déployé tout ce personnel ?

Elle reçut peu après un nouveau portable, le dernier cri en matière de technologie, dans lequel elle retrouva tous ses numéros, y compris le nouveau attribué à Cindy. Ce fut alors qu'elle se rendit compte qu'Enrico ne lui avait pas rendu l'ancien portable… Là encore, était-ce pour la défendre de Luca ou pour qu'elle ne puisse le rappeler ?

Et pour la première fois en quinze jours, elle dormit seule.

Ou plutôt elle ne dormit pas, se retournant dans le grand lit vide, brûlant de désir pour Enrico et se le reprochant tout à la fois.

Deux fois elle tendit la main vers son nouveau portable dans l'intention de l'appeler et deux fois, elle repoussa la tentation.

Où était-il ? Avait-il rencontré son cousin ? L'avait-il payé ? Que pouvait-il offrir qui contrebalance son chantage ?

Rien, sans doute. Car ce que voulait vraiment Luca, ce n'était pas l'argent, mais le plaisir de traîner son cousin dans la boue.

Ayant gagné l'appartement de l'étage supérieur, Enrico ne dormait pas non plus. Il arpentait sa chambre, tentant de maîtriser l'envie qu'il avait de Freya. Il avait besoin de sa présence, besoin de savoir qu'il était encore capable de la faire fondre même si elle répugnait à l'épouser.

Fallait-il qu'il la rejoigne ?

Il se jeta sur le lit et l'imagina en chemise de nuit, le somptueux halo de ses cheveux auréolant son délicieux visage...

A l'étage inférieur, Freya se leva. De toute façon, elle ne trouvait pas le sommeil. Enrico n'aurait-il pas pu l'appeler, au moins pour lui dire ce qu'il avait décidé concernant Luca ? Méritait-elle d'être ainsi tenue à l'écart ?

Soudain, son portable émit un bip. Il y avait un SMS d'Enrico. « Je te manque ? », demandait-il. « Non », se contenta-t-elle de rétorquer par le même biais, avant de se mordre les lèvres : si elle n'avait pas répondu, Enrico n'aurait pas su qu'elle était éveillée.

Allongé sur son lit, simplement vêtu d'une serviette de bain enroulée autour de ses hanches, Enrico sourit à l'arrivée du message. Freya pouvait s'imaginer qu'elle le haïssait, mais elle ne dormait pas. C'était donc qu'il lui manquait...

Soudain détendu, il écrivit la suite :

« Menteuse. Quelle chemise de nuit portes-tu ? »

Fronçant les sourcils, Freya regarda sa chemise transparente aux reflets vert océan, et n'eut aucun mal à imaginer l'expression d'Enrico s'il la voyait vêtue ainsi. Ses seins réagirent contre son gré et elle en sentit les pointes se raidir. Elle inspira une brève bouffée d'air pour calmer sa colère. Comme elle le détestait ! Elle ne lui pardonnerait jamais ce qu'il était capable de lui faire.

S'asseyant en tailleur sur le lit, elle tapa sa réponse d'un doigt furieux.

« Ça ne te regarde plus », lut Enrico en grimaçant. Il se redressa sur le lit et découvrit la suite du message :

« Que s'est-il passé pour Luca ? »

Enfin une bonne question. « Fais-moi confiance à ce sujet, pour changer, cara », répondit-il.

« Pas question, je te déteste », fut la réplique qui lui parvint par retour. « Et moi je t'adore », écrivit Enrico. Puis il annula le message.

Mieux valait garder ce genre de déclaration pour lui... Il se rejeta en soupirant sur les oreillers.

Freya s'était enroulée sur elle-même. Elle avait envie de pleurer. Une terrible impression de solitude l'étreignait. Enrico, lui, avait en Italie une grande famille vers qui se tourner s'il avait besoin de soutien. Elle n'avait personne, ni parent, ni ami... Cindy était plutôt une relation sympathique qu'une véritable amie et de toute façon, elle était toute dévouée à Enrico.

L'avenir lui apparaissait sous les couleurs les plus incertaines. Enrico tenait toujours à leur mariage. Elle n'obtempérerait pas aux injonctions de Luca car même si elle cédait, rien n'empêcherait cette canaille de reprendre son chantage quand Nicky aurait grandi.

Elle allait donc épouser celui qui la prenait pour une garce, capable de trahir et de se comporter avec n'importe quel homme comme avec lui. Enrico ne l'épousait que dans le but d'assurer une enfance harmonieuse à son fils. Elle faisait partie du marché, en somme.

Bien sûr, il n'était jamais rassasié de son corps. Mais que se passerait-il le jour où le désir s'effriterait ? Irait-il chercher ailleurs ? Et serait-elle obligée de fermer les yeux, sachant qu'il ne la tolérerait que pour le temps où son fils aurait besoin d'elle ?

Ce serait dur d'accepter en silence. Car tout en lui répétant le contraire, elle aimait Enrico. D'ailleurs, même dans le secret de son cœur, elle ne s'autorisait pas à se l'avouer souvent. A quoi cela aurait-il servi ? Elle souffrait déjà assez sans se flageller mentalement...

Et ce qui lui mettait les larmes aux yeux, ce n'était pas tant l'absence de proches que celle d'Enrico. Il lui manquait terriblement.

Enrico fixait d'un regard noir son téléphone qui restait muet. Agacé au possible, il finit par se lever. Ouvrant une petite enveloppe, il contempla la photo qu'elle contenait, comme pour se rassurer. C'était son arme contre toute tentative de Luca. Il en avait une autre, en sécurité dans son coffre à la banque, où Fredo l'avait portée l'après-midi même. Tant qu'il serait en possession de ces preuves, son cousin serait muselé.

Il aurait pu montrer la photo à Freya et mettre fin à cette stupide querelle entre eux. Mais son instinct l'en avait retenu. Il voulait savoir si elle était capable de lui faire aveuglément confiance. Freya consentirait-elle à l'épouser en dépit de tout, même des menaces de Luca ?

Et puis cette photo serait son présent de mariage, l'équivalent de celui qu'elle lui avait jeté à la figure. Au souvenir de cet épisode douloureux, il reposa l'enveloppe et se servit un whisky. La nuit allait être longue.

10

Il ne fut pas le seul à trouver la nuit interminable.

Au matin de son mariage, le surlendemain, Freya avait les traits tirés par le manque de sommeil. Courageusement, elle tenta de trouver en elle un peu d'enthousiasme pour ne pas décevoir son entourage. Nicky sautait de joie, Lissa était tout excitée d'avoir pu jeter un coup d'œil à la robe avant tout le monde et même Sonny, sous ses airs d'indifférence, paraissait plus nerveux que d'habitude. En dépit du stress qui la rongeait, Freya ne put s'empêcher de sourire quand elle le vit sur son trente et un, vêtu d'un costume trois pièces sombre éclairé d'une cravate de soie bleu glacier.

Fredo était introuvable. Mais comme toujours, le garde du corps collait aux pas de son seigneur et maître. Qui trouvait Enrico le trouverait d'abord.

Cindy était arrivée alors que Freya, encore dans son bain, tentait d'effacer les signes trop évidents de ces deux nuits de veille. La matinée s'était envolée comme un rêve.

Vite, trop vite.

Et soudain, Freya se retrouvait à une demi-heure du départ pour l'église...

Cindy soupira en regardant la future mariée dans le miroir en pied.

— Seigneur, tu es sublime...

Il y avait une brume humide dans son regard, mais Freya

se garda bien d'oublier que Cindy était payée pour faire vibrer la fibre sentimentale...

Peut-être était-il temps de se rappeler qu'elle était elle aussi payée pour tenir le rôle principal de cette féerie.

Le miroir lui renvoya l'image de la mariée parfaite, l'incarnation même du romantisme.

Rien n'avait été négligé pour honorer la tradition, pas même les cœurs entrelacés, en diamants, qu'Enrico lui avait fait livrer au matin et qui pendaient entre ses seins. Une note accompagnait le délicat joyau :

« Viens. »

Rien de plus. Il n'y avait pas le moindre mot rassurant au sujet de Luca, simplement cet ordre bref qui sonnait comme une menace.

L'estomac de Freya se serra.

— Tu as une telle chance d'épouser l'homme de ta vie, murmura Cindy, émerveillée. En plus, il est si romantique...

— Tu veux parler du requin aux dents longues qui paie tes salaires ?

Cindy se mit à rire.

— Tu l'adores ! Alors ne joue pas les cyniques avec moi ! N'as-tu pas l'impression de vivre un rêve ?

C'était plus qu'une impression, songea amèrement Freya.

— Un vrai conte de fées... Dans cinq minutes, je vais voir apparaître ma marraine dans un carrosse en citrouille tiré par six chevaux blancs.

Elle dut se contenter de Sonny dans une Bentley avec chauffeur.

Les paparazzi s'étaient massés à la sortie de la maison. Sonny et le chauffeur durent les tenir à distance pendant que Freya et Cindy s'engouffraient dans la limousine.

L'église était l'une de ces petites chapelles perdues dans un quartier moderne et dont la présence incongrue rappelait le passé de Londres, donnant à la ville son charme unique.

Sous le porche auquel menaient cinq marches, Lissa attendait avec Nicky. Ce dernier bouillait d'impatience, habillé comme un grand avec un pantalon sombre, une chemise blanche et une cravate du même tissu que celle de Sonny. Il était si mignon avec ses boucles brunes bien disciplinées que Freya sentit ses yeux s'embuer.

La musique retentit alors, et elle sentit son cœur s'emballer. La panique la saisit.

On en était au moment crucial : il lui était encore possible de fuir en emmenant son fils, de faire demi-tour sans même avoir revu Enrico...

— Prête, mon chou ?

Sonny la regardait d'un air solennel du bas des marches, bloquant toute retraite. Il avait deviné ce qu'elle pensait... et peut-être même ce qu'elle ressentait !

Freya humecta ses lèvres et un parfum de gloss lui resta sur le bout de la langue.

— Je ne crois pas que je peux...

— Si, *cara*, fit Sonny en la rejoignant. Fais-lui confiance...

On en revenait toujours à cela : la confiance.

Soudain, elle sentit une petite main se glisser dans la sienne.

— Allez, maman, fit la voix impatiente de Nicky. Il faut qu'on aille épouser papa...

Son fils comprenait-il seulement ce qu'il disait ? Pour lui, tout était si simple ! Il avait adopté son père, Fredo, Sonny, jusqu'à Lissa. En quelque sorte, il était déjà marié à eux tous. Freya n'avait plus qu'une chose à faire : mettre fin à ses atermoiements et officialiser tout cela. Pour Nicky.

Elle laissa le garçonnet l'entraîner dans la nef, Cindy arranger son voile et, lentement, elle s'avança vers l'autel en compagnie de son fils, tremblant à l'idée de ce que Luca pourrait faire pour gâcher la cérémonie.

Enrico se leva pour l'accueillir. Il portait un costume sombre, la même cravate de soie bleue que son fils, et se tenait si droit qu'on aurait pu lui avoir glissé une barre de fer entre les épaules.

Un murmure s'éleva à l'entrée de Freya et ce fut à cet instant qu'elle prit conscience de l'assemblée.

Elle ne s'était occupée de rien en vue de ce mariage, se

contentant d'acheter ce qu'on lui disait et traversant la période de préparation sans prêter attention à ce qu'Enrico organisait.

En conséquence, elle ne prévoyait qu'un petit groupe d'invités à l'église, les gens qu'elle connaissait chez Hannard et les proches parents d'Enrico. Mais la nef était pleine, l'aile droite regorgeant de Ranieri, oncles, tantes, cousins, toute une famille qui lui était pour l'instant étrangère, mais que la ressemblance avec Enrico lui rendait presque familière. Certains lui sourirent au passage, mais quelques-uns avaient une allure arrogante, la même que celle de l'homme qui l'attendait au pied de l'autel, raide et l'air sombre.

De l'autre côté de la nef se tenait l'ensemble du personnel de Hannard et beaucoup, gagnés par le romantisme du moment, affichaient la même mine attendrie que Cindy.

Enrico avait invité tout ce monde sans rien lui dire ? Et sans être sûr de sa réponse au dernier moment ?

Peut-être était-ce justement à cause de ce doute qu'il avait convoqué le ban et l'arrière-ban, comme une manière de la défier : *Vas-y, ose me dire non devant une telle assemblée !*

Leurs yeux se rencontrèrent et elle s'arrêta. Il était magnifique, tout de charme latin et d'élégance dans son costume trois pièces et sa cravate bleu glacier.

Son visage parut à Freya anormalement pâle, ce qui faisait ressortir ses yeux noirs. Il fronçait les sourcils d'un air sévère, comme figé.

Enrico était subjugué par la vision de celle qui allait le rejoindre : elle incarnait à la fois la maternité, tenant son fils à la main, et la pudeur d'une jeune mariée, pâle sous son voile transparent retenu par un simple bandeau de perles, ses cheveux libres tombant à flots sur la dentelle exquise de sa robe. C'était une déesse qui s'avançait vers lui... Mais le regard perdu de ses yeux profonds exprimait une détresse bien éloignée de la timidité rougissante d'une jeune mariée.

Allait-elle dire non au pied de l'autel ? Etait-ce cette décision qui donnait à son visage cette expression tragique ?

Enrico se sentit déchiré. Assailli d'émotions contradictoires, il lui semblait qu'une force sauvage se déchaînait en lui sans qu'il y puisse rien. La musique jouait toujours, mais Freya n'avançait plus, silhouette éthérée, presque irréelle dans son immobilité vaporeuse.

A côté d'Enrico se tenait son jeune frère, Valentino. Enrico perçut sa tension en l'entendant tambouriner nerveusement du pied sur les dalles de pierre. Etant resté trois ans aux USA pour ses études, Valentino n'avait jamais rencontré Freya. Enrico l'entendit murmurer :

— *Santo Cielo, mio fratello*, est-ce une apparition ?

Ce fut le moment choisi par Nicky pour se précipiter vers Enrico en criant :

— Papa !

Une vague de rires se propagea dans la nef alors que le garçonnet se rangeait aux côtés de son père, glissant sa main dans la sienne. Les longs doigts d'Enrico étreignirent ceux de son fils, mais ses yeux ne quittaient pas Freya.

Qu'allait faire la mariée ? Piétiner sa fierté face au monde ?

Per Dio ! Qu'elle avance et en termine une bonne fois pour toutes, quel que soit son choix ! Et qu'elle arrête de le regarder comme s'il n'appartenait plus au monde des vivants ! De toute son âme, Enrico tenta de lui communiquer sa requête par télépathie. Freya ne bougea pas.

Le sol lui semblait se dérober sous elle, et les dalles n'avaient pas plus de consistance sous son pied que la surface d'un plan d'eau. C'était de voir son amant et son fils, côte à côte, leurs deux paires d'yeux sombres dardés sur elle, qui la déstabilisait ainsi.

Comme si elle lisait dans ses pensées, Cindy fit un pas vers elle pour lui murmurer :

— Ces deux-là sont à toi. Il te suffit d'aller les chercher…

Freya obéit, comme un automate. Elle vit un muscle tressaillir au coin de la mâchoire d'Enrico. En dépit de la musique, elle entendit des murmures monter de la nef. Alors qu'elle se rapprochait, Fredo surgit de nulle part et prit Nicky dans ses bras.

Il ne restait plus qu'eux deux, face au prêtre, et la cérémonie devait continuer… Chaque fois que c'était à Freya de parler,

Enrico retenait son souffle. Chacune de ses réponses douces et tremblantes l'atteignait droit au cœur.

Elle alla jusqu'au bout. Cependant, lorsque le prêtre posa la question rituelle sur un éventuel empêchement au mariage, Enrico sentit les doigts de Freya trembler contre sa paume.

Les procédures administratives suivirent sans que Freya lui adresse la parole. Et quand Valentino se présenta à elle, déployant tout l'arsenal de son charme italien, Enrico fut piqué par la jalousie, car Freya souriait à son frère alors qu'elle ne le regardait même plus, lui, son mari...

De temps à autre, elle jetait un regard apeuré autour d'elle, comme si elle redoutait que Luca ne jaillisse de la foule pour salir leur nom devant tous.

Enrico se rongeait les sangs. Quand Freya allait-elle enfin accepter de lui parler ? Pourtant il n'avait que ce qu'il méritait. Il devait être fou pour l'avoir soumise à un test aussi cruel au lieu de la rassurer à propos de Luca. Avait-il pensé à ce qu'elle pourrait ressentir ?

La presse s'était massée à la sortie de l'église. A les voir debout sous le porche, leur fils entre eux, personne ne pouvait prétendre qu'ils ne composaient pas l'image du couple parfait. Enrico souriait à s'en faire mal aux mâchoires. Jetant un coup d'œil au visage livide de Freya, il décida qu'il était temps de clore la séance photo.

Du regard, il cherchait Sonny pour qu'il approche la limousine lorsqu'il surprit un éclair de cheveux roux dans la foule...

Maudit Luca... Il n'avait pu s'empêcher de le provoquer une dernière fois, malgré leur accord !

Dès que la limousine apparut, Enrico y entraîna Freya et leur fils. Leur destination était le country-club qui devait abriter les invités pour le week-end. Muette, Freya se laissait conduire. Ni elle ni Enrico ne prirent l'initiative de la conversation. Le silence était meublé par les seuls bavardages de Nicky auquel ses parents répondaient tour à tour.

A l'arrivée, leur fils une fois confié à Fredo, Enrico tenta d'entraîner Freya à l'écart.

— Je voulais te dire…, commença-t-il d'une voix tendue.

— Pas la peine. Moi aussi, j'ai vu la rousse, le coupa-t-elle, avant de se réfugier dans le boudoir des dames.

Il leur fallut ensuite accueillir personnellement les invités et ils n'eurent plus une minute à eux. Pâle mais déterminée, Freya trouva un mot aimable pour chacun. Mais ses yeux cherchaient toujours la rousse, ou pire, le double diabolique d'Enrico en la personne de Luca.

La réception fut lancée. Tout se déroulait sans encombre sous le regard soulagé de Freya : Cindy bavardait avec ses collègues, Lissa flirtait en rougissant avec l'un des cousins d'Enrico, Fredo et Sonny parlaient un italien volubile avec des membres de la famille Ranieri… Soudain, Freya s'aperçut que Nicky n'était avec aucun d'entre eux.

Son sang ne fit qu'un tour. Peut-être Nicky jouait-il dehors, avec la balle que Lissa avait amenée pour lui ? Freya franchit en un clin d'œil les baies vitrées qui donnaient sur le parc. Ce qu'elle vit lui donna envie de hurler. Elle se précipita, passant en flèche devant Enrico.

Une seule chose pouvait inscrire une telle panique sur ses traits, comprit instantanément celui-ci : son fils courait un danger !

Il étouffa un juron et se lança à sa suite.

Freya avait arraché son voile et courait à perdre haleine. De l'autre côté de la pelouse, Nicky parlait à un homme qui ressemblait à Enrico… Luca. Il s'était accroupi et tenait dans les mains la balle du petit garçon.

Enrico vit vers qui elle courait et après une seconde d'interrogation interloquée, il comprit.

— Freya ! Arrête, *per Dio* !

Mais rien ne pouvait l'arrêter, pas même la voix d'Enrico. Elle ne voyait qu'une chose, Luca, qui tentait d'enlever son petit garçon ! C'était ainsi qu'il avait décidé de se venger !

L'homme accroupi n'eut que le temps de la voir surgir alors qu'elle se jetait sur lui, le faisant rouler sur le gazon immaculé. Nicky se mit à rire. Sa maman voulait jouer au ballon, elle aussi !

Enrico étouffa un juron et, prenant Freya à bras-le-corps, il la releva de force.

Elle se débattit et il dut user de toute son autorité pour la calmer.

— Arrête ! Ecoute-moi... Tu viens de renverser mon frère... Valentino !

Les poings crispés de Freya retombèrent. Une lueur d'interrogation traversa ses yeux étincelants, agrandis par la peur. Elle haletait et Enrico ressentit le besoin fou de l'embrasser. Si seulement ils n'avaient pas été le point de mire de tous les convives...

Nicky sautait à pieds joints sur son oncle, l'empêchant de se relever, et tout le monde avait l'air de bien s'amuser. Freya était perdue. Rien n'avait plus de sens. Petit à petit, la vérité se fit jour au fond de son esprit. L'homme encore à terre n'était pas...

— Vous n'êtes pas Luca, s'entendit-elle murmurer.

— *Dio*, j'espère bien que non ! répliqua Valentino en riant. Avez-vous cru que...

— C'est une vraie tigresse quand elle craint pour notre fils, expliqua Enrico d'un ton bourru. Tu aurais dû la prévenir que tu sortais jouer avec Nicolo.

Valentino parvint à se relever. Sa ressemblance avec Enrico était frappante : même taille, mêmes cheveux noirs, même profil altier... Comment s'étonner qu'elle l'ait pris pour Luca ?

— Je suis navrée, murmura Freya.

— Il ne faut pas ! répliqua Valentino avec un large sourire et le même charme ironique qu'Enrico. Ce n'est pas tous les jours que le frère du marié a la chance de rouler dans l'herbe avec la nouvelle épousée...

Serrant possessivement Freya contre lui, Enrico ne goûta pas l'humour de son cadet, auquel il adressa un petit signe de tête qui signifiait clairement qu'il pouvait prendre du champ.

Valentino étouffa un deuxième sourire, tandis que Nicky le tirait par la manche.

— On joue encore au foot, tonton ?

— Bien sûr, mon grand. Mais on va trouver un coin hors de la vue de ta maman... Elle est trop forte pour moi !

Sa réflexion arracha à Freya un rire qui ressemblait plutôt à un sanglot. Enrico, lui, ne riait pas. Il regardait la foule des invités qui s'étaient massés sur la terrasse, cherchant à comprendre ce qui se passait.

— Est-ce qu'on continue le spectacle ? chuchota-t-il à mi-voix. Je pourrais te donner une bonne fessée devant tout le monde, histoire qu'ils nous croient aussi fous l'un que l'autre...

— Tu ne comprends pas, j'ai cru qu'il s'agissait de...

Les étincelles jaillissant des yeux d'Enrico lui montrèrent qu'il avait très bien compris. Il savait aussi que cet incident aurait pu être évité, s'il avait eu assez de bon sens pour la rassurer plus tôt...

— Ton frère lui ressemble tellement, soupira Freya.

— Si tu le lui répètes encore, il va finir par se sentir insulté, tenta d'ironiser Enrico.

— Comme j'avais déjà vu la rousse au-dehors de l'église, j'ai cru que Luca...

— Ton erreur, chérie, a été de croire que Luca et la rousse sont deux personnes différentes !

— Que... que dis-tu ?

Interloquée, Freya avait levé les yeux vers lui et leurs regards s'accrochèrent, ce qui n'était plus arrivé depuis la sortie de l'église. Enrico sentit ses entrailles se nouer...

— Nous sommes en pleine réception, ce n'est pas le moment d'en parler.

— Bien sûr que si ! Je veux savoir tout de suite !

— Petite sorcière aux yeux verts, murmura Enrico, admirant son visage auquel l'animation rendait ses couleurs.

Il ne put se retenir, la souleva de terre et l'embrassa passionnément. Il avait besoin de ce baiser pour effacer tous ces jours de frustration, pour se rassurer, peut-être. Mais il ne s'attendait pas à ce qu'elle l'enlace et lui rende son étreinte avec autant de fougue.

Pourtant, il aurait dû s'en douter. Ne réagissait-elle pas toujours ainsi dans ses bras ?

Il s'arracha à ses lèvres. Elle avait gagné.

— Viens. Partons d'ici.

Elle le fixa intensément et il crut se noyer dans l'océan vert de son regard. L'abandon que celui-ci trahissait était d'une telle sensualité qu'il chavira. *Madre di Dio !* S'il avait pu, il l'aurait prise là, sur la pelouse...

Il saisit la main de Freya et l'entraîna, traversant la foule des invités. Personne n'osait élever la voix, mais tous les regards convergeaient vers eux. Les ignorant superbement, Enrico se dirigea vers les voitures, expulsa le chauffeur de la Bentley et prit sa place. Il était superbe à contempler, sexy, et si vibrant de testostérone que Freya, le souffle court, s'assit à ses côtés sans un mot.

Il avait quitté le country-club quand elle parvint à articuler :

— Où... où allons-nous ?

— A la maison.

— Et Nicky ? fit-elle avec un sursaut de remords de l'avoir oublié.

— Ne t'inquiète pas, mon frère et Fredo veillent sur lui.

Croyait-il que cela allait la tranquilliser, alors qu'il ne s'était pas encore expliqué au sujet de Luca ? Elle n'allait certainement pas laisser Enrico se jeter sur elle sans avoir fourni la moindre réponse !

Ils arrivèrent à Mayfair et à peine Enrico lui eut-il ouvert la porte de la voiture qu'elle commença :

— Ne crois pas que je vais te laisser me conduire à la chambre et...

Sans répondre, Enrico la souleva dans ses bras.

— Que fais-tu ?

— Je me conforme à la tradition..., répliqua-t-il en franchissant le seuil, Freya serrée contre lui.

— Personne ne la respecte plus ! protesta-t-elle.

— Et tout le monde a tort. Cela permet de garder le contrôle sur sa femme et de la mener exactement là où on veut qu'elle aille.

Comme il grimpait l'escalier, Freya n'eut pas besoin de s'interroger sur leur destination. Enrico ouvrit la porte de la chambre d'un coup de pied et fila vers le lit.

Rien n'aurait dû se dérouler comme cela ! songea Freya, fiévreuse.

— Attends, murmura-t-elle.

Il la déposa devant le lit et recula d'un pas. Presque déçue, Freya avala sa salive.

— Attendre quoi ? la défia Enrico, l'œil brillant.

— Explique-moi d'abord ce que tu as dit au sujet de Luca...

Il aurait voulu se noyer dans le vert liquide de son regard. Sous sa robe virginale, son corps frémissait de la même impatience que le sien. Qui croyait-elle tromper avec son entêtement ? Ne voulait-elle pas exactement la même chose que lui ?

Néanmoins, Enrico retira une enveloppe de sa poche et la lui tendit.

— Qu'est-ce que c'est ?

— Regarde... Et rappelle-toi que nous ne voyons que ce que nous voulons bien voir, *cara*. Que vois-tu vraiment sur cette photo ?

Freya fronça les sourcils, éberluée.

— J'ai du mal à y croire...

— Je dois dire que j'ai été plutôt surpris moi-même, quand je suis allé voir Luca à l'hôtel.

— Il t'a laissé entrer ?

— Luca sait se servir de son nom pour s'assurer des meilleures places dans mes hôtels. Cela ne lui coûte rien, mais m'offre un accès aisé à sa suite. Je paie ses factures, c'est le seul lien qui reste entre nous. En souvenir de notre jeunesse... Pratiquement parlant, je n'ai pas besoin de m'annoncer pour aller le voir.

— Et...

Freya humecta ses lèvres.

— Tu l'as surpris... dans cette tenue ? reprit-elle.

— Exactement. J'ai eu l'heureux réflexe de le photographier sur mon portable alors qu'il accusait le choc de ma présence. Révélateur, non ?

Freya reporta les yeux sur le cliché. On y voyait Luca de face, revêtu d'une robe noire sexy, une perruque rousse masquant ses cheveux. Il était maquillé à la perfection. Son travestissement le parait d'une beauté troublante.

— Il n'est pas homosexuel, continua Enrico. Mais il trouve excitant de s'habiller en femme. Apparemment, sa dernière maîtresse en date partage cet avis. Ce qu'elle trouve moins drôle, c'est ce qu'il lui coûte... Quand l'annonce de notre mariage a été publiée, Luca a cru s'être trouvé une nouvelle source de revenus. Tu l'avais bien cerné...

— Le chantage est dans sa nature.

— Mais il ne peut s'empêcher d'y ajouter une touche d'humour pervers. D'où la perruque rousse et son apparition au mariage. Assez culotté, je dois dire ! Heureusement, ni moi ni la famille n'étions au courant de ses petites... fantaisies sexuelles. Ce qui fait de cette photo la meilleure arme contre lui. Il préférerait mourir que de voir ses fantasmes étalés au grand jour. J'ai assuré mon avantage en lui faisant confesser ses manigances, aveu que j'ai enregistré sur DVD.

— Tu crois qu'il aurait encore eu l'audace d'un nouveau chantage ?

— Avec lui, on ne sait jamais... En un sens, je le comprends, ajouta Enrico avec une grimace morose. J'ai hérité du pouvoir des Ranieri, il n'a rien eu. C'est pour cela que j'ai toujours fait preuve d'une sorte... d'indulgence à son égard, même si l'affection que je lui portais n'a pas été payée de retour.

— Il n'y a pas de honte à aimer quelqu'un qui ne vous aime pas, murmura Freya à voix basse.

— Cela vous rend vulnérable.

— C'est vrai... On cherche en permanence à se faire accepter, renchérit Freya, visiblement émue. Après ce que tu as appris de Luca, crois-tu toujours sa version de ce qui s'est passé il y a trois ans ?

— Tu es folle ? Bien sûr que non.

— Pourquoi l'avoir crue à l'époque, alors ?

Enrico lui jeta un regard si vulnérable qu'elle en fut bouleversée.

— Je crois… que j'avais peur. De toi, de l'attachement que je ressentais pour la première fois. Je n'avais jamais considéré l'éventualité du mariage et tout d'un coup, ton apparition bouleversait ma vie. J'ai été saisi de panique.

— Et quand tu m'as vue avec lui, tu as préféré croire que je te trahissais, pour éviter d'avoir à t'engager ?

Enrico l'attira à lui. Ses yeux sombres avaient une expression contrite qu'elle trouva bouleversante.

— Je me suis conduit comme un imbécile. J'aurais bien fait monter la photo de Luca sous cadre pour te l'offrir en cadeau de mariage, fit-il avec un clin d'œil complice, mais j'avais peur que tu l'accroches au mur du salon et que tout le monde puisse voir combien ma faiblesse envers lui m'avait aveuglé !

Freya sourit. Comme Nicky, il se sortait des situations difficiles par une pirouette…

— Je l'aurais fait. Enfin, le monde aurait connu ta vraie nature, fit-elle avec un sérieux moqueur.

— Sorcière ! Tu ne me passes rien… Heureusement que je t'aime à en perdre l'esprit, sinon, je n'aurais jamais épousé une femme aussi rancunière !

— J'ai d'autres qualités, suggéra-t-elle en souriant, qui peuvent te faire oublier ce défaut.

— Que veux-tu dire ?

— Que tu es excité, terriblement, en cet instant même où tu me traites de sorcière…

— C'est bien ce que je dis ! Tu as tous les pouvoirs sur moi, tu m'as ouvert les yeux sur Luca, tu m'as fait craindre de te perdre, tu m'as rendu fou de tes yeux verts, il te suffit d'un seul regard pour m'enflammer…

Il approcha ses lèvres.

— N'essaie pas de m'attendrir, protesta Freya en riant. Nous avons encore pas mal de choses à discuter.

— *Madre di Dio*, quel entêtement ! Si je promets de m'exécuter plus tard…, proposa Enrico en s'attaquant aux boutons de sa robe.

— Je veux bien me contenter d'une promesse, soupira Freya

d'une voix moins assurée, défaisant à son tour la ceinture de son pantalon.

C'était comme déballer le plus beau des cadeaux de mariage. L'élégant costume renfermait son amant, son amour, son mari. L'anneau d'or était là à son doigt pour en témoigner.

Enrico étouffa un juron. Les minuscules boutons avaient raison de sa patience et il déchira la dentelle d'un geste impatient, révélant sa peau laiteuse.

— Que de rudesse pour une nuit de noces ! se plaignit Freya en riant. Où sont passés les gentlemen d'antan ?

— Je jouerai au gentleman une autre fois, gronda Enrico, faisant jaillir ses seins du corsage en lambeaux.

Elle frissonna de plaisir et, à son tour, lui arracha son pantalon.

Le monde cessa d'exister tandis que la passion les submergeait, exigeante, brûlante, sensuelle...

Les qualificatifs se bousculaient dans l'esprit de Freya, mais cette fois, ils étaient synonymes de bonheur, d'engagement et d'avenir merveilleux.

— Je t'aime tant..., soupira-t-elle.

La main d'Enrico lui fit ployer la nuque en arrière, et il plongea son regard dans ses yeux d'émeraude. L'étincelle était là. Celle qu'il avait connue trois ans plus tôt, et dont il ne s'était aperçu que récemment qu'elle avait disparu.

— Je ne te mérite pas, fit-il avec brusquerie.

— Je sais, rétorqua-t-elle en souriant. Tu as beaucoup de chance. Et si j'en ai aussi, avec un peu de patience, j'arriverai même à obtenir de toi des mots d'amour...

Les yeux sombres d'Enrico prirent un éclat sexy.

— On ne sait jamais, il suffit que tu saches t'y prendre...

Il la mettait au défi ?

— Comme cela, ça conviendrait ? fit-elle en laissant descendre sa main jusqu'à le faire tressaillir.

— Sorcière aux yeux verts..., gronda-t-il en frissonnant. On ne peut rien te refuser !